AF378189

CARA O CRUZ

JAVIER RAMOS

CARA O CRUZ

PLAZA JANÉS

Papel certificado por el Forest Stewardship Council®

Primera edición: octubre de 2025

© 2025, Javier Ramos López
© 2025, Penguin Random House Grupo Editorial, S. A. U.
Travessera de Gràcia, 47-49. 08021 Barcelona

Printed in Spain – Impreso en España

ISBN: 978-84-01-03752-8
Depósito legal: B-12.233-2025

Compuesto en Mirakel Studio, S. L. U.

Impreso en Rotoprint by Domingo, S. L.
Castellar del Vallès (Barcelona)

L037528

A Helena

Prólogo

Con el tiempo recordaría que al abrir la puerta notó enseguida que algo iba mal, pero la realidad es que lo único que pensó fue que el recluso era un guarro. El olor nauseabundo le invadía la nariz y le llegaba hasta las papilas gustativas como si lo estuviese masticando. Se adentró en la celda espirando con los labios casi cerrados para que el aire saliese pero no entrase. Fue al ver lo limpio que estaba el inodoro, con el metal reluciente como un espejo, cuando entendió lo que sucedía.

La celda estaba muy ordenada: la ropa perfectamente doblada en los estantes, los productos de higiene alineados uno al lado del otro, la tele apagada, el suelo despejado, la cortina echada a un lado. Hasta los rayos que atravesaban la ventana deslustrada parecían entrar con equilibrio; posándose en la cama, donde yacía el cuerpo, donde empezaba el desorden.

El funcionario hizo contacto visual con unos ojos muy abiertos que no lo miraban, en los que ya no había vida. No fue lo primero en lo que se fijó, pero sí lo que más recordaría después. Había oído hablar de muchos suicidios, sabía que los presos se suicidaban cada vez más, porque la gente que no estaba encarcelada también se suicidaba cada vez más. Sin embargo, al ir esa mañana a trabajar nunca pensó que se encontraría con esa terrible realidad. Había pasado una mala noche. Casi todas las noches eran malas desde hacía cinco años, desde que había obligado a su mujer y a sus hijos a mudarse con él a Martorell. De tanto escuchar que les había arruinado la vida se lo había empezado a creer. Odiaba su trabajo y aun así era lo mejor que tenía. En algunas ocasiones, la idea del suicidio, de manera abstracta y hasta un poco frívola, le había rondado por la cabeza. Era una idea que guardaba como un secreto, como una extraña baza que algún día podría usar ante su familia para que lo valorasen más. Al ver ese cuerpo sin vida, rodeado de heces y orina, con una sábana apretándole todavía el cuello, entendió que nunca había estado ni remotamente cerca de hacer algo así. La distancia entre un pensamiento intrusivo y asfixiarse a uno mismo hasta la muerte es abismal.

Aunque le parecía una eternidad, no llevaba ni medio minuto en la celda. Seguía de pie, parado, contemplando esos ojos abiertos, y hasta que no se sintió observado no apartó la mirada. Nunca había visto a un muerto tan de cerca. Y mucho menos había estado en una habitación a solas con uno. Sentía una extraña calma, una curiosa naturalidad; más adelante le dirían que se había disociado. Pensó fugazmente en hablarle, en asegurarse de que estaba muerto, pero enseguida le resultó ridículo. Le volvió a llamar la atención el orden. Era como si alguien se hubiese preparado para irse de viaje. Bajo la ventana, por la que se veían las celdas del módulo de enfrente, había una mesa, y sobre ella, justo en el centro, bien colocado, había un trozo de papel. Pertenecía a una libreta de esas sin rayas ni cuadrícula. En una esquina de la mesa vio un bolígrafo azul. Recordaba que era azul porque al fijarse pensó inmediatamente que una nota de suicidio debería escribirse en tinta negra. Y ese fugaz y ridículo pensamiento se le quedó anclado en la memoria.

Se acercó a la mesa con cuidado. Sin tocar nada. Ni siquiera el respaldo de la incómoda silla de plástico blanco en la que el preso debió de escribir sus últimas palabras. No necesitaba ser un genio para adivinar qué era aquel papel, pero, antes de notificar lo que se había encontrado, quería cerciorarse de que su intuición era correcta, así que estiró el cuello y colocó el rostro encima de la hoja. Se trataba de una carta escrita a mano con una caligrafía bastante decente. Seguramente no había sido escrita para él, probablemente no era lo más profesional, pero no pudo evitar leer las primeras líneas, y cuando empezó a hacerlo ya no pudo parar, porque le parecía una falta de respeto dejar una nota de suicidio a medias.

¿Soy un psicópata? ¿Puede un psicópata amar? ¿Puede un psicópata dejar de serlo? Maté a esas personas y no sentí nada. No me importó lo más mínimo lo que ellas sentían. Quería volver a matar, eso lo tengo que reconocer. Si uno no es sincero en su despedida, es que nunca lo ha sido. Durante este año he pensado mucho en mi vida. Le he dado muchas vueltas a por qué hice lo que hice. He dudado de mí mismo. He sentido asco de mí. También orgullo. Podría mentir y decir que no siento cierto regocijo al ver cómo algunos personajes televisivos hablan de mí, me encantaría no hacerlo. En realidad, me encantaría no pensar todas las cosas que pienso y no sentir todas las cosas que siento. Y me encantaría no haber hecho lo que hice. Vivir con este peso es insoportable. Tengo una celda individual, con mi espacio, mis libros, mis pasatiempos, y aun así esto no es vida, pero ¿qué es vida? Lo que no es vida es vivir con este peso sobre mis hombros. Lo que no es vida es que nadie te quiera. La única razón por la que no me siento solo es porque estoy rodeado de remordimientos, de fantasmas. Me voy voluntariamente. Lo hago en pleno uso de mis facultades. Escribo esto de mi puño y letra para que cualquiera pueda comprobar su veracidad. Mi última y única voluntad es que esta carta sea

Le parecía una falta de respeto dejar una nota de suicidio a medias, sí, pero esta estaba escrita por ambos lados y no podía darle la vuelta. Aunque se tratase de un suicidio, aquella celda era la escena de un crimen y no se podía tocar nada. De hecho, ya llevaba más tiempo allí dentro del que debería. Se giró hacia el cuerpo y le echó un último vistazo. Esta vez no le aguantó la mirada ni un segundo. Era más fácil mirar esos ojos abiertos cuando no había leído sus últimas reflexiones. Parecía como si la misma persona estuviera a la vez viva en la mesa y muerta en la cama a medio metro de distancia.

Con cuidado de no tocar nada, el funcionario decidió que ya era suficiente. Había estado allí dentro algo más de dos minutos, y eso le hacía sentir culpable. Lo último que necesitaba era tener problemas también en el trabajo. Se giró y rozó la silla. Su corazón se detuvo un instante, pero la silla ni se movió. Con los ojos fijos en el suelo, como si se encontrase ante alguien que le generaba miedo y con el que no quisiese ninguna confrontación, empezó a caminar hacia la puerta. Al llegar a ella volvió a ser consciente del olor nauseabundo. Es curioso que se le hubiera olvidado, porque ya nunca más se le borraría de la memoria.

Salió de la celda dejando el cadáver allí, acostado bocarriba con los ojos muy abiertos. Por suerte para él, ya nunca más lo volvería a ver.

PRIMERA PARTE

1

Ni siquiera las suaves cerdas de la brocha que recorrían lentamente su frente y su calva conseguían tranquilizarlo. La maquilladora, una agradable mujer de unos cincuenta años, le avisó de que ya podía abrir los ojos, pero Enrique esperó unos segundos para hacerlo. Quería demostrar que estaba tranquilo, que controlaba la situación. Al abrirlos de nuevo volvió a encontrarse con la cegadora luz de los focos. Siempre se había preguntado cómo grabarían el programa. En su interior, siempre había querido participar en él, aunque eso jamás lo reconocería. Llevaba varias semanas quejándose delante de sus compañeros de su participación, como si en realidad no quisiese, igual que cuando tuvo que hacer el servicio militar. Pero estaba encantado. Cada vez que alguien hablaba del programa, Enrique fingía que no le gustaba, e incluso se metía con su mujer por obligarlo a verlo, aunque a menudo lo veía a escondidas sin ella. Él no lo sabía, pero la vergüenza que le impedía reconocer que le gustaba ese programa se debía al miedo que en el fondo le provocaba su trabajo. Era un programa que le enfrentaba a su modo de vida y que les enseñaba tanto a su mujer como a él mismo la miseria humana con la que tenía que lidiar a diario. Renegar del programa era una manera de ponerse por encima de ese miedo, de sentirse superior a él.

Estaba en un pequeño plató en el centro de Barcelona, mucho más cutre de lo que habría imaginado. Delante de él había una cámara fija con un operador melenudo detrás. Al lado se encontraban la maquilladora, un redactor, un realizador y un productor. Ni rastro de Veiga. Al llegar, Enrique había hecho un intento de broma que ni siquiera habían interpretado como tal. Quería aparentar que estaba tranquilo, pero no era capaz de hacerlo. Llevaba todo el día con los nervios apoderándose de él. Y estar nervioso le ponía aún más nervioso. Notaba su vejiga llena otra vez y eso le preocupaba, porque sentía que no podría aguantar más de cinco minutos sin mear y tenía por delante una entrevista de una hora, o incluso de hora y media, según le habían adelantado desde producción. Por algún motivo, pedir permiso para ir al baño le provocaba una gran inseguridad. Insistía inútilmente en fingir que se encontraba tranquilo. Lo que más le preocupaba de salir en *Morts* era hacer el ridículo; hablar mal y quedar como un estúpido delante de los millones de espectadores, entre ellos sus compañeros, sus amigos, su mujer y su hijo, sobre todo su hijo.

Apenas pasaban algunos minutos de las nueve de la mañana y ya había ido a orinar unas cinco veces. Había intentado ir siempre al baño con sigilo, esforzándose para que su mujer no se enterase de que estaba nervioso. Se negaba a mostrar su debilidad ante ella.

Se puso el uniforme para la grabación. Normalmente no lo hacía, solo cuando recibía alguna condecoración después de algún caso importante. El uniforme estaba recién lavado y planchado. Con su insignia de inspector, que tanto le había costado conseguir hacía ya veintitrés años, bien limpia. En el fondo a Enrique le gustaba ir vestido de *mosso*, sentía el cuerpo como una familia y estaba profundamente orgulloso de pertenecer a ella. En el peor momento de su vida, fue esa familia la que estuvo allí para él. Y esas cosas no se olvidan.

El productor, el realizador o el redactor le preguntó si estaba ya preparado y Enrique respondió que sí con soberbia. Prefería parecer un prepotente que un blanducho.

—Pues vamos a empezar.

Ahora sí que ya había perdido cualquier opción de ir al baño. Si no se había atrevido a pedirlo mientras estaba sentado esperando, hacerlo ahora, interrumpiendo la grabación, era algo impensable. Ni siquiera sabía si había aseo en ese pequeño y cutre plató.

Le pidieron que hablase para comprobar la calidad del sonido del micrófono y Enrique intentó hacer un chiste con el que esconder sus nervios. Esta vez sí entendieron que bromeaba, así que se rieron. Ser gracioso es muy fácil cuando vas vestido de policía.

Estaba sentado en una discreta silla con una mesa negra delante en la que solo había un vaso de agua y un micrófono de atrezo. Se mojó los labios en él porque, aunque se meaba, también tenía la boca seca. La entrevista no había empezado y Enrique ya estaba deseando que terminase. De tanto repetir la mentira de que se arrepentía de haber aceptado la invitación del programa, casi se la había creído. El redactor se sentó en una silla con un ordenador portátil en las rodillas y empezó a darle indicaciones.

—Relájate, mira a cámara y habla con naturalidad. Podemos editar y empezar todas las veces que haga falta —añadió el realizador de manera mecánica.

El programa que estaban grabando trataba sobre el Cazador de Urgell, un asesino que había matado a tres personas y herido a otra en los años 2008 y 2009.

—Yo estaba de vacaciones en mi casa de Porquerisses, me hallaba fuera de servicio. Es una zona rural con mucho bosque y tal. Tengo ahí una vivienda apartada. —Enrique se sintió ridículo. Justo lo que no quería—. Salí a pasear por el bosque de noche. Era algo que solía hacer para relajarme. Iba con el frontal en la frente, pero lo iba apagando porque me gusta cuando los ojos se acostumbran a la oscuridad. A medianoche aproximadamente, mientras avanzaba totalmente a oscuras, escuché unos pasos. Me sorprendió porque a esa hora jamás me encontraba a nadie, y los animales son mucho más sigilosos… ¿Así os va bien o preferís que sea más escueto?

—No, no, está perfecto —dijo el productor.

—Cuando uno es policía aprende a desarrollar más algunos sentidos. Es difícil de explicar, pero yo en ese momento me sentía acechado, así que, aunque los pasos me sorprendieron, de alguna manera confirmaron mis sospechas. Iba por el camino y los pasos se escuchaban entre los árboles. Obviamente, como estaba fuera de servicio y daba un paseo al lado de mi casa, no iba armado, así que me aparté del camino y me escondí. —Al ir contando su historia, Enrique recuperó la confianza en sí mismo y los nervios desaparecieron. Era un buen policía. Había participado en más de quinientos casos, alrededor de unos cien homicidios. Si algo le daba confianza era hablar de su trabajo. De hecho, lo que menos le gustaba del programa era que los asesinos (los malos) fuesen las estrellas y los policías (los buenos) se convirtieran en personajes secundarios—. Mientras me encontraba escondido, vi pasar a un hombre adulto, varón, de mediana edad. Me llamó poderosamente la atención ver que portaba una escopeta, ya que esa no es una zona habilitada para la caza, y menos a esas horas tan poco comunes. Lo observé durante unos segundos y comprobé que tenía un comportamiento extraño. Que llevase la escopeta en la espalda ya me habría parecido llamativo, pero que la portase en la mano era altamente sospechoso.

—Enrique había ensayado varias veces ante el espejo lo que iba a decir. También lo había hecho hablando solo mientras conducía. Su sensación a medida que avanzaba era que lo podría hacer mucho mejor. Se sentía torpe, errático y repetitivo. Aunque al menos lo estaba sacando adelante.

—¿Cómo reaccionaste? —preguntó el redactor.

—Mejor que profundice en ese comportamiento extraño —sugirió el realizador.

A todos les pareció buena idea, así que Enrique carraspeó y continuó:

—El sujeto caminaba entre los árboles de manera sospechosa, buscando algo con la mirada. Yo contuve la respiración y traté de moverme lo menos posible para que no me viera. Aguardé agazapado e inicié un seguimiento silencioso —relató Enrique usando palabras que no solía usar—. Durante un periodo de tiempo cercano a la hora, tomando todas las precauciones posibles, fui observando al sujeto hasta que se subió a un coche aparcado en una entrada que daba al bosque. Pude ver que se trataba de un Peugeot 406 con matrícula extranjera, presumiblemente francesa, pero no logré distinguir los números debido a la distancia y a la oscuridad. —Al notar que todos le escuchaban con atención e interés ganó más confianza. Casi se había olvidado de las ganas de vaciar su vejiga.

Durante los siguientes minutos, el policía se dedicó a responder preguntas y a dar nuevos detalles de su encuentro nocturno con aquel asesino. La persecución de una hora a oscuras por el bosque interesaba mucho a los responsables del programa. Enrique por fin se sintió cómodo. Incluso disfrutaba relatando su heroicidad, hasta que vio algo que le estremeció. Mientras hablaba no se había dado cuenta, pero Veiga estaba allí; en una esquina, sin entrometerse, escuchando con gesto serio.

Enrique había visto esa cara decenas de veces en los últimos cuatro años: la barba grisácea desembocando en una barbilla canosa, las bolsas bajo los ojos a punto de precipitarse al suelo, unas prominentes entradas avanzando hacia un pelo cada vez menos moreno. Veiga estaba allí y era mucho más alto de lo que imaginaba. Su figura emanaba poder. Daba igual que estuviese alejado en una esquina y no hablase, cualquiera que entrase en ese plató sabría inmediatamente quién era el jefe.

—¿Qué hiciste cuando el coche se fue? —preguntó el redactor tratando de avanzar en el relato.

—Regresé a casa y llamé a comisaría, era el año 2009 y yo estaba en una zona rural sin conexión a internet. Me identifiqué como agente de policía y notifiqué lo que había visto a un compañero. A la mañana siguiente me informaron de que en la comarca se habían producido tres asesinatos en los últimos meses, también un intento de otro. Una persona no identificada se dedicaba a disparar con una escopeta a excursionistas de la zona. Como lo que había visto era muy sospechoso, decidí compartir el modelo de coche y la característica de que tenía una matrícula extranjera con los investigadores que llevaban el caso. Al haberme tomado un año sabático, pude colaborar en la investigación en calidad de testigo. Durante días peinamos la zona hasta que con la ayuda de algunos vecinos hallamos el automóvil en Tárrega. Una vez que localizamos al sospechoso, y aunque inicialmente negaba los hechos, incurrió en varias contradicciones, así que pasó a disposición judicial por tener riesgo de fuga. Al inspeccionar su vivienda se encontraron las escopetas con las que se habían producido dos de los asesinatos y también el intento de homicidio. El sospechoso acabó confesando todos los crímenes excepto uno, el que se produjo en enero cerca del castillo de Argençola. —En ese momento, Enrique se calló y miró tímidamente a Veiga. Este lo observaba con una sonrisa de satisfacción.

El redactor y el realizador le pidieron que repitiera algunos detalles, y Enrique lo hizo encantado. Ahora sí que controlaba la situación. Las caras de admiración de los trabajadores del programa habían borrado sus nervios de un plumazo.

No habían dado ni las diez de la mañana cuando el productor le estrechó la mano y le dio efusiva y repetidamente las gracias.

—Esto va a quedar de maravilla. Muchas gracias por haber venido —le dijo con un gesto que se encontraba en algún punto intermedio entre el alivio y la admiración. Enrique le sonrió y se ofreció para colaborar en lo que hiciera falta. Ahora que todo había acabado ya se sentía él de verdad. Podía volver a relacionarse con naturalidad porque no estaba tan pendiente de disimular sus nervios.

Mientras recogía su chaqueta y se preparaba para irse, Veiga se colocó a su lado y se presentó. Aunque había visto a algún famoso de lejos alguna vez, nunca había hablado directamente con uno. Le llamó la atención su aroma. Veiga olía a un perfume fresco y masculino que se colaba por las fosas nasales como un pellizco de mar, dejando luego un fondo ahumado, como de ceniza de roble. La piel de su rostro era tersa y morena, y resplandecía con un delicado destello. Si le hubieran dicho que cada pelo de su barba requería un cuidado personalizado, se lo habría creído. Además, sus dientes estaban tan blancos y alineados que no parecían humanos.

—¿Has desayunado? —le preguntó el presentador como si se conocieran desde hacía años.

Enrique dudó y después mintió:

—Sí —dijo para que no pensase que estaba tan nervioso antes de la entrevista que no le entraba ni un yogur.

—¿Tienes tiempo para un café?

A Enrique le habían asignado un caso justo el día anterior y tenía mucho que investigar, pero por otro lado la grabación había acabado antes de lo que esperaba. Y no todos los días el presentador más famoso de Cataluña te invitaba a tomar café con él.

—Y hasta para dos, que hoy me espera un día largo —respondió esforzándose por parecer ingenioso.

Veiga le sonrió y abandonaron juntos el plató.

2

Cuando Enrique volvió del baño, vio a Veiga sentado en una mesa rectangular con dos cafés y unos pequeños bocadillos de fuet. Le había dicho que iba a lavarse las manos porque insistía en esconder sus ganas de orinar. Mientras caminaba hacia la mesa se sentía tranquilo, relajado, como un alumno que acaba de terminar un examen importante. Observó el interés que la presencia de Veiga generaba en las personas de alrededor. Había cuchicheos y miradas furtivas. Los camareros se observaban y se sonreían nerviosos. Veiga tecleaba con velocidad en su móvil aparentando no ser consciente de lo que provocaba, o quizá se había acostumbrado a ello. La cafetería era pequeña. Tenía siete mesas y solo cuatro estaban ocupadas. En las paredes había escritas frases cursis para los amantes del café. Como era una soleada y fría mañana de febrero, todas las mesas de la terraza estaban ocupadas. De todos modos, Veiga había mencionado que prefería el interior. «La gente puede ser muy pesada», se justificó.

Enrique se sentó enfrente de él y le dio un mordisco al bocadillo, que le supo a gloria. Veiga apoyó el móvil en la mesa y le sonrió.

—A esta hora suele echar humo.

—Ya imagino.

Los dos guardaron un silencio lo suficientemente largo como para que a Enrique se le hiciera incómodo. Veiga probó su bocadillo sin apenas abrir la boca y, aunque no se había manchado, enseguida se limpió con una servilleta. Estar con él le gustaba. Muchas miradas se dirigían hacia ellos y eso le hacía sentir importante.

Enrique iba a decir algo, pero una señora se acercó a Veiga con una prudencia fingida. Le preguntó si era el hombre de la tele y Veiga le respondió con una humildad algo forzada. Igual que la luna en un eclipse solar, la humildad podía ocultar durante un rato la vanidad, pero con el tiempo se evidenciaba que esta última era mucho más grande. Veiga se deshizo de la señora con agilidad. Ella se acordaría toda la vida de ese momento y él seguramente ya lo había olvidado.

—Este programa va a ser de los mejores que hemos hecho, estoy muy contento —dijo con tono apasionado—. Haremos una pequeña recreación de tu persecución, con un actor que hará del Cazador y situando la cámara desde tu punto de vista. Será un clímax cojonudo.

Al policía le gustó el entusiasmo de Veiga. Los ojos le brillaban al hablar del montaje final.

—Es un caso espeluznante, y que confesara todos los crímenes menos uno… Eso le dará un final abierto muy televisivo. ¿Por qué crees que negó haber matado a Rodolfo?

Enrique se quedó pensativo un instante. No era algo a lo que le hubiese dado muchas vueltas. De hecho, tardó un par de segundos en caer en que ese era el nombre de la víctima. No porque no le importase. A él le importaban las víctimas. Y también los familiares de las víctimas. Y los amigos y las parejas de las víctimas. Simplemente habían pasado quince años y no era un caso que él hubiera investigado desde el principio. Se lo encontró por casualidad y ayudó de manera azarosa a resolverlo, algo que por otro lado le dio un salto de prestigio importante.

—Imagino que para acortar la condena —respondió. A Veiga no le complació la respuesta y Enrique sintió la necesidad de arreglarlo—. Al no encontrarse el arma pudo pensar que se libraría, pero había demasiados indicios en su contra.

—¿Lo llegaste a conocer? Cara a cara, me refiero.

—No. Vi algún fragmento de los interrogatorios, pero poco más. Me pilló en una época de desconexión.

—Yo sí. Fui a visitarlo a la cárcel. Se trataba de un caso que me interesó mucho desde el principio —dijo Veiga asintiendo con melancolía. Era obvio que a ese hombre le fascinaba su trabajo.

—¿Y cómo era?

—Era un enfermo mental. Entre eso y el acento francés, no había quien lo entendiese. Me habría gustado saber por qué hizo todo aquello, pero en realidad no tenía ninguna coherencia.

—No es fácil hablar con un asesino así. Suele ser gente muy mentirosa. Lo mejor es ganarse su confianza. Si quieres que hablen, tienen que sentir que los admiras. Aunque tampoco puedes pasarte, porque si te pones por debajo de ellos lo notan y te pierden el respeto. Obviamente cada persona es un mundo, pero si quieres tirar de la lengua a un asesino de este tipo lo mejor es dorarle un poco la píldora. La mayoría no dejan de ser unos inadaptados que están desesperados por llamar la atención —dijo Enrique sin estar completamente de acuerdo con lo que decía. Quería impresionar a Veiga y su presencia le intimidaba, así que las palabras salían de su boca sin apenas cocinarse en la cabeza.

—¿Has conocido a muchos asesinos?

—Pues como a un centenar.

A Veiga se le escapó un silbidito.

—¿Siempre has estado en Homicidios?

—No. Estuve los cuatro primeros años patrullando, en Sabadell. Y de 2011 a 2014 trabajé en la Brigada de Investigación Tecnológica.

—¿Qué hacías ahí?

—Cazar pederastas —respondió Enrique con una severidad que dejó a la vista lo duro que había sido ese trabajo.

Veiga asintió despacio, en silencio, antes de cambiar de tema recuperando algo que el policía había dicho antes.

—Entonces en 2009 estabas en un periodo de desconexión...

—Sí. En mi carrera me he tomado cuatro años sabáticos, ese fue el segundo.

—A mí no me vendría nada mal uno —confesó Veiga forzando una sonrisa.

—Pues te lo recomiendo. Al final, aunque de otra manera, tú también estás en contacto con la maldad y la crueldad humanas. Y eso desgasta mucho. Hay compañeros que prefieren beber alcohol, tirarse en paracaídas o lo que sea para alejar de la cabeza todo esto. A mí me funciona estar un año parado. Volver a dormir, compartir tiempo con mi familia, estar solo, disfrutar de la ciudad o de la montaña... Normalmente a los diez meses ya quiero volver al trabajo, y es precisamente eso lo que busco: querer volver.

Veiga asintió, complacido. Enrique vació su taza de café y miró la hora en su móvil. Todavía quedaba un rato para las once.

—¿Te espera algún caso? —preguntó el presentador al ver que consultaba la hora.

—Un homicidio. Aquí cerca, en el Raval. Un repartidor de Glovo.

—Ah, sí. Me han hablado de él. —A Enrique le sorprendió lo rápido que se había enterado. No habían pasado ni dos días—. Le dispararon en la cabeza, ¿no?

—Sí. Hoy será duro porque toca investigarlo a fondo. Hay que conocer bien a la víctima para poder descubrir quién lo ha matado.

—Realmente, mi programa podría tener decenas de temporadas —bromeó el presentador. Enrique se rio. Los dos se habían acabado los bocadillos y los cafés, pero ninguno quería irse—. ¿Tú lo ves?

—¿El programa?

Aunque siempre negaba hacerlo, esta vez era diferente. Al presentador no le podía mentir. Le dijo que sí y le empezó a hablar de algunos capítulos para demostrarle que era sincero. Le llamó la atención que Veiga no se refería a ellos con entusiasmo. Incluso mostraba cierto desdén. En un momento dado le preguntó si él había estado envuelto en alguno de los casos que se habían emitido. Y Enrique le respondió que no.

Después el policía alabó un programa doble sobre un par de asesinos que se habían fugado a Portugal. También uno que narraba el secuestro de una adolescente. Veiga le fue escuchando con poco interés hasta que Enrique mencionó el programa de un asesino de vagabundos en 2006. Quizá porque fue el primero en emitirse, Veiga volvió a mostrar la actitud apasionada que tenía al hablar del caso del Cazador.

—Ese quedó muy bien. Le tengo mucho cariño. Y tiene muchísimas similitudes con el caso que estamos grabando ahora: son cuatro víctimas, aunque solo reconoció tres asesinatos; elegía las víctimas al azar… Y hasta el acento era el mismo, aunque este era belga.

—Sí, pero más sanguinario. Hay que ser muy retorcido para matar a alguien con un cuchillo —apuntó el policía.

Veiga asintió como si supiera de lo que hablaba. Después se dedicó a explicarle todo tipo de anécdotas de esa primera grabación. Y no paró hasta que uno de los camareros lo interrumpió para pedirle una foto. Enrique se tuvo que levantar para no salir en ella, y, aunque le habría encantado que no fuese así, la verdad es que le hirió el ego hacerlo.

Durante la siguiente media hora, Veiga se soltó más y le contó cómo había empezado su carrera en el *Diario de Tarragona* con solo dieciocho años. «Al principio llevaba los cafés», explicó con orgullo. También le dijo que había sido corresponsal de guerra durante seis años y le narró algunas de las espantosas experiencias que había vivido en sitios como los Balcanes, Ruanda y Extremo Oriente.

—Después ya volví a Cataluña y me especialicé en la crónica negra —dijo con una sonrisa melancólica.

Del año 1999 a 2005, Veiga se volcó con «los crímenes de Llavorsí», un famoso caso de dos familias enfrentadas por un terreno en los Pirineos. El libro fue un éxito total y le abrió las puertas a su primer programa de radio especializado en homicidios. Tras muchos años en las ondas, dio el salto a la tele y ahí fue cuando se convirtió en la figura mediática que era ahora. Su productora tenía mucho prestigio entre las cadenas y plataformas televisivas, y los proyectos salían adelante con relativa facilidad. Incluso series y películas.

Cuando estaban a punto de despedirse, ya cerca de las doce de la mañana, Veiga se interesó por los inicios de Enrique. Quería saber si era un policía vocacional, porque él sí había sido un periodista vocacional. A causa de la polio, estuvo postrado en una cama de los seis a los siete años, con la única compañía de una radio, y allí encontró la gran pasión de su vida. «De cualquier situación siempre sale de todo. De lo bueno salen cosas buenas y también malas, y de lo malo salen cosas malas y también buenas. Nuestro trabajo es estar atentos a las buenas», dijo con la solemnidad de un filósofo.

—De niño tenía tres amigos. Los cuatro éramos inseparables. Ahora dos son delincuentes y otros dos somos policías —comentó Enrique riéndose—. Yo no tenía vocación de policía, pero siempre he sido justiciero, intentando defender a los más débiles —ahí la voz de Enrique se quebró ligeramente—, pero nunca había pensado en meterme a policía. Fue ese amigo mío, Severiano, el que entró en el cuerpo y me recomendó que hiciera lo mismo. Yo no me veía de psicólogo, la verdad, acabé la carrera porque no me gusta dejar las cosas a medias, pero necesitaba moverme, estar activo. La acción. Así que le hice caso. Y hasta hoy. Treinta y un años ya.

Veiga se echó hacia atrás y se recostó en el respaldo de su silla, impresionado.

—¿Y por qué Homicidios? —Veiga era periodista desde los dieciocho años y tenía sesenta. Había cosas que venían por deformación profesional.

—Empecé en el 93 y justo en esa época explotó el infame caso de las niñas de Alcàsser. Eso despertó algo en mí… Luego noté que, cada vez que se producía un homicidio y tenía que encargarme de la escena del crimen acordonando, evitando que nadie tocase nada e incluso sacando algunas fotos si me lo pedían, me jodía acudir a otro asunto y no quedarme para descubrir qué había pasado. Siempre me ha gustado ir a por los malos, y por eso me he dedicado a cazar a los más malos de los malos.

Enrique y Veiga se sonrieron. Las dos horas que llevaban hablando se les habían pasado volando. Ambos habían descuidado sus obligaciones de esa mañana y en cierto modo era algo que los unía un poco más.

Cuando Enrique fue a pedir la cuenta, Veiga le dijo que ni se le ocurriera pagar.

—Cóbrame a mí —le ordenó a uno de los camareros como si fuera un empleado suyo.

—Déjame pagar, por favor, aunque sea los cafés —le pidió Enrique dejando una moneda de dos euros sobre la mesa. Veiga cogió la moneda y se la volvió a poner en la mano al policía.

—Faltaría más. Estás invitado.

Ambos forcejearon levemente hasta que Enrique se rindió y guardó la moneda. Era la única que llevaba. Desde hacía un tiempo solo utilizaba tarjeta. Incluso podía usarla en la máquina de café de la comisaría.

Veiga pagó en efectivo y dejó una generosa propina. Después, salieron juntos al exterior. El día se había nublado y en la esquina de la calle soplaban fuertes ráfagas de viento.

—Muchas gracias por participar en el programa.

—Gracias a ti por el desayuno.

—Oye, guarda mi número, esto hay que repetirlo —dijo Veiga en un arranque de entusiasmo que sorprendió y, a la vez, alegró a Enrique.

Se intercambiaron los números y hablaron de ir a cenar alguna noche con sus parejas. Mientras lo hacían, Enrique no podía dejar de pensar en la felicidad que sentiría Macarena cuando se lo dijera. Su mujer había visto todos los capítulos del programa.

Charlaron cinco minutos más en la puerta de la cafetería, donde Enrique comprobó que lo que decía Veiga sobre que la gente podía ser muy pesada era cierto. Los transeúntes lo saludaban sin conocerlo y se le quedaban mirando como si fuese una atracción de feria. Veiga lo llevaba con naturalidad y soltura. Adoptaba una actitud amable con la gente que se le acercaba. Cuando le hablaban se convertía en un actor que interpretaba un papel durante unos segundos hasta que se iban. Después volvía a ser la persona con la que Enrique había tomado el café.

Se dieron un abrazo e insistieron en quedar pronto para cenar. Al separarse, Enrique se esforzó por disimular su sonrisa casi de colegial. Aunque su chaqueta lo tapaba, iba vestido con el uniforme y no podía ir por la acera como si le acabasen de dar su primer beso. Estaba muy contento porque todo había salido muy bien esa mañana, pero ahora tenía que cambiarse de ropa en el coche e ir rápidamente a la comisaría para intentar descubrir quién había disparado en la cabeza a un repartidor de Glovo en pleno centro de Barcelona.

3

Enrique pretendía que aquel fuese un día normal, pero sus compañeros tenían otra intención. Ellos querían saber de primera mano cómo se realizaba la grabación de *Morts*. Enrique respondía a sus preguntas quitándose importancia, como si fuera colaborador habitual de varios programas de televisión. Jaume, uno de los sargentos del grupo, era el más insistente. En pie, al lado de la mesa de Enrique, le iba preguntando sobre el caso y también sobre lo que él había explicado. Elisenda, la otra sargento, escuchaba y sonreía desde su mesa, aunque estaba más pendiente de su trabajo.

Samuel, uno de los más jóvenes, aprovechó que le tenía que entregar unos informes para unirse a la reunión, con su eterno olor a chicle de menta y desodorante deportivo. Había ocho agentes en ese grupo de Homicidios y Samuel era el único al que Enrique no soportaba. Ese perfil de joven enérgico con tantas ganas de demostrar su valía a los demás le resultaba muy cargante. Samuel se pasaba el día en el gimnasio y, por haber corrido detrás de algunos delincuentes, se creía una especie de Rambo. Además, a los que veía inferiores los trataba con prepotencia y a los superiores les hacía la pelota. Eso irritaba mucho a Enrique. A diferencia de Isaac, su superior, él se fijaba mucho en esas cosas. Si se guiase solo por cómo la gente se comportaba delante de él, nunca podría saber cómo era alguien en realidad.

—¡Coño! ¡Pero si ya ha llegado la estrella! —bromeó Isaac estirando los brazos de manera burlona.

Con él ya eran tres los que estaban rodeando la mesa de Enrique. Isaac era el jefe del grupo, pero trataba a Enrique como si también él lo fuera. Se respetaban mutuamente. Habían empezado a trabajar juntos en 1998 y desde entonces eran amigos íntimos. Sus hijos se conocían, sus mujeres se llamaban por teléfono y ellos se habían salvado la vida el uno al otro en más de una ocasión. Habían recorrido juntos el camino desde lo más bajo hasta lo más alto que estaban dispuestos a estar. Y, si Isaac era el jefe y Enrique no, esto se debía a que Enrique había estado nueve años fuera de Homicidios. Algo de lo que Isaac era plenamente consciente.

Le estuvo vacilando un rato, ante la complicidad de los otros tres compañeros, y después se puso serio y adoptó una actitud más profesional. La noche anterior había sido tranquila, no habían llegado excesivas denuncias y ya tenía a Elisenda trabajando en ellas. La prioridad era el asesinato del repartidor y Enrique sería el encargado de conducir la investigación. Samuel le acababa de entregar el informe con las declaraciones de amigos y familiares hechas por teléfono. Y, tras recibir el permiso judicial, el volcado del contenido del móvil de la víctima se acababa de completar en el ordenador. Ahora solamente había que encontrar al asesino y demostrar su implicación.

Enrique se quedó solo en su mesa con el aroma a menta del chicle de Samuel. Dios, cómo odiaba ese olor. Pocas cosas le generaban tanto rechazo. Él no lo recordaba, pero mascaba un chicle de menta la primera vez que su padre perdió el control.

En la pantalla de su ordenador apareció la cara de Arsenio Rincón. Miraba a la cámara de su propio móvil desde arriba intentando salir natural.

Enrique estuvo mirándolo fijamente durante varios minutos. Le gustaba conocer a quién estaba investigando, y el rostro, aunque sea en una simple foto, aporta mucha información de una persona. De momento lo único que sabía de él era que tenía treinta y dos años, que había nacido en Ecuador, que llevaba la mitad de su vida en Barcelona y que trabajaba como repartidor de Glovo. Bueno, y que le habían pegado un tiro en la cabeza hacía dos noches.

Gracias a que todos sus movimientos estaban monitorizados por la aplicación para la que trabajaba, los policías sabían el recorrido exacto que había realizado hasta que lo asesinaron. Su último pedido lo había recogido a las 0:10 horas. Y seis o siete minutos después, en el trayecto entre el McDonald's y la casa de los tres ingleses que habían decidido comerse unas hamburguesas de madrugada, alguien le disparó y se dio a la fuga.

Lo primero en lo que todos habían pensado, teniendo en cuenta la naturaleza del asesinato, similar a una ejecución, y dada la nacionalidad de la víctima, era que se podía tratar de algún asunto relacionado con las drogas. Pero ese primer pensamiento daba igual. Ahora Enrique tenía que adentrarse en la vida de Arsenio y tratar de entender por qué alguien habría querido acabar con ella.

Las dos cosas que Enrique más odiaba de su trabajo eran dar la noticia de una muerte a los familiares de una víctima e inmiscuirse en la privacidad de los fallecidos. Violar esa intimidad le hacía sentirse sucio. Un pobre tipo era asesinado y dos días después allí estaba él leyendo todas sus conversaciones privadas y viendo sus fotos. Pero eso era necesario para encontrar al culpable. Como le había dicho a Veiga: «Hay que conocer bien a la víctima para poder descubrir quién lo ha matado».

Arsenio tenía la piel morena, el pelo ondulado, los labios carnosos y unas cejas finas que le parecieron algo femeninas. Miró la fotografía un instante más y después la cerró para repasar el informe que Jaume y Samuel habían redactado.

Según varios compañeros de su trabajo, Arsenio estuvo diez minutos enfrente del McDonald's esperando a que saliera la entrega. Los repartidores suelen situarse delante de sitios con mucha afluencia de pedidos porque así pueden recogerlos más rápido. En esos diez minutos charlaron con normalidad y ninguno percibió nada extraño. El pedido anterior se lo había entregado sin incidentes a una pareja. Estas personas tampoco percibieron nada raro en el *rider*. «Muy callado, nos entregó la comida y se marchó, como hacen todos», dijeron. Hasta ahí todo era normal, pero ¿entonces por qué después alguien se acercó a él, le hizo bajarse de la bicicleta, lo obligó a arrodillarse y le disparó en la frente? La bicicleta con la mochila amarilla llena de hamburguesas, patatas y refrescos quedó inmóvil en el suelo hasta que dos ciudadanos pakistaníes que vivían en el barrio se encontraron con el cuerpo y avisaron a la policía a las 0:20 horas. De todos los testimonios recogidos, lo que más llamó la atención a Enrique fue un comentario de Jaume en el que aseguraba que los tres ingleses que esperaban el pedido aparecieron en la escena del crimen y se comportaron de forma extraña y poco empática. Esa misma noche se les investigó y se les tomó declaración. Aseguraron que acudieron a la escena del crimen porque llevaban mucho rato viendo que el repartidor de su pedido estaba allí parado y vivían muy cerca. Ellos eran los únicos sospechosos por el momento y no había ni un mínimo indicio que apuntase a su culpabilidad. Al menos por ahora.

Antes de ponerse a fisgar en la vida privada de Arsenio, Enrique volvió a ver los vídeos y las fotos de la escena del crimen. Él no había acudido porque a esa hora estaba en casa con su mujer y los cadáveres en la calle duran muy poco. Siempre que podía volvía a su casa a cenar. Eso pasaba unas dos o tres veces a la semana. En el vídeo se veía a Arsenio tirado de costado al lado de varias bolsas de basura y cristales rotos. Tenía las rodillas flexionadas. Del suelo se habían recogido varias colillas, un par de latas de cerveza y una moneda de cinco céntimos. No se encontró ni el casquillo ni la bala. Lo del casquillo podía deberse a que el asesino se lo llevó o a que alguno de los muchos curiosos que vinieron después lo hizo. También podía haber rodado por el suelo hasta desaparecer en alguna cloaca. Y encontrar una bala en un lugar como ese y con tan poco tiempo era algo complicado.

Ningún vecino vio nada y los pocos que escucharon el disparo pensaron que era un petardo. La única manera de encontrar algo que les valiese en la investigación era adentrarse en la intimidad del pobre hombre al que habían matado mientras se disponía a entregar unas hamburguesas por cuatro duros.

Enrique se estaba comiendo el segundo bocadillo del día: de pollo, lechuga, tomate y cebolla. Lo acompañaba con una Coca-Cola bien fría. La dieta de un policía de Homicidios se asemeja mucho a la de un adolescente durante una noche de fiesta. Mientras tanto, inspeccionaba las redes sociales de Arsenio, desde dentro, con mucho cuidado, teniendo acceso a todo.

Enseguida descubrió que Arsenio era un tipo con un círculo social reducido. Estaba presente en muy pocos grupos de WhatsApp y la mayoría de sus conversaciones eran con dos chavales llamados Roger y Jonás. Compartía piso con tres personas a las que había localizado por el grupo de nombre «Compas piso». En él hablaban de horarios, de tareas domésticas y de pagos atrasados. Enrique buscó algunas palabras clave y no halló nada sospechoso. Aun así, decidió que esa tarde se pasaría por el piso. Conocer a alguien a través de su intimidad es muy útil, pero también lo es hacerlo desde la mirada de los que lo rodean.

Había muchos mensajes en Instagram a chicas que quedaban sin contestar. Y también a algún futbolista famoso. Arsenio tenía pocas fotos publicadas, y en la mitad de ellas estaba jugando al fútbol.

Enrique iba pasando de una aplicación a otra en busca de algo que despertara su intuición o que apelara a su instinto. Se sentía mal leyendo las conversaciones que Arsenio mantenía con María Fernanda, con Marta o con Hannah. Todas ellas le daban largas y Arsenio era muy insistente para quedar. A dos de estas chicas las encontró en los mensajes privados de Tinder. A la otra la localizó entre sus contactos de Instagram: era una joven ecuatoriana que trabajaba de camarera en un restaurante. Arsenio escribía a muchas mujeres y, aunque no fuese correspondido, no se podía dudar de que era un mujeriego.

Entre todos sus mensajes, los que más llamaron la atención a Enrique, los únicos que le hicieron reflexionar, fueron los que había intercambiado con una mujer llamada Salomé. Era un chat muy poco activo, pero de vez en cuando, con semanas de por medio, aparecían frases como «Espera que se vayan», «Ricas tetas tenías hoy» o «Dame en el descanso». Los mensajes provenían tanto de él como de ella, pero casi nunca obtenían respuesta. Tras un par de semanas, aparecía otro del mismo estilo.

Respecto a las drogas, quitando algún comentario en el grupo de WhatsApp llamado «Pelokos», en el que se aludía a fumar hierba y en el que, además de Arsenio, Roger y Jonás, había otras diez personas, no encontró nada más.

Enrique se acabó el bocadillo y repasó de nuevo el móvil de la víctima. Después, se recostó en el crujiente respaldo de su silla y se quedó mirando pensativo las fotos de Arsenio. Los ingleses, los compañeros de piso, la peluquería o Salomé, esos eran los cuatro hilos por los que creía que debía tirar.

Enrique aparcó su coche, un Audi A4 negro del 2014, a escasos cien metros del edificio donde vivía Arsenio. Avanzó por la acera, fijándose en los pequeños comercios a un lado y otro de la calle mientras observaba aquel paisaje tan habitual para la víctima y que ya nunca más volvería a contemplar.

En el piso lo recibieron dos chicos y una chica, los tres ecuatorianos. En total convivían cinco personas, y la que faltaba estaba trabajando, también en Glovo, y compartía habitación con su novia.

Enrique fue recibido con una fría cordialidad. Era obvio que ninguno tenía especial simpatía por la policía. El piso era pequeño, y Enrique lo recorrió con actitud relajada. Un baño con una ducha que tenía un cubo de fregar dentro y en el que el inodoro chocaba con el lavabo. También había una cocina integrada en un pequeño salón con un sofá de tres plazas cubierto por una funda vieja y descosida. Del salón se accedía a dos habitaciones y a un pasillo, al final del cual se había improvisado la separación de una habitación en dos partes. Enrique se fijó en un cenicero vacío que estaba situado sobre una vieja mesa de centro, y le hizo gracia pensar que los tres chavales habían estado limpiando antes de su llegada. Como si el inspector que investiga el asesinato de su amigo fuese a multarles por fumar porros en casa.

Con timidez, le señalaron la habitación de Arsenio, una de las dos anexas al salón, y Enrique entró en ella.

Al hacerlo vio una cama individual sin hacer con un trozo del colchón al descubierto, un pequeño armario con la puerta entreabierta porque contenía más ropa de la que podía almacenar, un espejo con fotos de carnet pegadas, un viejo portátil sobre una silla, sin mesa, con unos siete libros de texto usados debajo, de contabilidad y finanzas, un par de cargadores enchufados en un alargador, una bufanda del Barça y un póster viejo de una modelo sobre un Ferrari en la pared. Allí vivía Arsenio. Aquellos cuatro o cinco metros cuadrados eran su mundo.

Tras inspeccionar la habitación y no encontrar nada interesante, Enrique salió al salón y se sentó en el sofá como si fuera un compañero de piso más. Se quedó mirando la tele apagada. Tenía una pantalla grande y era inteligente, por lo que valdría al menos unos doscientos euros.

—¿Cómo lo estáis llevando? —le preguntó a Hernán.

—Es como si no hubiera pasado —respondió en un tono muy bajo y sin levantar la vista de su móvil.

—¿Os conocíais desde hace mucho?

Al escuchar que el policía estaba hablando, Rocío y Júnior fueron al salón. Arsenio era el inquilino más antiguo del piso, vivía desde hace siete años allí, los demás fueron llegando después. La pareja, por ejemplo, solo llevaba dos meses. Describieron a Arsenio como un tipo reservado y amable.

—Trabajaba muchas horas y luego se encerraba en su habitación a estudiar —dijo la chica.

Enrique sabía que Arsenio estudiaba Contabilidad y Finanzas en la universidad a distancia. No le parecía algo relevante.

—¿Tenía amigos? —les preguntó. Los tres se encogieron de hombros. No eran las personas más habladoras del mundo. Enrique prolongó el silencio.

—Lo normal —dijo Júnior.

—Tenía su gente —añadió Hernán.

—Veréis, yo soy policía judicial. Lo único que me interesa es encontrar al responsable. Me suda la polla el tráfico de drogas, las bandas callejeras o las apuestas ilegales de carreras de grillos. Nada de lo que digáis importa más allá de saber quién pudo matar a Arsenio.

Los tres asintieron como si fueran estudiantes regañados por el profesor.

—Vale —dijo Hernán, que tenía unos veinticinco años y era el más espabilado de ellos.

—¿Sabéis si Arsenio estaba o había estado en alguna banda? —Los tres negaron con la cabeza—. ¿Venta de drogas? Eso sería lo más lógico dada la naturaleza de los hechos.

Los tres se miraron con timidez y después clavaron la vista en las frías baldosas del suelo.

—Alguna vez sí que pasó alguna hierba para sacarse un extra, pero no era lo suyo. Él ganaba el dinero con la bici —explicó Hernán con tono serio.

—¿Alguna idea de dónde podría sacar la hierba? A mí me da igual. No voy a detener a nadie que no sea el asesino de vuestro amigo.

—Eso con toda sinceridad le digo que no lo sé —respondió en ese momento Hernán con la solemnidad del testigo de un juicio.

Enrique se levantó del sofá y curioseó un poco por el salón. Había un radiador apagado con ropa encima, una esquina llena de zapatos y una mesa rodeada de sillas de diferentes estilos y colores.

—¿Traía a muchas chicas a casa? ¿Era ligón?

—En las Navidades vino un día una gringa a pasar la noche. Usaba las apps de citas, pero no sé cuánto ligaba.

—Él decía que estaba viendo a una chica del Tinder ahora —añadió Rocío.

Enrique asintió y anotó «Marta» en su libreta.

—¿Os suena una chica llamada Salomé?

—No —respondieron los tres.

Enrique cogió su móvil y les enseñó una foto. Todos negaron con la cabeza.

—Muchas gracias por vuestra amabilidad. Tenéis mi número para cualquier cosa, por mínima que sea, que creáis que pueda servir.

Enrique se despidió y entró en el diminuto y ruidoso ascensor del edificio con bastantes más dudas que cuando había subido por las escaleras. Lo hacía así porque le gustaba observar cada detalle del entorno de la víctima: una pintada, unas gotas de sangre, lo que fuera que pudiera hacer avanzar la investigación.

Sin mover el coche del sitio, Enrique se dirigió hacia la peluquería de Roger. La música urbana latina se escuchaba desde la acera. En un local pequeño, con dos sillas y una televisión de plasma anclada a la pared, cinco jóvenes bebían cerveza mientras uno, presumiblemente Roger, le cortaba el pelo a otro.

Enrique abrió la puerta y los cinco lo miraron como si fuera un extraterrestre. Enseguida reconoció a Jonás de las fotos. No era difícil dada su complexión física: negro, alto y con el pelo afro. Los tres chicos que estaban sentados en el sofá asistiendo al corte de pelo aguantaron la risa cuando Roger le preguntó a Enrique qué quería. El policía se acarició la calva con la mano derecha y sonrió. Con actitud confiada se adentró en la peluquería y se sentó en la silla vacía. Sabía que estaban a punto de meterse con él, así que empezó a hablar para ahorrarles la vergüenza.

—Estoy investigando la muerte de Arsenio Rincón… No guardéis las cervezas. Si al que le están cortando el pelo no le importa, a mí menos —dijo al ver que se ponían tensos—. ¿Puedo hablar a solas con Roger y Jonás?

Los cinco empezaron a mirarse con cara de susto.

—¿Yo también? —preguntó el chico que estaba cortándose el pelo al ver que los otros dos se levantaban con intención de irse.

—No te preocupes, no serán más de cinco minutos —prometió el policía. Lentamente, los tres se fueron y lo dejaron a solas con Roger y Jonás, los amigos más cercanos a Arsenio.

—¿Se sabe algo? —preguntó el peluquero justo después de apagar la música.

—No esperaba encontrarme con una fiesta a los dos días de que vuestro amigo fuese asesinado. —Enrique sabía que no era una fiesta. De hecho, aunque había escuchado algunas risas, la actitud de los cinco jóvenes era seria cuando él había entrado, pero quería comprobar con qué clase de gente estaba tratando.

—Ayer cerré todo el día, pero hay que pagar los gastos —se defendió el peluquero.

Durante unos minutos, Enrique les volvió a hacer las mismas preguntas que había hecho a los compañeros de piso. Y, aunque claramente Roger y Jonás conocían mejor a la víctima, sus respuestas no aportaban nada nuevo. Enrique miró a su alrededor e imaginó a Arsenio allí sentado, tomándose una cerveza mientras alguien recibía un corte de pelo entre risas, destensándose tras un día entero recorriendo Barcelona de arriba abajo con su bici. Ambos chavales tenían actitudes algo chulescas, acorde con el estilo de música que escuchaban, pero no parecían ser pandilleros.

Dieron algunos detalles más sobre las dos chicas que Arsenio había conocido por Tinder, como que solo se había acostado con la estadounidense y que se quejaba de que era casi imposible conseguir quedar con ellas. Describieron a Arsenio como alguien a quien le costaba mucho ligar. Por suerte, cuando les enseñó a ellos la foto de Salomé, la reconocieron al instante.

—Esta es la camarera del Moonserrat —dijo Jonás, sorprendido.

—Ahí es donde nos juntamos para ver el fútbol —añadió Roger.

—¿Lleva mucho tiempo trabajando allí? —preguntó Enrique.

Los dos chavales se rieron.

—Desde siempre, ella es la mujer del dueño —respondió Jonás.

Con un gesto, Enrique les hizo entender que esas últimas preguntas eran irrelevantes. Después les dio las gracias por su colaboración y se despidió amablemente. Aunque quedó en una mera formalidad, Enrique estaba agradecido: esos dos chavales lo habían conducido hasta su principal sospechoso.

4

Las gotas de lluvia golpeaban con precisión contra el cristal, componiendo una melodía relajante que seguía el ritmo del limpiaparabrisas, el motor y los neumáticos. A cada lado del coche se veían unas luces débiles y lejanas que estaban rodeadas de la más absoluta oscuridad.

Enrique llevaba media hora conduciendo por el mero placer de hacerlo, era algo que hacía a menudo. Le gustaba cuando el clima era hostil y él se encontraba resguardado. Fuera del coche, en la autopista, la lluvia arreciaba y soplaba un viento frío. Dentro, sin embargo, había calidez, tranquilidad y paz. En la delgada línea que dividía ambos mundos, los chorros de lluvia se deslizaban por el cristal hasta desaparecer.

El caso de Arsenio no era ni mucho menos el más duro al que se había enfrentado, pero llevaba todo el día absorbido por su vida y necesitaba desconectar. Antes de llegar a casa, una hora de tranquilidad al volante le parecía más útil que una hora de terapia. No se abstraía con la intención de olvidar, no, todo lo contrario; lo que hacía era interiorizar lo vivido, aceptar que alguien había decidido disparar en la frente a un chaval de treinta y dos años tras obligarlo a ponerse de rodillas en una oscura calle del Raval, y que ese chaval era explotado por una de las empresas de envío a domicilio más boyantes del país, y que su madre vivía a miles de kilómetros con su propia familia y que la noticia de su muerte la había dejado bastante indiferente, y también que vivía con cuatro personas que apenas sabían nada de él, y que las chicas que le gustaban lo solían ignorar y que sus dos únicos amigos de verdad estaban bebiendo cerveza y bromeando cuando ni siquiera habían pasado cuarenta y ocho horas de su muerte, cuando todavía no había sido enterrado.

Las horas inmediatamente posteriores a un asesinato eran las más importantes. En ellas el grupo había analizado la escena del crimen, que en este caso no era compleja: un cuerpo con un disparo con orificio de entrada en la frente y de salida en la oreja derecha; ni casquillo, ni bala; sin signos de lucha o forcejeo; y con una bici apoyada en el suelo, no tirada. Primera hipótesis: alguien conocido le había hecho bajar de la bicicleta, le había obligado a ponerse de rodillas y le había disparado; o puede que Arsenio se arrodillara para suplicar y fuera disparado igualmente.

También habían revisado las cámaras de seguridad de la zona, en especial las que seguían el trayecto que estaba haciendo Arsenio. Habían pedido geolocalización del área, pero era el centro de Barcelona, y por allí pasaban miles de personas cada noche. También habían localizado a la familia y tomado declaración a amigos y testigos.

Por experiencia, Enrique sabía que, cuando un caso no se empezaba a esclarecer en los dos primeros días, se podía alargar o quedar sin resolver. Sin resolver. Qué poco le gustaba eso. No recordaba exactamente cuántos homicidios había investigado. La cifra era cercana a cien, pero lo que sí recordaba con precisión era que seis de esos homicidios no los había podido resolver. Y todavía se acordaba de todos y cada uno de ellos.

El día siguiente era crucial. No es que fuera a resolver el caso de inmediato, porque, una vez que sabes quién es el responsable, hay que demostrarlo. Afortunadamente, con las herramientas actuales es cada vez más fácil: móviles, cámaras, geolocalización; el crimen perfecto es cada día más difícil. El día siguiente era crucial porque Enrique podría descubrir con una alta probabilidad de acierto quién era el asesino.

Al salir de la peluquería, Enrique había ido al Moonserrat. Se trataba de un bar latino con una decoración atemporal y ostentosa. En la barra había una pecera en forma de tubo de casi un metro de altura. La mayoría de los clientes iban a ver el fútbol, y el dueño había decidido poner una pecera que tapaba la mitad de la pantalla. Como estrategia de marketing dejaba mucho que desear. Enrique había entrado sin identificarse. Salomé estaba apoyada en la barra viendo vídeos en el móvil a todo volumen. Era una mujer voluptuosa de unos cincuenta años. En la piel negra de su cara solo había arrugas de expresión, y no de alegría precisamente. Sus pechos eran enormes y ella los mostraba orgullosa a través de un escote que seguramente había sido responsable de más de una distracción. En su vientre y su trasero se notaba un ligero sobrepeso, producto de regentar un bar con barra libre de alcohol y un menú con comida poco saludable. Aprovechando que el marido estaba sentado en una mesa con unas gafas en la punta de la nariz y una libreta de cuentas en la mano, Enrique se había sentado en la barra y había pedido una cerveza. El alcohol no le gustaba nada, pero su intención era darle un par de sorbos y marcharse. Como no era día de partido, en el bar solo había un borracho en la barra y una señora apostando en una de las dos ruidosas máquinas tragaperras.

Durante unos minutos, el policía se había dedicado a estudiar a Salomé. La mujer estaba triste. Iba pasando de vídeo en vídeo en el móvil con ansiedad y sin reaccionar a ellos. Ni siquiera al beber de un vaso de tubo con cerveza de barril apartaba la vista de la pantalla. Enrique había decidido que la mejor manera de abordar la situación era esperando a quedarse a solas con ella para no despertar los recelos del marido.

Pasaron unos minutos, e incluso llegó a beberse la mitad de la cerveza, hasta que el marido salió a fumar. Nada más escuchar cómo se encendía la llama del mechero, Enrique se levantó y se acercó a Salomé.

—Me llamo Enrique Moreno, soy inspector de policía. Me gustaría hablar en privado contigo sobre Arsenio Rincón —dijo, provocando que Salomé pusiera una cara de susto—. Dame la cuenta y escríbeme tu número en ella.

Salomé se quedó confusa, pero hizo exactamente lo que le pidió. Enrique pagó la cuenta y se marchó con el tíquet en el bolsillo. Al pasar junto a su marido se fijó en cómo fumaba. ¿Sería ese hombre capaz de fumar un cigarro así de tranquilo dos días después de matar a sangre fría a un chaval? Mientras caminaba hacia el coche, ya a un centenar de metros del bar, Enrique mandó un escueto mensaje a la mujer: «Este es mi número, llámame a cualquier hora».

Después cogió la Ronda Litoral y se dirigió al Raval para entrevistarse con los tres ingleses que habían realizado el último pedido de Arsenio. En cuanto le abrieron la puerta del piso confirmó la mala sensación que le habían generado a Jaume: eran unos veinteañeros pijos y estirados que mostraron muy poca empatía por el tipo que no les entregó sus hamburguesas. Durante casi una hora, los tres ingleses se dedicaron a despotricar contra el Raval, quejándose de la inseguridad, de los robos y de las peleas. Enrique probó a asustarlos para ver cómo reaccionaban y les dijo que si tanto odiaban la ciudad por qué no se iban a su país. Le dio cierto gusto poder decir eso sin ser tachado de racista. Los tres ingleses se quedaron pálidos. Balbucearon respuestas inconexas y Enrique se convenció de que esos idiotas no habían pedido comida a domicilio para luego esperar al repartidor a dos minutos de su casa con la intención de pegarle un tiro sin venir a cuento.

De camino a la comisaría recibió la llamada de Salomé. Entre el acento y lo nerviosa que estaba, le resultó difícil comunicarse con ella. Enrique la tranquilizó, le habló de los mensajes que intercambiaba con Arsenio y la citó a la mañana siguiente en la comisaría. «Y no estés nerviosa, es un procedimiento habitual. Aunque procura que no se entere tu marido».

El velocímetro marcaba ciento diez kilómetros por hora. Enrique ya estaba volviendo a casa. El ronroneo de la calefacción y el aire caldeado del vehículo lo adormecieron. El reloj marcaba las 0:37. El despertador sonaría en menos de ocho horas, pero le daba igual. Esa hora de coche era para él mejor que dormir. Si no fuera por esos detalles, el trabajo le volvería loco. Y nadie quiere volverse loco.

Ya se notaba más relajado. Le encantaba el contraste entre la tormenta afuera y la calma del interior del vehículo. Si hubiera ido a terapia, quizá habría descubierto que eso se debía a que cuando era pequeño el ambiente de su casa era hostil y, sin embargo, la calle era un refugio de tranquilidad. Hasta los dieciocho años fue así, al menos. El padre de Enrique era dócil fuera de casa, pero en el hogar se convertía en alguien peligroso. Ningún compañero suyo de la obra, de esos con los que se iba a tomar vinos cada noche, ningún vecino que no viviese encima, debajo o al lado de su vivienda, ni el quiosquero, el camarero o el mecánico con los que trataba, se imaginaría cómo era en casa, en qué se transformaba al llegar a su hogar. Fuera, un hombre serio y educado. Dentro, desquiciado y agresivo. Cuando murió en el 93, con siete años menos de los que tenía ahora Enrique, todo fueron buenas palabras para su padre. Pobre Isidro. Siempre se van los mejores. Aún tenía toda la vida por delante. Maldito cáncer. Qué será ahora de Isabel. Pues Isabel podría empezar a vivir por fin tranquila. Sin golpes, ni gritos, ni cambios de humor repentinos. Sin temer el momento en el que su marido introducía las llaves en el cerrojo de la puerta.

Desde hacía cinco años, Enrique odiaba a su padre. Incluso muerto se las había ingeniado para amargarle la vida. El único recuerdo bonito que tenía de él era cuando se sentaba en el sofá a ver la tele con una manzana y le iba dando trozos. Con un afilado cuchillo iba cortando y comiendo. Uno para ti, otro para mí. No tendría más de cinco años. Su padre estiraba la hoja del cuchillo con un trozo de manzana encima y se la acercaba para que lo cogiera. Todavía podía escuchar el crujido de sus mandíbulas al masticar. Años más tarde, cuando las manzanas pasaron a mejor vida, su padre le enseñó a jugar al ajedrez. Y eso Enrique lo odiaba. En realidad, no le enseñó para jugar juntos y divertirse, sino que lo utilizaba para mejorar sus tácticas de juego y ganar en sus partidas de ajedrez del bar. Porque su padre fuera de casa era muy simpático y dentro era odioso. Le explicó de forma rápida cómo se movían las piezas y le ganó todas las partidas que jugaron. Por suerte para Enrique, un día apareció en casa con un libro de ajedrez y se acabaron los jaques mate acompañados de gritos e insultos a su inteligencia.

El coche enfiló la calle en la que vivía con su mujer en el mismo piso de su infancia, aquel que habían comprado sus abuelos paternos en los años cincuenta del siglo pasado. Eso sí, ahora estaba totalmente reformado. Solo con esfuerzo podía Enrique ver el piso de su niñez superpuesto al de su vida de adulto, padre y esposo. Si ambas viviendas estuvieran en una rueda de reconocimiento, nadie las señalaría como la misma.

Enrique aparcó el coche en un garaje enfrente de su edificio, a treinta segundos del portal, en su querido barrio de Navas, donde había crecido con Severiano, Andrés y Joan. Subió la cuesta del garaje con sueño, pero descansado mentalmente. Esa hora de coche le había sentado de maravilla. Hasta se había olvidado de que ese viernes solo había comido tres bocadillos, uno para desayunar, uno para comer y otro para cenar. Se miró en el espejo del ascensor y pensó en lo aterrador que sería poder ver juntas en un vídeo todas las caras que este había reflejado en los últimos cincuenta y cinco años. Por suerte llegó a su destino y el pensamiento se esfumó.

Metió la llave en la cerradura con la absoluta seguridad de que ni su mujer ni su hijo habían sentido jamás el miedo de su madre o el suyo al oír ese sonido. Pequeños y, a la vez, grandes triunfos que tiene la vida. A veces los refranes fallaban y de tal palo no salía tal astilla. Enrique amaba a su mujer y tenía una maravillosa relación con ella. De hecho, estaba deseando verla y contarle cómo había ido su encuentro con Veiga.

5

Aunque solo había entrado en el despacho a dejar el uniforme, acabó pasando allí quince minutos. Su idea era colocar una pieza y marcharse rápido, pero el puzle todavía estaba en sus inicios y le costó encontrar el sitio adecuado para encajarla. Después cogió otra pieza, y otra, y hasta que no vio que pasaba de la una y media de la noche no fue capaz de reunir la fuerza de voluntad necesaria para parar. Enrique amaba los puzles. Esa era otra de esas cosas que le ayudaban a no perder la cordura. Con seis años empezó a hacerlos con su madre y ya llevaba casi cincuenta resolviéndolos. Primero fueron puzles de doce piezas, después de cien, y ahora los hacía de miles. A veces un puzle le duraba un mes. Luego enseguida lo desmontaba y empezaba otro.

Entró sigilosamente en la habitación. Se conocía tan bien la casa que no tenía ni que encender las luces para moverse por ella. Su mujer, Macarena, era friolera, así que la temperatura estaba por encima de los veinticinco grados. Enrique solo dormía con una camiseta, llevaba años haciéndolo sin pijama. Y nada de calzoncillos. No podía dormir apretado.

La luz de la lámpara de la mesilla de Macarena se encendió y ella entreabrió los ojos. Durante unos segundos se limitó a mirar a su marido en silencio. Todavía estaba dormida. Apartó su pelo castaño rojizo de la cara y se quitó la férula de los dientes.

—¿Cómo ha ido? —preguntó mientras la dejaba dentro de un pequeño recipiente de cristal.

Enrique se desnudó completamente y cogió una vieja camiseta con el escudo del Manchester United que tenía bajo la almohada.

—¿El qué? —respondió haciéndose el remolón.

—Venga, que es tarde.

—Han dicho que muy bien. Fue bastante rápido. En media hora les conté todo —dijo abriendo la cama para meterse dentro.

La luz de Macarena iluminaba levemente la foto de la mesilla de Enrique, en la que se les veía a ellos dos delante del castillo de Angus donde se alojaron, en Escocia, el mejor viaje que habían hecho en su vida. Julián, que en esa época tenía quince años, se quedó con su abuela, y Enrique y Macarena vivieron una inolvidable luna de miel. Llevaban diecisiete años casados en ese momento y follaron más que cuando eran veinteañeros. Lo hicieron en casi todas las estancias del castillo, pasillos y jardines incluidos. Aún hoy en día, a veces Enrique se masturbaba recordando el viaje.

—¿Estaba Veiga?

—Sí... —A Enrique se le escapó una sonrisa de pillo. En parte le avergonzaba sentir esa ilusión. Le encantaría no estar tan impresionado por un personaje famoso. Él era un hombre adulto, un tipo duro. Pero, en su interior, ese contacto con la fama le emocionaba.

Se metió en la cama y besó a su mujer en los labios. Cuando ella se empezó a alejar, la agarró de la nuca y la besó un poco más.

—¿Es majo?

—Estuvimos dos horas juntos. Me invitó a desayunar. —A Macarena se le escapó una sonrisa nerviosa—. Y hemos hablado de ir a cenar juntos los cuatro.

—¿Los cuatro?

—Nosotros con él y su mujer, supongo. —Enrique hizo un esfuerzo por fingir naturalidad.

Entre el sueño que sentía y lo que le había dicho su marido, Macarena se quedó inmóvil durante unos segundos, procesando. Enrique la miró embelesado. Esa cara redonda y simétrica, esos ojos castaños, casi verdes, y esas pequitas que tanto le gustaban.

Ese año celebrarían las bodas de plata. Ahí es nada. Y todavía recordaba perfectamente el día en que la conoció. Después de los peores años de su vida, Enrique había recibido una noticia que le dejó aturdido y necesitó entrar en una cafetería para sentarse y tomar algo fresco. Y allí estaba ella, al otro lado de la barra. Se acercó a su mesa y, antes de preguntarle qué quería, lo miró a los ojos durante algo más de un segundo. Enrique vio cómo sus pupilas se dilataron y su rostro se sonrojaba. Todo ocurrió dentro de ese segundo. En ese momento supo que se casaría con ella. Le pidió un zumo de manzana, aunque él siempre decía que era de piña, pero no, Macarena tenía razón: le pidió un zumo de manzana. Y a partir de entonces no dejó de ir a la cafetería hasta que un día se marchó de allí con ella de la mano. Pero tardó varios meses en lograrlo.

Macarena era una persona especial porque su madre había sido también alguien muy especial, que alegraba a los demás con su manera de hablar, de reírse, hasta de caminar. En el barrio de Madrid en el que creció, todos los vecinos adoraban a su madre. Siempre tenían un comentario o un chiste para hacerle, y ella siempre devolvía una respuesta ingeniosa. Esa mujer era tan especial que, cuando murió, su marido se mudó de ciudad para intentar superarlo. Y nunca más tocó o miró a nadie. Los padres de Macarena se habían conocido en un autobús en un día de lluvia y permanecieron juntos hasta que la muerte los separó, como dicen los curas. Ni dos años soportó Alfonso, el viudo, en esa ciudad. Algunos amigos le decían que se cambiara de casa. Como si fuera tan fácil… La acera, los semáforos, la frutería, la charcutería, hasta los contenedores de basura, cualquier sitio en el que había estado con su mujer le apretaba el corazón. Y por eso Macarena llevaba desde los catorce años en Barcelona. Allí, al no estar a su lado su hermana mayor, ella pasó a ocupar ese rol. En Madrid eran seis personas en la familia y en Barcelona eran cuatro. En Madrid era la segunda hermana, pero en Barcelona se convirtió en la madre.

Estiró la mano para coger de nuevo la férula de los dientes, se la colocó en la boca y apagó la luz. Antes echó un vistazo a una pequeña caja envuelta en un desgastado papel de regalo con un descolorido lacito rojo. Cabía en la palma de su mano y aun así era lo más preciado que tenía en su vida. Dos semanas después de que su madre muriese en un accidente de tráfico, o de un infarto, eso nunca quedó claro, entre sus pertenencias encontraron ese regalo para Macarena. El hecho de que su madre, la persona a la que más quería en el mundo, el ser humano más especial que había conocido, falleciese cruel y repentinamente la víspera de su cumpleaños, fue lo más horrible que le había pasado. Era una de esas muertes de las que nadie se recupera. Por la mañana estaba haciendo bromas, siempre tan cariñosa, y por la noche su cuerpo se hallaba en la morgue a la espera de que la burocracia le permitiera ser enterrada. Cuando Macarena encontró ese regalo, con una tarjeta que siempre llevaba en la cartera, en la que ponía «Feliz cumple, Maca» firmada por «Mamá» y al lado un corazón, por un momento, sintió que su madre seguía viva. Que nunca se había ido. Y, aunque todos sus allegados la animaron a abrirlo, Macarena nunca quiso hacerlo, porque, mientras ese regalo siguiera envuelto, su madre aún tendría algo que decirle. Esa caja contenía sus últimas palabras, y su hija no quería escucharlas, pues así, en cierto modo, era como si siguiese viva. O al menos así lo sentía Macarena. Estaba convencida de que, si abría el regalo, su madre moriría del todo, y por eso prefería tenerla allí viva durmiendo cada noche a su lado.

Con la luz apagada, Enrique se colocó bocarriba y Macarena se acurrucó con él. Llevaban media vida durmiendo así. Él mirando al techo y ella de lado poniéndole la mano en el pecho, una mano que él sujetaba como si fuera el peluche de un niño. Macarena se durmió enseguida, y Enrique lo notó porque tuvo un par de espasmos en las piernas. Él estaba a punto de lograrlo, pero los pensamientos todavía le rondaban la mente: algunos recuerdos acerca del desayuno con Veiga, del ridículo de haberse puesto tan nervioso, de Arsenio, y también otros de su infancia. Sin saber por qué, Enrique empezó a pensar en el día en que, con siete años, sus tres inseparables amigos y él prendieron fuego sin querer a un quiosco. Les pareció gracioso tirar un petardo dentro y asustar al quiosquero, y en cuestión de segundos todo prendió. El pobre señor Joaquim lo único que pudo hacer fue ver su negocio arder. Aquello fue un gran escándalo en el barrio. Mucho más que una chiquillada. Enrique era el más atrevido de sus amigos y el único que tuvo las agallas de arrojar el petardo, pero eso nunca lo supo nadie porque todos compartieron la culpa. Jamás ninguno de ellos delató a Enrique. Ni los dos futuros delincuentes ni el futuro policía traicionaron esa amistad infantil. Por suerte, el abuelo de Severiano trabajaba en una empresa de seguros y se las ingenió para arreglar el problema de la manera menos traumática para los implicados.

Después, Enrique recordó cómo su padre le pegó con el cinturón para castigarlo mientras le echaba la bronca a gritos. Dos días después se le acercó entre risas y le dio la enhorabuena por quemar el quiosco de aquel idiota. Así de cambiante era el ánimo del bueno de Isidro Moreno. Cuatro años después de eso, Enrique y sus amigos encontraron una cría de gato en la calle. No hubo debate posible. Como cabecilla del grupo, Enrique fue el que se lo quedó. Al principio su madre no lo quería, pero, en cuanto lo vio beber leche de un plato, ese recelo se acabó. El gato ya tenía hogar. La preocupación de ambos era la reacción de Isidro. Por eso a todos les sorprendió que le agradase ver un gato en casa cuando llegó esa noche a las once. Durante días se pasó horas jugando con él y dándole mimos. Después, de un día para otro, empezó a odiar al gato y a quejarse de él. Le propinaba patadas y amenazaba con tirarlo por la ventana como le volviera a arañar los pies al dormir. La primera vez que Enrique se atrevió a plantar cara a su padre fue para defender al gato. Todavía podía oír, si se lo proponía, el estruendo del bofetón que le metió y el intenso y súbito calor en la mejilla. Enrique cayó al suelo y después se levantó. Tenía buen aguante para los golpes. Protegió al gato durante tres años, hasta que una tarde volvió a casa y, tras ver cinco minutos la tele mientras se tomaba un yogur de fresa, escuchó como un tosido en el baño. Al ir a ver qué pasaba encontró al animal en el suelo luchando por respirar sobre un charco de sangre. Tenía fuertes arcadas y echaba sangre por la nariz. Enrique, que era un adolescente de catorce años en ese momento, se quedó bloqueado. Durante un minuto se limitó a ver cómo el gato agonizaba. Después se arrodilló a su lado y lo acarició hasta que el gato, «su» gato, ese que había recogido de la calle y que había bautizado como Travi, dejó de moverse. Todavía podía recordar vívidamente la extraña sensación de estar a solas con un gato muerto en el piso. Como si él fuese el culpable de todo. Le daba miedo que su madre y su hermana pensaran que él le había hecho algo. Pero al mismo tiempo sabía que debía de haber sido su padre: una mala patada o un golpe contra la pared. Cuando este llegó pasadas las once de la noche, se enfadó al ver el gato muerto en el baño. Lo cogió como si fuera un trapo y lo tiró a la misma calle en la que lo habían recogido tres años antes. Aunque su madre le consolaba diciendo que le había alargado y mejorado la vida, Enrique nunca se perdonó el haberle fallado. Debía haberlo protegido mejor. Después de eso, nunca más quiso tener animales, y eso que Macarena era veterinaria. Daba igual lo mucho que su mujer y su hijo se esforzasen por convencerlo, él jamás volvería a convivir con un animal. El recuerdo de ese felino agonizante lo acompañaría durante toda su vida y no pensaba pasar de nuevo por algo así.

Pensando en Travi, Enrique se quedó dormido. Él y su mujer, juntos de la mano, en ese piso vacío, pero lleno de recuerdos. Dos personas durmiendo juntas, dando significado a la palabra «hogar».

Desde hacía seis meses vivían solos porque Julián se había ido a estudiar un máster a Madrid, y lo echaban de menos, especialmente Macarena, que era la que más tiempo pasaba en casa. Los tres habían formado una familia feliz, atravesando todo tipo de altibajos. Juntos eran un refugio. Ahora la paz habitaba dentro del piso y la hostilidad se quedaba fuera. Ambos volvían del trabajo y se sentían en casa, independientemente de cuántos gatos o perros se hubieran muerto o curado, o cuántos asesinatos se hubiesen producido o resuelto. La ausencia de Julián, o su presencia a través de las videollamadas que cada dos días hacía con su madre, había obligado a Enrique y a Macarena a adaptarse a un nuevo escenario. Uno más silencioso, más aburrido, también más cercano a la vejez. Qué bonito habría sido tener más hijos. Y qué tarde era ya para eso.

Ambos dormían plácidamente. Debían descansar. Mañana ella tenía que esterilizar a dos perros. Y él tenía que hablar con Salomé para descubrir si su marido había matado o no a Arsenio Rincón.

6

La sala olía a lejía, y ese olor se le metía por los orificios de la nariz hasta enrojecerle los ojos. Enrique le señaló una de las sillas a Salomé y esta se recolocó la apretada falda y se sentó. Se había presentado en la comisaría vestida y maquillada como si fuese la invitada de una boda. Enrique se situó a su lado. Quería darle confianza. Aquello no era un interrogatorio, sino una charla informal, o eso quería que pensase. La realidad era que, aunque le parecía altamente improbable, Salomé podría haber matado a Arsenio. Una mujer casada inicia una relación con un cliente de su bar, este se enamora, empieza a exigirle más compromiso, le amenaza con contar algo y ella decide quitárselo de encima pegándole un tiro mientras reparte unas hamburguesas. Igual no era lo más probable, pero si algo había aprendido tras trabajar veinte años en Homicidios era que, de entrada, nunca había que descartar ninguna posibilidad.

Salomé había llegado cinco minutos antes de lo acordado. Estaba nerviosa. Eso podía ser buena señal. Enrique había pasado una buena noche y a las nueve ya estaba sentado en su mesa de trabajo. Como todas las noches de viernes en Barcelona, se habían producido numerosas denuncias: agresiones sexuales, peleas, robos con fuerza, un atropello…, lo habitual. De todas esas denuncias se filtraban las que pudieran prevenir un futuro crimen. Las estadísticas son importantes. Da igual lo bien que juegue un delantero, al final lo que importa es su número de goles. En lo que respectaba al asesinato de Arsenio, lo único nuevo eran los resultados de la autopsia, y no aportaban demasiado. La víctima murió de un disparo y la bala no estaba en ninguna parte de su cerebro. Había algunos traumatismos en las piernas, pero debían de ser de jugar al fútbol porque llevaban días cicatrizando.

Enrique apoyó un pequeño vaso de plástico con agua en la alargada mesa de madera a la que estaban sentados y se lo ofreció a Salomé.

—Mira, hoy el camarero soy yo —bromeó. Salomé estaba tan nerviosa que ni supo sonreír. Hizo una mueca rara y después mojó los labios en el agua sin tragar ni un mililitro—. He leído los mensajes que te intercambiabas con Arsenio.

Salomé apretó los ojos y exhaló.

—Pobrecito. Morir en la calle, tan lejos de su madre.

A Enrique le impresionó esa respuesta. Incluso le hizo reflexionar. Con todo el ajetreo por encontrar al responsable no se había parado a pensar en lo triste que es morir rodeado de desconocidos. Ser un cadáver que nadie conoce tirado en la calle a miles de kilómetros de la persona que te dio la vida.

—¿Desde cuándo teníais una relación?

—No era una relación —dijo enseguida—. Él era tímido, pero me miraba mucho. Se ponía con los chicos a ver el partido, y yo notaba que en realidad me miraba a mí. Cuando venía a la barra me buscaba con la mirada… —Salomé se señaló el escote—. Me gustaban sus ojos. Algunos de sus rasgos parecían de mujer. Trabajo muchas horas, agente, llevo casada demasiado tiempo, tengo los niños ya mayores. Una se tiene que entretener con algo.

—¿Cuándo empezasteis la relación?

—Ya le digo que no era una relación. Yo juego mucho, seduzco y me dejo seducir. Muchos chicos del barrio vienen al bar, somos una comunidad grande. Igual un día me tomo unas cervezas y me apetece jugar, y mi marido está cansado, y yo juego de otra manera —dijo convirtiendo sus nervios en una especie de seducción.

—¿Te refieres a que mantienes relaciones con más clientes? —preguntó Enrique—. No te juzgo en absoluto. Simplemente te quiero entender.

—No, yo juego: fantaseo con uno, veo cómo me mira el otro… Los jóvenes casi no se fijan en mí, pero Arsenio sí lo hacía. En verano vino con la bici muy cansado, hacía mucho calor. Yo lo invité a un refresco y me senté en la mesa con él. En julio la gente se va a la playa, hay pocos clientes. Estábamos solos, él me miraba con esos ojos de mujer y me hablaba tímido. ¡Estaba tan cansado! Lo invité a una cerveza también. Lo conozco desde hace años. Siempre me lanzaba miradas…, y a mí él me excitaba. Tan jovencito y tímido. Le eché la bronca por mirarme… —Salomé se volvió a señalar el escote—. Y él se puso muy nervioso. Entonces yo le dije que siempre me lo miraba. Y le pregunté por qué. Y él, que era tan tímido, me dijo que intentaba no hacerlo. Yo le pregunté si le gustaba. «Si te gusta míralo», le dije. Y él lo hizo, y ahí se me pusieron los pezones bien duros. —Salomé pareció volver en sí entonces—. Ahí empezamos a tener relaciones, señor agente. Muy de vez en cuando. Siempre en el bar. Veía el partido y yo le mandaba un mensaje. Y él me decía algo caliente. A veces lo esperaba en el baño de mujeres en el descanso. O yo me quedaba a cerrar y él estaba escondido. Y ahí, con la verja bajada, teníamos sexo. Ocurrió cinco o seis veces, pero no era una relación.

—¿Crees que tu marido sospechaba algo?

—¡No! Mi marido ni se lo imagina. Él no es ningún santo, ¿sabe? Con las mujeres, digo —matizó atropelladamente.

—¿Nadie conocía esta relación vuestra?

—No, señor. No era una relación siquiera.

—Bueno, os acostabais de vez en cuando, como mínimo una vez al mes desde el verano. Es un tipo de relación.

Salomé asintió dándole la razón a Enrique.

—Nadie sabía nada —aseguró.

—¿Qué intenciones tenías? ¿Querías dejarlo? ¿Seguir como hasta ahora?

—Yo no pienso en eso. Cada día era el último hasta que volvíamos a caer.

—Entiendo… ¿Cómo estás llevando su muerte?

Salomé endureció los músculos de la cara y acto seguido reprimió el llanto. No le salieron lágrimas, pero se le humedecieron los ojos. Y no por la lejía, que todavía desprendía su vapor.

—Es duro no poder estar tan triste como estoy. Muy duro.

—¿Por qué escondías esta relación a tu marido? —Salomé lo miró como si no entendiera la pregunta—. ¿Qué crees que haría si se enterase?

La sangre se le subió a la cara y su piel negra mudó ligeramente de color. Cogió el vaso y esta vez bebió. Vaya si bebió. Vació el vaso de un trago. Enrique se mantuvo inerte como si no pudiera moverse hasta que ella hablase.

—Mi marido no es capaz de hacer daño a nadie.

—¿Se ha peleado alguna vez?

—Es el dueño de un bar. De vez en cuando hay algún incidente. Él es bravo pero no malo. Por Dios, él nunca haría nada así.

—Y si tu marido, en una de esas veces en las que tú y Arsenio os ibais al baño, o en las que bajabais la verja y os quedabais dentro, vio algo. O te cogió el móvil y descubrió sus mensajes. Y durante semanas o meses estuvo viendo cómo os mirabais, a ese chaval riéndose en su cara, en su propio bar, follándose a su mujer en el descanso de los partidos. ¿No crees que un día la rabia se le pudo desbordar y decidió vengarse? —Los dos se quedaron en silencio—. ¿Cuándo fue la última vez que tuvisteis relaciones?

—En diciembre. Hace tiempo ya.

—Podrías estar en peligro. Yo no digo que tu marido haya matado a Arsenio, pero, si lo hizo, no creo que se quede ahí. Por eso es tan importante que intentes recordar si hay algo que pueda situar a tu marido en el Raval ese miércoles por la noche. ¿Dónde estabais a las doce?

Salomé se tomó varios segundos para responder. Ahora el tono de Enrique ya no era tan agradable como al principio.

—Estábamos en el bar. Hubo partido, aunque no era del Barça y vino poca gente a verlo.

—¿A qué hora cerrasteis?

—Casi a la una nos fuimos a casa.

—¿Los dos?

Salomé asintió. Enrique la miró de manera adusta un instante y luego volvió a relajar el gesto. Podía estar protegiendo a su marido, pero la realidad es que no tenía la sensación de que esas indagaciones fuesen a llevarle a algún descubrimiento importante.

—¿Eres consciente de que tengo que hablar con tu marido?

—No, por favor, señor agente. Se lo suplico. Él no hizo nada. No haría daño a nadie.

—¿Arsenio te pidió algo o te chantajeó de alguna manera?

—No, señor. Él era una buena persona —respondió la mujer con la voz entrecortada—. Por favor, si mi marido se entera...

—¿Qué?

—Adiós mi matrimonio, mi trabajo. Qué vergüenza. Pobres mis hijos. Por favor...

Ella suplicaba mientras él reflexionaba sobre si era necesario o no hablar con Marcos, el marido, de la relación de la víctima con su mujer. Le agradeció su colaboración y, entre más súplicas, la acompañó hasta la puerta de la comisaría. Antes de despedirse definitivamente, Enrique le dio su palabra de que no le contaría nada a su marido. A su vez, la señora se lo agradeció repetidas veces y se marchó en dirección a la estación.

Ese hilo de la investigación estaba a punto de romperse, y aun así era el más sólido que tenían. Estaba claro que algo se le estaba escapando.

Reunió a Óscar y a Samuel, los dos agentes más jóvenes y con menos rango del grupo, y les ordenó que fueran a buscar al bar al marido de Salomé. Obviamente no era una detención, pero les pidió que se mostraran firmes con él, incluso un poco maleducados. «Si ha hecho algo, quiero que sepa que lo sabemos», les dijo. Lo mejor que les podía pasar es que se negara a ir a comisaría, porque ahí estaría dando alguna muestra de culpabilidad.

Los dos agentes se fueron en busca del único sospechoso y Enrique volvió a su mesa para tomarse un café de máquina acompañado de un cruasán industrial con crema de chocolate dentro. Se le había ido casi media mañana con Salomé. Por suerte no había ninguna presión con ese caso, porque si la hubiera estaría en un aprieto. Había algo extraño en aquel asesinato. Era una fría ejecución, no un acto pasional. Si uno se pone a pensarlo, todos tenemos gente alrededor que podría encontrar algún motivo para matarnos, pero eso no significa que vayan a hacerlo. Nadie piensa que un amigo asesine a otro porque le debe veinte euros hasta que el deudor aparece muerto. Tenían que hablar con más personas del entorno de la víctima. La gente del fútbol, compañeros de trabajo, las chicas de Tinder…, e insistir con la familia, con los compañeros de piso, con los chavales de la peluquería. A nadie lo asesinan sin una razón. Enrique se quedó pensando en eso y volvió a abrir los informes del caso y las imágenes de la escena del crimen.

Un repartidor de Glovo va a entregar un pedido y alguien le hace bajar de la bicicleta, lo obliga a ponerse de rodillas y le dispara en la cabeza. Ese repartidor no tiene enemigos, no está en el sindicato, ni en bandas ni en el tráfico de drogas; lo único oscuro en su vida es una relación que mantiene con una mujer casada casi veinte años mayor que él. En la escena del crimen solo hay basura, colillas y una moneda. Ningún otro repartidor ha sido asesinado en todo el país de esa manera, ni tampoco ninguna otra persona que él sepa. O sí.

Samuel y Óscar llegaron con el sospechoso y le hicieron esperar un buen rato a petición de Enrique. Quería que estuviera enfadado, que saltase a la mínima. Dado que Samuel era una persona bastante desquiciante, le había ordenado que lo acompañara en el interrogatorio. Entre el olor a lejía y a chicle de menta, con tal de irse de allí confesaría hasta el asesinato de Carrero Blanco.

Aunque le había prometido a su mujer que no contaría nada, Enrique tenía dudas. Si pretendía que se enfadase para que perdiera el control y acabase confesando, esa sin duda era la baza ganadora, pero, por otro lado, si ese señor no tenía nada que ver con el asesinato, destrozaría un matrimonio para nada. Y eso quería evitarlo. La relación de Enrique con la infidelidad era compleja. Se sentía infiel desde hacía veintisiete años, desde el momento en que se enamoró de Macarena. Era una sensación que siempre estaba ahí.

Nunca se había acostado con otra mujer desde que empezó a salir con Macarena. En casi treinta años de relación solo había tenido un momento de debilidad. Había sido en 2019, un año especialmente duro, en una noche que salió con Isaac. Para Enrique, su escape del trabajo eran sus paseos en coche, sus puzles y sus años sabáticos; Isaac tenía el alcohol, las drogas y el sexo. Después ambos disfrutaban de un hogar tranquilo con sus maravillosas mujeres e hijos. Normalmente, Enrique se iba a la segunda cerveza, y eso era algo que Isaac respetaba y aceptaba. Cuando la noche de Enrique acababa, la suya empezaba. Esto era así desde que se conocieron en la década de los noventa. Pero ese año fue distinto. No había asfalto, ni piezas de puzle, ni días suficientes para que Enrique pudiera superar la angustia que sentía, así que a veces superaba la barrera de la segunda cerveza e incluso la del primer whisky. Una noche acabaron juntos con un par de agentes jóvenes en una discoteca. Salir de juerga es muy divertido si tienes una placa en el bolsillo. Es casi como ser famoso. Las puertas se abren gratis y algunos vasos también se llenan gratis. Aunque no todos. Enrique estaba borracho como una cuba. Era una discoteca grande, un día entre semana en el que se celebraba una fiesta latina. Había gente de todas las edades bailando allí dentro. Y, por primera vez en su vida, Enrique perdió el control. Una mujer se puso a bailar cerca de él y cuando se quiso dar cuenta ya no sabía dónde estaban sus compañeros. Bailó con ella mientras las luces, la música y los rostros de la gente daban vueltas a su alrededor. Ella era más joven. Llevaba un vestido negro apretado, muy corto, y con la espalda al descubierto. Se movía de manera sensual rozándose con el pantalón manchado del whisky de Enrique como si él fuese el hombre más atractivo del mundo. No recordaba su nombre, ni su edad, ni qué se dijeron. Solo se acordaba de su espalda, su trasero, y de que debía tener algo más de treinta años. Se ofreció a invitarle a una copa y, mientras esperaban el turno en la barra, empezaron a hablar con los rostros muy cerca. Notaba su aliento y hasta su saliva dentro de la oreja. Y cada vez que los labios cambiaban de oreja, se cruzaban entre ellos hasta casi rozarse. Aunque estaba muy borracho, Enrique mantenía una ligera línea de pensamiento que le decía que eso no podía ser. Mientras, el resto de líneas le animaban a besar a aquella mujer. Si a Isaac le funcionaba, quizá a él también. Cuando decidió besarla, la cogió firmemente por la cintura. Con la mano abierta en su espalda como un bailarín de tango. Ella era argentina. Él la apretó contra su cuerpo, cerró los ojos y al cabo de un instante todo se volvió confuso y se vio a sí mismo vomitando sobre el suelo, la barra y hasta salpicando a la pobre mujer. Ella gritó asqueada y se apartó corriendo. Enrique apoyó las manos en las rodillas y volvió a vomitar. Como pudo, se fue corriendo a un baño. Ni recordaba cómo lo encontró. Allí estuvo media hora de rodillas sobre un suelo lleno de meados con la cabeza dentro del inodoro. Aquella noche se fue a casa caminando para que se le pasara la borrachera lo máximo posible. Más de una hora de trayecto. Iba haciendo eses y apretando los dientes sin lograr evitarlo. Al llegar a su portal se quitó los pantalones, la camisa y la chaqueta, y los tiró en un contenedor. Subió por el ascensor en calzoncillos y se dio una ducha de casi una hora. Cuando se metió en la cama quedaba solo un rato para que sonase el despertador.

Eso era lo más cerca que había estado de ser infiel a Macarena. Y todavía se sentía culpable. Sabía que si no fuera por el vómito se habría acostado con aquella mujer. Lo que no sabía es que Macarena había estado más cerca que él de ser infiel, durante los años en los que Enrique trabajó en la Brigada de Investigación Tecnológica. Su labor consistía en mirar una y otra vez vídeos de pederastas para intentar localizar la casa donde se cometían los delitos o identificar a las personas implicadas. Ocho horas diarias viendo a niños siendo víctimas de abusos sexuales, en ocasiones a cámara lenta, para intentar ubicar ese piso en España, Hispanoamérica o cualquier otra parte del mundo. Y también identificar al menor y socorrerlo, si tenía la suerte de seguir vivo. Todo eso con el volumen alto, para distinguir los acentos. Ocho horas diarias durante tres años. Por lo que fuera, su apetito sexual en ese periodo desapareció. Y sus ganas de vivir un poco también. Y da igual que te quieras mucho y que hayas superado todo tipo de baches, porque, cuando la libido desaparece, el sexo busca el camino más fácil de seguir, como lo hace el agua. Incluso escondido detrás de un enamoramiento adolescente. Eso es lo que le pasó a Macarena con Xavi, un apuesto y simpático treintañero que empezó a trabajar en su clínica veterinaria justo en ese momento. Al principio solo le ponía un poco nerviosa. Después le empezó a parecer encantador. Cuando se quiso dar cuenta descubrió que se fijaba siempre en los turnos de ambos, y que prefería aquellos en que coincidían. Y, si alguna compañera le sonsacaba algo de algún ligue o relación, a Macarena se le revolvía el estómago y se le enrojecía la cara en una punzada de celos. Era tan intenso ese encaprichamiento que se lo acabó confesando a sus dos mejores amigas. A Begoña, que además trabajaba con ella y era testigo de todo, y a Verónica, de la universidad. Durante un par de años, los inocentes toques de manos, las miradas nerviosas y las sonrisas estúpidas se sucedieron entre ambos. También acercaban demasiado los rostros al coger una pipeta o lo que fuera del armario. Las cenas de Navidad en el trabajo fueron un auténtico peligro, pero finalmente él se fue por su lado y ella por el otro. Como hablaba con sus amigas, aquello no sería un lío de una noche, sino que supondría un divorcio e iniciar una nueva relación. Finalmente, en 2014 Xavi encontró un trabajo en otra clínica y el problema desapareció solo. Macarena pasó el duelo con alivio y enseguida Enrique se tomó un nuevo año sabático. Al verano siguiente se fueron de vacaciones al castillo de Escocia.

Enrique y Samuel entraron en la sala y lo sacaron de sus pensamientos. Marcos, un corpulento hombre sin un solo pelo en toda su piel negra, los esperaba con gesto de impaciencia. Era obvio que estaba enfadado y trataba de disimularlo. Hablaron con él durante una hora. Enrique tomó el papel del veterano policía que se mostraba amable y que estaba muy involucrado con la víctima, y Samuel era el joven impredecible que sospechaba hasta de su madre. Resultó que Marcos era el buen hombre que quería colaborar en lo que hiciera falta. Estaba realmente afectado por la muerte de Arsenio.

—No lo traté demasiado, pero llevaba años viniendo al bar. Yo conocí a su padre. Ahora me alegra que no esté aquí para ver lo que le hicieron a su hijo.

El hombre les tenía cariño a los chavales que frecuentaban su bar. Y como ecuatoriano le dolía que uno de los suyos hubiera sido asesinado. Quería ayudar. Habló de bandas latinas y de pobreza y discriminación, y también de que no le constaba que ninguno de sus clientes estuviera realmente metido dentro de ese mundo. Tampoco sospechaba que la víctima mantenía relaciones sexuales con su mujer, y Enrique decidió que eso siguiera siendo así. Le dio las gracias por su ayuda y le pidió perdón por la espera. Cuando se marchó, ordenó a Samuel y a Óscar que comprobaran su coartada. No sería difícil que alguien que no fuese su mujer corroborara su presencia en el bar a la hora del crimen. Mientras tanto, él investigaría en todos los asesinatos ocurridos en los últimos dos o tres años en busca de alguna similitud que le ayudase a salir del bloqueo.

También pensó en la posibilidad de que un sicario lo hubiese confundido con otra persona. Era de noche, llevaba gorro y una braga en el cuello. No sería descabellado. Un sicario torpe que sigue al repartidor de Glovo que no es. Habría que hablar otra vez con todos los repartidores que estuvieron con Arsenio en la puerta del McDonald's y localizar a alguno que pudiera estar metido en el mundo del narcotráfico. Llamó a Lucía, una cabo del grupo, y le ordenó que investigara a los tres repartidores a los que habían tomado declaración. «Hay que encontrar al auténtico objetivo de ese sicario».

Esa nueva teoría le resultó muy convincente, al menos hasta que, tras varias horas revisando homicidios, tanto cerrados como abiertos, encontró tres casos que le helaron el corazón.

7

El bar tenía todas las mesas vacías menos una. La mujer asiática que lo regentaba estaba detrás de la barra con la mirada perdida en el vacío, como si estuviera ausente. Su marido limpiaba la cocina a fondo.

Enrique tuvo que aporrear la verja, ya que estaba a medio metro del suelo y no podía entrar. Tras unos segundos apareció Óscar, con una sonrisa ebria y bobalicona. El local apestaba a tabaco. En una esquina apartada, Isaac, Samuel y otros dos agentes de menos de cuarenta años bebían y fumaban con cara de llevar horas alargando la sobremesa. Enrique se sentó en la silla vacía y Óscar cogió una de otra mesa.

—Justo les estaba hablando de ti —le dijo Isaac a Enrique aguantándose un eructo.

—¿Ya os está aburriendo con batallitas?

—Nunca se le acaban —dijo Samuel, adulador.

—Eso es porque se las inventa —añadió uno de los otros agentes, lo que provocó las risas de los demás.

Isaac se quedó mirando a Enrique expectante, casi impaciente.

—Tú dirás. Llevo una hora esperando —dijo antes de darle una larga calada a su cigarrillo.

En la mesa había un cenicero con al menos treinta colillas. Y vasos de chupito vacíos que se iban llenando como si fueran agua. Enrique se fijó en la calva de su amigo. El grupo en el que trabajaban era conocido como el «grupo de los calvos» porque tanto ellos dos como Jaume lo eran. Durante un instante Enrique recordó la melena que tenía Isaac cuando lo vio por primera vez. Era un policía algo hippy. El primer caso que investigaron juntos fue un atropello deliberado tras una discusión de tráfico. Lo resolvieron en menos de una semana y, por algún motivo, conectaron enseguida. Aquello fue en 1998. A partir de ahí se hicieron inseparables. Incluso sus hijos se trataban como si fueran primos.

—¿Te estoy manteniendo despierto? ¿Acaso querías irte a casa? —le vaciló Enrique.

—Quiero llevar a estos novatos al casino. —Todos excepto Samuel pusieron cara de tener mejores planes en mente.

—Ruletita y después copita en la discoteca de al lado —añadió Samuel jugando a ser igual que su jefe. Al menos con tanto alcohol ya no desprendía ese molesto olor a menta.

—¿Es verdad que te apuntaste a una pelea ilegal para resolver un caso? —le preguntó Óscar a Enrique con escepticismo. Enrique miró a Isaac y se partió de risa.

—De público, no a pelear —respondió Enrique.

—Aquellos tipos medían dos metros, y tenían unas caras de asesinos balcánicos que ni os imagináis. Y este y yo, sin respaldo, sin decirle nada a nadie, nos fuimos a… ¿Dónde hostias era aquello?

—Terrassa.

—Una nave abandonada en un polígono alejado de la mano de Dios. Y a mitad de la movida uno se emperró en que éramos policías. Todavía no sé cómo escapamos.

—¡Pues corriendo! —gritó Enrique. Todos rieron.

—¿Qué investigabais?

—A un canadiense lleno de tatuajes que habían encontrado enterrado en medio del bosque. Fuimos tirando del hilo hasta descubrir que participaba en peleas ilegales. Un mal golpe en la nuca lo dejó tieso, y los organizadores lo enterraron para evitarse el marrón, pero un perro cabrón les jodió el plan. Bueno, un perro cabrón y este y yo —dijo Isaac señalando a Enrique con orgullo.

Los jóvenes se quedaron en silencio apreciando la hazaña de los dos veteranos. Enrique se volvió hacia la barra y sintió lástima por aquel matrimonio que quería irse a casa, al igual que él. Echó un vistazo a la hora en el móvil: eran casi las dos de la noche. Miró a Isaac y este le entendió enseguida. Después de tantos años, una mirada entre ambos era suficiente. Isaac despejó la mesa con apenas un gesto. Los jóvenes empezaron a recoger sus cosas como si acabase de sonar el timbre del recreo en el instituto. Antes de irse, Samuel se apoyó en Enrique y, poniéndole la boca demasiado cerca de la oreja, le dijo:

—La coartada del marido es sólida.

Enrique asintió y le dio las buenas noches. Aquella información hacía horas que no le interesaba.

—Espérame fuera, que ahora salgo. Y paga todo esto —le ordenó Isaac a Samuel. Era muy habitual que los dos se fueran de juerga. A veces es más fácil ascender siendo bueno en las fiestas que en tu trabajo.

Enrique se levantó y se sentó justo al lado de su jefe. De su mejor amigo.

—Tenemos un buen percal —le adelantó—. A este tipo no lo ha matado ningún conocido. Ninguna teoría se sostiene.

Isaac le escuchaba con atención. Parecía como si ya no estuviese borracho. Enrique le explicó lo que había estado investigando en las últimas horas. Tras analizar muchos casos que pudieran estar relacionados, acabó seleccionando tres. Todos estaban cerrados, pero aun así había algo en ellos que le resultaba inquietante.

—El primero que me llamó la atención fue un asesinato en Sabadell. Un disparo en la cabeza tipo ejecución en el área de descanso de una carretera. La víctima era de la banda de los

Renegades. Le atribuyeron el caso a los de la facción Nomads de los Hells Angels. No se encontró al responsable, pero se supo que había conflicto por un tema sobre el control de la marihuana.

Isaac se echó un licor amarillento en un vaso de chupito y le dio un ligero sorbo. Tenía cara de no estar entendiendo muy bien qué le estaba contando su amigo.

—Solo hay cuatro casos así medianamente recientes. El del repartidor de Glovo; este, que es una ejecución, vamos, un ajuste de cuentas de manual, y otros dos.

—¿Qué pasa con esos dos? —Enrique se rio ante la pregunta de Isaac.

—Adaku Akpan, una prostituta nigeriana de veintidós años, el pasado mes de noviembre, también en el Raval; le pegaron un tiro en la cabeza a las cuatro de la mañana. El grupo que se hace cargo del caso, con muy buen criterio, investiga a sus chulos. Sus compañeras testifican que Adaku se quería ir de Barcelona, que cada vez estaba más harta de esa vida. Intentan detener a su chulo, un tal Samu, nigeriano también, y descubren que se ha dado a la fuga. Lo atrapan un par de semanas después en Lyon. El tipo niega los hechos, pero cambia varias veces de versión y acaba en prisión preventiva a la espera de juicio y de ser deportado a Nigeria. El caso queda cerrado. Tiene toda la lógica. Nosotros seguramente habríamos hecho lo mismo.

—Vale. ¿Y el otro?

—Ocurrió el 1 de enero a las ocho de la mañana. —A Enrique se le escapó una sonrisa—. Unos borrachos alemanes que celebraban la Nochevieja se encuentran con el cadáver de un vagabundo enfrente del parque de la Ciutadella. Ven la sangre, comprueban que está muerto y llaman a la policía. El grupo que lo investiga, este más cutre que el anterior, determina que es un suicidio.

—¿Tenía pistola?

—Era Nochevieja, se tiraban miles de petardos por hora. Según ellos, el disparo pasó desapercibido por eso. Según la autopsia, se produjo a las cuatro de la mañana, cuatro horas antes de que se avisase a la policía. La versión de los hechos es que alguien de fiesta se llevó la pistola, que la encontraron por ahí caída y la cogieron. Interrogaron a los alemanes, pero todos negaron haber visto nada. No se encontró el casquillo ni tampoco la bala, pero, si me preguntas a mí, te diría que ni la buscaron.

—¿Y en el de la prostituta?

—Ni casquillo ni bala. El informe mencionaba momentos de mucha tensión con los vecinos y las prostitutas, y también la dificultad para mantener limpia la escena del crimen.

Isaac empujó el vaso de chupito hasta el centro de la mesa y se quedó pensativo. Los dos estuvieron callados cerca de un minuto.

—No lo veo —dijo Isaac rompiendo el silencio.

—Falta lo mejor —dijo Enrique con una sonrisa confiada. Isaac lo miró expectante—. Al lado del cuerpo de la prostituta había una moneda de un céntimo. Y al lado del cadáver del vagabundo encontraron una moneda de dos céntimos.

—¿Qué más da eso?

—Al lado del cuerpo de Arsenio había una moneda de cinco céntimos.

—El suelo está lleno de monedas.

—Isaac, no me jodas —dijo Enrique con tono conciliador—. Un asesinato en noviembre, otro en enero y ahora este de febrero. Tres disparos en la cabeza. Tres monedas al lado de los cuerpos, una diferente cada vez. A Arsenio no lo mató un marido celoso, ni un jugador de pachangas con mal perder, ni tampoco un sicario despistado. En esta ciudad hay alguien que mata a personas vulnerables, y su firma es dejar una moneda de cada vez más valor al lado de ellas. Ambos sabemos qué nombre recibe alguien así.

Isaac dejó de escuchar a Enrique y apoyó la cabeza entre las manos. Empezó a frotarse los ojos cerrados con tal fuerza que Enrique pudo escuchar el sonido de la humedad de sus cuencas. Lentamente, el jefe esbozó una media sonrisa, como de admiración hacia su viejo compañero. Se habían admirado y cuidado mutuamente todos esos años, pero al mismo tiempo Isaac no podía evitar ver la costumbre de Enrique de tomarse un año sabático cada cuatro como un síntoma de debilidad. Durante el último de esos periodos de descanso, Isaac había ido a verlo a Porquerisses, donde Enrique se evadía del mundo. Condujo allí para pasar una tarde juntos y acabó quedándose todo el fin de semana. Por primera vez en sus vidas, tras tantos años de amistad, hablaron de manera profunda, mostrándose realmente vulnerables. Aquel fin de semana Isaac entendió por qué Enrique hacía aquello. Esos descansos para Enrique eran como las noches de casino y discoteca para él. Sin aquello perderían la cordura. Enrique le confesó que tenía miedo. Y hay que ser muy valiente para reconocer ser un cobarde. «Si no paro, si no desconecto de toda esta mierda, no puedo ser yo. En los peores días, visualizo que, en un año o dos, o incluso en tres meses, estaré aquí descansando, caminando por la naturaleza, haciéndole el amor a mi mujer, escuchando de verdad lo que me cuenta mi hijo y no fingiendo que lo hago. Ajeno a toda esta basura. Sin esto estaría muerto», le había reconocido Enrique.

—Un asesino en serie… Hay que joderse —rumió Isaac por lo bajo—. De momento investiga esto por tu cuenta, sin decirle nada a nadie, no quiero que la gente se ponga nerviosa. Y mantenme informado de todo. Ahora me voy a ir al casino a olvidarme de esta mierda que me acabas de contar.

Enrique se rio y los dos se abrazaron con cariño. El abrazo olió a tabaco pasado y a alcohol seco. Después, Isaac se fue al casino a vivir una noche loca y Enrique se marchó a su casa a dormir aferrado a la mano de su mujer.

8

La anciana se empezó a levantar cuando todavía quedaba la mitad del trayecto entre parada y parada. De manera lenta y calculada, se irguió hasta anclarse al poste al lado de su asiento. Mirando la puerta algo impaciente, esperó a que el metro se detuviese y alguien le diera al botón para abrir la puerta. Enrique la vio salir, tan concentrada y vulnerable que sintió mucha ternura por ella. Unas diez personas salieron junto a la anciana y otras tantas ocuparon su lugar en el vagón. El policía estaba sentado en un asiento esquinado contemplando la escena. La mayoría de los pasajeros se entretenían con el móvil. Algunos que habían venido juntos hablaban entre ellos. Un joven leía un libro de pie apoyado en la puerta. Enrique no acertó a ver el título. El policía no era un gran lector, su mujer y su hijo habían leído muchos más libros que él. Aunque a veces les sorprendía al confesar algunos títulos que sí habían pasado por sus manos. Su época de mayor fervor lector se produjo en la preadolescencia; la retirada de Muhammad Ali hizo que se interesase por el boxeo y abandonó el tatami del kárate por el cuadrilátero. Su entrenador era un anciano bastante peculiar que se llamaba Josep. Además de enseñarle a colocar bien los pies y las rodillas para no caerse, y a usar los puños, también le habló de una docena de autores que el joven Enrique no conocía. Con su frondoso bigote cano se sentaba en una silla al lado de los sacos a leer a Balzac, Conrad, Dumas o Dickens mientras de vez en cuando levantaba la vista y gritaba correcciones a sus pupilos. Enrique aprendió a apreciar los libros así. La pasión es contagiosa. No es lo mismo que te obliguen a leer una novela a que veas cómo una lectura impacta y resuena en alguien. Enrique se enamoró del boxeo y de la lectura hasta que, tras un año en ese gimnasio, Josep lo echó y no le dejó regresar. El entrenador se enteró de que Enrique había pegado a tres chavales del barrio y, muy decepcionado, no quiso volver a saber de él. «El boxeo no es para eso», le repitió. Daba igual cuantas veces Enrique le explicara que unos años antes esos mismos chavales, bastante mayores que él, le habían pegado a él y a sus tres inseparables amigos. Si se hubiera defendido, le habría perdonado, pero aprovecharse de lo que había aprendido para vengarse no gustó nada al viejo entrenador. Enrique no supo más de él hasta años después de su muerte.

A Enrique le gustaba ir en metro de vez en cuando, ya que le permitía observar las caras de los habitantes de su ciudad. En la calle, la gente pasa de largo. En el metro, en cambio, permanecen allí durante unos minutos, siendo ellos mismos por un rato. La vida o, en este caso, el tren los obliga a parar. Y al estar quietos es más difícil mantener las máscaras o los disfraces. En su vida había conocido a muchos psicópatas, la mayoría de ellos integrados. No podía decir que tuviera un don especial, pero había estudiado lo suficiente como para reconocerlos cuando los veía. La estrategia más eficaz consistía en identificar a una buena persona, alguien vulnerable con ganas de ayudar; si era una mujer, aún mejor. Normalmente, en su entorno siempre había algún psicópata integrado haciéndole la vida imposible, tratando de controlar sus relaciones, sus finanzas y sus aspiraciones. También en las profesiones con prestigio era común encontrárselos. El amor de los psicópatas es la atención, y nadie puede vivir sin amor. No es necesario tener un talento especial para escalar en la mayoría de las profesiones, con saber caer bien a los que mandan y no tener escrúpulos para pisar a los rivales es suficiente. Sin embargo, ese tipo de psicópatas no era el que Enrique buscaba. Él estaba detrás de aquellos que habían fracasado al parasitar a una buena persona o al ascender en su carrera profesional. Él buscaba a los inadaptados. A aquellos que odian este mundo que los hace sentir inferiores, a pesar de ser ellos mucho mejores en todo. Esos eran los que podían acabar matando a inocentes con tal de conseguir un poco de atención. O mucha, porque rara vez un asesino no termina teniendo su propio documental o serie en lo más alto del catálogo de alguna plataforma digital.

Sabía que buscar al asesino en el metro era como tratar de encontrar una moneda de cobre entre la arena de la playa. Y no estaba allí para eso. Enrique había elaborado una lista con potenciales asesinos en serie dentro del sistema. Militares con problemas psicológicos, maltratadores de animales en la infancia, pirómanos, policías de baja permanente, cazadores con antecedentes… Básicamente, se trataba de gente con acceso a armas y antecedentes de enfermedades mentales. Si podían reunir ambas condiciones, mejor. La primera versión de la lista contenía treinta nombres, y en los últimos dos días ya había ido a ver a siete. Los que le generaban más desconfianza los metía en otra lista. La idea era tenerlos vigilados.

Una manera de encontrar a un posible psicópata era fijarse en los pasajeros que llamaban mucho la atención al ceder su asiento a un anciano o una mujer embarazada. Lo normal es levantarse sin decir nada y que la persona que necesita sentarse simplemente ocupe el hueco vacío. Las personas que llaman la atención ofreciendo el sitio desde la distancia y luego dan demasiada importancia a su gesto pueden esconder un narcisismo compatible con la psicopatía. Aunque eso no significaba que la cincuentona que, cuatro paradas atrás, había cedido su asiento a la anciana que se acababa de marchar fuese una asesina.

Estaba siendo una semana de mucho trabajo. Solo él, Isaac y un intendente conocían su hipótesis sobre los asesinatos y, de los tres, el único que estaba investigándola era él. Había ido a la zona en la que solía pernoctar Nicolás Ballesta; una calle con arcadas en la que era habitual encontrar a una decena de hombres durmiendo entre cartones. Allí había hablado con un par de mendigos. Un andaluz le había dicho que lo llamaban el Gallego, que era un antiguo marinero que tenía muy mal genio y que se había metido en algunas peleas con otras personas sin hogar a causa de rivalidades por ropa o cartones secos. También había hablado con un ruso con el que el fallecido compartió bastantes noches de alcohol y manta. Ninguno de ellos creía en la hipótesis del suicidio. El andaluz estaba convencido de que el Ayuntamiento mataba a las personas sin hogar porque molestaban, y el ruso pensaba que su desafortunado amigo era un espía que llevaba años escondido.

Los compañeros que investigaron el caso en su momento fueron poco amables con Enrique. A nadie le gusta que alguien venga a decirte que has hecho mal tu trabajo y a intentar reabrirte los casos. Le dijeron que era claramente un suicidio, que los alemanes se llevaron la pistola y mintieron sobre eso, y que la policía científica explicó que la trayectoria de la bala era compatible con un disparo autoinfligido.

En realidad, a Enrique le fue más sencillo entenderse con las prostitutas extranjeras que conocían a Adaku que con los mendigos y los propios policías. Por supuesto no eran las personas más comunicativas del mundo, pero mostraron más disposición a ayudar. Lara, una mujer brasileña de más de cincuenta años, lo acompañó hasta el lugar exacto en el que ella misma había descubierto el cadáver.

—Vine aquí a hacer un servicio rápido y me encontré a la pobre muchacha tirada. Yo pensé que algún malnacido le había pegado, pero luego le vi la herida de la cabeza y me di cuenta de que ya estaba muerta —dijo con una serenidad que impactó a Enrique.

La mujer estaba convencida de que el responsable era el hombre detenido. Durante un buen rato se dedicó a lanzar todo tipo de improperios racistas hacia los chulos africanos, lo que llamó la atención de Enrique porque Lara tenía una piel tan oscura como la de ellos. Después, habló con algunas chicas nigerianas que conocían a la víctima, pero estas no habían visto nada el día de los hechos. Le contaron que Adaku quería irse de Barcelona y empezar una nueva vida en Madrid, que allí tenía una tía o una prima. Enrique dudó, quizá la verisimilitud de su teoría no era tan sólida. Estaba convencido de que Nicolás podía haber sido víctima de un asesino en serie, pero no tenía la misma certeza con Adaku.

Después, Enrique cogió el autobús y se bajó en la parada de Diagonal, desde donde fue caminando hacia Provenza. Era un día soleado de invierno en Barcelona. El tráfico se iba haciendo más denso a medida que avanzaba la tarde y los turnos de oficina llegaban a su fin. Enrique adelantaba a los que paseaban, aunque no caminaba especialmente rápido. Se dirigía a La Floresta, una zona residencial perteneciente a Sant Cugat. Allí vivía Borja Serra, un tipo de treinta y cinco años que en su adolescencia fue acusado de matar al perro de su vecina. Solo un año después cumplió una condena de tres meses en un centro de menores por clavar gatos a los árboles y prenderles fuego. En su declaración les dijo a los agentes que lo hacía porque gritaban como si fueran personas. También fue acusado de provocar un gran incendio que se extendió por Collserola en 2005, y era el principal sospechoso de otro que se produjo poco después. Como si eso no fuera suficiente para entrar en su lista, el padre de Borja era cazador, así que eso le facilitaba el acceso a las armas. Hijo pequeño de un matrimonio adinerado, sus progenitores eran dueños de una inmobiliaria de renombre. Vivían en un chalet de tres plantas, rodeado por un gran jardín con piscina y un garaje con capacidad para tres coches. Enrique había comenzado por revisar primero los perfiles más preocupantes. Borja era el séptimo.

Subió a la línea S2 y se sentó a observar a la gente. Los pasajeros de los Ferrocarrils de Catalunya eran algo diferentes a los del metro. Enrique los miraba con agrado. A él le gustaban las personas, quería protegerlas. Llevaba días trabajando doce horas diarias y comiendo bocadillos para evitar que a alguien inocente le pegasen un tiro en la cabeza.

Ya en la calle, se detuvo ante un gran portal verde en un camino en cuesta, flanqueado por varios chalets amurallados, y pulsó el botón de un telefonillo. Escuchó el sonido de alguien descolgando, pero nadie dijo nada. Enrique esperó un par de minutos y volvió a llamar varias veces. Justo cuando volvía a timbrar, se abrió un acceso interno al portal y apareció una señora de unos sesenta años con rasgos ingleses y la cara roja por el sol.

Enrique le enseñó la placa y enseguida leyó en los ojos de la señora un sentimiento de preocupación.

—Me llamo Enrique Moreno, disculpe que les moleste. Estoy investigando un robo que se produjo en La Floresta hace unos días.

La señora puso cara de no saber a qué se refería.

—No sé qué tiene que ver eso con nosotros. —Su acento inglés estaba enterrado entre otros más cercanos. Enrique se fijó en las perlas que adornaban sus orejas y en los anillos que decoraban sus dedos. Su manicura parecía reciente, hecha apenas unos días antes.

—Algunos compañeros y yo estamos haciendo preguntas por si algún vecino vio o escuchó algo sospechoso. Nos preocupa que se produzcan más robos. No puedo entrar en detalles, pero fue un robo con mucha violencia —dijo Enrique, logrando su objetivo de inquietar a la señora.

—¿Cuándo sucedió?

—Hace dos noches.

—No sabíamos nada. Nosotros volvimos ayer de viaje…

—¿No había nadie en casa?

—Estaba mi hijo, pero…

—¿Podría hablar con él?

—Él no vio nada, suele estar con el ordenador y…

A Enrique no le sorprendió lo más mínimo la actitud apática de la señora.

—No se preocupe, solo necesito hablar con él cinco minutos. A veces creemos que no hemos visto nada, pero de pronto la pregunta adecuada te hace recordar.

La señora dudó por un momento. Enrique pudo ver en sus ojos la búsqueda de una excusa que no lograba encontrar.

—Ahora le aviso —dijo cerrando la puerta, incómoda.

Enrique se quedó esperando, sintiendo cómo el ritmo de su corazón acelerado le punzaba en la sien derecha. Sabía que estaba investigando al azar, pero que también podía tener suerte.

Borja tardó cinco minutos en bajar. Eran las siete de la tarde y la luz en el portal era tenue. El sospechoso abrió la puerta con una actitud de soberbia y desdén. Tenía el pelo despeinado como si acabara de levantarse y vestía un pantalón de pijama, unas desgastadas zapatillas deportivas y una cazadora de plumas. Enrique lo miró fijamente y él le sostuvo la mirada, casi con actitud desafiante. Era un tipo delgado, huesudo, de estatura media, con una mandíbula larga y afilada. Su presencia resultaba turbadora.

—Tú dirás —dijo Enrique esforzándose por tomar el control.

—¿Eh? —respondió Borja con desprecio.

—No he querido preocupar a tu madre, pero no he venido aquí por un robo.

Enrique se quedó esperando su reacción, aunque Borja ni se inmutó, estaba muy tranquilo.

—¿Entonces?

—Si quieres que nos llevemos bien, vas a tener que bajar al menos dos puntos esa chulería, porque me sobran excusas para llevarte a comisaría, y allí no será una charla tan amable como la que podríamos tener en el portal de tu casa.

—No tengo ni la más mínima idea de lo que hablas.

—¿Has hecho algún pedido a Glovo últimamente? —Enrique les hacía esa pregunta a todos. No era fácil interrogar a un posible asesino sin hacerlo de verdad. Su misión era tantear a los miembros de la lista. Si eran inocentes, aquella solo sería una conversación extraña y algo críptica. Pero, si daba con el culpable, este se pondría nervioso.

—Sí. ¿Acaso es delito?

—Vaya, no sabía que llegasen hasta aquí.

—No es tan fácil como pedirlos en Barcelona, pero alguno viene.

—¿En bici? —Borja hizo una exagerada mueca de desdén, como si Enrique le pareciese la persona más tonta del mundo.

—No, en moto.

—¿Y hay prostitutas por aquí? —Esa pregunta sí incomodó a Borja.

—No lo sé —respondió a la defensiva.

—Tu padre es cazador, ¿no?

El chico se encogió de hombros por respuesta. Enrique sintió una profunda rabia hacia aquel tipo. Borja se comportaba, lo miraba y hablaba como si el mundo le debiese algo por el simple hecho de existir. A Enrique le resultaba de lo más irritante, pero no tenía más remedio que aguantarlo. Las probabilidades de que Borja tuviera algo que ver con el caso eran mínimas, así que no perdió más que el tiempo necesario. Intercambió un par de palabras y se despidió de él de manera brusca después de asegurarle que volverían a verse. En el camino de vuelta hacia la estación consideró si hacer una última visita o si ir ya a comisaría a concluir su jornada laboral. «Venga, una visita más», pensó. Cuanto antes encontrasen al asesino, menos víctimas habría y más sufrimiento ahorraría a sus familiares. Con cada minuto que pasaba, con cada hora, con cada día, Enrique estaba convencido de que las posibilidades de que el depredador saliera de nuevo a cazar aumentaban.

9

Tras ser expulsado de las clases de boxeo, Enrique se apuntó a judo. Siempre le habían llamado la atención las artes marciales. También jugaba al fútbol y a cualquier actividad que tuviera que ver con una pelota con los chavales del barrio y sus amigos. En judo fue donde conoció a Mario, un muchacho que estaba llamado a ser uno de sus mejores amigos. Parecía que era una de esas amistades que duran para siempre, pero no fue así. Hay situaciones que ninguna amistad puede soportar.

Enrique tenía catorce años cuando se enamoró de la hermana de Mario. Lo recordaba como si fuera ayer, ese momento en que la vio por primera vez: ella estaba acostada en el suelo, a menos de un metro de la tele, viendo unos dibujos que Enrique no conocía. Tenía unos iris verdes oscuros que aún ahora, muchas veces, cuando Enrique cerraba los ojos, podía ver con claridad. Había cumplido doce años, pero estaba desarrollada como una chica de dieciséis. De tez morena, la piel le alcanzaba en verano el tono del café. Llevaba la melena lisa y castaña siempre una pulgada por encima de los hombros. Su belleza le impactó tanto que los padres de Mario pensaron que Enrique era bobo, porque en esa primera visita fue incapaz de articular una palabra. En las siguientes, consiguió avanzar un poco en el trato. Se enteró de que Beatriz era dos años menor que él, y también de qué le gustaba, de cómo se llevaba con su hermano Mario… No tardó en conseguir que fuera su primera novia. No su primer beso, porque ese se lo había dado tres años antes con una tal Mari Carmen, con quien se estuvo morreando toda una tarde en el parque para después dejarlo al día siguiente. Enrique estuvo dolido durante casi dos meses, pero al final lo superó.

Con Beatriz sucedió algo parecido. Durante semanas fueron novios en secreto. Solo Mario lo sabía. Muchas veces, los tres iban al cine para que pudieran verse. Se besaban a escondidas y vivían un amor intensificado por la ilusión de las primeras veces y la sensación de estar haciendo algo prohibido. Hasta que ella volvió del pueblo en el que veraneaba con su familia y lo dejó sin ninguna explicación. Le dijo que no podían verse más y, desde entonces, lo trató como si no existiera. Enrique siguió practicando judo, pero ya no iba a casa de Mario después de cada entrenamiento. Le resultaba demasiado doloroso.

Mientras él pensaba en Beatriz, Macarena movía el iPad de un lado a otro de la cocina en busca de buena cobertura. En la pantalla se veía algo pixelado a Julián, que parecía tener mejores cosas que hacer que entablar la conversación de siempre con sus padres: estaba bien, comía bien, los estudios iban bien, no necesitaba nada, etc.

—Espera, ahora te oigo. ¿Entonces te hiciste una tortilla de patatas? —preguntó Macarena como si de esa respuesta dependiera el destino de la humanidad.

Julián llevaba medio año viviendo en Madrid y lo echaban mucho de menos. A Macarena le costaba entender que se hubiera ido tan lejos. ¿Acaso no podía estudiar en Barcelona y estar cerca de sus padres? ¿Era parte del paso de la infancia a la adultez el querer alejarse de ellos? Julián resolvió el enigma de la tortilla y Enrique se acercó a la cámara y le hizo un par de preguntas. Por sus respuestas concluyó algo que venía un tiempo sospechando: su hijo y su novia no atravesaban un buen momento.

La distancia es complicada, más aún en la juventud. Desde hacía un par de meses, Enrique tenía la sensación de que su hijo estaba atontado como solo un chico enamorado lo podía estar. Y no de su novia de Barcelona precisamente. Llevaba un par de años con ella y estaba integrada en su núcleo familiar. No lo suficiente como para venir a casa sin él, pero sí como para mandarse mensajes con ellos de vez en cuando.

A pesar de eso, Julián cambió de tema rápidamente, ya que era evidente que no quería abrirse y contarles a sus padres todo lo que le pasaba en la cabeza y el corazón, y les dio la maravillosa noticia de que iría a pasar unos días a casa por Semana Santa, en menos de un mes. Enrique y Macarena lo recibieron con alegría y alivio. Tres meses sin un hijo único era una eternidad. Después se las arregló para colgar la llamada, alegando que se le enfriaba la tortilla de patatas.

Macarena le dio un par de besos a la pantalla ya negra y se sentó en la mesa de la cocina junto a Enrique. Ese era uno de esos días en los que su marido se liberaba unas horas al mediodía para ir al mercado, hacer la compra y cocinar. Después la llevaría él al trabajo de camino a la comisaría.

—Dios, qué buena te ha quedado, Quique —dijo Macarena engullendo la carbonara con los ojos cerrados. Nada de la infame carbonara universitaria con nata de brik, la de Enrique llevaba papada curada de cerdo, parmesano y yema de huevo a raudales. Era de las pocas ocasiones en que Macarena comía carne. No era vegetariana estricta, pero estaba bastante cerca de serlo. Ella era la única persona del mundo que lo llamaba Quique, aunque cuando se enfadaba lo llamaba Enrique y, cuando se enfadaba mucho, Enrique Eduardo. El resto de la gente lo llamaba Enrique o Moreno.

Enrique o Moreno llevaba una semana trabajando muchas horas al día concentrado en su lista y en investigar el entorno de las víctimas, todo ello al margen de sus compañeros, que mientras tanto se dedicaban a labores de geolocalización y videovigilancia y a otros casos menores. Por eso había decidido liberarse unas horas y comer con su mujer.

Dos años después de que Beatriz lo dejara, se reencontraron. Enrique sintió una punzada al verla y estuvo tentado de negarle el saludo, la palabra o el gesto, pero ella insistió y le contó la verdad: habían sido sus padres los que la obligaron a dejar de salir con él porque creían que aún era demasiado pequeña para tener novio. Enrique no supo cómo sentirse, al menos no al principio. Luego le quedó solo el alivio de saber que ni Beatriz lo había engañado o había sido cruel ni tampoco él había hecho algo imperdonable. Tras un doloroso paréntesis de más de setecientos días, y siendo ya algo más mayores, decidieron retomar su noviazgo. Esta vez sin esconderse ni usar a Mario de sujetavelas. Su primera novia fue también su segunda, su primera amante y, además, su primera mujer. Se casaron el mismo verano en el que Enrique ingresó en los Mossos d'Esquadra. Habían sobrevivido a la mili y a siete años de relación. Mientras ella acababa los estudios de Arquitectura en la Universidad de Barcelona, Enrique patrullaba por primera vez las calles de Sabadell, donde alquilaron un piso y crearon un hogar. Si no tuvieron hijos fue porque decidieron esperar a que ella acabase la carrera. Con el coche de Enrique, el mismo con el que le había enseñado a conducir, Beatriz iba cada día a la universidad mientras Enrique intentaba detener a los malos.

La luna de miel la pasaron en París. Fue uno de esos viajes que si salieran en una película parecerían ficción barata: besos bajo la torre Eiffel, días enteros sin salir de la habitación del hotel, paseos nocturnos a orillas del Sena, restaurantes caros en los que los llamaban «madame» y «monsieur». Un sueño.

Pero pronto llegó el momento en que la amistad con Mario se truncó. También cuando la vida de Enrique cambió para siempre. A partir de entonces no pasaría un día sin sentirse culpable. Una tarde lluviosa, un conductor borracho sacó a

Beatriz de la carretera C-58. Las ruedas del vehículo patinaron por el asfalto y este se precipitó por un terraplén. El coche chocó de frente contra un árbol. Beatriz salió disparada y rompió el parabrisas al hacerlo. Murió en el acto. El conductor borracho se dio a la fuga. En aquel momento era solo un conductor más. Las malas noticias llegan rápido. Enrique fue informado de que su coche había tenido un accidente, la ocupante había fallecido y el culpable estaba huido. Lo único que recordaba después de eso era conducir a toda velocidad, siguiendo la pista del asesino de su mujer. Una niebla espesa invadía su mente: daban igual el tiempo inclemente, las voces de la radio del coche patrulla o el sentido común, él solo quería hacérselo pagar. Condujo sin parar con la única intención de matar a aquel hombre. Imaginó que empotraba el coche a toda velocidad contra el suyo. Así se acabaría todo para los dos. Imaginar a Beatriz, al amor de su vida, tirada en el suelo sin vida por culpa de un desalmado que conducía a toda velocidad y haciendo eses, lo conectó con una parte de sí mismo que no sabía que tenía. Habría dado todo lo que poseía, material o no, para que lo dejasen a solas en una celda con aquel asesino. Pero no, eso nunca pasó. Unos compañeros detuvieron al conductor cerca de Granollers y jamás nadie dejó que se acercara a él. Alfonso Urrutia era el responsable de haberle arruinado la vida. Un delincuente habitual que conducía hasta arriba de alcohol y de pastillas. Lo condenaron a una veintena de años de cárcel por ese y otros delitos.

El funeral fue devastador. Un compañero veterano le ofreció su casa de Porquerisses para desconectar durante unos días y alejarse del piso en el que la joven pareja había empezado a vivir. Solo el amor que le dieron sus compañeros, un afecto reservado y masculino pero también sincero, lo mantuvo a flote tras aquella tragedia. Lo sacaron a rastras de la depresión y lo cuidaron como si fuera el cachorro herido de la manada. Allí aprendió lo que significa ser policía, allí se enamoró de su profesión. Nunca quiso volver a ver a Mario. No fue solo porque no quisiera, sino porque no podía. Le resultaba demasiado doloroso. Su amistad se murió con Beatriz en la carretera.

Tres años después entró en Homicidios y al poco recibió la noticia de que Alfonso Urrutia había muerto en la cárcel. Tenía sida desde antes del accidente. A Enrique le temblaron las piernas y se tuvo que meter en la primera cafetería que encontró. Allí le pidió un zumo de manzana a Macarena. Y allí empezó a sentirse infiel para el resto de su vida. ¿Cómo podía tener él una segunda oportunidad, una nueva vida, cuando la de Beatriz se había truncado de manera tan repentina y brutal en un arcén?

Enrique nunca amaría a nadie como había amado a Beatriz. Estaba convencido de eso. Ella siempre tendría un lugar especial en su corazón, uno que nadie más podría volver a ocupar. Millones de veces se prometió a sí mismo que jamás la olvidaría. Nunca olvidaría la primera vez que la vio tirada en el suelo a medio metro de la tele. La primera vez que se le erizó la piel al besarla en los labios. La primera vez que, nerviosos y asustados, hicieron el amor en la habitación que años más tarde vería crecer al hijo que tendría con otra. Jamás olvidaría el «sí quiero», ni tampoco olvidaría París, y jamás se perdonaría no haber alcanzado aquel Seat Toledo con Alfonso Urrutia dentro. Cuántas noches fantaseó con matarlo. Cuántas noches no pudo dormir por su culpa. Qué frágil es todo. Un día estás viviendo la mejor época de tu vida, y al segundo siguiente todo cambia para siempre. Y la culpa. Cómo aparece la culpa cuando uno está destrozado. ¿Y si ella se hubiera puesto el cinturón de seguridad? ¿Y si él hubiera insistido más en que debía hacerlo?

Mientras pensaba en ella, algo que hacía a diario, o eso creía, pues la verdad es que había días que no pensaba en ella, Enrique se ajustó el cinturón. Macarena lo esperaba en la calle. No le gustaba bajar la cuesta del garaje. Cruzaron la ciudad hablando de Julián y de lo cocinillas que se había vuelto. Ambos estaban relajados. A menudo las comidas especiales entre semana venían acompañadas con un postre no menos especial. Macarena se llevaba la mano a la boca y decía que estaba tan empachada que se tenía que ir a la cama a descansar, y después levantaba las cejas con gesto travieso. El sexo entre ellos seguía vivo a pesar de los años. Siempre acababan a la vez. Macarena se ponía encima y se movía al milímetro para estimularse justo donde sabía que le funcionaría, y, cuando ella empezaba a tener espasmos y se tapaba la boca para que no se oyeran los gritos, Enrique se excitaba tanto que no se podía contener. Después se reían y se quedaban abrazados un rato. Hasta que ella corría a la ducha y él la seguía un par de minutos más tarde.

A Macarena le gustaba acudir al trabajo en metro porque aprovechaba para leer, de ahí lograba sacar casi dos horas diarias de lectura. Sin embargo, ir en coche con su marido le encantaba. Ella le iba explicando los asuntos que tenía entre manos, compartía con él detalles sobre alguna operación, y, de vez en cuando, Enrique le contaba alguna escueta información sobre algún caso. Veinte minutos después de salir del garaje, Enrique aparcó el coche a escasos metros de la clínica veterinaria, en la plaza de Navas, al lado de la avenida del Paral·lel. Macarena le dio un beso y le agradeció la comida. Enrique la vio alejarse con un andar desenfadado y feliz. Una ligera sensación de culpa se apoderó de él. El recuerdo de Beatriz era como una mosca encerrada en una caja transparente, de vez en cuando empezaba a dar golpes e intentaba escapar.

Cuando su mujer entró en la clínica, Enrique arrancó el coche y emprendió el camino hacia la comisaría. Ya había ido a visitar a veinticinco personas de la lista. Todos eran hombres. De ellos había hecho una selección de tres a los que quería vigilar bien de cerca. Pronto hablaría con Isaac para que hiciera los trámites necesarios para investigar sus coartadas los días de los asesinatos, aunque de momento su jefe no se tomaba la hipótesis del asesino múltiple en serio. Respetaba y admiraba a Enrique y por eso no la descartaba, pero seguía pensando que el suelo estaba lleno de monedas, hubiera junto a ellas un cadáver o no. Durante la última semana, cada vez que veía una moneda de cobre tirada la cogía y se la daba a Enrique con sorna. Hasta Enrique dudaba de su teoría, aunque al final eso es lo que ha de hacer un investigador: dudar.

No imaginaba que esa era la última tarde en la que iban a dudar, porque a la mañana siguiente el asesino actuaría de nuevo.

10

Enrique llegó a pie al lugar de los hechos porque la Diagonal estaba colapsada. Al tráfico habitual se le unía la retención excepcional provocada por las ambulancias y los coches de policía. Jaume levantó las cejas y resopló. Él y Elisenda habían llegado allí hacía cinco minutos. Enrique traspasó una cinta policial rodeada por decenas de curiosos, la mayoría universitarios, y se acercó al cuerpo. Los agentes uniformados se afanaban por alejar a la gente y evitar que sacasen fotos. El bullicio y la tensión reinaban en el ambiente. El juez y el forense estaban de camino; al tratarse de un asesinato en plena calle, y a las ocho de la mañana, el cadáver se levantaría lo antes posible.

Enrique se puso guantes y fundas en los pies y se acercó al cuerpo. Tirada en la acera, encima de un enorme reguero de sangre, yacía una estudiante de poco más de veinte años. Su melena rubia ondulada le tapaba casi toda la cara. Estaba enrojecida y apelmazada por la sangre. Enrique sintió un pinchazo en el pecho. La angustia se le manifestaba así. La muchacha todavía tenía la mochila enganchada en el brazo. Le habían pegado un tiro en la cabeza a plena luz del día, a medio camino entre una pequeña plaza con césped y una de las paradas de autobús que plagaban la arteria de la ciudad: la avenida Diagonal, en la zona universitaria.

El policía tardó un minuto en recuperar la lucidez. Estaba yendo a comisaría, todavía medio dormido, cuando Isaac le había llamado y contado lo ocurrido. Todavía no había tenido tiempo para digerir nada. Jaume le explicó algunos detalles, pero Enrique no le prestó atención porque se quedó mirando fijamente al suelo. Allí, a los pies de la víctima, brillaba una moneda de diez céntimos. Ahora todo estaba claro. Su intuición había sido acertada.

Elisenda y Jaume sacaban fotos y grababan todo en vídeo. Los de la científica, de rodillas, buscaban el casquillo y la bala. Había unas siete marcas destacando pruebas. Enrique cogió la octava y la colocó al lado de la moneda.

—Casquillo no habrá, pero la bala hay que encontrarla. Como si tenemos que acampar aquí durante tres días —les dijo.

—Un grupo de estudiantes dice que se llama Olga Rosell. La han identificado como una estudiante de la universidad —informó una agente uniformada con una coleta apretada y engominada.

Enrique asintió.

—Hay dos testigos —le dijo Jaume con cara de susto. En los ojos de los agentes se veía que sabían que aquello no era normal. Eran dos asesinatos con una frialdad apabullante en muy poco tiempo.

—También tenemos que ver las grabaciones —dijo Enrique mirando hacia las cámaras de tráfico situadas en los semáforos.

Quince minutos después de la llegada de Enrique, el juez ordenó el levantamiento del cadáver. La ambulancia se lo llevó entre los llantos de miedo e incomprensión de los estudiantes. ¿Quién podría haberle hecho algo así a la pobre Olga? Enrique se acercó a un agente que hablaba con un chaval vestido con ropa deportiva. Tenía los ojos rojos y todavía le goteaba el sudor por la frente. Al ver a Enrique, el agente se apartó.

—Venía corriendo y vi a la chica caminando —empezó a decir el chaval.

Mientras tanto, a su espalda, metían a una chica en una ambulancia debido a un ataque de pánico. Lo que más llamaba la atención en medio de aquel caos era el silencio. Los sollozos y el barullo eran mudos. Los curiosos que llegaban pensaban que se trataba de un accidente, pero siempre había alguien dispuesto a contarles la verdad, mucho más terrible.

—Al lado de la parada había un tipo moreno —continuó el testigo—, se le acercó y le dijo algo. Yo iba corriendo hacia ellos, a unos cien o doscientos metros, así que los tenía en mi campo de visión. Duró un segundo, o igual cinco, no lo sé, fue muy rápido. Él le dijo algo y ella se paró para escucharle. Entonces sacó una pistola que tenía dentro de la cazadora y le disparó en la cabeza. La miró un momento, le tiró algo y se marchó en la moto. Tenía el casco sobre el asiento y el motor estaba encendido. Fue irreal. Fue tan rápido que no pude ver nada. Estoy aturdido, lo siento.

—No te preocupes. Es normal —lo tranquilizó Enrique poniéndole la mano en el hombro de manera paternal—. ¿Podrías describir al… asesino?

—Pelo moreno, estatura normal, tirando a delgado. Cazadora negra de plumas. Pantalón algo caído.

—¿La cara se la viste?

—Estaba a unos cien o doscientos metros, y corro sin las gafas… Lo siento.

—¿La moto?

—Era una escúter negra. Es lo único que… Ojalá pudiera recordar más.

—¿El color del casco lo sabrías decir?

—Diría que azul oscuro, sí.

—¿Pudiste escuchar algo de lo que le dijo a la chica?

—No, pero creo que no se conocían, desde mi punto de vista parecía una interacción entre desconocidos. Como si le pidiera fuego o la hora, ¿sabes?

—¿Qué edad dirías que tenía?

—¿Él o ella?

—Él, él… —respondió Enrique como si no se tratase de una pregunta ridícula. Era evidente y comprensible que el chaval estuviera en shock.

—No sé. Entre veinte y cuarenta años. O igual menos. Ya te digo que no pude ver demasiado.

Enrique asintió y anotó un par de palabras clave en las notas de su móvil. Sintió simpatía por aquel chaval sudado que había salido a correr un rato y se había encontrado con la cara más oscura del ser humano. Le dio las gracias y le adelantó que le esperaban unos días movidos. Aceptándolo, el corredor se mostró dispuesto a ayudar en lo que hiciera falta.

Después, otro agente uniformado acompañó al otro testigo a hablar con Enrique, un anciano con cara de susto incapaz de contener los ladridos de su *yorkshire terrier*.

—Estaba paseando a este en la hierba de ahí, se oyó un ruido tremendo y se fue corriendo escopeteado —dijo señalando al perro—. Yo me giré y vi a la muchacha en el suelo y a un tipo subiendo a la moto. Le tuve que dejar el móvil al joven que corría para que llamase él a la policía porque me temblaban las manos. Qué cosa tan horrible. Se me murió en los brazos, yo creo que fui lo último que vio en vida… Le dije que no estaba sola, que todo estaba bien. ¿Qué le dices a alguien en una situación así? Además, tan joven… Ojalá hubiera sido al revés. —El anciano estalló en lágrimas y el perro comenzó a ladrar de manera aguda y molesta.

—No se preocupe, ya estamos buscando al responsable.

—Ojalá. Yo tengo una nieta de esa edad, ¿sabe? Dios bendito, los ojos le iban uno para cada lado. Qué cosa más horrible…

Enrique sabía lo que el hombre quería decir. La visión de un cuerpo muerto, y más uno agonizante, era imposible de borrar. En las películas hay una épica, incluso una belleza, que en la vida real no existe. La muerte es cruda y sucia. Rápida.

Parece que no ha pasado nada y en realidad ha pasado muchísimo. No hay música que acompañe el momento, solo silencio.

—Yo llevaba un par de minutos esperando a que este hiciera sus cosas, cuando llegué el tipo estaba en la parada con la moto en marcha. No lo miré mucho —dijo unos instantes después algo más calmado.

—¿Le vio la cara?

—Iba con capucha. Era joven, de unos treinta años.

—¿Pudo fijarse en la moto?

—Era pequeña y negra.

—¿El casco?

—Negro también.

Enrique torció el gesto. Luego le hizo unas preguntas más y le dejó marcharse a casa. Aquella no era la mejor manera de empezar el día para nadie. Anotó algunas cosas más en el móvil y Elisenda lo interrumpió con tono seco y monótono.

—Unos estudiantes dicen que vieron al asesino cuando iban hacia clase.

La sargento señaló a un grupo de cinco jóvenes. Enrique se giró para ver cómo los de la científica se esforzaban para buscar la bala a unos cien metros del asesinato y, después, caminó hacia los estudiantes.

—Era un moro, yo lo he visto claramente —dijo una chica con tono acusativo.

—Estaba ahí esperando, al lado de la moto encendida —añadió otro estudiante.

—¿Tenía rasgos árabes, entonces?

—Totalmente.

—¿Pero no llevaba la capucha puesta?

—Sí, pero yo lo miré a los ojos y era moro. Solo tenía una ceja y era supergruesa.

—¿A qué hora diríais que fue eso?

—A las ocho y cuarto.

—Yo lo puedo comprobar pues justo le escribí un wasap a mi madre —dijo una de las estudiantes.

—¿Pudisteis ver el modelo de la moto?

—Sí, una Aprilia Sportcity negra. Lo sé porque mi hermano tiene una igual.

Enrique lo apuntó todo. Luego lo pasaría directamente del móvil al ordenador. Agradeció la colaboración de los estudiantes y se fue a ayudar a los de la científica a buscar la bala. Con ellos estaban el juez y el forense. A los dos los conocía de casos anteriores.

—Veintiún años. Vivía en la residencia de aquí al lado —dijo el juez con gesto solemne. Era un hombre maduro con ojos penetrantes y pelo gris.

—Tus compañeros ya han avisado a los padres. Viven en Girona y están viniendo al hospital —informó el forense, que era un hombre rechoncho de baja estatura y una frente demasiado despejada.

Enrique entendió enseguida lo que le tocaba hacer ahora. Se le formó un nudo en el estómago. Volvió el pinchazo en el pecho. Incluso temió perder el control de los esfínteres allí mismo. Tenía por delante la parte más horrible de su trabajo.

Aparcó en zona azul sin dejar ningún tíquet. Las multas son fáciles de evitar cuando eres policía. Isaac estaba fumando en la puerta del hospital. Se habían jugado la vida decenas de veces a lo largo de sus carreras, y aun así sabían que nada necesitaba más apoyo que una misión como esa. Cubrirse tras un coche mientras te disparan requiere valor, pero plantarse a pecho descubierto delante de unos padres y decirles que su hija acaba de ser asesinada de camino a clase requiere algo más.

—Todavía no han llegado —dijo Isaac con gesto serio.

—Asesino en serie, ¿eh? —dijo Enrique enseguida—. Ojalá me hubiera equivocado, pero ahora está claro que no. Los cuatro. Ha puesto monedas de un céntimo, de dos, de cinco y de diez. Ha pillado a una chavala que iba sola, le ha pedido la hora o alguna mierda así y le ha pegado un tiro en la cabeza. Sin hablar ni nada, una ejecución. No hay moral, remordimiento, venganza o duda. —A Isaac le llamó la atención el tono nervioso y desgarrado de su amigo.

—Ha tenido que quedar grabado. Esa zona está llena de cámaras.

—Rasgos árabes y una Sportcity negra. He ordenado que nos entreguen un censo con todos los propietarios que encajen en esa descripción. Y también que nos notifiquen de multas registradas a esas horas, a ver si hay suerte.

—Ahí están —dijo Isaac señalando con la cabeza a un matrimonio de unos cuarenta años. Tenía demasiada experiencia ya como para no identificarlos al segundo. Tiró su cigarro al suelo y se acercó a los padres con gesto solemne.

—¿Matrimonio Rosell Sauleda? —Los dos asintieron con gesto de pavor.

—Yo soy el inspector Robledo, él es el inspector Moreno. —Con muchísima educación, los dos policías estrecharon la mano de los padres. Después, los acompañaron al interior del hospital, donde les facilitaron una sala especial.

—Su hija Olga ha muerto —dijo Isaac con crudeza nada más cerrar la puerta—. Estamos tratando de localizar al responsable. Nos tienen a su absoluta disposición. Creemos que ha sido algo casual. Una desafortunada coincidencia. Hay decenas de agentes trabajando mientras hablamos para localizarlo. Sentimos mucho su pérdida. Sabemos que ahora no hay nada que podamos decirles que pueda aliviar su dolor. Solo quiero reiterarles que hay muchas personas movilizadas para hacérselo pagar al responsable.

Todo lo que vino después es irrelevante. Algunos se enfadan, otros entran en un estado alterado de consciencia, incluso hay quienes se aferran a la posibilidad de que haya habido un error y no reconocen el cadáver. Hay miles de reacciones y todas son igual de válidas. Nadie sabe cómo se comportaría en una situación así hasta que le toca vivirla. Una psicóloga del hospital se encargaría del resto. El matrimonio Rosell había intuido, en su interior, durante el viaje desde Girona, que algo malo había sucedido, pero el ser humano es terco e inocente hasta el final, y ellos no eran una excepción. Enrique conocía esa sensación: cuando le informaron de que Beatriz había muerto en un accidente de tráfico, él entró en una especie de duermevela consciente en la que se decía a sí mismo que quizá fuese un error, que tal vez su mujer sobreviviera milagrosamente en el hospital o se hubieran confundido con otra persona que se le pareciera. Esos padres habían ido hasta el hospital con la esperanza intacta. Su hija, su Olga, tenía que estar viva. Pero no era así.

Enrique e Isaac se quedaron unos minutos más en el hospital y luego se fueron a la comisaría. No había tiempo que perder. Habían movilizado a gran cantidad de dispositivos, tanto de los Mossos como de la Guardia Urbana. Llevaban dos horas parando a todas las motos del modelo que le habían dicho los estudiantes a Enrique. Las cámaras de tráfico estaban siendo analizadas, tanto de la zona del crimen como de las posibles rutas de huida del asesino. La policía científica seguía en el lugar de los hechos buscando la bala. Enrique le pasó a su jefe la lista con potenciales asesinos en serie dentro del sistema que había estado elaborando y cotejando esas semanas.

—Esto es lo que tenemos, un par de boletos de la lotería, pero al menos las coartadas de estos cinco habría que comprobarlas. No cuesta nada mandar a un par de agentes a tantearlos.

Isaac tomó el informe y leyó los nombres con atención. Al lado de ellos había escrito un breve resumen con su condición, antecedentes y también las impresiones que Enrique había tenido al hablar con ellos.

—Que vayan los dos jóvenes. Avísales del peligro que corren. Y que Samuel lleve la voz cantante. —Enrique asintió y se levantó para irse del despacho, pero Jaume, que justo entraba en ese momento, le interceptó.

—Lo tenemos —anunció con una sonrisa de oreja a oreja—. La Guardia Urbana nos acaba de notificar una multa a un motorista marroquí a las 8:50 en Roselló con Pau Claris por saltarse un semáforo en rojo.

—¡Eso es la Diagonal! —exclamó Enrique.

—Prueba de alcoholemia negativa. Tiene permiso de residencia, papeles en regla, pero destacan una actitud nerviosa y errática.

—¿A las 8:50? —preguntó Isaac llevándose un lápiz a la boca.

—He hecho el cálculo con Google Maps y se tardan veinte minutos desde la escena del crimen hasta el lugar en el que le pararon —dijo Jaume.

—El disparo se produjo a las 8.20 —añadió Enrique—. Encaja.

—Y la ruta es perfecta.

—La moto no es una Sportcity, es una Agility City —aclaró Jaume, y luego leyó con mala pronunciación—. Amine Jabrani, de veintiún años. Les dijo a los agentes que se dirigía a su puesto de trabajo en el Carrefour de Glòries. No he querido llamar hasta hablar con vosotros por si acaso. No vaya a ser que alguien del departamento de Recursos Humanos se vaya de la lengua.

—¿Cuándo recibiste esta información? —preguntó el jefe.

—Hará como cinco minutos, antes de hacer nada quería hablar con vosotros.

—Bien —le dijo Enrique guiñándole el ojo mientras trataba de recordar si Amine Jabrani estaba en su lista de treinta nombres, aunque creía que no.

—Vamos a organizar un dispositivo ahora mismo. No avisaremos. En menos de una hora estaremos allí. Rodeamos todas las salidas, varios de paisano preguntan por él y punto. Nadie debe sospechar nada —dijo Isaac con un tono que invitaba a pensar que aquello sería coser y cantar.

Enrique agradeció el optimismo de su jefe, pero frunció el ceño y se dirigió hacia la salida. Quería afrontar la operación de manera fría y profesional, pero, si estaban en lo cierto y conseguían dar con el motorista, se enfrentarían a un asesino sanguinario, sin escrúpulos ni nociones del bien o del mal. Cualquier reacción era posible. Tenía que ser muy cuidadoso. Lo último que quería era acabar en el suelo con una moneda de veinte céntimos descansando a su lado.

11

Enrique caminó con paso tranquilo hacia las cajas registradoras. Llevaba su atuendo habitual: pantalones vaqueros oscuros, chaqueta de cuero sintético, un jersey debajo y zapatillas deportivas cómodas. Parecía un cliente cualquiera del supermercado. La única diferencia era que él estaba al mando de un dispositivo de dos decenas de agentes que rodeaban todo el perímetro del centro comercial de Glòries.

Se acercó a un cajero y, con absoluta calma, se identificó como policía y le pidió que llamase al responsable de seguridad de la tienda. El trabajador, de unos veintitantos años, se quedó paralizado.

—Soy policía, está todo bien, simplemente necesito hablar con el encargado de seguridad un momento —dijo enseñándole la placa de manera disimulada. El cajero desatendió la supervisión de las cajas de autopago y descolgó un teléfono. Tras buscar durante unos segundos entre varios números anotados en un papel al lado del aparato, realizó una llamada. Enrique le cogió el auricular de las manos y le hizo un gesto para que siguiera con su trabajo.

—Seguridad —respondió una voz calmada al otro lado de la línea.

—Soy inspector de policía. Estoy al lado de la caja... —Enrique estiró el cuello para ver el número— 17, y necesito hablar contigo en persona y con la mayor discreción posible. Muchas gracias.

A los dos minutos apareció un hombre de cuarenta años, con ojeras, pelo abundante en espalda y cuello, que asomaba por fuera de la camisa, y una gran bola de chicle en la boca. Enrique lo rodeó con el brazo, procurando no llamar demasiado la atención.

—Vale, antes de nada, quiero que sepas que tenemos autorización judicial. Hemos venido a detener al empleado Amine Jabrani. Tenemos motivos para pensar que es un hombre peligroso. Hay un importante dispositivo policial desplegado en el centro comercial. Tú no lo sabes, pero ahora mismo hay cinco agentes de paisano dentro del supermercado. Podemos hacer esto de manera silenciosa, rápida e incluso agradable. Lo único que necesito es que me digas dónde está Amine —dijo Enrique mientras el responsable de seguridad asentía con la cabeza como si fuera un deportista recibiendo órdenes de su entrenador antes de entrar al campo.

—Podemos ir a mi despacho y comprobar si el trabajador se encuentra aquí ahora mismo.

—Está bien. No hables con nadie y encárgate de que el cajero no diga nada. —El hombre volvió a asentir.

Enrique acompañó al responsable de seguridad a su despacho. Este tecleaba en un ordenador de manera torpe a causa de los nervios.

—Amine entró a trabajar a las 9:11, con once minutos de retraso. Trabaja en el almacén y también hace labores de reponedor —dijo leyendo de la pantalla de su ordenador.

—¿Está aquí ahora mismo?

—Según esto, sí.

—Genial, pues quiero que llames a su jefe y que le ordenes que te reciba en su despacho dentro de cinco minutos. ¿Entendido?

—Sí —respondió el hombre.

—No le digas nada más. Nosotros nos encargaremos de hablar con él.

No habían pasado ni siete minutos cuando Enrique entró con Isaac, Jaume y Samuel en el despacho de la encargada de la sección de reposición. El responsable de seguridad los acompañaba como un perro desorientado en busca de cobijo.

—Buenos días. ¿Eres la jefa de Amine Jabrani? —preguntó Isaac. La mujer, vestida con el uniforme de la tienda, asintió mirando a su compañero en busca de una explicación.

—Somos agentes de policía —dijo Enrique enseñando su placa—. Necesitamos que lo cites en este despacho con cualquier excusa relacionada con el trabajo. Cuando entre por la puerta, lo detendremos y nos lo llevaremos. Nadie en la tienda tiene por qué enterarse de nada.

—Pero ¿qué ha hecho? —preguntó la mujer, preocupada.

—Eso no es de tu incumbencia —respondió Isaac de la manera más amable posible.

La mujer se tomó unos segundos e hizo la llamada, dijo que quería ver a Amine en su despacho para hablar de los días de vacaciones. Mientras esperaban, Jaume se encargó de alejar a los trabajadores de la puerta del despacho. Enrique, Isaac y Samuel sacaron sus armas. Enrique también preparó las esposas. Los tres tomaron posiciones al lado de la puerta. En cuanto la abriera saltarían sobre él, lo reducirían y lo detendrían. De momento todo estaba yendo bien. El operativo se había desplegado en tiempo récord, el juez había dado todas las facilidades y solo quedaba atrapar al sospechoso. Ninguno de los cuatro policías en aquella habitación podía olvidar ni por un segundo que la persona a la que estaban esperando había matado a sangre fría a cuatro personas en los últimos tres meses. Disponían de la ventaja del factor sorpresa y también de la superioridad numérica, pero debían tener mucho cuidado.

La espera se estaba haciendo eterna. Enrique se secó el sudor con la manga de la chaqueta. Isaac miró su reloj con angustia. Detener a un asesino a las cinco horas de haber matado era una de esas gestas que se recordarían para siempre. Samuel iba a decir algo, pero Enrique lo obligó a mantener silencio. Entonces Jaume invitó al responsable de seguridad y a la encargada de reposición a que se agachasen con él detrás de la mesa. «Por lo que pueda pasar», les susurró. Sus caras reflejaban la incomprensión y la tensión del momento. Esa era una mañana que nunca iban a olvidar.

Por fin el pomo empezó a moverse. La puerta se abrió al mismo tiempo que la madera era golpeada tímidamente solicitando permiso. Amine, de pelo corto rapado, tez morena, barba de la misma longitud que el pelo, labios gruesos y ojos negros penetrantes, se quedó extrañado durante medio segundo, como un animalillo cegado por los faros de un coche.

Isaac y Samuel se abalanzaron sobre él y lo tiraron al suelo. Cuando lo tuvieron reducido e inmóvil, Enrique le clavó la rodilla en la espalda y le puso las esposas. Después le leyó sus derechos y se lo llevaron. Todo había salido a pedir de boca. Habían atrapado al monstruo de manera rápida, limpia y eficaz.

Como ya habían pasado más de dos horas, no le hicieron la prueba de la parafina. Aquello podría haber determinado si había disparado un arma recientemente. Amine se mostró resignado pero colaborativo en todo momento. Lo sacaron esposado del trabajo y lo metieron en un coche. Ahora llevaba media hora esperando en una sala. Le habían traído hasta tres refrescos diferentes, aparte de una botella de agua. Él lo interpretó como un buen gesto. La realidad es que lo hacían porque la gente con muchas ganas de mear suele querer acabar rápido y ser más honesta.

En el coche preguntó qué pasaba, qué había hecho y por qué le detenían. Y reiteró varias veces que no había hecho nada.

Los investigadores comprendieron que no les iba a poner las cosas fáciles.

Enrique le dio muchas vueltas a la estrategia a seguir. El corazón le pedía entrar con Isaac y machacar al chaval hasta que reconociera los hechos, pero, dada la frialdad con la que había actuado, dudaba de que aquello pudiese funcionar. El perfil del asesino apuntaba a una persona con un ego exacerbado, muy cerebral, sin empatía y ávido de reconocimiento. Era un asesino misionero. Buscaba trascender, ser recordado. Y ahí es por donde creía que había que atacar. Meterle miedo o pegarle no serviría de nada. Había que jugar con su vanidad. La duda era si hacerlo en positivo o en negativo.

Había decidido entrar con Quim. Este era un cabo del grupo que tenía más aspecto de bibliotecario que de *mosso*. Había llegado a Homicidios después de estudiar Criminología y de aprobar con nota las oposiciones. Se trataba de uno de esos policías que podrían teletrabajar sin que nadie lo notara. Era muy útil y un gran compañero, pero no se trataba de un hombre de acción. Y precisamente eso era lo que le interesaba a Enrique. Que en la sala de interrogatorios estuviera el policía calvo, sudado y corpulento que le había puesto las esposas, y también un joven delgado con gafas y pinta de intelectual.

Durante varios minutos se dedicó a explicarle cuál sería su papel. También le dejó claro que Amine no era solo el sospechoso del asesinato de la pobre estudiante, también de los de Arsenio, Adaku y Nicolás. Cuatro ejecuciones en plena calle con la misma firma. La Guardia Urbana le había multado treinta minutos después del asesinato de Olga, con una moto muy similar a la que habían hecho referencia los testigos, tenía un rostro parecido al que habían descrito y se encontraba en una dirección que quedaba de paso entre su casa, el lugar de los hechos y su trabajo. Enrique estaba convencido de su culpabilidad: su perfil encajaba con el del asesino. Alguien con un trabajo poco gratificante que se dedica a matar y a pasar desapercibido hasta completar su gran obra. Una persona ninguneada por la sociedad, que ignora su verdadero poder y, por tanto, está ciega ante su potencial.

—¿Cómo estás? ¿Necesitas algo? —preguntó Quim con una amabilidad calculada.

—Me gustaría ir al baño.

—No te preocupes, esto no debería alargarse mucho.

—¿Me vais a decir qué pasa de una vez...?

—Amine, por favor, no nos trates como a idiotas —arrancó Enrique—. A nosotros no. Por un lado, estoy contento porque mi trabajo consiste en proteger a los inocentes, pero por otro me da pena que esto se acabe. Llevo tres meses pensando en ti día y noche. Bueno, yo y todos mis compañeros —mintió Enrique. La expresión de Amine reflejaba sorpresa y desconcierto—. Hemos tenido suerte, no te lo voy a negar. A veces estas cosas pasan. A Al Capone lo pillaron por cuatro impuestos mal pagados.

—Si no te hubieras saltado ese semáforo, todavía estaríamos buscándote —añadió Quim.

—Llevo treinta años en Homicidios y he investigado medio millar de casos, cien de ellos asesinatos. Pero nunca había visto nada semejante.

—En plena calle. Cuatro veces.

—Te has ganado un buen documental de Netflix, chaval.

Amine miró a uno y otro con gesto dubitativo en varias ocasiones. Tenía las manos esposadas encima de la mesa. Estaba sentado en una incómoda silla plegable.

—No sé de qué me estáis hablando —titubeó.

—¿Cuál era la idea? ¿Seguir matando hasta llegar al billete de quinientos?

—No sé de qué habláis.

—Te hemos estado investigando. No tienes ningún pasado militar ni nada relacionado con las armas. Eso es curioso.

—Será un talento natural —apuntó Quim sobreactuando un poco, lo justo para que Enrique se diera cuenta, pero Amine no.

—Si todo esto es por lo del semáforo, os juro que estaba naranja cuando lo pasé.

Enrique y Quim exageraron una carcajada.

—Yo no he hecho nada —insistió el joven.

—El lugar de los hechos queda de camino entre tu casa, tu trabajo y el semáforo en rojo. Te han visto varios testigos. Tenemos grabaciones de la calle. El juego se ha terminado —siguió mintiendo Enrique.

—Mirad, no voy a hablar sin un abogado.

—Tu abogado está de camino.

—Quiero llamar a mi padre.

—Ahora estás hablando con nosotros.

—¡Necesito ir al baño!

—Luego irás. Si esto ya se ha acabado. Ni siquiera tendríamos que estar aquí, pero hemos querido hacerlo para ver quién es el hombre detrás de la leyenda.

—Os juro que no entiendo de qué estáis hablando.

Enrique cogió aire y empezó a tocar la madera de la mesa con los dedos como si fuera un piano. Se estaba impacientando.

—Vale, solo necesito que me aclares una cosa y luego te dejaré tranquilo. ¿Qué le dijiste al repartidor para que se bajara de la bici?

—No sé de qué me hablas. Me va a explotar la vejiga —protestó. Ya antes de subirse al coche pidió permiso para mear, algo con lo que los agentes jugaron en su contra.

Enrique se aseguró de hacer contacto visual con su compañero para que entendiera algo.

—Lo de las monedas está guay —arrancó Quim, en respuesta al gesto de Enrique—, no me entiendas mal. Aunque también es bastante facilón.

—Si hubieses llegado hasta el final…, pero así a medias queda un poco ridículo. No es que sea una puesta en escena muy espectacular que digamos.

Amine los miraba en silencio. Enrique por un momento percibió que le tocaban el ego. De pronto una idea le sobrevoló la cabeza. ¿Y si eran un grupo organizado? ¿Y si, en lugar de un lobo solitario, era una banda que actuaba llevando a cabo una protesta? Prefirió aparcar esas preguntas para más tarde.

—Apuesto a que no sabías lo de las cámaras de la Diagonal.

—Ya, pero si hubiera frenado a tiempo en aquel semáforo todavía lo estaríamos buscando —dijo Quim.

—¡No sé de qué habláis! —gritó Amine desesperado.

Durante varias horas, los agentes trataron de sacarle algo que lo incriminara, de obligarlo a dar alguna información que solo el responsable de los asesinatos pudiera tener. Pero no hubo manera.

Isaac los interrumpió para hablar en privado con ellos y dejaron que Amine fuera al baño. El joven llevaba un rato removiéndose en su silla como si fuera un toro bravo.

En el despacho de Isaac también estaban Jaume y Elisenda. Enrique y Quim se sentaron con gesto de derrota.

—No suelta prenda el hijoputa —se quejó el inspector. Isaac lo miró con una profunda resignación.

—No es él —lamentó—. Nos acaban de pasar imágenes de las cámaras de tráfico. La moto del asesino es una Sportcity negra. Hemos chequeado la matrícula y pertenece a una moto antigua. Usa una matrícula falsa.

—¿El asesinato está grabado? —preguntó Enrique abriendo mucho los ojos.

—No, pero se le ve pasar el semáforo justo en el momento posterior al asesinato —dijo Isaac, dejando escapar un tono de resignación—. Podemos mantener a Amine unas horas por si acaso, aunque me temo que solo ha estado en el lugar equivocado en el momento que no debía.

—¡Joder! —gritó Enrique levantándose y pateando una silla—. Hemos hecho el ridículo.

Todos agacharon la cabeza e ignoraron la silla tirada.

—A ver, tenemos una descripción, también un número de matrícula…

—Matrícula falsa —interrumpió Enrique.

—Aunque sea falsa, es algo —dijo Isaac—. También tenemos el modelo de moto y hay cámaras con las que podemos trazar su trayecto. Además, la policía científica ha encontrado la bala.

Ni eso consoló a Enrique. Normalmente la frustración le duraba un día, pero luego la emoción se disipaba. Esa noche tocaría una hora de conducción para relajarse. Lástima que no estuviera lloviendo. Había perdido horas siguiendo una pista falsa. Y había pasado de dar el caso por acabado a tenerlo más abierto que nunca.

—Durante el interrogatorio me he dado cuenta de una cosa —se sinceró—. El asesino mata cada vez a una persona… más importante…, al menos dentro de su lógica macabra.

—¿Qué quieres decir? —preguntó Jaume.

—Un céntimo por una prostituta, dos céntimos por un vagabundo, cinco céntimos por un repartidor, diez céntimos por una estudiante. Dejar monedas no es solo su firma, sino también una declaración de intenciones. Este tipo pretende matar a once personas más. Y, si la moneda de diez céntimos ya es una estudiante, no me quiero ni imaginar quién será el billete de quinientos.

Todos se quedaron en silencio durante unos segundos. Después, Isaac les pidió que lo dejaran solo. Tenía que hacer una llamada importante.

12

Dos inspectores con experiencia en casos complejos se unieron al grupo de investigación: Albert y Xavier. Tanto Enrique como Isaac los conocían desde hacía años. El Asesino de las Monedas, tal y como la prensa lo había bautizado, se convirtió enseguida en la principal preocupación de sus superiores. No tardaron en entender que la misión del asesino era la de exponer de manera macabra que hay personas con más valor que otras, y de momento, desgraciadamente, la investigación no había hecho más que darle la razón. Las dos primeras víctimas, aquellas que dentro de la retorcida lógica del asesino tenían menos valor, no habían sido investigadas adecuadamente. Se las había tratado como si fueran víctimas de segunda clase. La tercera sí fue investigada con rigor, pero aun así su muerte no logró captar la atención pública. No fue hasta que llegó la moneda de diez céntimos, de aluminio y latón, cuando se despertó el interés mediático. Eso sucedió con el asesinato de Olga, la chica blanca que estudiaba en la universidad, con ella los periódicos y los informativos comenzaron a interesarse por el tema. Ahora los programas de televisión sensacionalistas dedicaban varios minutos al día a hablar del asunto. De repente, el caso pasó a ser tema de conversación en todo el país, y Enrique e Isaac eran los principales encargados de investigarlo.

Aunque la presión mediática asfixiaba, la presión política era peor. El Gobierno de España, por influencia del CNI y del Departamento de Seguridad Nacional, disparó las alarmas en privado sobre la posibilidad de un magnicidio. De los diez céntimos a los quinientos euros había muchos estadios y escalones intermedios, y los servicios de inteligencia estaban convencidos de que la intención del asesino, o de la organización terrorista que pudiera ocultarse detrás de la máscara de un único criminal, era llegar hasta el presidente, el rey o ambos. Isaac le había dicho a Enrique que la Policía Nacional estaba pendiente del caso y que deseaba participar en él por motivos de seguridad estatal, pero que el Gobierno catalán no quería que se lo quitaran. Era una cuestión de honor y de principios, incluso de orgullo, pero también de logística y jurisdicción básica: todos los crímenes se habían cometido en el área metropolitana de Barcelona, así que resultaba difícil defender una escalada nacional en cuanto a la dirección del caso. Isaac seguiría estando al mando, al menos de momento, especialmente teniendo en cuenta que había sido Enrique, su hombre y amigo, el que había descubierto el patrón y vinculado a las dos víctimas previas al repartidor de Glovo. Pese a eso, los rumores y la política a Enrique le daban igual. Habían pasado ya diez días desde el asesinato de Olga y los avances eran escasos y lentos. Y eso que ahora el grupo solo se dedicaba al caso de las monedas y disponía de más recursos para llevar a cabo la investigación.

El informe de balística había determinado que la pistola utilizada era una Glock 17 sin identificar, un arma común. Los agentes concluyeron que el asesino la pudo comprar en el mercado negro o en la dark web. Como carecían de muestras de los otros crímenes, no pudieron asegurar que el crimen de Olga se hubiera perpetrado con la misma pistola que los anteriores asesinatos.

Respecto a Amine, los policías lo liberaron a la mañana siguiente de su detención. Tanto sus padres como sus hermanos lo situaban en el baño de su casa en el momento de los hechos, y su móvil también lo corroboraba. Aunque existía la posibilidad de que lo hubiera dejado en casa, matara a Olga, volviera a por él y luego fuera al trabajo, era poco factible que pudiese llegar al semáforo en el que le multaron a las 8:50. Aun así, seguían teniéndolo en mente y bajo vigilancia.

Por otro lado, el retrato robot realizado con los testimonios de los testigos del asesinato de Olga mostraba un rostro muy similar al de Amine. El dibujo se había publicado en redes sociales, en periódicos y en televisión. Como consecuencia, comenzaron a recibir miles de llamadas y correos electrónicos de buenos samaritanos y anónimos que aseguraban haber visto al asesino a todas horas y por todas partes. Incluso había bromistas que declaraban ser el asesino justo antes de colgar.

También habían cotejado a los sospechosos de la lista de Enrique, que iba creciendo cada día. Quim y Lucía habían asumido la ardua tarea de geolocalizar a todos ellos en los días de los asesinatos, con toda la burocracia y el esfuerzo logístico que aquello implicaba. Cada vez que alguno aparecía cerca de una de las escenas del crimen, buscaban conexiones con alguien de la lista que estuviera cerca de otra, por si acaso se trataba de más de un asesino. Era un trabajo duro, minucioso y poco gratificante para los agentes, pero necesario para dar con el culpable.

A los pocos días del crimen de Olga, el testigo que hacía deporte recordó que el asesino llevaba guantes y que en la pistola había como una especie de red de fruta enganchada. Ninguno más recordó nada relevante.

La Guardia Urbana y los Mossos llevaban diez días parando a todas las Aprilia Sportcity de la ciudad, a muchos conductores incluso más de una vez. Aunque el modelo de moto era uno de los pocos detalles que decidieron no filtrar a la prensa, había tantos agentes involucrados en su búsqueda que no tardó en salir a la luz. Por descontado, lo de las monedas tenía todo el protagonismo. Los chistes y memes en redes sociales eran constantes. Aunque a Enrique le dolía que los familiares de las víctimas sufrieran, alguno que le enseñaron logró arrancarle una sonrisa. Eran días oscuros y frenéticos, y la risa era un bien escaso, así que no se culpó por ello.

Había decidido tomarse el sábado libre. Era el primero de marzo, uno de los últimos del invierno, y tras la presión de las últimas semanas en la investigación supo que su cuerpo y su mente le agradecerían desconectar. El equipo estaba volcado en el caso, la colaboración entre cuerpos y fuerzas de seguridad del Estado se sentía cerca, y todos sus compañeros estaban trabajando a una y sin descanso. Podía dedicarse veinticuatro horas para sí mismo y para su familia. Macarena también tenía el día libre, así que los dos durmieron a pierna suelta hasta las once. Ni recordaban la última vez que eso había pasado.

Para desayunar bajaron a una cafetería del barrio que hacía *brunchs*. Pidieron huevos revueltos, café, zumo y también tostadas. Después se fueron a pasear. El día era soleado con ráfagas de viento de esas que te cierran los ojos y te abren un poco de mar en la nariz. Un día ideal para subir a los búnkeres que hay en lo alto del Turó de la Rovira. Ambos acordaron dejar los móviles en casa. Al menos así se olvidarían de sus obligaciones y del resto del mundo durante un par de horas. Caminaron de la mano tranquilamente mientras hablaban de las tiendas que habían cerrado por el barrio y también de las nuevas que habían abierto. Llevaban años sin subir hasta allí. Antes de que se llenara de turistas, lo hacían una o dos veces al mes para admirar la ciudad con el mar de fondo. En un día de viento como aquel, la vista sería estupenda porque la contaminación estaría menos presente.

Macarena comprobó que había perdido forma física porque le costó más de lo que recordaba llegar a la cima. Hacía tiempo que no pisaba el gimnasio, pues el poco tiempo libre del que disponía prefería dedicarlo a ir al cine, tomarse un café con Begoña o Verónica, o visitar a su padre y a su hermana, que también vivían en Barcelona. En alguna ocasión había intentado hacer ejercicio en casa con vídeos de YouTube, pero al tercer o cuarto día se aburría y abandonaba. Nunca había sido muy deportista, pero su complexión ligera le había permitido mantener la línea sin grandes esfuerzos. Sin embargo, con el paso de los años y el cambio de metabolismo, empezaba a ser consciente de los privilegios que ya no tenía y del paso del tiempo en su propio cuerpo. Por su parte, Enrique no tenía más remedio que dedicarle de vez en cuando algunas horas al gimnasio, pero eso era distinto: su trabajo se lo exigía.

Al llegar, se apoyaron en el muro de protección y contemplaron la ciudad durante unos segundos. La vista era tan perfecta que parecía una maqueta. Enrique no pudo evitar pensar que en aquel momento estaba viendo al asesino. Macarena, en cambio, se fijaba en la cantidad de turistas que habían tenido la misma idea que ellos para pasar el sábado. De eso hablaron al bajar de vuelta a casa. También de lo divertido que sería tener un perro y llevarlo a pasear allí, entre los árboles y acompañado por los demás perros. Enrique se mantuvo tajante como siempre; nada de mascotas. Todavía recordaba los ojos inertes de Travi.

De vuelta al hogar no tenían hambre ni ganas de cocinar, así que Enrique se sentó en el sofá y se distrajo con la tele y Macarena se zambulló en la novela que estaba a punto de acabar. Enrique veía imágenes en movimiento en la pantalla, con sus pantuflas sobre la mesa de centro y un cojín en la cabeza, pero dentro de esta solo había espacio para el Asesino de las Monedas. Ya durante el paseo había sido un poco así. Desconectar es muy difícil cuando llevas tantos días concentrado en lo mismo. Y más cuando sabes que al día siguiente volverás a reconectarte a ese mismo hilo de pensamiento otra vez.

Últimamente, se había dado cuenta de que el asesino le provocaba desdén. No sentía especial motivación por el caso, por mucho que este estuviese tan presente en los medios y hubiera puesto la comisaría del revés. A Enrique le parecía un simple déspota con ganas de llamar la atención, algo que, por otro lado, estaba consiguiendo. Cada vez que se hablaba de él sentía que estaban perdiendo la batalla. Eso era, al fin y al cabo, lo que el culpable pretendía. Nunca en su vida había admirado a un asesino, pero alguna vez sí había llegado a reconocer a individuos con una inteligencia superior, o extraordinaria al menos. Este, sin embargo, no le parecía el caso. El policía estaba convencido de que la persona que buscaban era un idiota con suerte que no tardaría en caer. Analizando su *modus operandi*, parecía obvio que se había inspirado en el Asesino de la Baraja, y ese ya le parecía un asesino torpe y poco interesante. Lo de las monedas podía dar una capa de profundidad a su macabro comportamiento, pero le resultaba artificial y forzado. Aquel asesino —Enrique llevaba días convencido de que actuaba solo— no tenía ningún interés en mejorar el mundo con su peculiar crítica social; solamente quería que se hablase de él y alimentar la idea sobredimensionada que tenía de sí mismo. Al igual que el que dejaba naipes veinte años antes, este usaba una red para recoger el casquillo, guantes, y tenía una firma mediáticamente interesante, pero nada más. A Enrique no le preocupaba lo más mínimo que aquel sujeto quisiese matar a ministros, a presidentes o al rey; no albergaba ni la más mínima duda de que lo cogerían antes. Lo que le dolía era que, por el capricho de un idiota egocéntrico y desequilibrado, más inocentes podrían morir.

Hasta ahora el asesino había tenido suerte. Eso es lo que pensaba Enrique. Los dos primeros asesinatos habían sido fáciles. Matar a dos personas tan vulnerables sin razón aparente despistaría hasta al mejor investigador. El tercer asesinato había sido distinto, y aun así tuvo suerte. Alguna cámara o testigo podría haberlo visto justo antes o después de apretar el gatillo. Y en el cuarto ya había cometido errores. Dos testigos visuales. Varias cámaras de tráfico muy cerca. De no ser por la matrícula falsa —ahí sí le concedía algo de pericia— ya estaría encerrado en una celda. Por supuesto podría matar a una, dos o tres personas más, ojalá que no, pero, cuando cualquiera puede ser tu presa, tiene poco mérito ser depredador. Su obra se complicaría a medida que tuviese que ascender en la escala social. Enrique no daba ni un duro por que fuera capaz de matar a alguien con un mínimo de protección. Ya tenía ganas de que se cerrara el caso; le estaba consumiendo demasiado energía y su próximo año sabático todavía estaba lejos.

Macarena se sentó en el reposabrazos del sofá y le acarició la piel de la cabeza con sus alargados y suaves dedos, con un gesto que pretendía ser cariñoso más que sensual. Acordaron comer un sándwich ligero, pasarse la tarde relajados en casa y por la noche ir a cenar a un sitio elegante. Solo ellos dos. Incluso luego podían tomarse una copa. Un día es un día. Y una noche es una noche.

Como la mejor manera de perder el tiempo que existe es hacerlo en la cama, el matrimonio recordó durante unos minutos a aquella pareja que recuperó la pasión perdida en un castillo escocés. De las caricias en la calva se pasó a las caricias en los pechos, y de comerse la boca en el sofá pasaron a hacer el amor en la cama, porque ya tenían una edad. Los fuegos artificiales habían dado paso a la complicidad.

Al terminar se quedaron abrazados y se durmieron una siesta, aún sucios y pegajosos. La calefacción central les permitía descansar sin necesidad de taparse. A Enrique no se le ocurría una sensación mejor que la de abandonarse al sueño después de hacer el amor con su mujer mientras esta le acariciaba el torso con las yemas de los dedos y las uñas. Placenteros escalofríos recorrían su pecho y descendían hasta las rodillas en una cascada de sensaciones agradables. Qué buena tarde de sábado. Normalmente, él se pasaba las tardes sentado en la crujiente silla de su despacho o yendo de un lado a otro en busca de pruebas y hablando con testigos y sospechosos. Tanto buscar… y lo mejor lo tenía en casa.

Enrique se despertó envuelto en una cálida sensación, acompañado por el sonido del agua de la ducha y el murmullo musical que emitía su mujer. Los últimos rayos de sol del día se adentraban por la ventana de la habitación y le calentaban los pies. Estaba tan a gusto en la cama que se quedó mirando al techo, esta vez sí con la mente en blanco, durante un tiempo indeterminado. Hasta que Macarena entró desnuda, solo con una toalla en la cabeza, y caminó descalza por la moqueta.

—Ya estás despierto —dijo con suavidad—. Después, cuando te duches, podemos llamar a Julián. La reserva la tenemos a las nueve.

Enrique le dio a entender que estaba de acuerdo en todo. Aquel sábado era lo más parecido a sus años sabáticos, donde podía tener periodos de normalidad, paréntesis en la rutina en los que su única obligación era llegar a tiempo al restaurante en el que hubieran reservado. En su cabeza volvió a calcular algo que ya tenía más claro: le quedaban cinco años más de trabajo y después se jubilaría, con un año sabático en medio, lo que en realidad aplazaba la jubilación a seis. Cumpliría los sesenta y dos y lo dejaría todo, con al menos todavía unos veinte años de buena vida por delante. Entre él y su mujer tenían dinero suficiente para vivir bien. El piso no les había costado ni un céntimo y la casa de Porquerisses había sido una ganga. Tendrían una jubilación de lujo. Se veía con Macarena apuntándose al Imserso y haciendo dos o tres viajes al año.

Mientras fantaseaba con los ojos abiertos y su mujer al lado vistiéndose, el sonido del móvil lo arrastró de vuelta a la realidad. Era un número raro, de una centralita. Con suerte, pensó, sería alguna llamada de promoción o publicidad.

—¿Hola? —contestó con voz ronca de dormido.

—¿Inspector Moreno? Le llamo de la comisaría de la Policía Local de Sant Cugat del Vallés —dijo una voz femenina e insegura desde el otro lado de la línea.

Enrique alejó el móvil de su oreja y miró la pantalla un momento. Macarena lo observó intentando descifrar su gesto.

—Sí, soy yo.

—Verá, tenemos aquí a un borracho que dice ser el Asesino de las Monedas. Le hemos dicho que se vaya, pero está muy pesado con el tema.

Enrique cerró los ojos y se quedó pensativo.

—¿Ha dado algún dato que lo pueda incriminar?

—Qué va, está borracho como una cuba. Lo íbamos a soltar, pero hemos preferido avisar a los Mossos por si acaso, porque con estas cosas nunca se sabe.

—¿Sabéis cómo se llama?

—Se llama Borja Serra, vive aquí al lado, en La Floresta.

Enrique abrió los ojos y los clavó en un punto fijo de la pared como si buscase el infinito en él.

—Ahora mismo voy para allá.

13

Era un edificio grande. Enrique aparcó en zona verde y caminó hacia la puerta principal con una mezcla de nervios y optimismo. El Asesino de la Baraja se había entregado de la misma manera y este le copiaba en muchos detalles. ¿Era posible que Borja fuera realmente el Asesino de las Monedas? ¿Podría ser un imitador tan descarado del de los naipes? Tenía sus dudas, pero también sentía culpabilidad. Si Borja acababa siendo realmente el responsable de los cuatro asesinatos, entonces Enrique podría haber evitado la muerte de Olga.

Al entrar, le sorprendió y hasta le hizo gracia ver que tenían a Borja sentado en un banco, con un café en la mano, justo al lado de la recepción. La vigilancia sobre él era nula. A medida que se acercaba, percibía el fuerte olor a alcohol y tabaco que desprendía. Tenía la ropa sucia de tierra y de lo que parecían lamparones de alguna bebida espirituosa. Se puso de pie a su lado y Borja se giró. Por la forma de cerrar los ojos entendió que ya le dolía la cabeza. Y por la rigidez de la mandíbula y el gesto forzado al tragar saliva supo que también estaba colocado: MDMA, seguramente.

—Has empezado fuerte el sábado, ¿eh?

Borja miró a Enrique con cara de asco. La cabeza se le ladeaba como si hubiese perdido toda la fuerza para sostenerla.

Le costaba enfocar con los ojos y daba la sensación de estar a punto de vomitar o de desmayarse.

Enrique se dirigió a la recepción y enseñó la placa sin decir nada. La funcionaria, una señora mayor que él, le sonrió e hizo una llamada.

Enrique volvió a acercarse a Borja, quien seguía sentado en un banco de madera con los cuatro asientos unidos. Se sentó a su vez dejando un hueco entre ambos y Borja murmuró algo. Se trataba de un sonido gutural. La nuez de la garganta se le movía de arriba abajo con brusquedad. «Este tío está muy drogado», pensó el policía. Al salir de casa estaba convencido de que nunca llegaría a tiempo para cenar con su mujer, y ahora que había visto el estado del sospechoso dudaba hasta de si podría ir dormir. Macarena no se había tomado mal su plantón, aunque tampoco bien. A lo largo de los años había aprendido a no negociar ciertos aspectos de la vida. Si Enrique decía que se tenía que ir, no había más opción que aceptarlo. Podría quedarse en casa maldiciéndolo, y, de hecho, lo hacía, pero nada de lo que hiciera o dijera evitaría la decisión de su marido de cumplir con sus obligaciones laborales.

Un agente con el uniforme de la Policía Local de Sant Cugat saludó a Enrique. Después, miró a Borja como si fuera un alumno expulsado de clase por portarse mal. Era un hombre con un frondoso bigote que el tabaco había vuelto amarillo, de poca estatura, recio.

—Entró aquí dando voces e insultando a todo el mundo. Montando el escándalo, vamos. Un par de compañeros lo consiguieron echar, pero luego volvió otra vez. Ahí ya lo amenazamos con detenerlo, y entonces nos dijo que no sabíamos con quién estábamos hablando. Lo identificamos y le preguntamos con quién estábamos hablando. Entonces cogió y nos tiró estas monedas al suelo. —El agente señaló unas diez monedas de cobre tiradas en el suelo de la comisaría—. Se echó a reír y nos repitió que no teníamos ni idea de con quién estábamos hablando. Todo esto sin que se le entendiera casi nada. Si ahora lo ves así, imagínate hace una hora.

—Ya —respondió Enrique mirando el estado de Borja.

—Éramos tres agentes hablando con él. No sé, parece un tipo normal. Vive aquí al lado, es de buena familia. Y, entonces, de repente nos contó que era famoso. Le preguntamos si era cantante, porque a uno de los chicos…, ah, no, a Dolors —dijo señalando a la funcionaria de recepción— le recordaba a un cantante que escucha su hijo. Y ahí fue cuando soltó lo del Asesino de las Monedas. Que era famoso por ser el Asesino de las Monedas, eso fue lo que dijo.

Enrique le escuchó con atención. Mientras él y el agente hablaban de pie, Borja seguía sentado esforzándose por no caerse.

—¿Cuántos cafés lleva?

—Este es el segundo, aunque el primero se le cayó por el suelo y por la ropa. Estuvimos a punto de llamar a la ambulancia antes que a los Mossos. —El agente agarró a Enrique del brazo y, acercándole la boca a la oreja, le susurró—: ¿Crees que dice la verdad?

Enrique no supo qué responder. Primero tendría que hablar con él.

—¿Me podéis dejar una sala en la que pueda hablar en privado?

El agente aceptó de buen grado y entre los dos levantaron a Borja.

—No me toquéis, hijos de puta, vosotros no tenéis ni idea —repitió varias veces de manera casi ininteligible.

—Aquí podrás estar bien —dijo el agente mientras abría la puerta de una sala limpia y moderna. Tenía un proyector colgado del techo, tres mesas pequeñas y decenas de sillas.

Enrique le dio las gracias y se quedó a solas con Borja en la habitación. Le ayudó a sentarse en una silla y se puso a caminar por la estancia. A través de la ventana pudo ver su coche aparcado.

—Mírame a la cara —le ordenó levantándole la barbilla. Borja se intentó zafar agitando la cabeza, medio dormido, y Enrique le dio una bofetada en la mejilla izquierda y otra con el revés de la mano en la mejilla derecha—. ¡Venga, despierta! Si eres tan chulo como para venir hasta aquí, ahora no te puedes echar a dormir.

—No me toques, subnormal —balbuceó.

Enrique abrió una botella de agua y se mojó los labios con ella. Después cogió el café y se lo introdujo a Borja en la boca a la fuerza. Gran parte del líquido se le escurrió por las comisuras de los labios y le manchó la ropa y el suelo. Borja reaccionó, aunque por su cara cruzó un gesto parecido a la náusea. Se veía claramente que solo quería dormir. Enrique suspiró, hastiado e impaciente, cabreado solo de pensar en que aquel niñato le estaba privando de la oportunidad de pasar una noche tranquila y romántica con su mujer. Furioso, cogió la botella y se la vació en la cabeza, y solo entonces Borja se reactivó. Dio un salto y se alejó de la silla unos pasos. El agua le empapó el cuello de la camiseta y los hombros, y le corrió por la espalda hasta la rabadilla.

—¿Qué les has dicho a mis compañeros?

Borja resopló y enfocó la mirada en Enrique. Tardó unos cinco segundos en conseguirlo. Luego observó la habitación.

—¿Qué es esto?

—Nuestra segunda cita. Venga, ve despertando, que no tengo toda la noche.

Mientras Borja recuperaba la compostura, Enrique buscó en el móvil el informe de Quim y Lucía sobre los sospechosos de la lista. El móvil de Borja no se encontraba cerca de ninguno de los lugares de los crímenes a la hora en que se produjeron. No obstante, sí había ido varias veces al Raval en los últimos meses. Y los únicos que podían corroborar sus coartadas eran sus padres, ya que Borja aseguraba estar en casa con ellos en el momento en el que se produjeron los asesinatos. Mientras comprobaba todos estos datos, Enrique recibió un mensaje de Veiga. Al mostrarse la notificación en la pantalla, solo podía ver un fragmento, pero aun así sintió emoción. Que el presentador de televisión siguiera acordándose de él, tal y como le había prometido que haría, alimentaba su ego.

Enrique cogió a Borja de los hombros y, elevando la cabeza sobre la suya, lo miró a los ojos.

—Chaval, espabila. ¿Has matado a esas cuatro personas?

Borja aspiró profundamente por la nariz, dejando que el aire se acumulara en su pecho antes de exhalarlo de golpe, mientras una sonrisa desafiante se mostraba en su rostro. Enrique controló la rabia y aguantó.

—No —dijo. Aún estaba atontado, pero daba muestras de haber vuelto a tomar el control de sí mismo.

—A mis compañeros les dijiste que sí.

—Yo no recuerdo eso.

—¿A qué viniste a esta comisaría?

Borja rompió a reír. Era una carcajada aguda e infantil. Como la que tendría un niño de cinco años. Enrique era consciente de que estaba ante una persona con ciertos problemas mentales. Recordó su respuesta cuando lo detuvieron por clavar a unos gatos en un árbol y quemarlos vivos. También recordó a Travi. Cuando Borja iba a responder, otra carcajada se apoderó de él. Esta vez era más madura, más acorde a su edad. Parecía que la situación le divertía muchísimo. Enrique miró su piel blanca y su mandíbula afilada. No se parecía en nada a cómo los testigos habían descrito al asesino.

—¿Eres el Asesino de las Monedas?

—Me chupa la polla.

—¿Quién?

—Ese subnormal.

—¿Lo conoces?

—¿Lo conoces? —repitió Borja haciendo una exagerada burla a Enrique. Esta fue interrumpida por un puñetazo que lo tiró de la silla.

—¿Tú quién cojones te crees que eres? —dijo Enrique tratando de calmarse.

Borja se revolvió en el suelo para incorporarse rápido, como si fuera a devolver el golpe, pero en su lenguaje corporal se veía claro que esa no era su intención. Ante Enrique había un niño mimado de treinta y cinco años que no se había esforzado por nada en su vida, ni siquiera por aprender a pelear.

—Qué valiente eres en una comisaría —dijo mientras trataba de levantarse del suelo.

—¿Quieres que hablemos en la calle?

Borja terminó de incorporarse y guardó silencio.

Enrique lo agarró de los hombros y lo obligó a sentarse otra vez en la silla. El policía no tenía claro que Borja supiese quién era ni que recordara su conversación de hacía dos semanas.

—Me quiero ir a casa —dijo con una vocecita infantil. Enrique negó con la cabeza y chistó al mismo tiempo.

—De momento te va a caer una obstrucción a la justicia bastante guapa.

Borja bufó, arrugando el entrecejo en un gesto de puro asco. Enrique sintió otro impulso de pegarle. El puñetazo anterior le había impactado sobre todo en la oreja y no tenía nada más que la piel un poco enrojecida. Después de tantos años, sabía cómo golpear a alguien para asustar sin dejar rastro.

—Yo no he hecho nada.

—Te has entregado por el asesinato de cuatro personas. ¿No te acuerdas de eso?

Borja volvió a reírse y se echó la mano a la cara como sorprendido por el lío en el que se había metido a sí mismo. Enrique miró la hora en su móvil. Todavía era temprano.

—Me he tomado pastillas. Estaba de fiesta y…

—¿Con quién estabas de fiesta?

—Con estos: mi primo y su panda —respondió antes de volver a partirse de risa.

Enrique se mantuvo muy serio mientras Borja se reía. Los hombros se le movían como si fuera un dibujo animado. Pequeños cercos de babas se amontonaban en la comisura de sus labios. Enrique sentía que estaba perdiendo el tiempo. Borja era irritante y su actitud le confundía. Podía estar jugando con la policía, dando la impresión de actuar de forma errática, pero con todo mucho más controlado de lo que parecía. Podía ser el asesino de cuatro inocentes y haber perdido el control al mismo tiempo al salir de fiesta y empastillarse. ¿Qué asesino en serie no siente en algún momento la tentación de confesar? ¿Cómo si no podría presumir de su obra? También estaba la posibilidad de que Borja fuese un enfermo mental que, consciente de pertenecer a la lista de sospechosos al haber sido interrogado, en un delirio provocado por las drogas y el alcohol, había cometido la locura de presentarse en una comisaría a confesar unos asesinatos con los que no tenía nada que ver. Enrique estaba casi seguro de que se trataba de esta última hipótesis. De todos modos, no podía dejar libre a Borja como si nada. Antes tenía que tomar algunas precauciones.

La primera fue pedirles a los policías locales que le hicieran una prueba de alcohol y drogas. Un asesino en serie, y más uno que actuaba como el que él estaba investigando, es alguien muy frío. No sería descabellado pensar que se hubiera echado alcohol por encima y acudiese allí a fingir que estaba borracho sin estarlo, controlando la situación al milímetro para reírse de los que le investigan, para ponerse por encima de ellos. Cuando alguien empieza a matar a personas inocentes dejando su firma, lo que quiere, además de sentirse poderoso y llamar la atención, es jugar. Sabe que acabará siendo capturado porque si solo quisiera matar no dejaría monedas en el suelo.

La prueba de alcohol y de drogas dio positiva. Borja estaba hasta arriba de éxtasis, alcohol y marihuana. Los informes médicos apuntaban a trastorno bipolar y brotes de esquizofrenia. La lista de psiquiatras a los que sus padres lo habían llevado a lo largo de su vida era interminable. Desde hacía años no se trataba con nadie.

Enrique podía detener a Borja y tenerlo setenta y dos horas en comisaría, pero lo normal sería que el abogado de su familia consiguiese sacarlo sin cargos, alegando que estaba en un estado alterado de consciencia y que la obstrucción a la justicia había sido nula porque enseguida se había retractado sobre que era el Asesino de las Monedas. Quizá lo mejor era dejarlo libre por el momento y tenerlo vigilado. Hablar con su entorno, contactar con su primo y con los amigos de su primo, e investigar si Borja daba información real sobre los asesinatos para hacerse el chulo.

Al mismo tiempo, la opción de dejar a ese perturbado suelto otra vez y que luego resultase ser el asesino inquietaba a Enrique. Podía escribir al juez y ordenar un registro. Buscar la Glock 17 en su casa o una Sportcity en su garaje.

«Sí, eso es lo mejor. No quiero ser el idiota que tiene al asesino en las manos y lo suelta para que siga matando libremente», pensó el policía.

Enrique ordenó a los agentes que lo metiesen en un calabozo y luego llamó a Isaac y al juez. Siendo un caso tan mediático y con tanta prioridad, era probable que esa misma noche se realizara el registro. Si encontraban algo se acabaría el caso, y si no hallaban nada en el domicilio al menos Enrique podría dormir tranquilo.

Cogió el móvil para avisar a Macarena de que no le esperase despierta, pero antes abrió el mensaje de Veiga. El presentador le había escrito para ir a cenar con sus respectivas parejas el lunes siguiente a un restaurante muy bueno que él conocía. Enrique aceptó al momento. «Suena muy bien. Allí estaremos», le respondió. Después, escribió a su mujer y le dio las dos noticias. La mala era que pasaría la noche del sábado sola, y la buena era que en un par de días cenaría con su presentador favorito.

14

Enrique y Macarena llegaron cinco minutos antes al restaurante. Lo habían buscado en Google para ver cómo era y habían comprobado que se trataba de un restaurante gallego con mucho prestigio. Era un sitio de comida tradicional, no de alta cocina, pero los comensales cenaban en silencio y los camareros se movían de manera calculada y profesional. La pareja estaba nerviosa. Enrique lo disimulaba y, sin embargo, Macarena lo compartía con su gente cercana.

Llevaba toda la mañana contando en su trabajo que cenaría con Joan Veiga, y al fin el momento había llegado. Begoña la había puesto más nerviosa al preguntarle cómo iría vestida y torcer el gesto cuando Macarena le explicó que no pensaba ponerse nada especial. Por eso cuando salió de la clínica se fue a comprar unos zapatos y una chaqueta a juego. Los zapatos eran estrechos y tenían un tacón de varios centímetros. Muy elegantes, pero la obligaban a caminar literalmente de puntillas.

Allí de pie, esperando a que la *maître* se percatase de su presencia, se empezó a arrepentir de la compra. Enrique no estrenaba nada, pero también iba elegante: una de sus mejores camisas, un jersey verde oscuro y uno de sus pantalones habituales. Tampoco había que pasarse. Aunque, en lugar de las zapatillas deportivas, optó por unas botas de cuero negro.

Estuvieron dos minutos de pie al lado de la puerta sintiéndose ridículos hasta que la *maître*, una chica de menos de treinta años que iba muy maquillada, se les acercó con una sonrisa impostada a decirles que solo aceptaban clientes con reserva.

—Tenemos reserva para cuatro personas a las nueve —dijo Enrique.

—¿A qué nombre? —preguntó mientras se acercaba a la peana en la que tenía la libreta con las reservas.

—Joan Veiga —respondió Enrique tratando de aparentar la mayor normalidad posible. Nada más pronunciar ese nombre, ella se paró en seco y su sonrisa impostada se convirtió en genuina.

—Disculpen. La mesa de Veiga ya está preparada. Les acompaño ahora mismo. ¿Quieren que les guarde los abrigos?

Un camarero apareció de la nada y se los cogió, ambos los llevaban sujetos en el brazo. La *maître* los guio por la sala. Era un restaurante con mesas redondas y manteles blancos que llegaban hasta el suelo. En las paredes había cuadros de paisajes gallegos: la catedral de Santiago, el botafumeiro… Aunque era lunes, más de la mitad de las mesas estaban ocupadas y las demás mostraban carteles de «reservado». La *maître* les indicó que se sentaran en una zona apartada y esquinada que parecía muy tranquila, exclusiva.

—¿Desean un vino o una cerveza mientras esperan? —les ofreció.

Enrique y Macarena pidieron un ribeiro que, según aseguraba la *maître*, estaba muy rico.

El matrimonio esperó sentado en una mesa para cuatro personas, en la que en realidad podían caber ocho, a que les trajeran el vino.

—Cuanto más camino, más cómodos son. Solo se tienen que adaptar al pie.

—Son preciosos —dijo Enrique después de bajar la vista y contemplar los zapatos que se había comprado su mujer.

Un camarero les trajo las copas de vino y entonces vieron entrar a Veiga por la puerta. Venía acompañado de una chica que podría ser su hija. Muy delgada, bajita, de rostro simétrico. La *maître* los recibió con todos los honores. Algunos comensales de las demás mesas se giraron hacia la puerta, curiosos. Enrique y Macarena probaron el vino e intercambiaron un par de palabras vacías cuyo único propósito era aparentar normalidad. De camino, el presentador fue interceptado en una mesa por una mujer elegante que se levantó y lo saludó con cariño, como si se conocieran. Su acompañante esperaba con paciencia fingida a su lado, con una dosis de soberbia. Ella había llegado al restaurante acompañando al señor Veiga, al fin y al cabo. En ocasiones alimenta más el ego acompañar a un famoso que serlo.

Enrique jamás reconocería esto a nadie, ni a sí mismo, pero la llegada de Veiga le ponía nervioso. Había algo de vértigo en sentarse a cenar con el hombre al que los demás comensales pedían una foto. Cuando llegó a la mesa ya tenían las copas casi vacías. El primer gesto que hizo fue señalar a la gente como justificando así su demora. Enrique se levantó y lo abrazó. Veiga alargó el abrazo unos segundos, y Macarena se quedó de pie, incómoda, esperando su turno y sintiéndose algo fuera de lugar.

—Esta es mi mujer, Macarena.

—Guapísima. Qué buena pareja hacéis. —Veiga se fundió en un abrazo con Macarena. El olor de su perfume marino y ahumado no lo olvidaría nunca—. ¿Conocíais el sitio? ¿Ya habíais estado?

—No. Tiene una pinta increíble —dijo Macarena sonrojada por la presencia del presentador.

—Bueno, esta es Irina, mi pareja.

Irina sonrió y su rostro mudó por completo. De pronto parecía la mujer más agradable del mundo. Hablaba español a la perfección con un marcado acento del este de Europa.

Enrique y Macarena la saludaron con educación. Después, todos se sentaron.

—Nosotros ya hemos empezado a ponernos a tono —dijo Enrique levantando la copa vacía. Veiga soltó una risa genuina.

—Aquí se come de diez y se bebe de once, ya veréis.

Los cuatro, incluido el presentador, se rieron, prolongando la risa un par de segundos de más. Después se quedaron en silencio. Un silencio que Veiga esquivó preguntándoles cómo se habían conocido y mostrando que estaba muy acostumbrado a ese tipo de cenas.

—Entré en la cafetería en la que trabajaba, le pedí un zumo de piña y en cuanto me miró supe que me casaría con ella.

—¡Qué romántico! —dijo Irina como si les hablase a unos cachorritos.

—Y qué pesado —añadió Macarena, lo que devino en más risas.

—A ver, tuve que currármelo, estuve unos meses siendo cliente habitual, eso no lo puedo negar.

—Y el zumo era de manzana, no de piña —corrigió Macarena.

—Uy, no empecemos con eso. Es el eterno debate.

Los cuatro hablaron y bromearon sobre la manera en la que se habían conocido hasta que un camarero les trajo la carta y les tomó nota de la bebida. Más vino blanco para todos.

—¿Y vosotros cómo os conocisteis? —preguntó Macarena. Por algún motivo, su pregunta desencadenó un silencio algo incómodo. Quizá porque el presentador doblaba en edad a su novia.

—Fue bastante parecido a lo vuestro —dijo Irina. Su sonrisa era perfecta y encantadora. Sus dientes eran tan blancos y estaban tan bien colocados que casi daban rabia.

—En un cóctel que organizó Havana Club el año pasado —dijo él.

—¿Tú también trabajabas de camarera?

—Más o menos, yo estaba allí porque hice de camarera en un anuncio de la marca.

—Ah, ¿eres actriz?

—Lo intento —explicó con una sorprendente humildad—. Sobre todo, me salen trabajos de modelo.

Los cuatro se volvieron a centrar en la carta.

—¿Qué nos recomendáis? —preguntó Enrique.

—¡Todo! —respondió Veiga. Durante una milésima de segundo, Enrique tuvo un pensamiento de alivio y felicidad por lo fluida que estaba siendo la cena—. A mi edad, el mayor placer es la comida —dijo el presentador con un tono que desprendía cierta nostalgia—. Los calamares, las croquetas, el pulpo… Los entrantes están todos muy ricos. El lacón. Y de segundo yo aquí me suelo pedir una picaña espectacular, pero el bacalao y el rodaballo también son exquisitos. No os voy a mentir, vengo dos o tres veces al mes.

Enrique y Macarena asintieron, boquiabiertos, y siguieron repasando los platos de la carta. Diez minutos después ya habían pedido y estaban brindando como si se conocieran de toda la vida. Veiga se ausentó un minuto para mirar el móvil. Hasta se puso las gafas para leer bien. Los demás no dijeron nada en todo ese rato.

—Perdonad, pero en un mes estrenamos y los del canal nos están volviendo locos.

—¿Qué se estrena? —preguntó Macarena.

—La quinta temporada ya. En la que sale tu marido, claro. La verdad es que ese episodio va a estar muy bien. Ardo en deseos de que lo veáis.

—En casa no nos perdemos ni uno, así que lo veremos seguro.

—Qué honor. Muchas gracias. La verdad es que desde el principio del programa el público ha sido muy fiel.

—Es que está muy bien hecho. Es interesante y muy emocionante. Lo tiene todo. —Veiga reiteró su agradecimiento hacia las palabras de Macarena. Enrique tuvo que disimular una cierta envidia. Al final el que atrapaba a los asesinos era él, no el presentador—. Hace poco volvimos a ver el episodio de la residencia de ancianos —continuó ella—. Estuvimos pegados a la pantalla como si no supiésemos cómo acababa.

Veiga asintió con poco interés, forzando una sonrisa.

—Sí, pasan cosas increíbles. Bueno, Enrique lo sabrá mejor que nadie. Ahora estarás con el caso de…

—Ay, sí, y el del asesino del parking —interrumpió Macarena con su segunda copa medio vacía—. Enrique puede dar fe: desde que vi ese episodio no he vuelto a bajar al garaje.

Enrique asintió y Veiga e Irina se rieron.

—Ese episodio es muy especial para mí —dijo Veiga con pasión—. Nos costó mucho sacarlo porque la familia de una de las víctimas no las tenía todas consigo, pero por suerte salió adelante. Es uno de mis favoritos.

—¿Ese cuál era? —preguntó Irina al tiempo que ponía cara como de no querer saberlo.

—Un tipo que se escondía en garajes, como en una película de terror, y cuando venía una mujer la atacaba con un cuchillo clavándoselo en la vagina. Las violaba con la propia arma. —A Veiga se le iluminaban los ojos al contarlo—. El tipo era un loco de atar, mató a tres mujeres, estuvo días y días negando el tercer asesinato, pero luego lo confesó también. Se suicidó en la cárcel no hace demasiado. O lo suicidaron, eso nunca se sabe.

—¿En qué año fueron los crímenes? —preguntó Enrique buscando más un recordatorio que una respuesta.

—En 2016. Parece que ha pasado un mundo —dijo Veiga con melancolía.

—Bueno, tampoco tanto —corrigió Enrique.

Los entrantes llegaron a la mesa y los cuatro se dedicaron a comer y elogiar lo deliciosos que estaban.

—Y tú, Enrique, ahora estás con el de las monedas, ¿me equivoco? Ese igual da para tres o cuatro programas.

—Espero que no dé para tanto… Eso significaría que lo hemos cogido pronto.

Aunque Enrique se reconocía poco motivado con el caso, se alegró de convertirse en el nuevo protagonista de la conversación. Veiga podía ser el presentador más famoso de la televisión autonómica, y uno de los más conocidos a nivel nacional, pero ahora mismo el trabajo más interesante, al menos desde fuera, era el que estaba desempeñando él. Desde dentro ya no tanto.

El domingo por la mañana habían ido a registrar la casa de Borja. Sus padres estaban de viaje y Borja había pasado la noche en el calabozo. Todas las armas del padre estaban guardadas bajo llave y debidamente registradas. No tenía ni una sola pistola, solo escopetas de caza. Tampoco se halló rastro de ninguna moto. Se preguntó al círculo más cercano de Borja y comprobaron que ninguno de sus escasos amigos tenía una Sportcity. También hablaron con el grupo de amistades de su primo, que era al que a veces se unía Borja, y todos aseguraron que el chico estaba un poco tocado, que era un tío peculiar, pero que no lo veían capaz de hacer daño a nadie.

En resumen, continuaban sin tener nada tangible. El asesino seguía suelto y, en cualquier momento, alguien con un estatus social superior al de la estudiante aparecería muerto con un disparo en la cabeza. Al menos si ellos no hacían su trabajo y capturaban al culpable antes.

—Es muy de película, ¿no? Lo de dejar una moneda y todo eso —dijo Veiga con ganas de que Enrique diese su opinión al respecto.

—Es un perfil de psicópata misionero que lo que busca es llamar la atención. Seguro que se muere de ganas de protagonizar uno de tus programas, o incluso de que usen su historia como inspiración para una serie criminal en Netflix. A mí me parece un tipo torpe y cutre, si te digo la verdad. Me recuerda al Asesino de la Baraja.

—Ah, ¿sí? Ese fue un caso muy curioso, también cutre y torpe si me apuras, sí. Hace dos años hicimos un documental sobre él.

—Me jode que haya gente tomándose en serio su parafernalia y que incluso apoye su causa —lamentó el policía.

—¿En serio hacen eso? —preguntó Irina, escandalizada—. La gente es tan absurda...

—Algunos idiotas en redes, sí —respondió Enrique—. Yo creo que está teniendo una suerte que no se la cree. Por muy poco no lo tenemos grabado en cámara, y su única gran hazaña ha sido poner una matrícula falsa en la moto con la que cometió el último crimen.

—Pero ya tenéis retrato robot, franja de edad, raza, modelo de moto también, ¿no?...

—Sí.

—¿Y con qué mata? —Veiga miró a Macarena y le pidió perdón con las manos—. Lo siento, es deformación profesional.

—Con una Glock.

—¿19? Claro, estas pistolas ahora con internet se venden como churros —dijo él mismo ante el gesto afirmativo de Enrique.

—No deja casquillo porque usa una red.

—Ah, como el Asesino de la Baraja, qué poco original —bromeó el presentador—. Menos mal que hay cámaras y móviles por toda la ciudad, al final esto es un seguro de vida. —Veiga levantó su móvil para mostrarlo. Los demás le dieron la razón.

Los cuatro siguieron conociéndose entre risas y conversaciones ligeras con algún que otro momento de mayor profundidad. Los platos principales causaron sensación y un camarero hizo una broma sobre el punto de la carne y el programa de Veiga. Irina se fue a fumar y tardó casi diez minutos en volver. Cuando lo hizo, todos los platos, menos el suyo, estaban vacíos.

—¿Postre? —preguntó un camarero con tono sugerente al tiempo que les dejaba de nuevo las cartas.

—Tenéis que probar el flan. Es el más rico que he comido en mi vida —dijo Veiga sin siquiera ojear la carta.

—Yo voy a explotar, pero un día es un día —respondió Macarena.

—Pediré tarta de queso, que el flan nunca me ha gustado —mintió Enrique.

El flan siempre había sido su postre preferido de niño porque su madre hacía el mejor del mundo. Cada vez que se lo preparaba, él lo devoraba casi entero. Presumía del flan de su madre ante sus amigos de la infancia y también después, de mayor. A Beatriz le encantaba. A Macarena también. Hasta Isaac y Severiano se habían quedado impactados por su sabor. Era la guinda perfecta de cada comida familiar de fin de semana. Elaborado en un recipiente de metal, redondo y no muy grande, el de su madre era un flan de color amarillo chillón, esponjoso y con el toque justo de caramelo. Muchas veces, consciente de lo mucho que le gustaba a su hijo, la mujer pasaba por casa con cualquier excusa y le dejaba flan en la nevera. Enrique todavía recordaba esas noches de trabajo interminable en las que volvía a casa agotado después de un día muy duro y, al abrir la nevera, se encontraba con ese manjar esperándole.

Enrique llevaba cinco años sin comer flan. Todavía recordaba con dolor el último. Su madre ya arrastraba una demencia grave por aquel entonces. Era curioso, pero de la receta no se olvidaba. O eso pensaban todos, Enrique el primero. Esa última ocasión, nada más llevarse una cucharada a la boca, Enrique supo que su madre se había equivocado al hacerlo. Algo había pasado, porque el flan no sabía como siempre. Se le heló el corazón, y no tanto por la pérdida del postre como por lo que significaba. A su madre no le quedaba mucho tiempo, aunque no imaginaba que sería tan poco... Murió cinco días después y Enrique nunca más quiso probar otro flan. El último le supo tan mal que pasó a odiarlos todos.

Veiga no insistió y el camarero tomó nota. Los cuatro se comieron los postres y entonces aparecieron los cafés y también los chupitos. Macarena miró la hora antes de tomar su licor café.

—Mañana me voy a arrepentir de esto, pero qué rico está.

—¿Madrugas mucho? —preguntó Veiga con los ojos entornados, brillantes por el efecto del licor.

—En menos de ocho horas suena el despertador, pero me preocupa más la resaca, porque no estoy acostumbrada a beber.

—¿En qué trabajas? Que no te lo he preguntado.

—Soy veterinaria. Trabajo en una clínica en la plaza de Navas. Cerca de la avenida del Paral·lel.

—Vaya, entonces tienes horario de cara al público, claro.

—Sí, entro a las nueve.

—Qué pareja más encantadora sois —dijo Veiga mirándolos a los dos con una sonrisa etílica—. Espero que repitamos pronto.

—Igualmente. Nos lo hemos pasado de lujo —dijo Enrique con una intensidad que indicaba que ya se había dado rienda suelta a la exaltación de la amistad.

La sobremesa se alargó media hora más. Los camareros, aprovechando que el restaurante se había vaciado bastante y que el ambiente ya era muy distendido, se hicieron algunas fotos con Veiga. El cocinero, un gallego de cincuenta años sudado y con cara amigable, salió también a saludar al personaje famoso. Incluso sacó una botella de licor café especial. No hubo manera de no aceptarla. Y los cuatro lo probaron.

Cuando pidieron la cuenta, esta nunca llegó. Por lo visto, el dinero de Veiga no era bienvenido en ese restaurante. «La próxima vez dejadme pagar o no vuelvo más», amenazó el presentador medio en broma, medio en serio.

Las dos parejas se despidieron en la puerta del restaurante mientras Veiga e Irina esperaban a que llegase su Cabify. Los cuatro insistieron en que había que repetir cuanto antes la velada y en lo felices que estaban de conocerse. Luego llegó el coche negro y, tras varios abrazos, separaron sus caminos. El presentador y su joven novia se irían a pasar la noche a un palacete en la avenida del Tibidabo, y el policía y su mujer se irían caminando hasta el coche que habían aparcado en zona azul.

—Creo que mañana no sentiré los pies, pero qué bonitos son —dijo ella mirándose los zapatos.

—Qué tarde es —dijo él comprobando que pasaba de la una.

—¿Estás bien para conducir?

Enrique lo valoró durante un instante. Luego aseguró que sí. La pareja caminó de la mano hasta el coche. Se besaron en un semáforo en rojo como si fueran dos enamorados que empezaban a salir. Enrique miró a los ojos a su mujer y entendió que esa noche todavía no había acabado. Cuando el semáforo se puso en verde, ella repitió lo mucho que le gustaban los zapatos nuevos. Con un poco más de uso seguro que se adaptarían a su pie. Enrique bajó la cabeza y contempló los zapatos de su mujer otra vez, sin imaginar que dentro de un mes vería su cadáver con ellos puestos. Que sería al verlos cuando la reconocería y por ese motivo los odiaría durante el resto de su vida.

SEGUNDA PARTE

15

Enrique daba vueltas al palito de madera en el interior de su oscuro café. Estaba sentado con Xavier y con Albert haciendo un pequeño descanso en el que, por supuesto, seguían hablando del caso. Ya habían pasado casi tres semanas desde el asesinato de Olga y, por frustrante que fuera, estaban más o menos igual que entonces. La Aprilia Sportcity con matrícula falsa desaparecía a los quinientos metros de la escena del crimen. Lucía y Quim todavía seguían mirando cámaras de seguridad por si volvía a aparecer. Al elegir a sus víctimas sin conocerlas con anterioridad, como así parecían apuntar los hechos, no había mucho que pudieran hacer ahondando en el entorno de estas. Amine se había reincorporado al trabajo y, según los agentes que se turnaban para vigilarlo, su comportamiento era ejemplar. Lo mismo pasaba con Borja. O con Marcos, el dueño del bar Moonserrat, al que Enrique había querido hacer un poco de seguimiento. Se seguían buscando perfiles que pudieran encajar con un asesino como el de las monedas. La lista que había empezado Enrique por su cuenta ahora era un documento común al que se iban añadiendo nombres. A algunos se les entrevistaba y a otros se les vigilaba. El caso continuaba en el punto de mira institucional, así que, a pesar de lo escasos que fueran los resultados obtenidos hasta el momento, disponían de más medios que nunca.

La prensa era otra historia. Veinte días después del crimen en la zona universitaria, las publicaciones y los programas de tertulia y sucesos habían perdido mucho del interés mostrado al inicio. La falta de novedades lo hacía poco atrayente para un público siempre ávido de nuevos estímulos.

La presión política era la única que no se había desinflado. Isaac ejercía de muro de contención, tratando de que a sus compañeros les llegase la menor presión posible. Una mañana, en el baño, se sinceró con Enrique.

—Moreno, si no detenemos a alguien, a quien sea, dicen que nos quitarán el caso, pero, claro, si detenemos a alguien y luego lo soltamos, como pasó con el chaval de Marruecos, también nos lo querrán quitar. No saben lo que quieren, solo que se solucione el asunto cuanto antes. A veces me pregunto a quiénes cojones tenemos por encima, es como si no tuvieran ni puta idea de cómo se hace este trabajo. Porque si saben y aun así se comportan de esta manera, entonces sí que no tienen perdón de Dios.

Enrique odiaba no resolver los casos. Solo seis en su vida habían quedado sin solución y todavía les daba vueltas de vez en cuando. Esa obstinación suya era el único motivo por el que insistía en aguantar y no soltar el caso. Le dolería que otro cuerpo policial se hiciera con su investigación y la resolviera.

De momento los familiares de las víctimas, básicamente los padres de Olga, se mantenían en un discretísimo segundo plano en los medios de comunicación. El comisario al que respondían Isaac y los suyos les había convencido para que les dejasen trabajar.

—La prensa se mueve por dinero, no por justicia. A ningún periodista le importa vuestra hija, da igual las caras que pongan en la tele, o el tono que usen en la radio o las palabras que elijan en el periódico, ellos solo quieren dinero, y el dinero llega con la atención, y la atención se consigue con el morbo o con la denuncia. Nosotros estamos haciendo todo lo que está en nuestra mano para atrapar al responsable, y, si nos dejan trabajar, todo será más fácil, porque yo llevo muchos años en esto y rara vez me pongo nervioso, pero los políticos se ponen nerviosos al primer titular, y cuando un político se pone nervioso es cuando se inicia una catarata de mierda que empieza a caer desde lo más alto hasta aplastar a los de abajo, que a menudo son los que menos culpa tienen de nada —les dijo de manera tajante pero cercana delante de Enrique e Isaac pocas horas antes de que la pareja enterrase a su hija.

Xavier y Albert aportaban experiencia y serenidad al grupo. Además de una lista con posibles asesinos, también habían promovido la creación de otra con posibles víctimas. En esta no había nombres propios, sino profesiones.

—Lo primero que debemos tener claro es que las decisiones las toma de forma subjetiva alguien que seguramente no se rige por nuestras reglas morales —dijo Xavier con su habitual afonía—. Con esto quiero decir que no podemos pensar en términos globales, sino tratar de pensar en la manera en que él lo haría. Para el asesino, una prostituta vale menos que un vagabundo, y un repartidor vale menos que una estudiante. Así que ¿cuál sería para él el siguiente escalón?

—Yo creo que irá a por un currela —dijo Albert.

—No, ese ya es el repartidor —apuntó Enrique.

—¿A Arsenio lo mató por repartidor o por inmigrante? —se preguntó Albert antes de darle un sorbo a su café.

—Esto ya lo hemos hablado mil veces, no podemos seguir rumiando sobre lo mismo —lamentó Enrique—. A Adaku la mata por prostituta y africana, y está claro que él considera que no hay nada menos valioso que eso, ya sea porque lo piensa o porque lo denuncia. Después, alguien sin hogar. Todos pasamos por delante de estas personas sin siquiera volver la cabeza. Y es lógico, porque nadie puede vivir volviendo la cabeza todo el tiempo. Luego, precariedad. Es por todos sabido que los *riders* y su mochila amarilla son la imagen moderna de la precariedad, de la explotación. No creo ni que supiera quién estaba delante de esa mochila. La estadística juega en nuestra contra, o jugó al menos en contra de la pobre suerte de Arsenio, pero lo cierto es que una gran mayoría de los empleados de esa compañía son inmigrantes. Precisamente porque se encuentran en riesgo de exclusión social, con menos medios y oportunidades. Así que era inmigrante, sí, pero eso fue coyuntural, no decisivo en su elección como víctima. Y de ahí saltamos a una estudiante, a una persona joven, mujer… Lo siento, he perdido el hilo de lo que estaba diciendo —se disculpó Enrique, que llevaba un rato pensando en voz alta.

—Que no crees que la siguiente víctima vaya a ser un trabajador.

—Podría ser un camarero, un repartidor de paquetes…

—Ah, eso —dijo Enrique al reencontrarse con su línea de pensamiento—. No creo que vaya a elegir a un trabajador no cualificado, en cierto modo eso sería repetir. Mi sensación es que después de una universitaria vendrá un trabajador con estudios.

—¿Y si va a por un niño? —preguntó Xavier, alarmado.

Los otros dos inspectores cruzaron una mirada tensa.

—Es una posibilidad. En fin, esto no deja de ser una lotería —sentenció Enrique—. Porque es lo que decías tú antes, no hay una lógica natural o unas leyes matemáticas que seguir, sino que es el criterio de un perturbado, de un narcisista.

—Sigamos, entonces, con las profesiones con estudios —concluyó Albert.

Tenían debates así casi todos los días. Les ayudaban a aclarar ideas y encontrar nuevas vías. Tratar de proteger a todas las personas con estudios y trabajo de Barcelona era imposible. Intuían que el próximo asesinato podría ser por la zona de la Ciudad Vieja, pero simplemente porque tres de los cuatro crímenes habían sido allí. Era muy triste y generaba mucha impotencia aceptarlo, pero la realidad era que necesitaban un nuevo crimen para poder avanzar en la investigación.

Isaac entró en la sala y requirió la presencia de Enrique. El jefe lo hizo con desgana y cierta zozobra. Algún asunto le inquietaba. Cuando le pidió que cerrara la puerta, Enrique supo que algo le preocupaba de verdad.

—¿Qué pasa? —preguntó, impaciente.

Isaac se frotó la calva y exhaló en los cristales de sus gafas. Luego las limpió con la manga de su camisa y se las puso.

—Acabo de hablar con Madrid. Nos quieren quitar el caso.

—Eso no lo pueden hacer.

—Se han producido dos asesinatos allí. No tienen nada que ver, pero como es un asesino en serie dicen que puede ser el mismo actuando de manera diferente, y que tenemos que investigarlos de manera conjunta.

El tono de Isaac era de cansancio y derrota. En momentos como ese Enrique se alegraba de no haber querido ascender demasiado.

—¿Cómo han sido los asesinatos de allí?

Isaac se ajustó las gafas con el dedo índice y clavó los ojos en la pantalla de su ordenador. Movía el ratón con muy poca naturalidad, como si le quemara.

—Pues de locura. Dos tíos, uno de cuarenta y cinco y otro de cincuenta, los dos aparecieron en un piso turístico de Madrid esposados a la cama, y se sospecha que los drogaron con burundanga. Alguien los asfixió con una bolsa y después les cortó la polla con unas tijeras.

—No jodas… ¿A los dos a la vez?

—No. El primero fue asesinado hace una semana y al otro lo encontraron ayer.

—¿Les amputaron la polla?

—Se las cortaron, sí.

—¿Y qué hizo con ellas?

—¿Con las pollas? —Enrique asintió—. No se sabe. Allí no las encontraron —respondió Isaac.

—Pero... —Enrique se recompuso—. ¿Cómo va a ser el mismo asesino? No tiene nada que ver.

—Política, amigo mío, política —lamentó Isaac—. Van a usar ese caso para quitarnos el nuestro y llevarlo a su manera. Tampoco les culpo. No hemos avanzado mucho las últimas semanas.

—No seas tan duro con el equipo. Están trabajando bien.

—Lo sé, por eso es más jodido aceptar esta mierda.

—Bueno, pero esto no implica perder el caso. Colaborar con Madrid quizá nos venga bien, tanto para delegar tareas como para contar con otros medios o perspectivas que no hayamos tenido en cuenta todavía. Nunca se sabe... ¿Cómo va esto ahora? ¿Fingimos que su hipótesis es factible y buscamos en la lista de pasajeros entre Madrid y Barcelona de los últimos días?

Isaac se quitó las gafas y se quedó mirando a Enrique con gesto de cansancio.

—Yo solo te quería avisar de esto, de momento no hay que investigar nada, que lo hagan en Madrid, pero, si en unas semanas nos quitan el caso, no quiero que me digas que no te avisé.

Al salir del despacho, Enrique buscó una silla y se sentó en ella para masajearse las sienes, pensativo. Era improbable que el Asesino de las Monedas fuese el responsable de los dos crímenes en Madrid. Para empezar porque aquellos dos crímenes le parecían más interesantes: eran pasionales, arriesgados. No se trataba de un disparo cobarde en medio de la calle con una moto en marcha a la espera, sino que los habían cometido en pisos turísticos, lo que requiere una reserva previa, un control. Y además para ejecutar el asesinato en sí se requería del uso de las manos. La amputación del miembro olía a venganza, a homofobia, a ira. Enrique se sorprendió a sí mismo pensando más en los dos crímenes de Madrid que en los cuatro de Barcelona. No sabía nada de aquel nuevo asesino salvo que le despertaba más interés: el criminal no quería transmitir un mensaje que lo colocaba moral y éticamente por encima del resto de la sociedad, sino que simplemente buscaba un desahogo, placer personal. Desconocía si su viejo amigo tenía razón y todo aquello era una estratagema de la Policía Nacional para quedarse con el caso del Asesino de las Monedas y apuntarse un tanto. Quizá era cierto que en el CNI y en la Zarzuela estaban preocupados por convertirse en algún momento en el blanco del asesino, y que ese movimiento buscaba proteger al presidente y al rey. De lo único que Enrique estaba seguro era de que ahora había dos asesinos en serie en España y de que él tenía que investigarlos a ambos.

16

Enrique colocó la última pieza del puzle y contempló el resultado. Era una estampa otoñal, con tres casas de madera a orillas de un lago rodeado de árboles aún cargados de hojas que iban del rojizo hasta el verde, pasando por el castaño y el naranja. En primer plano había una bicicleta antigua en un paseo adoquinado y después aparecía el agua, con sus barcas de madera, sus gaviotas y hasta la silueta lejana de un pez. Siempre había un momento de vacío cuando acababa un puzle, la sensación de que aquello no era para tanto. Hasta que empezaba a pensar en el siguiente.

Macarena abrió la puerta y, antes de decir nada, se quedó mirando el puzle. Después hizo un gesto de aprobación, dando por bueno el trabajo de su marido. No en vano, había estado un mes con él.

—Están subiendo —dijo con tono calmado. Tenía puesto un delantal encima de un vestido con flores primaverales. Llevaba casi dos horas preparando la cena para sus dos mejores amigas.

Enrique le había comentado que saldría a saludarlas y que tal vez se tomaría algo con ellas, pero su intención era pasarse la noche de domingo encerrado en el despacho. Quería guardar las piezas del puzle que acababa de terminar y empezar otro. También se pondría un poco de música en los auriculares y se evadiría del mundo. Y quizá luego volviera a revisar los informes de los dos asesinatos de Madrid.

Había algo en ese caso que lo atraía de manera obsesiva. Una mezcla entre fría premeditación y ardiente venganza. De momento, la Policía Nacional se había limitado a compartir las informaciones que habían ido recopilando del caso de Madrid y a recibir las del de Barcelona. Enrique no compartía las reservas de Isaac, por ahora todo le parecía entrar dentro de la lógica. No era una investigación conjunta, sino una colaboración para asegurarse de que todo estaba bien cubierto. No daba la impresión de que hubiese intenciones ambiciosas o teorías conspiranoicas detrás. Por lo poco que había podido hablar con los agentes que investigaban los asesinatos en los pisos turísticos, había entendido que, al igual que él, estos no creían que se tratase del mismo culpable. La idea era descartar hipótesis. En los últimos años, con la llegada de los móviles y de las cámaras de seguridad en las calles, el número de asesinos en serie había disminuido de manera significativa. Aunque un pequeño porcentaje de la población seguía sintiendo un impulso irrefrenable de matar, no se atrevía a hacerlo porque la tecnología de la que disponían las autoridades para resolver un crimen y hallar al responsable era infinitamente mayor. Al loco no lo hace hablar solo, lo hace hablar solo delante de los demás. Romper esa barrera es lo que marca la diferencia. Dándole vueltas al asunto en las últimas horas, Enrique había llegado a la conclusión de que la aparición de un asesino en serie activo y sin detener había animado a otro a actuar. Mientras no atraparan al Asesino de las Monedas, los psicópatas podrían sentirse más tranquilos, al menos durante un tiempo.

Macarena salió a recibir a sus amigas y Enrique se quedó en el despacho. Se colocó unos auriculares en las orejas y escuchó música clásica a todo volumen. Tenía una lista con Mozart, Vivaldi, Beethoven y también con bandas sonoras de películas. Eso le permitía evadirse del mundo y lo dejaba a solas con sus pensamientos. Abrió los informes de las dos víctimas en el ordenador y los repasó de nuevo. El asesinato de Abelardo García se había producido la madrugada del jueves 1 al viernes 2 de marzo en un piso turístico que él mismo había reservado, horas antes, para una sola noche. La propietaria halló el cuerpo al entrar en la vivienda tras no tener noticias de su inquilino. En la escena del crimen, además de mucha sangre, se hallaron tres pelos largos: uno rosa, otro moreno y uno más castaño. La propietaria reconoció que no siempre se limpiaba a fondo el piso entre alquileres. El cadáver estaba esposado a la cama, con una bolsa de plástico en la cabeza sujeta por el cuello con un cinturón. El pene había sido cercenado con unas tijeras que aparecieron tiradas en la propia cama. Parecía que el asesino se había llevado el miembro. Abelardo era una figura con cierta relevancia pública. Hijo de padres adinerados, había montado una editorial en 2015, que más tarde cerró. También había escrito y dirigido dos pequeñas obras de teatro en Madrid, y era un asiduo en tertulias en programas de radio y en pódcast de ideología progresista. En las redes sociales también tenía cierta notoriedad gracias a sus publicaciones incendiarias y a sus críticas contra el Gobierno autonómico, de corte conservador. Tenía muchos amigos y era habitual verlo de cañas por la calle Argumosa. Todos los que lo conocían destacaban su bondad y su compromiso con las injusticias. Inicialmente, la principal sospechosa había sido su mujer, Isabel, ya que, con buen criterio, los investigadores habían considerado que aquel crimen podía ser pasional. Sin embargo, Isabel tenía una coartada sólida: esa noche la pasó con sus dos hijos gemelos, de trece años. Además, a la hora en la que Abelardo entró en el piso turístico, ella estaba recogiendo a sus hijos de la piscina. No parecía lógico que Isabel dejase a los hijos solos en casa sin que se diesen cuenta —ellos mismos confirmaron a la policía que su madre estuvo con ellos toda la noche—, se fuese a un piso turístico con su marido, lo matase y volviese a casa como si nada. Todo apuntaba a una amante. Los agentes le habían sonsacado a la mujer que Abelardo en el pasado había sido infiel, algo que ella había perdonado. Al indagar en su entorno, algunas personas no descartaban que la víctima pudiera estar manteniendo relaciones extramatrimoniales en la actualidad.

Isabel siguió siendo la principal sospechosa hasta que apareció el cadáver de Cristóbal Bermejo en circunstancias muy similares: esposado a la cama con una bolsa en la cabeza y el pene cercenado, en un piso turístico que él mismo había reservado. Su perfil era muy diferente al de Abelardo. Cristóbal era un aburrido contable de cincuenta años, un padre de familia con un círculo social casi inexistente. La policía, en un escrito extraoficial, destacó que su mujer, Ana, mostraba una actitud extraña y sospechosa en relación con el asesinato de su marido. En el momento de los hechos ella estaba con sus hijos comprando en El Corte Inglés, lo que se demostró fácilmente gracias a las cámaras de seguridad y también a varios cobros con tarjeta. Ella, por lo tanto, también tenía coartada.

Enrique no podía dejar de pensar en ese asesino desde que había conocido el caso. Mucho más que en el de Barcelona, pese a que le sorprendía reconocerlo. Los dos le parecían igualmente repudiables, pero el de Madrid al menos despertaba en él un interés que no lograba entender del todo. Quizá era porque le parecía más genuino. Lo de las monedas lo veía impostado, pretencioso, y, aunque lo de cortar el pene también tenía un poco de eso, de teatro, había algo en la manera de proceder que le impresionaba. Alguien estaba realmente enfadado con esos dos hombres. Sí, eso era lo que le interesaba. Las víctimas del Asesino de las Monedas eran inocentes y nada las señalaba como víctimas, salvo la mala suerte de ser quienes eran y estar en el sitio equivocado en el momento más inoportuno. En cambio, las de Madrid mantenían una relación cercana con el criminal, por despreciable que fuera. El asesino estaba convencido, a fin de cuentas, de que los estaba castigando por una buena razón.

Enrique salió del despacho y se unió a las chicas en la cocina. Macarena había preparado tacos y otras delicias mexicanas. Las tres mujeres estaban comiendo de pie mientras bebían vino blanco.

—Vaya, qué sorpresa, pensaba que ya solo te dignabas a cenar con famosos —bromeó Begoña al verlo aparecer.

Begoña era una mujer bajita y rechoncha de pelo rizado que la mayor parte del tiempo se reía. Rara vez algo que alguien dijera, o incluso ella misma, no le despertase una risita. Begoña había comenzado a trabajar en la clínica veterinaria donde estaba Macarena hacía ya veinte años. Fue en una época en la que Macarena pasaba por un momento de tristeza, así que la llegada de Begoña fue muy importante para levantarle el ánimo. Ambas enseguida se hicieron grandes amigas y confidentes.

Verónica observó que Macarena se reía sin entender nada.

—¿Qué me he perdido? —preguntó con un divertido tono inquisitivo.

Verónica era la antítesis de Begoña: alta y delgada, con una actitud seria que hasta podía parecer altiva si no la conocías bien. No solía reírse a carcajadas y su reacción a los chistes solía ser de rechazo, como si el hecho de que alguien dijese una tontería para hacer reír la convirtiese en tonta. Macarena y ella habían estudiado juntas en la universidad y eran íntimas amigas desde entonces, algo que tiene mucho mérito, considerando lo difícil que es mantener una amistad a través de las diferentes etapas de la vida.

—Que el otro día fueron a cenar con el de *Morts* —dijo Begoña—. Con el mismísimo Joan Veiga —añadió de manera exagerada.

Verónica no se lo creyó hasta que Enrique, aceptando el cachondeo, le explicó que había salido en el programa por un caso antiguo y que el presentador y él habían congeniado.

—¿Y cómo es?

Enrique se encontró a sí mismo siendo incapaz de responder a esa pregunta. Macarena torció el gesto y empezó a mover la cabeza de un lado a otro, como si no estuviera completamente segura de cómo explicarlo.

—Es encantador, lo pasamos muy bien, pero tiene algo como de falso.

—¿Falso? —saltó Enrique como un resorte.

—No falso en plan mal, pero es como muy impostado, se nota que es muy consciente de que es famoso, ¿sabéis? —se dirigió a sus amigas buscando comprensión. Estas asintieron.

—Bueno, es que es famoso —replicó Enrique.

—Si a mí me cayó muy bien, pero simplemente digo eso, que no se comporta como una persona normal —se defendió Macarena.

Un silencio de varios segundos se rompió por las risas de Begoña. Verónica la acompañó riéndose de una manera mucho más recatada.

—Te ha dado fuerte con el presentador, ¡eh, Enrique!

Enrique aguantó las burlas de Begoña con deportividad mientras se hacía un taco con la carne mechada, el guacamole y las judías negras que habían sobrado.

—¿Y de qué caso fuiste a hablar? —preguntó Verónica.

—Uno que ni siquiera investigué —respondió tratando de cerrar la tortilla de maíz—. Un asesino en serie que mató a tres personas disparándoles en el bosque, como si fuera un cazador.

—Qué horror. ¿Y eso pasó aquí, en Cataluña? —preguntó Begoña, escandalizada.

Enrique asintió.

—Es como el de las monedas de ahora —dijo Verónica.

—A mí estas cosas me dan muchísimo miedo. La gente está fatal —añadió Begoña.

Enrique se limitó a masticar su taco sin decir nada. No le gustaba hablar de trabajo con personas ajenas a este. Lo consideraba una medida de protección mutua. Era mejor que la gente no supiera las cosas que pasaban cada día, y también era bueno para él desconectar de tanta violencia y sufrimiento.

—¿Se sabe algo de eso? —preguntó Verónica con una mirada que denotaba inquietud.

Desde que las conocía, y ya hacía un par de décadas, a Enrique jamás le habían preguntado por ningún caso. Que ahora lo hicieran era una muestra de la gran atención que despertaba el asesino con su modo de actuar.

—Pues estamos en ello. No es un caso fácil porque mata al azar, pero lo atraparemos. Es solo un idiota macabro.

—¿Tú eres de los que lo investigan? —preguntó Begoña, impresionada.

Enrique asintió sin ganas de dar muchas explicaciones. Verónica, Begoña y hasta Macarena lo miraron con admiración. A Enrique le gustó percibir eso en sus miradas.

—Qué ganas de que hagan el documental de este —dijo Begoña como si hablase de la próxima película de Martin Scorsese.

—Hay un caso más interesante en Madrid —dijo Enrique sin saber muy bien por qué—. Alguien ha matado a dos hombres y luego les ha cortado la polla con unas tijeras.

Las tres mujeres se quedaron perplejas.

—¿En Madrid? —preguntó Macarena con preocupación. Si ya se iba arrepintiendo mientras lo decía, ahí fue cuando Enrique se arrepintió del todo.

—¿Los mata así?

—No, pero no voy a entrar en detalles, al menos hasta que acabéis de cenar.

Las mujeres se rieron.

—¿Es una mujer? —dijo Macarena casi afirmando más que preguntando.

—No se sabe —respondió Enrique—. ¿Por?

—Bueno, si les corta las pollas, será que las han metido en algún sitio que no debían.

La contestación de Macarena hizo reír a sus amigas, pero Enrique se mantuvo serio, pensativo. Era extraño que en ningún momento se le hubiese pasado por la cabeza que podía tratarse de una asesina en serie. Las mujeres matan menos que los hombres y cuando lo hacen suelen ser más pasionales. Por lo general, se mueven por venganza. También por dinero, por supuesto, pero sobre todo por venganza. ¿Estaría una mujer matando a sus amantes, a antiguos novios? ¿Y si la propia asesina era la conexión entre las víctimas? Una mujer con malas experiencias sentimentales que hacía pagar a los culpables de estas.

Cuando Enrique volvió mentalmente a la cocina, las tres mujeres ya hablaban de otra cosa. El tema había derivado de alguna manera en Julián. Macarena les decía a sus amigas que le había cogido el gusto a Madrid y que casi había que obligarlo a venir. Que, por suerte, para Semana Santa, iría a visitarlos. Y que lo echaba muchísimo de menos.

Enrique llenó una botella de aluminio con el agua de la nevera y se marchó otra vez a su cueva. Se despidió con la mano sin decir nada. Al llegar al despacho se sentó otra vez delante del ordenador y abrió de nuevo los informes de los asesinatos de Abelardo García y Cristóbal Bermejo. Se quedó mirando sus caras con la música clásica a tope en los oídos. Él sabía que su trabajo era detener a los asesinos independientemente de quiénes fueran las víctimas. En ese sentido era como un médico obligado a curar a cualquiera por muy mal que se hubiera comportado. Todas las víctimas y sus familiares le merecían el mayor de los respetos. Sin embargo, quizá porque no era su caso al cien por cien, esos dos hombres le despertaban sentimientos encontrados. Había algo en ellos que le escamaba.

Comprobó la hora en la parte inferior derecha del monitor. Eran las once de la noche. Dudó un instante. Algo en ese caso se había metido dentro de él. Cogió el teléfono y llamó a Antón, un inspector de la Policía Nacional con el que había coincidido en un caso relacionado con una red de pedofilia. Allí habían hecho buenas migas; además, el operativo terminó con el arresto de cuatro pederastas y fue un éxito tanto profesional como personal para ambos. Salió en todas las televisiones, en todos los periódicos. Antón no contestó hasta el séptimo tono, justo cuando cualquiera ya se hubiera dado por vencido y colgado.

—¡Antón! Perdona que te llame a estas horas.

—No te preocupes, Catalán. ¿Cómo estás?

Ambos se pusieron al día brevemente, conscientes de que en algún momento Enrique revelaría los verdaderos motivos por los que había llamado.

—Verás, me gustaría pedirte un favor. —Antón accedió sin dudar y Enrique fue directo al asunto—. Necesito que compruebes si Abelardo García Lemos y Cristóbal Bermejo Hernández tienen antecedentes de malos tratos. Alguna denuncia, aunque luego se retirase, o un atestado. Lo que sea. Luego te paso los DNI por mensaje.

—Dalo por hecho. En cuanto pueda te digo algo. ¿Te corre prisa?

—Lo suficiente como para llamarte un domingo a estas horas —bromeó Enrique.

Los dos policías intercambiaron un par de comentarios más de forma relajada antes de colgar. Después Enrique se quedó mirando las fotos de Abelardo y Cristóbal, pensativo. Tenía una corazonada que, si se confirmaba, significaría que la asesina conocía a las víctimas o al menos formaba parte de sus vidas.

17

Enrique volvió de comer con Jaume y Elisenda. Se sentó en su mesa y empezó a luchar contra la modorra habitual de esa hora. Sentía cómo los ojos se le cerraban mientras intentaba leer un informe que les había pasado la Guardia Urbana. Era sobre un conductor de una Sportcity que había dado positivo en un control de alcoholemia. Recibían documentos de ese tipo casi cada día. La vigilancia sobre ese modelo de moto era intensa.

El agudo sonido de su teléfono le ayudó a mantenerse despierto. Por fin, Antón daba señales de vida. Fue una llamada corta y directa. En ella el policía nacional le informó de que Abelardo García estaba completamente limpio: ni una sola causa o altercado en toda su vida. Respecto a Cristóbal Bermejo, la cosa cambiaba. Aunque también tenía un expediente impoluto, Antón había encontrado, no sin esfuerzo, que en el año 2017 unos vecinos llamaron a la policía alertados por los gritos en su casa. Una patrulla se personó en su domicilio, pero la mujer negó que hubiera problema alguno. Algo que los agentes dejaron reflejado en un escrito.

Enrique dio las gracias a su viejo amigo y se espabiló de golpe. Abrió el archivo del caso de los asesinatos de Madrid y volvió a releer varios informes. Esta vez sus ojos ya no se cerraban. Sabía que no podía dejarse llevar por sus intuiciones, pero, si unos vecinos habían llamado a la policía alertados por los gritos de Cristóbal, algo serio había pasado en aquel piso. Le habría gustado saber el nombre de esos vecinos, investigar si la asesina vivía cerca de la víctima. Así de sencilla podía ser la relación: una mujer se cansa de escuchar cómo su vecino maltrata a su pareja, lo seduce y lo mata. La asesina de Madrid tenía vinculación con las víctimas. Si se buscaba con atención entre los círculos sociales de ambas, aparecería una coincidencia tarde o temprano: la vecina, la amiga de una exnovia, la madre de un compañero del colegio de su hijo. Lo que fuera.

Estaba tan absorto en la pantalla de su ordenador que no se percató de la presencia de Isaac. Su jefe llevaba casi un minuto detrás de él observando la pantalla.

—¿Quién cojones es Cristóbal Bermejo?

—La segunda víctima del caso de Madrid.

Isaac endureció el gesto. Se acarició la nariz con su pulgar e índice derechos, como si estuviera haciendo un gran esfuerzo por mantener la compostura. Después miró a su alrededor y se dirigió a Jaume, que estaba en su mesa, a menos de dos metros.

—¿En qué ciudad estamos?

Jaume se quedó callado por lo absurdo de la pregunta, así que Isaac insistió.

—En Barcelona, señor.

—¿Seguro? ¿Nadie ha cogido esta oficina, la ha metido en un AVE y nos ha llevado a Madrid?

Enrique trató de calmar los ánimos. Conocía muy bien a Isaac y sabía cuándo estaba enfadado de verdad, y en ese momento lo estaba.

—Me han dado una información muy relevante sobre la víctima. El asesino…, bueno, la asesina, porque yo creo que es una mujer, probablemente se trata de una vengadora que mata a maltratadores.

—¿A cuántas personas ha matado esa supuesta asesina mujer?

—A dos.

—¿Y a cuántas personas ha matado el asesino de Barcelona, el que se supone que tendrías que estar investigando?

—Y lo estoy investigando.

—¿A cuántas? —gritó Isaac, haciendo que varias personas se girasen hacia ellos.

—A cuatro.

—¿Cuál es nuestro caso?

Enrique sintió cómo una ráfaga de rabia le subió desde el estómago hasta apretarle la mandíbula. Por mucho que Isaac fuera su superior, no podía permitir que le hablase así. Como si fuese un recién llegado, como si no tuviera tanta experiencia como él.

—Es un caso conjunto. Tenemos que investigar los dos.

Enrique pudo ver cómo décadas de amistad se derrumbaban en la mirada de Isaac, una a una. Al jefe se le paralizó hasta la cara. Enrique incluso pensó, por un instante, que podía intentar golpearlo.

—Vamos a mi despacho —ordenó Isaac con los dientes casi cerrados.

Esperó a que Enrique entrase primero y después cerró la puerta con fuerza. Desde lejos parecería un portazo; desde dentro, era solo un cierre con fuerza. Los dos se sentaron, uno a cada lado de la mesa. Isaac en el lugar del jefe y Enrique en el del subordinado.

—¿Qué cojones te pasa?

—¿Qué cojones te pasa a ti?

—¿Por qué intentas joderme?

—Nadie intenta joderte. Nadie nos quiere quitar el caso, Isaac. Estás paranoico. Se te ha subido la política a la cabeza.

—Llevo ocho años siendo jefe de grupos. ¿Cuántos llevas tú? —Enrique no respondió. Ambos sabían la respuesta—. En los despachos se mueve más mierda que en las calles. Crees que lo puedes intuir, pero esto es como envejecer: hasta que no lo vives, no sabes lo que es.

—He descubierto algo que puede ser clave en el caso. Podría tratarse de una asesina vengadora de mujeres maltratadas. Eso significaría que, antes de matar a alguien, se tiene que asegurar de que es un maltratador. Si investigamos a fondo el entorno de las dos víctimas, daremos con ella.

Isaac cerró los ojos y no los abrió hasta que Enrique se calló.

—¿Te falta trabajo? ¿Quieres investigar casos de Málaga también? Allí matan a más gente que en ningún otro sitio. ¿O prefieres que te pase los de Nueva York?

—No digas gilipolleces. Los dos cuerpos estamos colaborando.

—¡Y una mierda! —gritó Isaac golpeando la mesa—. Tú mismo lo acabas de decir. ¿No te das cuenta? Son asesinos diferentes. Esta colaboración es una farsa. Una artimaña política.

—Estás paranoico. Ves fantasmas donde no los hay. Deberías salir más a la calle y airearte porque tanto tiempo encerrado en el despacho te está sentando mal. —Isaac lo escuchó apretando los dientes. Enrique sintió otro impulso de ponerse en guardia—. Lo que he descubierto podría evidenciar justo lo que dices: que son asesinos diferentes. Te estoy ayudando. ¿Es que no lo ves?

—La única manera en la que me puedes ayudar es haciendo tu puto trabajo, que es encontrar al puto asesino de Barcelona. ¿Es tan difícil de entender?

Los dos se miraron con cara de decepción.

—Ya lo estoy haciendo.

—Siempre has sido un ingenuo, Enrique. Cogiéndote tus añitos sabáticos y viajando a los mundos de Yupi... Como si eso te sirviera de algo. El mundo real está lleno de mierda y no hay año de vacaciones que lo limpie. Te pedí que no investigaras nada. Solo te conté esto porque quería que supieras cómo funcionan las cosas, pero tú no entiendes nada. —Isaac se echó a reír—. Al final somos tan idiotas que les resolveremos su caso de mierda y ellos nos quitarán el nuestro. Y entonces ellos quedarán como los que resuelven todo, los que tienen que venir a sacarnos las castañas del fuego porque somos unos putos inútiles. Y nosotros quedaremos como gilipollas. Dios, pensaba que tenías más respeto por este uniforme.

—¿De qué cojones hablas?

—Siempre dices que los Mossos te sacamos del pozo, que estuvimos ahí para ti cuando más lo necesitabas. ¿Dónde estás tú ahora?

—¿Tú te oyes hablar? ¿Ellos? ¿Nosotros? ¿No ves que se te ha subido la política a la cabeza, Isaac? Lo que más pena me da es que no te des ni cuenta.

—¡Venga, fuera de aquí! ¡Vete a tomar por culo!

No era lo primera vez que ambos agentes se gritaban así. En sus veinticinco años de relación habían tenido tiempo para todo. Incluso para pegarse en dos ocasiones. Enrique era más grande e Isaac más rápido. Los separaron enseguida. Parecía que cualquiera podría vencer al otro dentro de un cuadrilátero. La primera vez Enrique acabó con la nariz abierta y la segunda Isaac terminó con un ojo morado. Se podía considerar un empate técnico. La primera pelea se produjo en una época en la que Enrique estaba mal, justo antes de tomarse su primer año sabático. Trabajar con él no resultaba fácil e Isaac no era de los que dejaban pasar ciertas cosas. Cuando Enrique volvió del año sabático se reencontraron e hicieron como si nada hubiera pasado. A las pocas semanas ya bromeaban sobre lo ocurrido cuando había alcohol de por medio. La segunda vez fue en una investigación de mucha tensión. Una niña había sido secuestrada y Enrique e Isaac encontraron el piso en el que estaban sus captores. Enrique quería entrar y salvarla, pero Isaac consideraba que había que esperar y seguir el protocolo. Enrique se enfadó mucho porque podía oír la voz de la niña al otro lado de la puerta y no se perdonaría jamás si los captores le hacían algo. Al volver a comisaría para organizar el dispositivo, ambos se enzarzaron en una pelea. A los cinco minutos, Enrique le pidió perdón y a los dos días la niña estaba en brazos de sus padres.

En esta ocasión, los dos se quedaron en silencio odiándose el uno al otro cuando la puerta del despacho se abrió y entró Jaume pidiendo perdón con la expresión de su cara. Se notaba que el ambiente estaba muy cargado dentro de aquellas cuatro paredes. Nadie habría querido entrar en él si no fuera por causa de fuerza mayor.

—Nos acaban de avisar de un asesinato en el barrio de Gràcia. —Los inspectores se giraron hacia él—. Los que han llamado hablan de dos disparos —continuó el sargento.

—¿Dos? —preguntó Enrique, extrañado.

—Y también de que había una moneda de veinte céntimos a los pies de la víctima.

Isaac se quedó mirando a un punto del suelo durante varios segundos. Después observó a Enrique, como si él fuese el culpable de lo que acababa de ocurrir.

—Vámonos cagando hostias para allí. Quiero a ese hijo de puta durmiendo en el calabozo esta misma noche. ¿Me entendéis? —bramó el jefe.

Enrique y Jaume asintieron con solemnidad y los tres salieron del despacho. No hacía ni cinco minutos que el asesino había vuelto a matar, así que todavía tenía que estar por la zona.

18

Una de las características humanas más interesantes es ese deseo, consciente o inconsciente, de que nuestro enemigo sea peor de lo que es. Queremos que el foco de nuestro odio, nuestro rival, sea lo más maligno posible, porque entonces nos estará dando la razón. Porque entonces ir contra él nos hará a nosotros buenos. Por eso, cuando Enrique llegó al lugar del crimen y vio que el asesino había matado a una mujer inocente frente a una clase de alumnos de siete y ocho años, en lo más profundo de su ser sintió una especie de alivio. Aquel acto atroz le recordó que estaba en el lado correcto. El mundo era un lugar terrible y él todavía no había sucumbido a tanta maldad.

Isaac fue el primero en saltar la cinta policial. La calle estaba cortada. Cuatro coches de la policía y dos ambulancias estaban ya allí y cercenaban con sus luces parpadeantes las aceras, el asfalto y la fachada de los edificios. El crimen había tenido lugar en una callejuela junto a la iglesia de la plaza de la Virreina. Decenas de agentes rodeaban el barrio de Gràcia en una operación jaula sin precedentes en la ciudad. Nadie podía ni entrar ni salir hasta nuevo aviso.

Jaume se quedó hablando con una agente uniformada mientras Enrique se acercó a Isaac. Este levantó la manta que tapaba el cadáver. Debajo, una mujer de unos cuarenta años yacía bocabajo con una impactante herida en la zona de la coronilla. A sus pies, brillaba una moneda de veinte céntimos, teñida de rojo en su canto.

—Le ha disparado dos veces —dijo Jaume, agachándose junto a ellos—. Se han escuchado dos disparos.

Enrique e Isaac, ya con los guantes puestos, movieron levemente el cuerpo. Tenía un corte en el lado izquierdo de la cara, a la altura del ojo. Y la mano derecha estaba llena de sangre.

—Parece que intentó protegerse del primer disparo con la mano y luego la remató con otro —dijo Enrique.

—¿Ya te interesa más el caso? ¿O prefieres ir a la oficina a seguir investigando el de Madrid?

Enrique no respondió. Se incorporó y se alejó unos metros para observar la escena con más perspectiva. En la plaza, tras la barrera policial, había un centenar de curiosos. Otra vez reinaba un silencio expectante. Solo los gritos de unos niños que jugaban cerca rompían el aire denso de vez en cuando. Qué cerca estaba el cielo del infierno, pensó Enrique. Un agente esquivó a los de la científica, que se agachaban a ras del suelo en busca de pruebas, e informó al inspector de la presencia de varios testigos.

—Estábamos en la terraza del bar y escuchamos un estruendo. Yo estaba mirando hacia esta dirección, así que lo vi —explicaba un chaval de unos treinta años con varios aros en cada oreja y un tatuaje en el cuello—. Era un tío con cazadora negra y capucha. La mujer empezó a gritar, así como encorvada, dándole la espalda. Y él le puso la pistola en la parte alta de la cabeza. Primero, se acabaron los gritos… y luego se escuchó el disparo. Fue una locura. Varias personas de la plaza fuimos corriendo tras él, insultándole.

—¿Llegaste a verle la cara?

—No. Después del disparo salió pitando a toda leche calle arriba. Varios lo seguimos, este chico, aquel… —dijo señalando a un par de chavales que hablaban con policías uniformados—. Pero al llegar a la plaza del Nord ya no estaba.

—¿Corría rápido entonces? ¿Veinte años, dirías treinta como mucho?

El chico asintió. Enrique le dio las gracias y le pidió que se quedara en la zona para enseñarles la ruta de la persecución. Se fijó en que el testigo estaba acompañado de una chica. Por el lenguaje corporal era evidente que no se conocían mucho. Parecía una primera cita. Una que sin duda ninguno olvidaría.

Jaume llamó a Enrique desde la distancia y le señaló, junto a dos enfermeros que habían venido en ambulancia, a una mujer con los ojos vidriosos y la tez amarillenta.

—Esta mujer estaba dando una clase de inglés con siete niños pequeños ahí —dijo apuntando a un aula tras la enorme cristalera de una academia de idiomas.

—Ha sido horrible —dijo ella con las manos temblorosas.

—¿Cómo te llamas? —preguntó Enrique tratando de tranquilizarla—. Cuéntame qué es lo que viste, lo que recuerdes. Y no te preocupes si necesitas parar para beber agua o lo que sea.

La mujer miró hacia la academia, a cinco metros del muro de la iglesia, junto al que se encontraba el cadáver.

—Me llamo Maica... Yo... Todavía me cuesta creer lo que ha pasado... Estábamos a punto de acabar la clase. Les daba las tareas para la semana que viene, y Emilio, uno de los niños más trastos, dijo que había un hombre malo en la calle. Yo le pedí que no se distrajera. Siempre está mirando por la ventana... Y entonces escuchamos un disparo. Bueno, yo pensé que era un petardo. Me giré hacia la calle y vi a la mujer gritando. Le caían chorros de sangre de la mano. Entonces el hombre le apuntó y le disparó en la cabeza. Yo lo presencié todo a cinco metros de distancia. Y los niños también. Todo. Lo vieron todo.

Maica se derrumbó delante de los dos policías. Estos esperaron pacientemente a que se recuperase. Iba a ser duro, pero tendrían que hablar con el crío. Si había detectado que aquel hombre era «malo» antes del disparo, eso significaba que le había visto bien la cara. Cuando Maica se alejó hacia la ambulancia, Isaac se acercó a sus dos compañeros. Hablaba a Enrique con frialdad. Seguía molesto con él. Y esa actitud enfadaba a su compañero.

—Andrea Riaño. Treinta y nueve años. Vivía a unos cinco minutos de aquí. Tiene cuenta en Instagram, pero es privada.

—Por la edad parece una mujer con estudios y trabajo —dijo Enrique.

—En cuanto localicemos a un familiar, te encargas tú de avisarle —ordenó Isaac, seco.

Siguieron con el levantamiento del cadáver y buscando las balas. Uno de los chicos que había perseguido al asesino les mostró el recorrido.

—Yo fui el primero en ir detrás. Estaba tomando nota a una mesa cuando escuché el disparo y los gritos. Y cuando me giré ya vi cómo la apuntaba. Sin pensar, salí corriendo.

—¿Pudiste ver algún detalle de la pistola?

—Sí, tenía una red verde colgando. Eso me hizo pensar durante un momento que era de juguete. Es difícil pensar con claridad en momentos así, ¿saben?

El chico era un camarero uruguayo que hablaba con una serenidad sorprendente. A Enrique le impresionó que saliese corriendo el primero. Pocos policías lo habrían hecho. Acercarse al peligro va contra la naturaleza humana. A Enrique siempre le llamaba la atención que la gente en los platós de televisión o en las redes sociales criticase duramente a los pasajeros del metro que se quedan inmóviles durante una agresión. Parecía que las agresiones en los transportes públicos siempre se producían delante de personas cobardes. La gente quiere vivir tranquilamente, sin meterse en líos; por eso, cuando de repente presencian un conflicto, la primera reacción es fingir que no está pasando, confiar en que se termine solo. Pero también es cierto que, si hay algún valiente, eso sirve para que los demás se envalentonen. Ser el primero en ir hacia el peligro es lo más difícil. Así que, si plantarle cara a un agresor en el transporte público ya es complicado, salir detrás de un tipo que acaba de pegar dos tiros a una mujer es un acto heroico, y también algo suicida.

El camarero uruguayo les señaló a los tres policías la ruta de la persecución.

—No miró atrás, pero, por cómo corría, yo creo que sabía que lo estábamos siguiendo.

—¿No hubo ningún cruce de palabras? —preguntó Isaac.

—Nosotros lo llamábamos «asesino» y lo insultábamos. A unos chavales les pedimos que lo detuviesen, pero fue tan rápido que se quedaron parados. No sé, le gritábamos que se detuviera y cosas parecidas.

—¿Y el tipo no se giraba?

—No. Todo el rato nos sacaba unos cuarenta o cincuenta metros. No soy muy bueno con las distancias, pero algo así.

Enrique ya se había fijado que en la puerta de la academia de inglés había una cámara de seguridad. Eso significaba que podía haber grabado al asesino. Y entre las dos plazas había varios portales y establecimientos con videovigilancia. Era también muy posible que el asesino fuese capturado en las imágenes.

—Luego llegué a esta plaza y ya no lo vi —dijo el camarero de la plaza del Nord—. Nos separamos por diferentes calles, pero nadie lo encontró. Si les soy sincero, no sé qué habría hecho si lo alcanzo. No me refiero a hacerle daño, sino a que él tenía una pistola, ¿saben?

Los tres agentes le dieron las gracias por su colaboración. En la plaza había un aparcamiento de motos. No habría podido dejarla en marcha estando tan lejos, pero sí preparada para huir rápidamente. Aunque, si estaba a unos cincuenta metros, eso le daba menos de diez segundos para ponerse el casco, encender el motor y alejarse sin ser visto. Los tres se fijaron en la plaza: un par de bares, un pequeño supermercado y alguna tienda de barrio. Con suerte alguna cámara habría grabado cómo se subía a la moto o se escondía.

Durante un instante, Enrique pensó en la posibilidad de que el asesino siguiera allí, que se hubiese escondido dentro de algún portal o establecimiento. Se lo dijo a Isaac y a este enseguida le cambió su expresión. Su frialdad dio paso a esa calidez que Enrique tan bien conocía. Jaume acompañó al testigo de vuelta al lugar de los hechos y Enrique e Isaac, pistola y placa en mano, fueron en busca del asesino. Decenas de agentes se unieron a la búsqueda. Si el asesino seguía en el barrio, no tardarían en encontrarlo, aunque para ello tuviesen que investigar en todos los edificios.

Primero Enrique e Isaac entraron en un bar. En su interior había unos clientes bebiendo y jugando al dominó, ajenos a lo que había pasado justo al lado. Preguntaron al camarero si había entrado alguien sospechoso. Este dijo que no. Aun así, abrieron los baños. También la trastienda. Allí no había nadie.

Hicieron lo mismo en un pequeño supermercado y en una frutería. Nadie en aquella plaza había visto nada, salvo a unos cuatro o cinco chavales gritando y persiguiendo a alguien. Los policías se preguntaban cómo el asesino había conseguido marcharse tan rápido de allí. Enrique pensó que quizá había aparcado la moto en una calle colindante. Así, con la ventaja de siete o diez segundos que tenía, pudo subirse en la moto y desaparecer antes de que lo encontraran. No era descabellado, pero no podría estar seguro de ello hasta que tuvieran acceso a las grabaciones.

Isaac volvió a la escena del crimen y Enrique, siguiendo sus órdenes, fue al domicilio de la víctima a ver si encontraba allí a sus familiares. Le enfadó que no lo acompañase. Era un trámite muy desagradable y la frialdad de Isaac comenzaba a parecerle una pataleta infantil. Estaba tan molesto con su amigo que apenas pensó en la horrible tarea que tenía por delante. Aquella mujer muerta, tirada en medio de la calle, tendría personas que la amaban, que no podrían vivir sin ella, que quizá ya nunca volverían a dormir ocho horas seguidas. Seguramente tuviera unos padres o incluso hijos que nunca volverían a verla.

Enrique se paró delante de un edificio de solo tres plantas y llamó al telefonillo. Una voz de mujer respondió y Enrique se identificó como policía.

Cuando salió del ascensor, la puerta ya estaba abierta. En ella esperaba una mujer con pelo corto, piercings y ropa alternativa. Parecía alguien agradable y risueño, aunque su gesto transmitía preocupación. Él ya se había encargado de dar a entender que algo no iba bien.

Enseguida supo que aquella mujer se llamaba Marisol y que era la pareja de Andrea Riaño desde hacía diez años. Enrique sintió que le flaqueaban las fuerzas. Los músculos de la garganta se le agarrotaron.

—Siento muchísimo decirte que Andrea ha fallecido hace una hora.

Marisol empujó el respaldo del sofá hacia atrás. Enrique se había asegurado de que se sentase antes de darle la mala noticia.

—Lo siento, Marisol. Puedo acompañarte al hospital si quieres.

—No puede ser, tiene que estar a punto de llegar. El hospital, ¿ha dicho? ¿La van a operar?

La mujer tardó unos minutos en comprender lo ocurrido. Una vez que lo hizo, sus ojos se convirtieron en dos ríos. Enrique le puso una mano en la espalda y permaneció en silencio, luchando por contener su propio llanto. El dolor que experimentaba aquella mujer era tan intenso que se apoderaba de él. Sentado en aquel sofá, llegó a odiar al asesino como solo había odiado a tres personas antes. Era injusto que, por el afán de protagonismo de un idiota o la crueldad infinita de un depravado, esa mujer tuviese que sufrir durante el resto de su vida. Aunque con el tiempo volviese a enamorarse, aunque finalmente consiguiera pensar menos en Andrea y en su ausencia, siempre viviría con miedo. Cada vez que su pareja se retrasase un minuto en llegar, todos los fantasmas regresarían de golpe a recordarle el día en que un policía calvo se presentó en su casa, un viernes a las ocho de la tarde, a avisarle de que a Andrea la habían asesinado.

Enrique todavía sentía un nudo en el estómago cuando su mujer cogía el coche para ir a algún sitio, por cerca que estuviera.

Cuando Marisol se serenó un poco, la acompañó al hospital y estuvo con ella tras reconocer el cadáver hasta que unos amigos acudieron a llevársela de allí. Andrea Riaño era profesora de educación infantil en un colegio a diez minutos del lugar en el que había sido asesinada. Cada día caminaba del colegio a su casa dando un paseo por su barrio favorito de Barcelona hasta que un despiadado asesino había decidido que ya era suficiente. Ahora sus alumnos, de entre tres y seis años, tendrían que enterarse de que su profe ya no volvería nunca porque le habían disparado en la calle al salir de la última clase. Y los alumnos de la academia de inglés, de una edad similar a los de Andrea, vivirían el resto de sus vidas con la horrible imagen de su ejecución a cinco metros del cristal de su aula.

Antes de volver a casa, Enrique puso la música de la radio del coche a todo volumen y condujo hacia el norte. Alguna vez había llegado hasta Francia casi sin darse cuenta. Quizá esta habría sido una de esas ocasiones si no le hubiese llamado Jaume.

—Moreno, ¿estás en casa ya?

—Estoy yendo para allá en coche. ¿Por qué?

—La comunidad de uno de los edificios nos ha pasado las grabaciones de esta tarde. Tenemos a ese hijo de puta en vídeo.

Enrique colgó el teléfono y emprendió el camino de vuelta a casa sintiendo la sangre hervirle por las venas. El momento de atrapar al asesino estaba más cerca que nunca.

19

Enrique conducía con las dos ventanillas delanteras bajadas. El aire de la autopista entraba con fuerza por ellas. Se dirigía a Madrid a recoger a su hijo, esa era la explicación oficial, aunque Isaac no le había creído. Enrique amaba con tal intensidad a su hijo que no podía ni explicarlo con palabras. Estaba orgulloso de haberle dado una buena vida, un camino de rosas. A sus veintitrés años, Julián no había tenido que enfrentarse a nada remotamente parecido a la infancia rota de Enrique, marcada por un padre maltratador, ni a la necesidad de salir adelante él solo. Enrique y Macarena se lo habían dado todo, y con gusto, porque Julián los hacía muy felices. Solo cuando pasó del colegio al instituto, Enrique notó un cambio en él. Recordaba bien el caso de su hermana Jacinta, que había cambió tanto en la adolescencia, y Enrique se preocupó cuando vio que su hijo pasó de ser alegre y extrovertido a reservado y taciturno. Enrique lo observó durante días, incluso semanas. Hasta que en el mes de noviembre lo encerró en su despacho y lo interrogó como si fuera un sospechoso más de asesinato. Julián le confesó que llevaba dos meses sufriendo insultos y agresiones por parte de algunos compañeros del instituto. Se metían con él por ser hijo de un policía. Lo llamaban «topo» y le robaban el dinero del almuerzo mientras le instaban a que avisase a su «papaíto». Julián siempre había estudiado en un colegio privado. No era un colegio de élite para gente privilegiada, pero se trataba de un centro con buenos recursos y profesores, que contaban con más tiempo para invertir en los alumnos y preocuparse por ellos. En el instituto público, todo era diferente. Aquello sí que era más parecido al mundo real. Lo habían elegido porque estaba muy próximo a su domicilio, y cuando su hijo le contó lo que le hacían se sintió culpable. Le habría encantado encargarse él mismo de esos idiotas que hacían sufrir a su hijo, pero sabía que las cosas no funcionaban así. El único que podía hacer algo para salir de esa situación era Julián. Daba igual que él fuese allí y amenazara a los chavales. O que los profesores intentasen mediar en el conflicto. Enrique había tratado con infinidad de abusones y sabía que el miedo era lo único que los frenaba. Luego ellos ya lo convertirían en respeto. Durante una semana, Enrique se dedicó a enseñar defensa personal a su hijo. Julián aprendió a dar puñetazos, técnicas de judo y llaves de jiujitsu. No lo convertiría en un campeón de ninguna de esas modalidades, pero sabría lo necesario para reunir la confianza que necesitaba para plantar cara a esos abusones.

Enrique sonrió al recordar el día en que su hijo llegó a casa con sangre en los nudillos. Le hizo prometer que solo utilizaría la violencia en defensa propia y juntos acordaron no desvelar a Macarena la causa de las heridas. Julián le contó a su padre que los tres chavales que se metían con él desde el principio de curso habían empezado a lanzarle escupitajos desde las filas traseras del aula. Tal y como le había enseñado su padre, Julián les había dado un primer y único aviso. «No te lances a pegar a nadie, a esa gentuza le da más miedo una persona que tiene el control que una que se abalanza como un loco sobre ellos. Si no tienen ningún arma, una vez que sientas que puedes con ellos en una pelea, cuando te vuelvan a intentar robar, te insulten o te provoquen, dales un aviso. Solo uno. Y muy concreto. Diles que, si no paran enseguida, les harás daño. Y no hables más». Así lo hizo Julián, pero los abusones no hicieron caso a la advertencia y, cuando acabó la clase, Julián se colocó delante de uno de ellos y lo noqueó con un derechazo en la mandíbula. Los otros dos intentaron pegarle, pero Julián lo evitó con un rápido movimiento y le dio un puñetazo en la nariz a uno de los agresores. No se la rompió, pero le hizo sangrar lo suficiente como para quitarles a todos las ganas de seguir molestándole. A partir de ese día, Julián fue de nuevo el chaval alegre que siempre había sido. Cada día iba al instituto con una sonrisa y nunca volvió a tener ningún problema.

Habían pasado diez días desde el asesinato de Andrea. Tenían la cara del asesino en dos grabaciones de seguridad diferentes. Aunque corría con la capucha, se le veía con cierta nitidez el rostro. Encajaba bastante con el retrato robot. Sus rasgos eran árabes: tez morena, cejas pobladas, ojos profundos. El extracto de la grabación en el que mejor se captaban sus facciones había sido transmitido por todos los informativos y telediarios, y también lo habían publicado en periódicos impresos y digitales. Además, la foto circulaba en las redes sociales.

Enrique y Lucía hablaron durante horas con Emilio, el niño de siete años que había visto al asesino. El crío aseguraba que dijo que era un hombre malo porque tenía cara de malo y daba miedo. Vio cómo se acercó a la señora, le dijo unas palabras y ella cogió algo de su bolsillo, pero entonces él sacó una pistola y le hizo mucho daño.

Por desgracia, la cámara de la academia solo grababa la puerta del local y los hechos no habían quedado registrados. La reconstrucción apuntaba a que, otra vez, el asesino se había acercado a la víctima pidiéndole la hora o algo así, y ese momento de despiste había servido para sacar la pistola y dispararla. Los policías pensaron en alertar a la población de ese *modus operandi*, pero acabaron descartándolo porque no querían fomentar que, por culpa de un indeseable, los ciudadanos no se dieran ni la hora.

Encontraron las dos balas de la pistola, que pertenecían a la misma Glock 17 empleada en el asesinato de Olga. Eso casi descartaba la teoría de que fuese una organización o grupo terrorista el responsable de los asesinatos, pues era el mismo hombre con la misma pistola en dos de los cinco asesinatos, mientras que en los otros tres no había testigos de ningún tipo. Sin embargo, aunque el asesinato de Andrea les había proporcionado información valiosísima que ponía al culpable en un peligroso punto de mira, los días pasaron sin que la investigación avanzara demasiado. Se analizaron todas las cámaras de seguridad de la zona, por si se le veía subirse a la moto, coger un taxi o huir hasta el metro, pero de momento no habían encontrado nada. Las grabaciones eran de muy mala calidad y solo se veía al individuo corriendo delante de los testigos que lo seguían. La principal hipótesis era que había conseguido escapar en su moto antes de que se activara la operación jaula, pues no hubo rastro del sospechoso en todos los edificios que registraron.

Si el asesinato de Olga, la estudiante, había conmovido a la ciudadanía, incluso al país entero, el de Andrea lo había hecho todavía más por haberse producido delante de niños, al ser una profesora de educación infantil, y quizá también porque eran las siete de la tarde y había sucedido en una de las zonas más concurridas de la ciudad. Tal y como había previsto Enrique, la víctima de los veinte céntimos era una trabajadora cualificada. Andrea era maestra. El asesino había empezado con una prostituta, había seguido con un mendigo, después un repartidor, una estudiante y ahora una profesora. Y todavía iba por los veinte céntimos… En los altos mandos y también en prensa y redes sociales se empezaba a apuntar al rey de España como el objetivo final, como la ejecución que sería acompañada del billete de quinientos euros. Había mucha incertidumbre porque, después de que el asesino hubiera elegido como víctima a una profesora, no se sabía quién podía ser el siguiente.

La relación entre Enrique e Isaac seguía tensa, sin altibajos, hasta que la Policía Nacional notificó la aparición de una nueva víctima del Asesino Amputador, como ya llamaban en los medios al asesino de Madrid. En esta ocasión había actuado en un domicilio particular de la ciudad de Valencia. Un hombre había aparecido esposado a su cama, ahogado con una bolsa de plástico y con el pene cortado con unas tijeras, que de nuevo habían hallado sobre la cama. La víctima se llamaba Jorge Calero y era valenciano. De momento no se le había encontrado ningún vínculo con Madrid. Jorge no era un tipo que viajase mucho. Tenía algún antecedente por disturbios callejeros: peleas en discotecas y en partidos de fútbol. Según los amigos con los que había tomado unas cervezas la noche del crimen, este había conocido a una chica en un bar que no dejaba de mirarlo. Los amigos declararon que tenía los ojos muy azules el pelo muy moreno cortado a la altura de los hombros, y que era delgada y atractiva. Después Jorge se fue con ella mientras sus amigos bromeaban sobre que era un mujeriego. Se trataba de un hombre atractivo y que tenía éxito con las mujeres. Que la asesina fuera atractiva entraba dentro de lo razonable, ya que era lógico que utilizase eso para atraer a sus víctimas. Una especie de viuda negra.

Pese al aluvión de trabajo de los últimos días en el caso de Barcelona, Enrique se mantuvo en sus trece y continuó sus pesquisas paralelas con el caso de Madrid. Sabía que no era su prioridad, pero, tras mucho insistir, había conseguido hacerse con el número de teléfono de uno de los amigos de Jorge. Enrique le tanteó como quien no quiere la cosa sobre si su amigo había tenido algún problema con una mujer, si en alguna ocasión le habían acusado de algo en ese sentido, pues su historial policial no reflejaba nada. Su amigo le aseguró que no. Después, tras ganarse su confianza y asegurarle que harían pagar a esa mujer lo que había hecho, Enrique le pidió que hiciera memoria sobre las exnovias de Jorge. No era fácil porque había estado con decenas de mujeres. Con muchas de ellas tenía buena relación, decía. Tras indagar durante más de una hora en el tema, el amigo acabó recordando a una exnovia que creía que se había mudado a Madrid. Habían estado dos o tres años juntos. Su nombre era Sandra. Enrique recibió un enlace a su cuenta de Instagram a través de WhatsApp. Por las descripciones de los amigos sobre la chica del bar, no era descabellado pensar que la asesina pudiera llevar lentillas azules y peluca. Eso abría la puerta a que Sandra se hubiera disfrazado y seducido a su propio exnovio sin que este se diera cuenta, completando después su venganza por haber sido maltratada por él en el pasado. A Enrique le parecía poco probable, pero no estaba dispuesto a descartarlo al menos hasta hablar con ella. La había investigado en redes y también le había pedido a Antón que le diera información. Ahora tenía su dirección, su teléfono y hasta su número de la Seguridad Social. Como todavía no era considerada sospechosa, no se podía geolocalizar su móvil. Enrique había pedido a Renfe, Iryo y Ouigo que le confirmaran si Sandra estaba entre los pasajeros de los trenes entre Madrid y Valencia el fin de semana en que Jorge fue asesinado, incluso la semana anterior, pero su nombre no constaba en ninguna parte.

Cansado de investigar por teléfono y de pedir favores a otros policías, Enrique decidió ir en coche a la capital con la excusa de recoger a su hijo. Tanto a Julián como a Macarena les pareció raro porque el chaval ya tenía el billete de tren comprado, pero Enrique le explicó a Macarena que le vendría bien distraerse de los últimos meses de trabajo conduciendo hasta allí, y que también quería compartir el trayecto en coche con su hijo para ponerse al día.

Antes de recoger a Julián, Enrique planeaba hablar con las viudas de las dos víctimas de Madrid y también con Sandra.

Quería asegurarse de que su teoría era sólida antes de informar sobre los avances del caso. Por ahora parecía haber acertado en la hipótesis de que la asesina era una mujer y en que no tenía relación con el Asesino de las Monedas. Si confirmaba que las víctimas eran maltratadores, el cerco se estrecharía mucho. Solamente habría que encontrar un punto común entre las tres víctimas. Y, si esa persona era mujer, atractiva y delgada, tenía todas las papeletas para que la detuvieran.

Al notificar que estaría dos días en Madrid, la relación con Isaac se complicó. Su amigo era tan buen investigador como él. En ningún momento se creyó que fuese a Madrid a buscar a su hijo y así se lo hizo saber. Isaac y Enrique volvieron a gritarse y a insultarse. Enrique se hizo el ofendido por las acusaciones de Isaac y le dijo que se había vuelto un paranoico, aunque en el fondo tenía razón al decir que iba a la capital para investigar el caso. El jefe no entendía que su amigo se dedicase a investigar extraoficialmente otro caso cuando tenían entre manos el más importante de sus vidas. Un tipo había matado a cinco inocentes en Barcelona y había dejado una moneda de cada vez más valor al lado de los cuerpos, y sin embargo Enrique viajaba a Madrid para investigar sabía Dios qué sobre otro asesino. El propio Enrique sabía en su fuero interno que su comportamiento era difícil de explicar, pero algo en su interior le empujaba hacia aquel caso desde el principio.

Le dijo a su mujer que saldría hacia Madrid a última hora del día, que pararía en un área de servicio por el camino para dormir y que recogería a Julián al día siguiente. Llegaría a casa con él por la noche. La realidad es que había partido hacia Madrid a primera hora de la mañana. Su objetivo era llegar allí antes de las cuatro de la tarde, hora a la que había concertado una cita con Ana, la viuda de Cristóbal Bermejo. Hablar con ella le interesaba mucho por la información que había descubierto de la llamada de unos vecinos a la policía alertados por los gritos en el domicilio de la víctima y su mujer unos años atrás. Después, intentaría quedar con Isabel, la viuda de Abelardo García, y por supuesto con Sandra, la exnovia de Jorge Calero. Tenía cerca de veinticuatro horas para completar su lista de tareas. Luego recogería a Julián y lo llevaría de vuelta a casa para las vacaciones de Semana Santa.

20

A Enrique le pareció poético que Ana viviese en el barrio de Justicia. Aparcó el coche en zona verde, al lado del Museo de Historia de Madrid, y caminó hacia su casa. Habían quedado a las cuatro de la tarde y el policía llamó al timbre a las 15:59 horas.

El piso era amplio, de decoración sobria, casi antigua. Tal vez por las alfombras, estanterías con libros viejos y enciclopedias. El suelo de madera crujía con cada paso. En las paredes colgaban grandes cuadros de pintores con ínfulas, la mayoría de ellos de temática religiosa. Los muebles eran antiguos y de madera maciza. A Enrique no le habría extrañado encontrarse con un mayordomo o una dama de llaves por el pasillo. Le costaba imaginar que en ese piso viviesen dos niños de once y siete años. Ana debía de haberlos educado con severidad, porque, aunque sabía que estaban allí, no oyó ni un ruido.

La viuda acompañó a Enrique hasta un salón donde solo una televisión inteligente de gran tamaño delataba que estaban en el año 2024. La mujer tenía el pelo corto teñido de un castaño rojizo. Un collar de perlas blancas a juego con los pendientes adornaba su cuello, y lucía un elegante vestido beis. Se había maquillado el rostro. Enrique pensó que lo hacía habitualmente, que no se debía solo a su visita. El piso olía a cerrado. El perfume que usaba, de esos que se asocian a las señoras mayores, se le metía a Enrique por las fosas nasales y le humedecía los ojos, aunque se las ingenió para no estornudar.

Ana se sentó en la esquina de un sofá de tres plazas que no parecía muy cómodo. Enrique eligió un sillón de cuero que hacía ruido cada vez que se movía. La viuda le ofreció té porque dijo que el café la ponía demasiado nerviosa y no tenía. Mientras lo fue a buscar, Enrique se fijó en que la cristalera de un mueble estaba astillada y la madera de una puerta mostraba una abolladura en la parte inferior, como si alguien la hubiese pateado. Ana trajo dos tazas de té hirviendo y una caja de metal con un surtido de galletas que Enrique no veía desde que era niño e iba a casa de sus abuelos.

—¿Cómo lo estás llevando?

Ana levantó las cejas como si no supiera qué responder. Su marido había sido hallado muerto hacía menos de un mes, esposado a una cama, en un piso turístico a diez minutos de su casa. Le habían amputado el pene. Ella lo enterró sin esa parte de su cuerpo hacía dos semanas.

—Tengo que seguir adelante por los niños.

—¿Y cómo lo llevan ellos?

—Tienen apoyo psicológico en el colegio.

—Muy bien. —Enrique intentó dar un sorbo al té, pero se abrasó el labio—. Bueno, ya sabes que el asesino ha matado a otros dos hombres de la misma manera.

—Sí —dijo con una extraña frialdad.

—Ya te habrán preguntado por ellos y yo no he venido aquí para eso. Lo que quiero es intentar entender la motivación del asesino.

—Es un loco salvaje. Deberían hacerle lo mismo que él le hizo a Cristóbal.

—Ana, esto es algo extraoficial, ya te lo comenté por teléfono. Solo estamos hablando. No es nada definitivo. Es solamente una hipótesis: creemos que el asesino es una mujer, que es una asesina.

Ana asintió como si aquello fuese algo que ya había pensado. Y Enrique continuó:

—No quiero incomodarte. Sé que es un tema delicado. —El policía cogió la taza y sopló para enfriar la bebida. Luego la volvió a dejar sobre la mesa de centro—. Por lo que hemos podido saber de las otras dos víctimas, nos da la impresión de que la asesina es una especie de justiciera.

A Ana se le abrieron mucho los ojos al escuchar esa palabra. Enrique vio cómo sus pupilas se dilataban y cómo ella después miraba al suelo con incomodidad.

—¿Justiciera…? —preguntó casi para sí misma.

—Sí, en la investigación de un crimen hay diferentes vías e hipótesis. En esta en concreto consideramos que la asesina mata a maltratadores de mujeres. Los castiga por sus actos. Por eso les corta los genitales. Creemos que esa emasculación es una forma de empoderamiento. —Enrique observaba atentamente las reacciones de Ana conforme hablaba. La mujer se esforzaba por contener sus emociones—. Lo que no nos cuadra es el caso de tu marido. Por favor, te pido la máxima discreción con esto. Las otras dos víctimas maltrataban a sus parejas. Necesitaríamos saber si tu marido pudo haber hecho algo alguna vez que se pudiera interpretar como violencia de género.

Ana guardó silencio durante más de un minuto. Mientras tanto, Enrique reparó en la presencia de un reloj antiguo que hacía ruido cada vez que las agujas se movían.

—Lo siento, pero no lo creo posible. Cristóbal era muy solitario. Nadie sabía nada de nuestra vida. Somos una familia muy tranquila. No nos gustan los líos.

—¿Nunca pasó nada que alguien desde fuera pudiera malinterpretar?

Ana volvió a quedarse mucho rato callada. Incluso el té se enfrió lo suficiente como para ser bebido.

—Cristóbal tenía mal genio —dijo la mujer sin querer extenderse más.

—Entiendo. ¿Y tuvisteis alguna vez un incidente?

La mujer dudó.

—Tenía carácter. Puede ser… Quién sabe. A menudo íbamos con los niños a pasear por el Retiro. Una vez discutió con un joven por eso.

—¿Por qué?

Ana dio un sorbo a su té y trató de quitar importancia a los hechos con una discreta mueca.

—Fue una tontería. Él gesticulaba mucho al hablar, riñó a los niños y puede que su voz, su tono, sus maneras, desde fuera…, lo hicieran parecer más agresivo de lo que era. El joven se me acercó y me preguntó si estaba todo bien, y entonces Cristóbal le dijo que no se metiera donde no le llamaban. Se enzarzaron en una pelea, pero finalmente conseguí que el chico se marchara.

—¿Estaban los niños con vosotros?

—Sí —respondió Ana sin poder disimular cierta vergüenza.

—¿Cuándo ocurrió esto?

—Hace dos o tres años. Ya iban ambos al colegio.

—Precisamente a esto me refería…

—Hace mucho tiempo una noche vino la policía a casa —lo interrumpió la mujer—. Unos vecinos la llamaron porque Cristóbal estaba gritando y dando golpes. La cosa acabó en nada, porque yo lo excusé. Estaba embarazada y tenía náuseas, vómitos…, no me encontraba bien. Cristóbal perdió los estribos, pero luego se calmó…

Enrique se volvió a fijar en los golpes que había en el mueble, en la puerta.

—¿Alguno de esos golpes te los dio a ti?

En cuanto acabó de formular la pregunta, Ana lo miró a los ojos con dureza, casi con crueldad. Luego ahogó un sollozo y rompió a llorar. Tardó varios segundos en coger un pañuelo y secarse las lágrimas. Enrique se levantó del sillón y se sentó a su lado en el sofá. Colocó la mano sobre la de ella y la acompañó en silencio. No volvieron a hablar. Enrique ya tenía suficiente.

Cuando regresó al coche aún era de día. Había estado lloviendo y el capó y el parabrisas estaban sembrados de salpicaduras y polvo. El rastro de las gotas le hizo pensar en Ana. Ya era primavera, pero ese día tenía un aroma invernal, como si el frío se rebelase contra la siguiente estación por haberle quitado tantos días.

Enrique condujo hasta el barrio de Lavapiés siguiendo las instrucciones del GPS de Google. La robótica voz lo fue guiando a través de estrechas y sinuosas callejuelas hasta que metió el coche en un aparcamiento de la Ronda de Atocha. Aprovechando que tenía que quedarse a dormir, Enrique buscó un piso turístico por la zona. Le parecía interesante hacer lo mismo que las dos primeras víctimas. A los pocos minutos de mirar alojamientos, reservó un apartamento en la calle Argumosa. Con la tranquilidad de tener donde pasar la noche, fue en busca de Isabel, la viuda de Abelardo García.

Llamó al telefonillo del piso que constaba como dirección oficial del fallecido. Estaba en una calle estrecha y empinada. Enrique insistió durante casi un minuto, timbrando sin demasiada esperanza, y fue entonces cuando escuchó la voz de una mujer en el interfono. Se identificó como policía y la mujer respondió con excusas: estaba a punto de ir al supermercado con los niños para comprar la cena y todavía tenía que hacerla y bañarlos. Su tono era de agobio. El policía le dijo que solo necesitaba hablar con ella cinco minutos y se ofreció a ir él mismo al supermercado a comprarle lo que necesitase.

—¿De verdad eres policía? —preguntó ella con desconfianza.

La mujer acabó bajando. Tenía rasgos sureños, pelo largo rizado y ojos cansados. Enrique le enseñó la placa y ella la miró como si fuese una agente pidiendo el DNI.

—¿Eres de la policía catalana? —preguntó con una mezcla de asombro y desdén.

—Sí. Colaboramos en la investigación.

—¿Pero en Valencia estáis vosotros también? —preguntó extrañada.

—No. Es una investigación conjunta y me gustaría hablar contigo cinco minutos.

En la hostilidad de Isabel se podía atisbar la sombra de un ligero coqueteo. A Enrique le parecía una mujer fuerte, de carácter. Imponente. Nunca lo reconocería, pero en algún lugar profundo de su interior la deseó. Aquella mujer irradiaba sensualidad. Se fijó en las arrugas de expresión de su rostro y pensó en lo guapa que debió de ser de joven. Todavía lo era. El tono moreno de su piel, junto con sus ojos y pelo negros, la hacía muy atractiva.

—Invítame a un café —le ordenó al policía.

—¿Y tus hijos?

—Están en casa con el YouTube —respondió—. Van a cumplir doce años —añadió al ver las reservas de Enrique.

En otras circunstancias le habría hablado del enorme peligro de dejar a niños tan pequeños a solas con internet. Empezaban viendo vídeos de dibujos animados y en menos de quince minutos podrían estar entrando en un foro en el que un pederasta comenzara a manipularlos para sacarles fotos. Pero ese no era el momento. Se lo advertiría justo al despedirse. No había estado cuatro años en la Brigada de Investigación Tecnológica para después callarse informaciones como esa.

Se sentaron en el interior de uno de los muchos bares de la calle Argumosa. Isabel se pidió una caña y Enrique, para ganarse su confianza, hizo lo mismo. Si algo había aprendido en sus años de policía era que nada genera más desconfianza que dejar a alguien bebiendo solo. Por un momento sintió miedo de que Julián lo viese en ese bar. Sin duda, no sería fácil explicar su presencia allí con aquella mujer. Quizá ese miedo se debía más al recóndito deseo que tenía hacia Isabel que a las probabilidades de que su hijo se cruzase con él en la inmensa y abarrotada capital.

—Entiendo que eres una persona ocupada, así que iré al grano —dijo Enrique con la espuma de la cerveza marcándole el bigote. En Madrid tiraban las cañas mejor. Eso era indiscutible—. Creemos que a tu marido lo mató una mujer.

—Ah, ¿sí? Me habían dicho que creían que era el marido de su amante.

—¿Quién es su amante?

—Ojalá lo supiera. Podría ser cualquiera de aquí —dijo cínicamente señalando a las otras mesas.

—Nuestra hipótesis es que fue ajusticiado por una asesina de maltratadores de mujeres.

Isabel se sorprendió.

—¿Creéis que Abel era un maltratador? —Enrique asintió e Isabel se rio—. Qué va. Abel era demasiado cobarde para pegar a nadie.

—No tenía por qué ser un maltratador. Con que alguien lo pensase ya valdría.

—Abel era un narcisista y un cabrón, eso no se lo discuto a nadie. Pero de ahí a maltratar a mujeres…

—Bueno, su mujer eres tú.

Isabel se rio.

—Alguna vez borracho me empujó o amenazó con pegarme, pero jamás se atrevió.

—¿Nunca sentiste miedo?

—No.

—¿Le contaste esto a alguna amiga alguna vez?

—No había nada que contar. ¿Piensas que una amiga mía se cargó a mi marido?

Isabel se aguantó la risa un instante. Por primera vez, Enrique contempló la posibilidad de estar tomándose una caña con la asesina. Era cierto que los valencianos la habían descrito como joven, pero, maquillada y disfrazada, aquella mujer

podía pasar perfectamente por una veinteañera. Y era atractiva, de eso no había duda. Él mismo se sentía seducido por su
manera de hablar, de mirar y de moverse.

—Alguien lo suficientemente cercana como para interpretar que tu marido era un maltratador. El hecho de que haya
sido el primero de los tres podría indicar una mayor cercanía,
que la asesina tuviese una relación personal con él.

Isabel guardó silencio tras escuchar con atención.

—¿Fumas? —le preguntó—. Eso es que no —añadió al ver
las dudas de Enrique—. No te preocupes, puedo fumar en casa
cuando los niños se duerman. Me siento en la terraza y fumo
mirando a la calle. Me relaja. Qué vida más emocionante, ¿eh?
—dijo con un tono muy triste.

Se pidieron otra cerveza y la viuda le contó que había conocido a Abel cuando ella era actriz y él tenía una editorial.
Se movían por los mismos círculos culturales. Después, la editorial se fue a pique y empezó a hacer obras de teatro. Las dos
que dirigió fueron las últimas en las que ella actuó.

—Era muy sociable tu marido.

—Sí, hasta el punto de estar completamente enganchado a
las redes sociales. Se pasaba el día con el puto Twitter.

—¿Crees que pudo conocer a alguna chica por ahí?

—Seguramente, tenía muchos seguidores, aunque no lo
necesitaba. En el barrio era muy conocido. No recuerdo la
última vez que pasamos por esta calle y no saludó a alguien en
alguna terraza.

—¿Usaba otras redes sociales?

—Sí, todas, últimamente TikTok también. Cualquiera le
valía. Hasta Wallapop.

—¿Wallapop?

—Sí, le encantaba comprar y vender mierdas a desconocidos. Tenemos la casa llena de trastos.

—¿Qué compraba?

—De todo, libros, películas, consolas. Radios.

Enrique vio en su móvil que ya llevaban hablando media hora, pero no dijo nada. Quería comprobar cómo se comportaba ella. La personalidad y la actitud de Isabel le encajaban con las que podía tener la asesina. Al ver él su móvil, ella hizo lo mismo y se escandalizó por la hora. Sin vaciar del todo la segunda cerveza empezó a prepararse para marcharse. Enrique pagó la cuenta, le advirtió sobre los peligros de los niños e internet y le dio su tarjeta.

—Llámame si necesitas cualquier cosa.

Isabel lo miró a los ojos y sus pupilas se dilataron levemente, quizá por el alcohol, después se guardó la tarjeta y se marchó del bar sin esperar a Enrique. Este se quedó mirando a la puerta. ¿Y si acababa de conocer a la asesina?

No muy lejos de aquel bar, en el barrio de La Latina, vivía Sandra. Así que Enrique decidió caminar hasta allí y, de paso, despejarse un poco de las dos cervezas.

Al llegar a un humilde edificio de tres plantas, Enrique timbró y una voz afeminada, aunque masculina, le dijo que Sandra no estaba en casa. Que había salido. Le preguntó quién era y Enrique tardó en confesarle que era policía.

—¿Sandra está bien? —preguntó el joven con tono paternal.

—Sí, no te preocupes. ¿Sabes a qué hora suele llegar?

—Depende del día, la tienen explotada en el restaurante.

—¿Podrías darle mi tarjeta?

Enrique subió hasta el segundo piso y le entregó su tarjeta a Eric, uno de los dos compañeros de piso de Sandra. Eran dos chicas y él. Después, Enrique buscó algún sitio en el que cenar algo y se fue al apartamento a descansar. Había muchos datos que analizar. De momento, tenía más claro que nunca que la asesina mataba a maltratadores. Su intuición le decía que en el entorno de Abelardo estaba la asesina, por ahora sus mayores sospechas recaían en Isabel, pero quería reunirse con Sandra para tantearla y tratar de descubrir si conocía a Abelardo, a Isabel o a Cristóbal y Ana. No le parecía descabellado que

Sandra hubiese matado a su amante, después a un tipo que se dedicaba a gritar a su mujer por la calle y más tarde fuese a rendir cuentas con un exnovio.

Se pasó toda la mañana mirando el móvil. La única que le llamaba era Macarena. Enrique le dijo que estaba en un área de servicio y que tardaría un par de horas en llegar a Madrid. Una de las cosas que más apreciaba de su mujer era el espacio que le daba. Durante alguno de los años sabáticos se había llegado a pasar dos semanas en Porquerisses sin ir a verla. Y, aunque al principio a ella le había costado entenderlo, acabó aceptándolo.

Le dieron las once y no había rastro de Sandra. A Enrique le preocupaba que solo pudiera verla por la tarde y tener que pasar otra noche fuera de casa, esta vez acompañado de Julián. Investigar un caso extraoficialmente tenía sus inconvenientes. A quinientos kilómetros, sus compañeros estarían afanándose en encontrar al Asesino de las Monedas. Cada día se recibían decenas de llamadas y correos electrónicos de personas que aseguraban conocer al hombre de las imágenes, pese a lo poco que se veía de él. Incluso más que cuando solo se había publicado el retrato robot.

Enrique no salió del piso turístico. Se hizo café y unas tostadas y estuvo trabajando con el portátil, pero todo era en balde si Sandra no daba señales de vida. Para que creyeran su teoría, estaba convencido de que tenía que demostrar que las tres víctimas eran maltratadores, y de momento solo uno lo era, pues lo de Abelardo no estaba del todo claro e Isabel, quizá porque tenía algo que ocultar, no parecía dispuesta a confirmar nada. Enrique ya se preparaba para dejar el piso cuando su teléfono empezó a sonar. Enseguida supo que era ella. Respondió, y una voz dulce y tímida al otro lado de la línea le preguntó si hablaba con la policía. Enrique dejó el piso, sacó su coche del aparcamiento y condujo hasta La Latina en tiempo récord. Sandra lo había citado en una plaza cercana a una iglesia, a pocos metros de su casa. Aparcó donde pudo y fue al encuentro con la valenciana. Esta propuso que se vieran por la tarde porque quería ir al gimnasio y entraba a trabajar a las seis, pero Enrique consiguió convencerla de que se encontraran esa misma mañana.

Cuando la vio llegar la reconoció al momento. No solo por la actitud prudente y nerviosa de quien va al encuentro con un policía, sino porque encajaba como novia de Jorge Calero. Sandra era alta, esbelta y tenía una cara simétrica y redonda. Al acercarse y estrecharle la mano, a Enrique le pareció muy difícil que hubiera podido disfrazarse y no ser reconocida por un exnovio debido a que tenía muchos lunares en las mejillas. Quizá simplemente convenció a Jorge para echar un polvo por los viejos tiempos.

Se sentaron en una terraza y Enrique se ofreció a invitarla a un café.

—Cuando Eric me dijo que había venido la policía, enseguida supe que sería por eso —dijo cuando Enrique le explicó el motivo de su visita.

—No te quiero quitar mucho tiempo, pero, como sabrás, Jorge ha sido la tercera víctima del mismo asesino. La situación es muy preocupante.

La mujer, más cerca de los treinta que de los cuarenta, le dio la razón al policía con una caída de ojos.

—¿Qué tal fue tu relación con él?

—Mis padres me enseñaron que no se habla mal de los muertos —respondió con una sorprendente frialdad.

—Muy buena enseñanza. Eso dice mucho de ellos. Y de ti. Sin embargo, en este caso necesitamos que hables de él porque puede ayudar a evitar otras muertes.

—¿De qué manera?

—Creemos que el asesino mata a maltratadores de mujeres.

—¿Entonces estáis intentando proteger a maltratadores? —preguntó ella en tono inquisitivo.

—Ya hay cauces legales para denunciar este tipo de comportamientos. La gente no puede tomarse la justicia por su mano.

—Sí, el cauce legal funciona de maravilla —dijo Sandra de manera sarcástica.

—Te aseguro que funciona mejor que ir ahogando a la gente y cortándole las pelotas.

—¿Las pelotas? Tenía entendido que le cortaron el pene.

A Enrique le llamó la atención la frialdad de la mujer.

—Bueno, es una forma de hablar.

—Jorge no tenía mucho para cortar, de todas formas…

A Enrique le sorprendió la profunda inquina que Sandra tenía al fallecido. Mientras ella sorbía su café, Enrique le enseñó una foto de Abelardo García en el móvil.

—¿Lo conoces?

Sandra lo miró detenidamente y emitió un sonido de duda con la garganta.

—Me quiere sonar. ¿Quién es?

Enrique esperó con paciencia a que la chica acabase de mirar la foto. Sabía que podía sonarle de haberlo visto en la prensa tras ser asesinado, o de las redes sociales, o que simplemente se estuviese haciendo la tonta.

—Lo siento. No caigo. ¿Es un actor?

—No, es la primera víctima de la asesina.

—¿Asesina? Antes habías dicho asesino.

—Bueno, es una forma de hablar.

Sandra le sonrió de manera inocente.

—Lo siento, pero odiaba a Jorge con toda mi alma. Durante los dos años de relación y también durante los dos siguientes me hizo la vida imposible. Tuve que venirme a Madrid para que me dejara en paz. —Al decir eso la voz se le rompió durante un segundo, como si estuviese a punto de llorar, pero enseguida se recompuso—. Me encantaría sentir pena por él, pero no puedo. Y, si te soy sincera, me alegro de lo que le pasó. Tú dices que no, pero yo creo que se lo merecía.

Enrique revolvió el café con la cucharilla y trató de poner cara de póquer. Las palabras de Sandra podían pertenecer a una exnovia maltratada, a la asesina o a ambas.

—¿Alguna vez hablaste con alguien de lo que te hacía Jorge?

—Con mi madre, y alguna vez con mis compañeros de piso. Tampoco es que sea mi conversación preferida.

—¿Nunca denunciaste?

—¿Para qué? ¿Sirve de algo?

—Debería, ¿no?

—Desde hace unos meses voy a un grupo de apoyo a mujeres maltratadas, aquí en el barrio. Y se escucha cada cosa que da miedo.

—¿En este barrio?

—En todas partes.

—Me refiero al grupo de apoyo. ¿Es aquí en La Latina?

—Sí.

—¿Y allí contaste tu historia?

La chica asintió. Enrique sacó el móvil y le enseñó una foto que tenía de Isabel. No se veía muy bien porque la había conseguido de un viejo artículo de la sección cultural de un periódico digital.

—¿Te suena si estaba allí esta mujer?

Sandra se volvió a tomar mucho tiempo para mirar la foto. Hizo otra vez ese sonido con la garganta.

—No. Nunca la he visto. ¿Quién es?

Enrique se guardó el móvil y dejó que Sandra se marchase sin contestar a su pregunta. Todavía estaba a tiempo de ir al gimnasio, y él ya tenía suficiente. No creía que ella fuese la asesina, aunque sospechaba que quizá la estuviera protegiendo. Por otro lado, también tenía sentido que una asesina de maltratadores fuese a un grupo de apoyo a mujeres maltratadas en busca de próximas víctimas. Para Enrique había dos claves en ese caso: peinar bien el entorno de Abelardo García, pues estaba convencido de que la asesina formaba parte de él, y obtener una lista de las mujeres de ese grupo de apoyo al que iba Sandra. El problema era que Abelardo tenía muchos amigos y que el grupo era anónimo.

Comió un plato combinado en un bar de tapas de la zona y se fue a recoger a su hijo. Este vivía con su amigo Ignacio en un piso de Moncloa. A Enrique le sorprendió ver lo limpio que estaba. Le recordó a los pisos que visitaba al hablar con algún testigo o sospechoso. Julián lo recibió con un abrazo que a Enrique le hizo sentir muy bien. Tenía una sonrisa idéntica a la de su madre, por lo demás se parecía a él, excepto en el pelo rubio, eso no se sabía de dónde lo había sacado.

—Cómo te gusta a ti irte de casa —bromeó Julián.

—¡Mira quién habla!

Los dos se rieron y caminaron abrazados mientras el joven le enseñaba el piso. Dos habitaciones, una cocina, un baño —este sí, muy sucio—, un salón y poco más. Apenas había muebles. Ignacio salió de su habitación y saludó efusivamente al padre de su amigo. Ya se conocían de Barcelona.

—¿No quieres descansar un rato? —le preguntó Julián a su padre.

—No, vine haciendo paradas y estoy perfecto. Además, quiero que pilles a tu madre despierta.

Antes de las cuatro de la tarde, ya estaban de camino a casa. Durante la primera hora de trayecto no dejaron de charlar sobre las diferencias entre Madrid y Barcelona. Luego llegó el turno de hablar de Sofía. Julián confirmó las sospechas de su padre y le insinuó que había conocido a alguien especial en Madrid.

—Pues no la engañes, que aún te van a cortar las pelotas —dijo Enrique sin pensárselo muy bien.

Julián le expuso su miedo a enfrentarse a Sofía y a contarle todo porque no quería que lo odiase. Su padre le aconsejó que no le mencionara a la otra, que simplemente acabara la relación.

—Eso tampoco es fácil. Son muchos años ya.

—La vida no es fácil —dijo Enrique mientras adelantaba a un camión.

A Enrique le habría encantado ir hablando con su hijo durante todo el trayecto, pero este cerró los ojos antes de llegar a Zaragoza y no los volvió a abrir hasta Castelldefels. Iba en el asiento del copiloto roncando con la boca abierta, convertido en todo un hombre.

Enrique lo miró y pensó cuando, en 2011, tuvo que investigar el suicidio de un niño de apenas once años. Julián tenía por entonces diez. El crío se tiró por el balcón mientras sus padres veían la tele. Vivían en un sexto piso. Primero se investigó como un posible filicidio, pero, peinando el entorno del crío y accediendo a sus redes sociales —el niño, Esteban, utilizaba sobre todo Tuenti—, la policía acabó descubriendo que era víctima de un chantajista que lo había engañado para conseguir fotos de él desnudo. Al negarse a enviar más, el tipo lo amenazó con contárselo a sus padres. La presión de aquel pervertido llegó a ser tan fuerte que la única salida que encontró el crío fue a través del balcón de su casa. Aquel caso marcó un antes y un después en la vida de Enrique. Solo de imaginar que algo así le pudiera pasar a Julián le ponía enfermo. Aquel suicidio fue el motivo por el que Julián no tuvo móvil hasta los dieciséis años, ni tan siquiera ordenador propio. Enrique pidió entonces trabajar en la Brigada de Investigación Tecnológica. Se dedicó a cazar a indeseables chantajistas y pederastas como el que provocó el suicidio de Esteban.

Fueron cuatro años muy difíciles en los que Enrique tuvo que revisar miles de horas de violaciones a niños y niñas. Pero también atrapó a muchos pederastas y pedófilos que grababan y consumían esos vídeos. Su relación de pareja se resintió. Su libido cayó en picado. En los casi cuatro años que estuvo en ese trabajo podía contar con los dedos de las manos las veces que se acostó con su mujer.

Durante mucho tiempo se planteó dejar ese departamento y volver a Homicidios. Pero, debido a su cabezonería, no quería rendirse. Hasta que un día entró en la sala de visionado y pilló a uno de sus compañeros masturbándose. Vicente Estrada. Ese nombre no lo olvidaría jamás. Enrique no debía estar allí a esa hora, por eso lo pilló in fraganti. Vicente habló con Enrique como si le hubiera descubierto tomando un café en lugar de masturbándose con el vídeo de una niña que era violada por un monstruo. Enrique se quedó tan impactado que cerró la puerta y no dijo nada.

Durante días estuvo dándole vueltas a cómo debía gestionar esa situación. Enrique pensó en pegarle, en amenazarlo para que confesase, en obligarlo a dimitir. Llegó a odiarlo como solo odiaba a dos personas: a su padre y a Alfonso Urrutia. Cada vez que veía su cara, deseaba aplastarla contra el suelo. Fantaseaba con haberle volado la cabeza en el instante en que abrió aquella puerta, y ver cómo sus sesos manchaban la pantalla de aquel asqueroso ordenador lleno de mierda. Con el paso de los días, Enrique llegó hasta a dudar en algún momento de lo que había visto. A preguntarse si se había vuelto loco. Estrada le hablaba con total normalidad y seguía yendo a trabajar como si nada hubiera ocurrido.

Pasaron las semanas, incluso los meses, y sin decir nada a nadie —ni siquiera a Estrada—, Enrique se pidió su tercer año sabático y huyó del problema. Al año siguiente se reincorporó a Homicidios.

Con el tiempo llegó a convencerse de que era mejor que un pedófilo estuviese trabajando en detener a otros pedófilos que abusando de niños. Más que convencerse, lo que hizo fue engañarse, aunque en su interior sabía que se había equivocado. Jamás debió permitir que aquel monstruo se fuese de rositas. Aquel era un resquemor que todavía llevaba dentro.

21

La estación de Sants bullía. Miles de pasajeros y decenas de trabajadores se movían por todas direcciones. Enrique vio cómo Macarena despedía a Julián al borde del llanto. Luego él le entregó la maleta y le hizo una carantoña. Al verlo avanzar por el pasillo en dirección al control de seguridad tuvo una mala sensación. Un mal presagio. Macarena se despedía con la mano mientras Enrique la rodeaba por la cintura. Aquel bebé que se cagaba por todas partes y no dejaba de llorar en toda la noche ahora era un hombre que vivía solo en otra ciudad, buscando su propio camino en la vida.

Habían pasado cinco días maravillosos. Para Enrique habían sido terapéuticos porque la situación en el trabajo era ya insoportable. Al volver de Madrid se puso en contacto con los investigadores de la Policía Nacional, algo que no le resultó sencillo, y les comunicó sus avances. Les explicó que había hablado con las viudas y con una exnovia de Jorge Calero, y que las víctimas de los tres ataques del Amputador eran maltratadores. Esa era la conexión entre ellas. Les advirtió sobre Isabel, sobre la posibilidad de que ella, de alguna manera, estuviera implicada, pero sobre todo hizo hincapié en su convencimiento de que la asesina formaba parte del entorno cercano de Abelardo García. Lejos de agradecerle la ayuda, al otro lado del teléfono solo encontró un largo silencio. El policía madrileño escuchó sus palabras como si hablara con un jubilado aburrido que no tenía ni idea de lo que decía. Eso a Enrique le hirió profundamente el ego. «Gracias, miraremos si algo de esto nos encaja con lo que ya tenemos», dijo el policía nacional justo antes de colgar sin despedirse ni nada. Al día siguiente, Isaac se presentó en su mesa hecho una furia. Gritándole que sabía que había ido a Madrid a investigar por su cuenta y que era un idiota y un iluso. «Cógete un año sabático de esos que tanto te gustan y deja de tocarnos los cojones», le gritó mientras Xavier y Samuel tenían que sujetarlo.

Con ese ambiente en comisaría y aprovechando que su hijo estaba en casa por Semana Santa, Enrique decidió disfrutar con su familia de unos días tranquilos, casi como unas vacaciones.

El Jueves Santo fueron a comer con el abuelo de Julián, que vivía con la hermana de Macarena, su marido y sus hijos. El menú de ese día lo protagonizó una deliciosa lasaña, que devoraron casi sin masticar. Después, toda la familia se acomodó en el salón y cayó rendida ante una de esas películas bíblicas que emiten durante la sobremesa en esas fechas. A la media hora todos estaban roncando mientras Moisés intentaba liberar a su pueblo de los egipcios.

Al llegar a casa, Enrique se puso con un nuevo puzle y, en pocos minutos, su mujer y su hijo estaban con él en el despacho ayudándole. Se trataba de un paisaje nevado, quizá de Suiza o Austria. Casi todas las piezas eran blancas: cinco mil piezas de nieve y nubes grises salpicadas con un zorro furtivo, una casa y algunos árboles. Todo un reto. Los tres se pasaron toda la noche en el despacho trabajando en equipo. Macarena pidió unas pizzas para no perder tiempo. A las cuatro de la madrugada pusieron la última pieza y, medio dormidos los tres, se abrazaron como si hubiesen ganado el Mundial, eso sí, después de varias prórrogas, porque estaban demasiado cansados como para saltar o gritar. Esa noche durmieron a pierna suelta.

El Viernes Santo fue un día también muy tranquilo. Enrique y Macarena se despertaron a las once. Al ver que Julián había salido, Macarena volvió a la cama y se tumbó con su marido. Bajo las sábanas demostraron que ninguno era especialmente casto. Los padres de Macarena jamás le habían inculcado valores católicos, ambos eran de izquierdas y no simpatizaban demasiado con la Iglesia. Consideraban la fe algo digno de respeto, pero la institución era otro cantar. A Enrique sus abuelos sí le habían hablado de Dios en alguna ocasión, y de pequeño hubo una temporada en que fue bastante a misa. Sin embargo, tanto su padre como su madre eran bastante indiferentes respecto al catolicismo. Enrique fue bautizado e hizo la comunión. Incluso se casó la primera vez por la Iglesia, pero al margen de eso no pisaba una capilla ni para resguardarse de la lluvia. Había visto demasiada mierda en el corazón humano como para creer en las bondades del Señor. Aun así, creía que algo debía de haber, quizá no antes de la muerte, pero sí después.

Tras los mimos y la ducha caliente, Enrique y Macarena desayunaron juntos en la cocina. Ella leía un libro y él ojeaba los titulares de la prensa digital en el móvil. Aquel mediodía el policía se había ofrecido a cocinar. Una cazuela llena de garbanzos había pasado toda la noche en agua y había que aprovecharla. Así que Macarena se dedicó a leer mientras Enrique trajinaba entre pucheros. Le gustaba ponerse a los Rolling Stones para cocinar. Iba cortando las cebollas, el puerro, las zanahorias y las patatas al ritmo de los grandes clásicos de los ingleses. Aunque hacía años su madre le había regalado una olla exprés, Enrique nunca aprendió a utilizarla, así que tardaba más de dos horas en cocinar los garbanzos. Eran dos horas de música en las que iba revolviendo las legumbres y preparando la ensalada con atún que serviría de entrante.

Julián llegó a casa con mala cara y sin querer comer hasta que su padre le sonsacó la información: había cortado con su novia después de cuatro años de relación. Enrique se sintió orgulloso de la honestidad de su hijo. Por supuesto, siempre se pueden hacer mejor las cosas, pero, en lugar de seguir engañándola o evitar el conflicto, había optado por decir la verdad y no alargar la agonía de la pobre muchacha. Como padre se sintió orgulloso. Lo habían educado bien.

Comieron juntos y después Macarena decidió limpiar la casa mientras su marido y su hijo se iban a jugar al tenis. Enrique siempre había sido deportista. Desde hacía años solo jugaba al pádel, porque el fútbol y las artes marciales le habían dejado tocadas las rodillas, y todavía las necesitaba para correr detrás de los malos. Padre e hijo lo dieron todo durante los tres sets que disputaron. Julián ganó dos y Enrique uno. Desde que tenía dieciséis años, Enrique solo le había ganado una vez. Después fueron a casa a ducharse y cenaron con Macarena. Aquella noche habían planeado ver una película. Tardaron casi una hora en decidir cuál y los tres se durmieron antes de que acabara. Enrique no habría podido imaginar un Viernes Santo mejor.

El Sábado Santo fueron a comer al mismo restaurante al que habían ido con Veiga. Julián había disfrutado mucho de la anécdota audiovisual de su padre. El hecho de que Enrique participara en el programa de televisión. ¡Y no solo eso! Que además hubiera hecho buenas migas con el presentador ponía sobre la mesa lo solvente, interesante e ingenioso que era. En Madrid, *Morts* no era un programa tan conocido, pero todos sus amigos de Barcelona se habían quedado impresionados cuando les contó que su padre saldría en un episodio hablando de un caso que ayudó a resolver. Comieron como famosos, aunque sin ser tratados como tales, eso sí. Pese a que los camareros fueron amables y serviciales, era evidente que no recordaban que Enrique y Macarena habían acudido allí con Veiga.

Aprovechando el buen tiempo se fueron los tres a pasear por la playa. Julián aseguraba que aquello era lo que más extrañaba en Madrid. Enseguida añadió que en realidad lo que más añoraba era a sus padres, sobre todo al ver la cara de corderito degollado de su madre. Recorrieron el paseo marítimo entre corredores, turistas, parejas y familias. Durante un momento se sentaron los tres en la arena para contemplar y escuchar el mar, y Enrique se sintió en paz. La sensación de haber triunfado en la vida se apoderó de él: había conseguido ser un buen marido y un buen padre, justo lo que siempre había deseado. Él odiaba a su padre más que a nadie en el mundo, y que su hijo pudiese sentir lo mismo por él lo aterraba. Allí, sentados los tres ante la inmensidad del Mediterráneo, cualquier sombra del pasado parecía no solo distante y ajena, sino superada, irreal. Y eso era un alivio.

Por la noche pusieron en peligro esa atmósfera de amor y complicidad con una partida de *Monopoly* que se alargó hasta pasadas las tres de la madrugada. Hubo una trampa: aquella noche a las dos fueron las tres. Macarena ganó, y eso que en la última hora apenas había sido capaz de mantener los ojos abiertos. Se rieron y discutieron como una familia bien avenida. Julián, que iba a salir con sus amigos de Barcelona, se acabó quedando en casa con sus padres.

El Domingo de Resurrección todo volvió a la realidad, al cauce de la rutina. Julián regresaba a Madrid y al día siguiente Macarena y Enrique retomarían la vida sin él. Desayunaron juntos un chocolate con churros que Enrique fue a buscar mientras ellos seguían durmiendo. Después, se quedaron tirados en el sofá viendo reposiciones de un antiguo programa de viajes. Entre risas, los tres iban soltando comentarios hirientes sobre las personas que hablaban ante la cámara. Vieron tres programas enteros, hasta que les pilló la hora de comer.

Comieron «boloñesa de mamá», el plato favorito de Julián, y luego se pusieron a hacer la maleta y a prepararse para ir a la estación. Enrique y Macarena se empeñaron en dejar el coche en el aparcamiento para acompañar a su hijo hasta la puerta de embarque.

Antes de mostrar el código QR al revisor del arco de seguridad, Julián se giró hacia sus padres y les lanzó un beso con la mano. Ellos le decían adiós con los ojos vidriosos. A Julián también se le humedecieron. Pasó el control en muy poco tiempo y se volvió a girar hacia sus padres para despedirse por última vez. Él no lo sabía, pero nunca más volvería a verlos juntos.

22

Enrique llegó a la hora de siempre y se sentó en su silla como si nada. Elisenda era la única en la oficina. Los demás estaban descansando, revisando grabaciones de seguridad o entrevistando a posibles sospechosos en el caso del Asesino de las Monedas. Tenían su cara borrosa en blanco y negro bajo una capucha mientras corría, pero ningún nombre. De la enorme lista de sospechosos que había empezado Enrique cuando todavía ni se sabía con seguridad que investigaban a un asesino en serie, solo dos tenían un rostro que encajaba con el del asesino, y ambos tenían coartada los días de los crímenes. La Guardia Urbana y los Mossos d'Esquadra seguían parando a todas las Aprilia Sportcity que encontraban, aunque fueran conducidas por mujeres. Parecía que habían parado a todas las motos de Barcelona al menos un par de veces. Enrique seguía creyendo que el asesino tenía suerte. No le impresionaba lo que hacía a pesar de haber cometido ya cinco crímenes en la calle, y los dos últimos a plena luz del día. Era alguien sin antecedentes, quizá un extranjero sin papeles que vivía escondido en algún piso de mala muerte mientras esperaba una nueva oportunidad para actuar. Considerar a aquel tipo un maestro del crimen era como considerar un brillante estratega a alguien que gana cinco veces seguidas jugando a la ruleta. Enrique estaba convencido de que tarde o temprano se le acabaría la racha de buena suerte, lo meterían en la cárcel y la gente se olvidaría de él, tal y como había pasado con el Asesino de la Baraja.

El Asesino Amputador era el que le seguía intrigando. En la prensa ya se hablaba de la posibilidad de que fuera una mujer. De que matase a maltratadores no se decía nada. Enrique no sabía si era porque la policía no se lo había tomado en serio o porque los periodistas no querían ensuciar el nombre de las víctimas.

Isaac entró en su despacho con unos ojos rojos que evidenciaban una larga noche a sus espaldas. Se miraron sin saludarse. Desde hacía semanas, solo hablaban cuando era estrictamente necesario. O para gritarse. Dos días antes, Isaac había mostrado su enfado e indignación ante los compañeros por una delirante teoría de la Policía Nacional que consideraba que el Asesino de las Monedas podía formar parte de algún cuerpo policial catalán o incluso de la inteligencia catalana. «Un perro de presa que se les ha ido de las manos», decían. Mientras les contaba esa absurda hipótesis, Isaac había mencionado a Enrique varias veces con sorna, convencido de que él creería que «sus amigos madrileños» tenían razón. Los miembros del grupo reaccionaron con poco entusiasmo; no querían ofender al jefe desoyendo sus chistes y comentarios, pero tampoco alimentar una actitud que consideraban desproporcionada e infantil dentro del equipo. Precisamente los veteranos, Isaac y Enrique, eran los responsables de que durante semanas la atmósfera de trabajo fuera irrespirable. La situación resultaba muy desagradable para todos.

A esas alturas, era tan evidente que el asesino de Barcelona y el de Madrid eran diferentes que la Policía Nacional ya ni compartía información con los Mossos. Sin embargo, los Mossos sí seguían colaborando con ellos. Con cada día que pasaba, la amenaza de un crimen magnicida era más alta. Y que el rey o el presidente del Gobierno corrieran peligro era algo que ponía a todos nerviosos. Por un lado, Isaac tenía motivos para sentirse ninguneado, aquello era innegable, pero también Enrique tenía razón al pensar que su viejo amigo había exagerado y llevado sus teorías conspiranoicas al extremo, pues aún no les habían intentado quitar el caso.

Aprovechando la información que sí habían compartido con ellos desde Madrid, Enrique logró acceder al volcado del móvil de Abelardo García. Hacerlo con el de Jorge Calero era imposible, pero los de las dos primeras víctimas sí eran accesibles. Tenían también los informes de las autopsias e innumerables declaraciones de testigos y amigos, casi todos por parte de Abelardo. Enrique había hecho una lista con todas las mujeres de su entorno que habían declarado ante la policía y después las había tratado de investigar a través de internet para ver si alguna cumplía con el perfil de la asesina. De momento no había encontrado nada relevante, por eso su interés ahora estaba en el volcado del móvil. Aunque los investigadores no habían hallado ninguna información útil en WhatsApp, Gmail, Instagram, Twitter, Facebook o TikTok, Enrique sabía que esas no eran las únicas redes sociales que usaba la víctima. Según la Policía Nacional, Abelardo manejaba tres contraseñas diferentes, todas con la misma base: «Jaimito», «Jaimitos10» y «JaimElmito10?». Su usuario también era casi siempre igual. En Facebook, en WhatsApp y en Gmail usaba su nombre completo, pero en Twitter e Instagram utilizaba @AbelyCía y en TikTok era @Abelkpasa. Con toda esta información, Enrique entró en la web de Wallapop de su ordenador y empezó a probar los diferentes nombres con las contraseñas. Enrique había estado cuatro años en investigaciones tecnológicas y, aunque no era un experto informático, había aprendido lo suficiente como para llevar a cabo ciertas investigaciones.

Tras unos veinte minutos de pruebas, el policía consiguió acceder a la cuenta de Abelardo a través de su correo electrónico y su segunda contraseña. Al entrar, enseguida comprobó que Abelardo tenía más de mil valoraciones en Wallapop. Eso indicaba un uso muy activo de la aplicación, tal y como había comentado Isabel. Enrique revisó rápidamente su historial y vio que había realizado decenas y decenas de compras y ventas en los últimos años: libros, videojuegos, DVD, radios antiguas, consolas… Abelardo compraba y vendía sobre todo aquel tipo de objetos.

Enrique investigó un rato más hasta que encontró el apartado que buscaba. El buzón. Allí, ante sus ojos, se desplegaron cientos de conversaciones privadas que la víctima había tenido en los últimos meses de vida. Desde su muerte había recibido bastantes mensajes de personas que se ofrecían a comprar productos que tenía a la venta. También había respuestas a ofertas que él mismo había hecho antes de acabar muerto en la cama del piso turístico.

El policía se levantó para ir a por una taza de café y escuchó a dos compañeros hablar del macabro asesinato de un matrimonio de ancianos en su casa a las afueras de Barcelona. Ni se planteó preguntar por ello. No quería distracciones, y mucho menos otro caso aterrador y enigmático por investigar. Lo de Abelardo le tenía completamente absorto.

De vuelta al trabajo, Enrique siguió revisando conversaciones y en una que leyó encontró algo importante. En el buzón de Abelardo había horas y horas de intercambio de mensajes con una usuaria que ya no existía y que usaba el nombre de Giuditta. Trató de investigarla, pero como había borrado su cuenta ya no pudo encontrar nada más. Lo bueno es que la conversación sí aparecía allí, intacta.

A Enrique le subió un escalofrío por la espina dorsal y después se le instaló durante varios segundos en el cerebro. Tuvo que agitar la cabeza para que se le pasara. La última conversación entre ellos no solo se había producido el día del asesinato de Abelardo, sino que incluso en ella habían quedado para verse. Como un resorte, Enrique buscó en Google el nombre de la usuaria. Lo primero que encontró fue una operreta. Siguió buscando y entonces apareció *Giuditta e Oloferne*, un cuadro de Caravaggio en el que una mujer corta el cuello a un hombre. Enrique se tuvo que recolocar en su silla, que crujió como siempre. No podía ser más obvio. Tenía delante a la asesina.

Estuvo horas leyendo los mensajes que Giuditta y Abelardo se intercambiaban desde hacía dos años. En los primeros hablaban sobre una radio antigua que ella vendía. Tras regatear durante unos días, acordaron la venta en veinticinco euros. Enrique llegó a fantasear con que ella pusiera allí su dirección, pero no podía tener tanta suerte. El 20 de julio de 2022 quedaron a las siete de la tarde en la Puerta de Toledo. Por desgracia, ella no dio ninguna pista de dónde vivía. Enrique pensó que no podría ser muy lejos de allí. Le ponía nervioso sentir que estaba tan cerca de la asesina. Tenía miles de mensajes suyos en la pantalla del ordenador. Enrique empezó desde el principio y se los leyó todos. Cuando terminó le dolía la cabeza y al otro lado de la ventana ya era de noche.

Tras comprarle la radio, a la mañana siguiente, Abelardo escribió a Giuditta diciéndole que lo había pasado muy bien. Ella le respondió lo mismo. A partir de ahí empezaron a hablar sobre arte, música, pintura, radio, televisión, videojuegos y cómics. Durante tres días se intercambiaron cerca de mil mensajes. Luego volvieron a quedar, otra vez en el mismo sitio. A partir de ahí los mensajes se volvieron sexuales por las dos partes. Ella lo animaba a comunicarse por WhatsApp, pero él le insistía en que lo excitaba hacerlo por Wallapop. Cada vez hablaban menos, pero se notaba que se veían más. La mayoría de los mensajes ya solo eran para decirse lo bien que lo habían pasado, las ganas de repetir que tenían y establecer hora y sitio para verse. Lamentablemente para Enrique, aunque siempre se veían en casa de ella, jamás puso la dirección. Solo le decía que fuera a su casa a tal hora. Por los horarios laborales y las quejas que hacía sobre su trabajo, Enrique interpretó que Giuditta podía ser camarera, como Sandra. Sospechoso.

A medida que siguió avanzando en la conversación encontró una fase en la que los mensajes explícitos dieron paso a otros más románticos. En un periodo de dos semanas, los mensajes subidos de tono desaparecieron casi por completo, y ahora eran ya declaraciones de amor. «Te amo más que a mi vida», «¿Cómo he podido estar cuarenta y tres años sin esa sonrisa, sin esa boquita, sin esa lengüita?» o «Verte ahora mismo es más importante que el comer, que el beber, sin ti estoy en un desierto» eran constantes. Ese tipo de mensajes se sucedían de un lado a otro. Luego llegaron los perdones de él, las disculpas con frases muy exageradas. Giuditta había tardado un mes en descubrir que el amor de su vida estaba casado y tenía dos hijos. Esta se mantuvo firme durante unos días hasta que llegaron las promesas de dejarlo todo por ella. Ahí volvieron a establecer una hora y un lugar, y entonces entraron en una larga fase, de más de un año, en la que hablaban poco. Se decían algún comentario subido de tono, se hacían alguna declaración de amor y, por encima de todo, quedaban para verse. A los seis meses, se notaba que ella era a menudo más insistente y él más cauto. Le daba algunas largas de vez en cuando. Hasta que a finales de 2023 aparecieron discusiones. Y de nuevo otra vez disculpas de Abelardo. «Perdí el control», «Sabes que odio discutir», «Yo no te haría daño», «Sabes que sin ti no puedo vivir, no puedes hacerme esto», «¿Por qué me castigas de esta manera? Yo no me lo merezco». En febrero de 2024 volvieron las guarradas y las declaraciones de amor y las horas y lugares de encuentro hasta que la conversación se acabó para siempre el 1 de marzo.

Enrique notaba que tenía los ojos como si se hubiera pasado una noche de fiesta con Isaac. Llevaba todo el día con la vista pegada a la pantalla. No podía asegurar que Giuditta fuera la asesina, pero era muy probable. Como mínimo, una amiga suya había matado a Abelardo. Ana estaba descartada como asesina, eso era algo que ya sabía. Isabel estaba descartada como identidad real de Giuditta, pero no como asesina, pues podría haber descubierto que su marido tenía una amante y perpetrar su venganza, pese a que parecía poco probable. Luego estaba Sandra. A Enrique no le había parecido una psicópata, o una persona capaz de matar; sin embargo, su perfil encajaba con la manera de hablar de Giuditta.

Allí solo, en su mesa, el policía disfrutó un instante del silencio y de la tranquilidad de la comisaría. Antes de apagar el ordenador vio que eran las 1:42 horas. Había comido un bocadillo y se había olvidado de cenar. Así de impactado estaba. En siete horas volvería a sentarse en aquella silla e iniciaría los trámites para que Wallapop compartiera la información de perfil de la persona detrás del usuario Giuditta. En cuanto eso pasase, estaba seguro de que obtendría el nombre de la asesina.

23

Lo primero que vio Enrique fueron los zapatos. Estrechos, con varios centímetros de tacón. Negros. Allí tirados en la acera. Con salpicaduras de sangre. La manta que habían puesto sobre el cuerpo solo lo tapaba hasta los tobillos. Ese momento lo recordaría durante el resto de su vida y, sin embargo, lo recordaría mal. Lo primero que pensó era que le resultaban familiares. Nada más.

Como cada mañana, Enrique conducía hacia la comisaría cuando le avisaron de que se había producido un nuevo asesinato. Otra mujer disparada en la calle y una moneda a sus pies. Junto a sus zapatos. En este caso, una de cincuenta céntimos. No era lejos de la comisaría, así que Enrique tomó la avenida del Paral·lel hacia abajo y después dejó el coche donde pudo. Conocía bien la zona porque estaba cerca de la clínica veterinaria en la que trabajaba su mujer. Acababan de desayunar juntos, pero aun así podría pasar a saludarla.

Lo segundo que vio Enrique fue a Begoña. Tenía la cara pálida y desencajada. Estaba detrás de la cinta policial roja, blanca y azul que protegía el trozo de acera en el que se encontraba el cuerpo.

Lo tercero que vio Enrique fue a Albert y a Elisenda, que se le acercaron con naturalidad. Cualquier miedo profundo e inconsciente se disipó en ese momento porque lo saludaron como a un compañero, no como a una víctima. Le explicaron que había dos testigos: unos drogadictos que decían que habían visto a un hombre que parecía mayor disparar a la mujer y luego dejar una moneda antes de huir. Según los testigos, llevaba una cazadora de plumas negra y la capucha puesta, y le había dicho algo a la víctima y ella se había acercado al asesino con gentileza. También mencionaron que la pistola tenía una red colocada en el tambor. Los vecinos que llamaron a emergencias habían escuchado el disparo y luego habían visto a la mujer herida en el suelo.

Lo cuarto que vio Enrique fue la moneda de cincuenta céntimos. Esta ya era grande. Estaba tirada a escasos centímetros de los zapatos con la parte del mapa de Europa fragmentado hacia arriba. Era una moneda sucia, muy usada. El número cincuenta nunca le pareció tan grande.

Lo último que vio Enrique fue parte del rostro de su mujer bajo aquella manta. La cara más bonita que había visto nunca se había convertido en una masa de carne desfigurada. Una bala le había atravesado la cabeza entrando por el entrecejo y había destrozado todo a su paso.

Cuando volvió a abrir los ojos estaba en la habitación de un hospital, con una bolsa conectada a la muñeca izquierda mediante una vía. Solo le habían quitado el calzado, el resto de la ropa seguía más o menos en su sitio. Estaba acostado encima de las sábanas de la cama. Tardó cinco segundos en volver al infierno. Durante esos cinco segundos siguió siendo un hombre feliz con una vida perfecta, una mujer que lo amaba y un hijo sano y responsable. Al sexto segundo, volvió a levantar la manta y así quedó expuesta toda la mierda que había debajo. Estaba atontado, anestesiado, y sus pensamientos iban lentos, como si hubiera empezado a escuchar una nota de voz al doble de velocidad y la hubiese acabado a velocidad normal.

Su mente le traía extractos de los odiosos zapatos, de Begoña, del cordón policial, de la moneda, de los odiosos zapatos otra vez, de Albert y Elisenda. Del silencio en la calle. Del ruido de las sirenas de las ambulancias y de la policía.

Se acababa de despertar en una cama, así que aquello todavía podía ser un sueño. Enrique intentó recordar si le tenían que operar de algo. «Quizá me han disparado persiguiendo al asesino. Eso es. Me han disparado y por eso estoy aquí. Seguramente Macarena está fuera esperando hecha un manojo de nervios. Puede que hasta el pobre Julián esté de camino. Alguien me ha disparado. Debí de acercarme demasiado al asesino».

Enrique se palpó la ropa en busca de sangre y el cuerpo en busca de heridas. «Nada. Habré tenido un accidente de coche yendo al trabajo. Un golpe tonto. Quizá sufrí un pequeño infarto y por eso choqué. Últimamente estoy muy nervioso con el puto Asesino de las Monedas y con el puto Isaac», reconoció para sus adentros. «Claro, eso es lo que me ha pasado. Y me han dado sedantes y he tenido pesadillas. He soñado que el asesino mataba a mi mujer porque son las dos cosas en las que estaba pensando antes del accidente. Mi cerebro ha unido los dos conceptos en una macabra imagen. Por suerte ya me encuentro mejor y me puedo ir a casa. Sí —se dijo—, hoy me tomaré la mañana libre y le haré una carbonara a Macarena. Luego nos echaremos la siesta juntos y la llevaré en coche al trabajo. Me vendrá bien ver esa plaza sin su cadáver, sin sangre y sin policías. ¿Por qué el asesino iba a matarla? Macarena es una trabajadora con una carrera universitaria, exactamente igual que la víctima de los veinte céntimos. ¿Cómo se llamaba la profesora? Bueno, ahora no me viene. Lo tengo en la punta de la lengua…».

La puerta se abrió e interrumpió los pensamientos de Enrique. Isaac se acercó sin dejar de mirarlo. En sus ojos volvía a haber amistad. Cariño. Respeto. Amor. Remordimientos.

Y también terror. Le acarició la cabeza con una suavidad y con un mimo que descolocaron a Enrique. Aquello no pintaba bien. ¿Seguiría soñando?

—¿Cómo estás?

Enrique intentó incorporar levemente la cabeza y no fue capaz. Tampoco pudo responder. Todo le daba vueltas. Tenía ganas de vomitar.

—¿Qué me han dado? —preguntó con un hilo de voz.

—No lo sé. Yo acabo de llegar.

Enrique sonrió a su amigo. Sintió una profunda ternura por él. Eran amigos desde hacía tanto tiempo. Habían pasado tantas cosas juntos. Lo había conocido con una melena roquera y ahora era un calvo con gafas más parecido a un profesor de secundaria que a un policía.

—No te tienes que preocupar por nada —le dijo Isaac agarrándolo de la mano—. Soy tu jefe, pero también tu mejor amigo, no lo olvides nunca. Estoy contigo. Todos lo estamos. No te va a faltar de nada, ¿me oyes?

Las manos unidas se empezaron a llenar de lágrimas. Caían a borbotones de los ojos de Isaac.

Enrique miró las lágrimas y la imagen de la sangre en los zapatos de Macarena volvió a aparecer en su mente. Se acercaba el momento de que el recuerdo imaginado sustituiría al real. Al igual que pensaba que le había pedido un zumo de piña la primera vez que la vio, a partir de ese instante pensaría que, en cuanto vio los zapatos en la acera, supo que su mujer había sido asesinada.

—¿Qué hora es? —preguntó Enrique tratando de incorporarse como si tuviera que ponerse en marcha, con muchas cosas que hacer. Isaac se lo impidió.

—Las once y media.

—¿Dónde está mi mujer?

Los ojos de Isaac volvieron a temblar. Era un llanto silencioso. Los músculos de su cara estaban rígidos como una piedra.

—Está aquí, en el hospital.

—¿La han matado, Isaac?

La respuesta de su mejor amigo fue más silencio y más tensión. Macarena había estado en su boda. En los cumpleaños de sus hijos. En innumerables cenas y eventos.

—¡¿La han matado?! —aulló Enrique con lágrimas también en los ojos y las mejillas, balbuceando—. A mi Macarena… Ella no… Isaac, ella no…

Isaac le apretó muy fuerte la mano derecha y habló con gravedad:

—Te juro que ese hijo de puta se va a pasar el resto de la vida en la cárcel. Te lo juro por mis hijos, Enrique.

—Quiero verla.

La primera reacción de Isaac fue de rechazo, pero solo duró un instante. Después le pareció de lo más sensato.

—Déjame que hable con los médicos —le pidió.

Una médica forense con mascarilla y gafas empañadas acompañó a Enrique hasta la camilla. El policía no pudo acercarse a menos de tres metros. En cuanto atisbó las facciones de Macarena, dio la vuelta y se marchó.

A esas horas, ya estaba fuera del caso. Le tramitarían una baja. Macarena había sido asesinada a las nueve de la mañana cuando se dirigía a la clínica veterinaria en la que trabajaba. Llevaba en la mano un libro todavía a la mitad. Alguien le llamó la atención y, al acercarse, el individuo le asestó un tiro en la frente, lo que acabó con su vida en el acto. Una compañera de trabajo de la víctima en estado de shock no paraba de repetir a los agentes uniformados que era la mujer de un policía. Hasta que él no llegó no descubrieron que decía la verdad. El caso ya contaba con más medios que ningún otro, pero, al saberse que la víctima era la mujer de uno de los agentes que lo investigaban, la investigación subió de nivel, tanto material como emocionalmente. Aquello había sido un ataque directo al cuerpo de policías encargado de meter al asesino entre rejas.

Era una burla y también una provocación. Una señal. Él iba ganando.

El asesino había pasado de una profesora a una veterinaria. En principio, eran perfiles parecidos, pero llegaron a la conclusión de que la diferencia entre ambas víctimas estribaba en el contexto, en el entorno familiar. La víctima de la moneda de cincuenta céntimos era la mujer de un policía. El asesino se había marcado un tanto. Había demostrado que era incluso más de lo que parecía. Su documental de Netflix ganaría un par de millones de espectadores más. Acababa de dar un importante golpe en la mesa. Y todavía estaba en los céntimos.

Enrique se negó a seguir en el hospital. También se negó a avisar a su suegro, a su cuñada o a su hijo. No quería saber nada de aquello. Lo único que quería era ir a comisaría y ponerse a buscar en las cámaras de seguridad de la zona hasta descubrir de una vez por todas la identidad de aquel malnacido. Primero, se lo prohibieron sus compañeros. Después, sus superiores. Le decían que se fuese a casa, que tratase de descansar. Que hablase con sus familiares antes de que saliera algo en la prensa, pero Enrique solo podía pensar en que tendría que volver allí a recoger su coche.

Se sentía dolorosamente culpable. Si hubiese sido mejor policía. Si no se hubiese distraído con el caso de Madrid. Si la hubiese llevado él mismo al trabajo. Si le hubiese insistido en que se pusiera el cinturón. Si lo hubiesen destinado a Barcelona y no a Sabadell. Si hubiese alcanzado a Alfonso Urrutia…

Isaac lo llevó a casa y se encargó él mismo de ir a hablar con el padre y la hermana de Macarena. Lo de Julián era diferente. Eso tenía que hacerlo Enrique, y rápido.

Enrique vagó por su casa vacía. Le pareció enorme, desangelada, distinta. Había crecido en ella y sentía que era la primera vez que la pisaba. Fue al baño a lavarse la cara y recordó a Travi tosiendo sangre. Luego a su padre gritando. A su hermana asustada. A su madre saliendo por la puerta a paso rápido para evitar que sus hijos la vieran llorar. Presa de un impulso, Enrique cogió el móvil y llamó a su hijo. No hubo respuesta. No supo si sentirse aliviado o preocupado.

Le habían recetado una infinidad de pastillas. Daba igual. No pensaba tomarse ninguna. Las paredes parecían apretarse a su alrededor, como triángulos sobre su cabeza. El techo iba a desplomarse en cualquier momento. Así que salió a la calle y se puso a caminar bajo el sol. No tenía ni idea de qué hora era. Oía rugir sus tripas a cada paso y al mismo tiempo se sentía como si se hubiera comido un cochinillo entero. No se dio cuenta de a dónde se dirigía hasta que pasó una hora. Se metió las manos en los bolsillos y comprobó que tenía el móvil y las llaves de casa y del coche. Le sonaba que había dejado el coche mal aparcado frente a un teatro. O quizá era una discoteca. Aquello tampoco le importaba demasiado. Estaba yendo allí a buscarlo. O tal vez a la escena del crimen. La avenida del Paral·lel estaba atestada, tanto en la acera como en la carretera y el carril bici. Los adolescentes caminaban rápido en grupo y los turistas ralentizaban la circulación buscando sitios en los que comer o la estación de metro. Enrique pasaba por medio de todo aquello como un muerto viviente.

Tuvo la absurda idea de mirar en el móvil si Macarena le había escrito algún mensaje. Hay costumbres que tardan toda una vida en desaparecer. Su WhatsApp tenía más de cien conversaciones sin leer. Ninguna de ellas de su esposa. Entró en el chat que compartía con ella y leyó el último cruce de mensajes. «Amor, perdona, voy ahora para casa», había escrito él poco antes de las dos de la madrugada respondiendo a un par de mensajes de ella. «Genial, igual me pillas despierta», y después varios emojis de besos y corazones.

Al salir de la aplicación, Enrique se fijó en que tenía varias llamadas perdidas de su hijo. Con el móvil en el bolsillo no las había escuchado. Esperó a encontrar el coche y me-

terse dentro para poder devolverle la llamada. A la plaza ni
se acercó.

—Julián, quiero que me escuches bien —empezó con voz
firme, como si no estuviera hecho pedazos por dentro—. Nos
ha pasado algo horrible, ¿vale? Nuestra vida ya no volverá a
ser la misma. Tu madre ha muerto. El asesino que estoy investigando la ha matado. Es una mierda. Es muy injusto. Pero ha
pasado. Somos una familia, tenemos que estar juntos. Tienes
que venir a casa a despedirte de ella. No ha sufrido, ¿eh? Ha
sido rápido. Se ha ido sin dolor. Hay que pensar eso.

El silencio al otro lado del teléfono duró tanto que Enrique
miró la pantalla de su móvil por si se había cortado.

—¿Qué? —respondió Julián al final.

—Lo siento mucho, hijo. Compra un billete con nuestra
tarjeta y ven a casa.

—¿Cómo que mamá ha muerto?

—Ven a casa, Julián. Tienes que despedirte de ella.

Julián hizo algunas preguntas más, pero Enrique solo repetía lo mismo: que viniera a casa a despedirse. De ella, de la
familia que habían sido, de todo. Hasta que no colgó el teléfono no cayó en que él también tenía que decir adiós. Es más
fácil consolar que ser consolado.

24

Venía un murmullo del pasillo acompañado de risas puntuales. En la sala, el silencio era más respetuoso. Enrique no sabía quiénes habían venido. De los últimos días no se había enterado demasiado. Estaba sentado en una dura silla de madera mirando al cristal que había delante de Macarena como si fuera la televisión. Un programa terrorífico en el que no pasaba nada. El amor de su vida, la mujer que más había amado, estaba tumbada bocarriba en el interior de un ataúd blanco precioso, si es que tal cosa podía existir. Le habían puesto el vestido verde con el que unos años antes habían paseado una noche por Milán. Fugazmente, en su interior, Enrique se preguntó si ya tenía la ropa con la que lo enterrarían.

La habían maquillado mucho, sobre todo la cara. La piel de Macarena presentaba un tono anaranjado. Aquel era el precio por poder mantener el féretro abierto. Quien no supiera qué le había sucedido pasaría por alto la pequeña cicatriz que ahora tenía en el entrecejo, aunque todos los presentes sabían perfectamente cómo había fallecido. Ellos y millones de españoles.

Detrás de Enrique se oía un llanto ahogado. Si se hubiera girado, habría visto que era la hermana de Macarena. Julián y él habían convivido unos días como fantasmas. No se hablaban. Apenas se veían. Cada uno comía y dormía a una hora diferente. Eran como dos personas viviendo solas en la misma casa. Afortunadamente, la hermana de Macarena se había encargado de la mayoría de los trámites. Enrique no tenía fuerzas. El simple hecho de levantarse de la cama le exigía un esfuerzo inimaginable. Nunca pensó que algo que hacía todos los días pudiese ser tan complicado. Incluso llegó a plantearse no asistir a la incineración.

Llevaba, probablemente, dos horas mirando el cadáver de su mujer. Pese a la violencia que había recibido en el momento de su muerte, tenía los ojos cerrados y un gesto de paz en el rostro, como si se estuviese echando una siesta, eso sí, muy arreglada. «Una siesta antes de la ópera», pensó Enrique. Igual al cielo solo se entraba de etiqueta. Ese tipo de pensamientos intrusivos rondaban su cabeza a una velocidad frenética. Y cada vez llegaban más. Se le ocurrían todo tipo de tonterías, y no podía hacer nada para detenerlas. Para algunas cosas su cerebro parecía apagado, pero para otras trabajaba a más revoluciones por minuto que nunca.

Severiano le ofreció un botellín de agua de una marca que nunca había visto y le preguntó si tenía hambre. Por lo visto, había catering. Enrique ni respondió, se limitó a observar las salvajes canas que brotaban de la morena barba de su amigo de la infancia. Gracias a él, o quizá por su culpa, se había hecho policía. Cuatro amigos: dos policías y dos delincuentes, dos buenos y dos malos. Por supuesto, Andrés y Joan no aparecieron por allí. No sabía si seguían vivos o no. Enrique aceptó el agua y siguió clavando sus ojos en el cuerpo de su mujer. Aunque por su trabajo había visto decenas o incluso cientos de cadáveres, aquello era diferente. No solo veía a una mujer en aquel féretro, no solo velaba a Macarena. En ese ataúd yacía su amor, y no volvería a amar a nadie. En eso sería igual que su suegro. En eso no había duda.

Cuando se quiso dar cuenta, ya estaba solo en la sala porque se iban a llevar el cuerpo. Por lo visto, todos los demás, incluido Julián, ya se habían despedido. «Tienes que cuidar mucho a tu padre», oyó que alguien le decía a su hijo en el pasillo. Enrique apoyó la mano en el cristal para despedirse y por un instante se sintió como el protagonista de una película. Aquello le dio asco. Le pareció falso. Pero ¿cómo le dices adiós a alguien muerto? Todo lo que hiciera allí dentro era para sí mismo, porque en realidad Macarena había dejado de existir hacía ya más de cuatro días. Qué maleducado el tiempo, pasando como siempre, como si nada, pensó. Sintió que se veía a sí mismo desde fuera y no estaba dispuesto a improvisar ningún tipo de teatro. Echó un último vistazo a la mujer más preciosa que había conocido nunca, le lanzó un sincero beso como si estuviese a punto de subirse a un tren y se marchó de la sala.

Sobre el parqué del pasillo se sintió como si fuera una estrella. Todos hacían cola para abrazarlo. Reconoció a Ismael, el compañero ya jubilado que le había vendido la casa de Porquerisses. En sus brazos sintió impaciencia por irse de allí cuanto antes. Lo único que quería era volver a encerrarse en aquella cabaña rodeada de árboles y silencio. Veiga también lo abrazó y le dio sus condolencias.

—Era una mujer que tenía luz, justo lo hablamos al volver de la cena. Iluminaba. Lo siento mucho. Tienes mi número para lo que necesites. Aunque te iré escribiendo para organizar una cena, para que vengas cuando te sientas preparado.

Enrique agradeció sin escuchar mucho lo que le decía y su cabeza pasó a otro hombro. Este era el de Xavier, o quizá de Albert. Al menos con tantos policías nadie se atrevería a robar el cuerpo, bromeó una absurda voz en su cabeza. Sus neuronas daban la impresión de no estar bien conectadas. Alguien olía a sudor, y le costaba dejar de pensar en eso. Ya le había pasado antes con la lejía. Y, justo después, con el aliento mentolado de Samuel. Podría haber jurado que algún bromista les había subido el volumen a todos los olores desagradables. Desde hacía días sentía la realidad de manera diferente. En cierto modo era como estar dentro de otra persona. Como en esas comedias en las que dos personajes se intercambian de cuerpo.

Enrique fue abrazado por Isaac. Su jefe estuvo casi un minuto diciéndole algo al oído. En todo ese rato, Enrique no pudo dejar de mirar cómo su mujer esperaba para abrazarlo y fue consciente de lo ridículo que puede ser el comportamiento humano. Hacer cola para mostrar afecto. Lo más curioso es que ese afecto le reconfortaba. No caía en saco roto. La mujer de Isaac le dio un beso en la mejilla y le dijo algo con su acento andaluz, catalanizado. A su lado, otra interminable fila se formaba, con Julián al final.

El último en darle el pésame fue un tipo que le sonaba, quizá de jugar al fútbol o al pádel, aunque por la calle no lo habría reconocido. Con todas esas voces dándole ánimos y diciéndole lo injusto que era aquello todavía retumbando en los oídos, Enrique cerró la puerta del baño y se sentó en el inodoro. Así, en ese instante, volvió a ansiar estar en la casa de Porquerisses. Fantaseó con hacer un trayecto en coche hasta allí con mucha lluvia y viento. Con hostilidad fuera y calma dentro.

En un interrogatorio no habría sabido decir dónde estuvo hasta que tomó consciencia de que se encontraba en el funeral de su mujer. A su lado, Julián iba coleccionando pañuelos mojados. Una amiga o prima de Macarena estaba leyendo un discurso entre sollozos y sonrisas contenidas. Entonces Enrique se acordó vagamente de la sensación de odio que le habían despertado los dos trabajadores de la funeraria al llevar el ataúd, ahora ya cerrado, a la sala. Sus gestos le habían parecido tan impostados y exagerados que tuvo ganas de partirles las piernas. Luego se le olvidó. Tenía otras cosas en las que pensar. Como, por ejemplo, que ese era el segundo funeral en el que la protagonista era su mujer. Con treinta años de diferencia uno del otro. Eso era lo que había durado su segunda vida. Ahora empezaba la tercera, la menos ilusionante. Le emocionó ver algunas caras que estaban allí, envejecidas, tres décadas después. «Seguro que alguno de ellos está haciendo bromas sobre el tema a mis espaldas —pensó—. Ya me gustaría verlos a ellos aquí sentados». El policía pasaba del amor al odio en lo que dura un suspiro.

Enrique miró hacia un lado y comprobó que Julián no estaba. Se encontraba en el estrado, tras un micrófono, dedicándole unas emocionadas palabras a su madre. A Enrique le habría encantado poder escucharlas, pero solo las oyó de lejos. Él había rechazado la oferta de subir allí a decir nada.

«¿Por qué? Pero si puedes usar el mismo discurso de hace treinta años, simplemente cambia "Beatriz" por "Macarena"», rumió una de esas voces que habían secuestrado su mente y lo arrastraban hacia parajes oscuros.

Un fuerte aplauso devolvió a Enrique a la realidad. Parecía que ya había terminado la ceremonia. Los dos trabajadores se llevaban el ataúd, otra vez con esos exagerados gestos de pena y respeto. En esta ocasión a Enrique le dieron igual. Macarena estaba a punto de convertirse en cenizas. Ni había pensado en qué hacer con ellas, como para preocuparse de cómo se comportaban aquellos dos chavales.

Era un soleado día de abril. El cielo estaba tan azul que hasta inquietaba la ausencia de nubes. Alrededor del tanatorio, en un césped muy bien cuidado que olía a hierba recién cortada, habría unos trescientos asistentes a la ceremonia. Había ido hasta el alcalde. También otros políticos. Un asesino en serie había matado a la mujer de un policía. El caso ya nunca perdería el interés del público ni pasaría a un segundo o tercer plano nunca más.

Ya fuera el asesino un depravado e inteligente calculador o el afortunadoególatra que Enrique había imaginado desde el principio, su historia, el relato de sus terribles actos, pasaría a la posteridad. Desde hacía días los informativos y las tertulias se abrían y cerraban con eso. Seis muertes en Barcelona y seis monedas. Y aún quedaban dos monedas y siete billetes. Entre muchas otras cosas, Enrique pensaba que lo lógico era que lo hubiese matado a él. Elegir a un policía tenía más sentido que a una veterinaria para llevarse la macabra propina de los cincuenta céntimos.

Jacinta se le enganchó del brazo y le impregnó de olor a tabaco. Tenía los dientes amarillos y la voz ronca. Había venido desde Galicia con su mujer a mostrarle su apoyo. Llevaba tanto tiempo allí que se le había pegado el acento. El fraternal abrazo desató un llanto salvaje en el policía. Su pecho se movía como si estuviese sufriendo sacudidas eléctricas. Aquella señora de cincuenta años con pelo corto y ropa masculina era la mujer que más quería ahora en este mundo. Lo único que le quedaba, junto con Julián. Durante años la había odiado y despreciado por alejarse de la familia, por huir a una comunidad tan lejana, por cambiar. Y esa culpa seguía dentro de él como un cáncer. Al volver Enrique de la mili, halló a su hermana Jacinta convertida en una adolescente introvertida y desagradable. Su actitud no ayudaba a apaciguar el ambiente ya de por sí tenso y violento de su casa. Poco después, ella se fue a Madrid y no volvió hasta que Beatriz tuvo el accidente. Y luego se marchó a un par de ciudades más hasta asentarse en Santiago de Compostela. No venía de visita, no llamaba por teléfono. Era como si ya no fuera miembro de la familia. Y eso a Enrique le enfureció durante mucho tiempo. Las pocas veces que hablaba con ella era para echarle en cara su comportamiento y lanzarle pullas. Hasta a sus espaldas, en alguna ocasión, se había metido con su sexualidad. Bromeaba sobre su apariencia cada vez menos femenina con Isaac y con otros compañeros habituales de las mesas con copas vacías.

De 1989 a 2019 —otra vez treinta años—, la relación con su hermana fue así. Hasta que en el mismo césped del tanatorio en el que ahora se abrazaban, Jacinta lo apartó de todos los asistentes al funeral de su madre y le confesó algo que llevaba dentro desde que era niña. Su hermana le pidió perdón por haberse alejado tanto, por haber desaparecido. Le aseguró que lo quería muchísimo, que había sido un hermano estupendo, pero que simplemente no podía estar ni con él ni con su madre. Jacinta necesitaba que la madre de ambos ya no estuviera para confesarle la verdad. Durante su larga ausencia no estuvo haciendo otra cosa que protegerla. Jacinta no quería que ella se enterase jamás de lo que su padre le había hecho.

—Papá me violó el día después de tener mi primera regla —le dijo Jacinta a Enrique a las puertas del tanatorio en que ahora mismo se encontraba.

Enrique siempre había sido el guardián y protector de su hermana. En el colegio las burlas cesaban cuando alguien decía que era la hermana pequeña de Quique Moreno. En la calle, si se encontraba con algún problema, solo debía avisar a su hermano y este respondía por ella. Por eso, Enrique nunca se pudo perdonar el haberla desatendido en casa. Su padre estaba enfermo, tenía una enfermedad mental sin diagnosticar y su comportamiento era errático y violento. Todos sufrían eso. Pero a Enrique jamás se le pasó por la cabeza que, cuando su hermana se convirtiese en mujer, su padre hiciera eso.

—Solo fueron unas cinco o seis veces —insistió ella al ver el gesto de espanto de Enrique, como disculpando o justificando que no se hubiera dado cuenta.

Aquello se lo decía una mujer mayor, hecha a sí misma, con su vida construida a más de mil kilómetros de distancia, con sus cientos de horas de terapia, sus pesadillas, su culpa, su incomprensión. Enrique había dado por perdida a su hermana adolescente y no la recuperó hasta que ella ya era una persona completamente diferente. Toda una adulta.

Vivir con todo eso no era fácil. Desde entonces, Enrique se sentía culpable cada día de su vida por haber abandonado a su hermana, por no haberla protegido. Ella no fue al funeral de su padre y él la criticó por ello. La trataba de loca. Años más tarde pensó que simplemente era lesbiana. Por eso se comportaba de manera extraña, claro. Se visualizó a sí mismo despidiendo a su padre ahora que sabía lo que le había hecho a su hermana y los vasos sanguíneos de su rostro se le llenaron de sangre a rebosar. Su temperatura corporal subió varios grados. Tenía que haberlo matado, tal y como seguramente él había hecho con Travi. Tenía que haber matado a su padre en cuanto rompió el primer vaso contra la pared. Aunque fuese un niño. Le podía haber clavado un cuchillo en el cuello mientras dormía. La vida de todos habría sido mucho mejor.

Enrique y Jacinta se separaron entre besos y volvieron las otras condolencias por Macarena, los apoyos y las promesas de verse pronto. Isaac le volvió a jurar que el responsable pasaría el resto de su vida encerrado. Veiga le repitió lo de cenar cuando se sintiese preparado. Le hizo hincapié en que irían ellos dos solos.

Como si todo aquello hubiera sido un sueño o algo que había pasado hacía muchos años, Enrique cogió su coche y emprendió el camino de vuelta a casa con Julián. Ninguno decía nada. Solo se escuchaba el amortiguado ronroneo del motor. Fuera el cielo seguía despejado. Las carreteras estaban desiertas. Aquel día la tranquilidad estaba fuera y la tormenta dentro.

—Esta noche me iré a Porquerisses —dijo Enrique después de varios minutos. Se acababa de parar ante un semáforo en rojo—. No sé cuánto tiempo voy a estar allí.

—Podemos ir los dos.

—No. Tú vuelve a Madrid, sigue con tu vida, trata de distraerte.

—Papá, acaba de ser el funeral.

—Vuelve a Madrid, Julián —repitió Enrique ahora con un tono de impaciencia y rabia contenida.

—Tenemos que estar juntos.

—Yo necesito estar solo —dijo antes de que el silencio se instalara en el coche para no irse nunca.

25

El zumbido de un mosquito vibró cerca de su oído. Apartó al insecto con la mano y observó cómo una decena de ellos sobrevolaban el mismo punto de la cocina y daban vueltas en círculo. El suelo estaba cubierto de papeles; en algunos había huellas en las que el barro seco marcaba las líneas ordenadas de la suela de sus zapatillas. Más que una casa, aquello parecía un refugio, con paredes de piedra gruesa y techos de madera oscura. Enrique estaba sentado en una vieja mesa de roble, a medio camino entre una vieja cocina y un viejo sofá, frente a una tele y una chimenea. Todo lo que le sobraba en su piso de Barcelona lo llevaba a Porquerisses. La tristeza, la rabia y la desesperación, también.

La mesa estaba llena de vasos y tazas sucios. Además, había muchos papeles. El policía había imprimido todos los informes que tenía sobre el caso del Asesino de las Monedas, los había metido en el coche y los había descargado en la planta baja de la casa. En la de arriba solo había una habitación y un baño. Como tenía que subir escaleras, la mayoría de las veces meaba fuera, sobre las malas hierbas. Así las mataba.

Miraba la pantalla de su portátil tan de cerca que, si esta fuera táctil, pasaría las páginas con la nariz. También se había comprado una pizarra blanca donde iba escribiendo palabras clave y direcciones. En un mapa del metro de Barcelona había marcado los lugares exactos en los que se habían cometido los seis asesinatos. De pronto, Macarena se había convertido, de alguna forma, en una burocracia más. Un nombre y un número. Su idea era establecer, a través de la cronología y los lugares de los crímenes, las posibles zonas de residencia del asesino. Y después buscar entre todos los atestados policiales a los conductores de Aprilia Sportcity que vivían en ellas. Enrique estaba convencido de que el asesino estaba allí, con él, dentro de aquella casa, que su nombre estaba impreso en uno de esos miles de papeles que había sobre la mesa, el suelo, el sofá o el coche. Tenía prisa, pero también tiempo. Iba a encontrar a ese asesino porque ya no le quedaba nada más que hacer. Toda su vida se había reducido a un propósito, una meta, un trabajo.

En el fregadero de metal, además de óxido, se acumulaban los platos sucios y las cajas de pizza congelada. Su dieta se basaba en eso y en latas de lentejas y de fabada asturiana. Para tirar la basura debía caminar unos tres minutos, así que, cuando las bolsas de plástico se llenaban, dejaba todo en el fregadero. El desorden llama al desorden.

En la cabaña guardaba juegos de mesa y puzles, pero Enrique no les prestaba la más mínima atención. El único puzle interesante lo tenía delante: en algún punto de aquel mapa de Barcelona se escondía el verdugo de su mujer.

Era curioso cómo había cambiado su relación con la cabaña. Todo el tiempo pasado allí durante sus años sabáticos había convertido aquel enclave en un espacio seguro, en una especie de oasis o paraíso privado. Ahora todo era diferente. El asesino había extendido sus manos, cuales tentáculos, e impregnado las paredes de la cabaña con su estigma. Para Enrique, aquello no distaba de una celda. Pero le daba igual. La primera vez que había estado allí había sido tras el entierro de Beatriz. Treinta años después le costaba recordar qué había hecho durante esos días. Creía haber llorado mucho y también embobarse con la madera ardiendo en el interior de la chimenea. Daba largos paseos que disfrutaba más antes y después de hacerlo. Mientras caminaba entre los árboles, sorteando los charcos de los caminos, solía tener ganas de volver a tumbarse en el sofá ennegrecido por la chimenea.

Al volver a Sabadell, donde duraría ya muy poco, solo dos años, notó que estar en Porquerisses le había sentado bien. Pensar en sus días allí lo calmaba. Recordaba sus paseos con un cariño casi terapéutico. Lentamente, fue saliendo del pozo; entró en Homicidios, se volvió a enamorar, más que nunca, y se casó de nuevo, se hizo inspector, tuvo su primer hijo. Y todo eso ocurrió con el recuerdo latente de Porquerisses.

Casi diez años después de pasar su primera semana allí, Enrique se tomó su primer año sabático. Apenas veía a su hijo pequeño. Macarena acababa de sufrir un aborto y le habían dicho que era improbable que pudiera volver a quedarse embarazada. Y mientras tanto él estaba absorbido por el trabajo, así que, cuando entendió que su matrimonio estaba en peligro, decidió parar. Pidió una excedencia de un año y se dedicó a ser padre y marido a tiempo completo. Gracias a esa decisión pudo disfrutar de muchas primeras veces de su hijo. Su primera palabra, su primera carrera por el pasillo, su primer corte de pelo… Mientras Macarena trabajaba por las mañanas, Enrique paseaba con Julián por parques y playas valorando cada segundo que estaba con él.

A Porquerisses regresó cuando Julián ya tenía nueve años e iba al colegio. Le salió la oportunidad de comprar la casa a buen precio —el policía que se la había prestado antes, Ismael, se iba a jubilar y quería liquidez— y no la desperdició. En su segundo año sabático aprendió a conocer mejor el bosque y a disfrutar más de la soledad. Estar él solo allí, sin tener nada que hacer, le dio una paz en la que se refugiaba en los peores días de los años posteriores. A partir de entonces, cada año sabático —se tomó dos más— los pasaba casi enteros en Porquerisses. A veces, por supuesto, volvía al piso de Barcelona y estaba unos días con Macarena y Julián, pero también pasaba semanas enteras allí, aislado de todo y de todos.

Vivía aturdido. Su cabeza no funcionaba bien, era como un motor desengrasado. El mes de abril estaba dejando algunas lluvias y notaba un frío húmedo en el interior de sus huesos, aunque no lo suficiente como para ir a comprar leña o un calefactor. Se encontraba sentado frente al ordenador con su cazadora y unos mitones puestos. Tenía la sensación de que el mundo se había vuelto loco. Todo le parecía irreal. Sus compañeros hablaban de un nuevo asesino en serie en Barcelona. Tras el macabro asesinato de una pareja de ancianos hacía dos semanas, ahora habían encontrado a un chico asesinado de la misma manera. Se hablaba de un sadismo exacerbado: violaciones con objetos, heridas profundas y cabelleras arrancadas. Un salvajismo que helaba la sangre. Pero Enrique no estaba para prestar atención a esas cosas. Él estaba enfocado en encontrar al asesino de Macarena.

Vivía rodeado de informes de autopsias, perfiles psicológicos, transcripciones de vídeos, imágenes de cámaras de seguridad, declaraciones de testigos… También de testimonios de buenos samaritanos que creían conocer al hombre que salía en las fotos. Todo estaba allí. O eso creía el policía. Cogió la lista de nombres que encajaban con el perfil y pensó en lo lejos que quedaba ya el asesinato de Arsenio. Parecía que aquella visita a Santa Coloma la había hecho en otra vida. Se preguntaba qué habría sido de aquellos compañeros de piso, de los amigos que conoció en la peluquería y del matrimonio dueño del Moonserrat. Tal vez alguno de ellos ahora hablaba del caso como si supiera más que nadie por conocer a una víctima. A Enrique le sorprendió darse cuenta de que él se había convertido en uno de ellos. Uno de esos damnificados con los que antes solía tratar. Cómo le martirizaba pensar en Macarena. Durante algunos momentos fugaces se olvidaba de lo que le habían hecho e investigaba como si nada, con la perspectiva fría de un investigador ajeno a los hechos. Pero entonces un pensamiento le devolvía a la realidad y le hervía la sangre. Se torturaba a sí mismo culpándose por lo ocurrido. Era masoquista pero también inevitable. No podía dejar de pensar en que, si hubiera resuelto el caso antes y atrapado al asesino, su mujer quizá ya se habría acabado el libro que llevaba en la mano cuando se dirigía a la clínica.

Enrique sentía que había cambiado respecto a cuando tenía veinticinco años. En aquel entonces no tuvo tantos pensamientos arbitrarios y bizarros, deslavazados y caóticos. Una noche, mientras estaba tirado en el sofá intentando dormirse, se sorprendió a sí mismo pensando en qué habría sido de los animales que su mujer debía operar aquel día. Su mente divagó durante minutos sobre las soluciones que habrían encontrado sus compañeras. Cuando tomó conciencia de lo que estaba pensando se sintió ridículo. Y esa sensación era una constante. Con frecuencia reparaba en que estaba rumiando sobre algún sinsentido, manteniendo, imaginando y desdiciendo conversaciones que no habían tenido lugar y que nunca llegarían a producirse, y cuando dejaba de hacerlo se enfadaba consigo mismo.

El trabajo policial que realizaba era como comprar miles de cajas de bastoncillos de algodón y contarlos uno a uno para ver si estaban todos. Era repetitivo, aburrido y requería una concentración de la que él no disponía; no obstante, le parecía la única manera de avanzar. Sus compañeros tenían prohibido compartir con él datos nuevos del caso. De todo lo relacionado con Macarena, no sabía nada salvo lo que habían testificado los dos drogadictos que estaban cerca en el momento del crimen. Estaba compitiendo en inferioridad de condiciones, pero su motivación era mayor: encontrar al responsable era su obsesión. No se había duchado, ni afeitado, ni cambiado de ropa en toda la semana. Olía a una mezcla de sudor con lentejas y pizza. Incluso había conseguido perder la noción del tiempo. A menudo se sorprendía al ver a través de la puerta corredera de cristal que daba al jardín —si aquello se podía llamar jardín— que era de día o de noche. La televisión no la había encendido. No sabía dónde estaba el mando. Quizá en siete días solo había usado la cama dos veces para dormir. El piso de arriba lo frecuentaba poco. La cabaña se había convertido en un laberinto.

Apartó los ojos del ordenador y tomó uno de los papeles de la mesa. Era una fotocopia de un atestado de la Guardia Urbana en el que se notificaba el alto a un motorista argelino que encajaba en apariencia con el que había salido corriendo por Gràcia. Se llamaba Said Touati, tenía veintiséis años, vivía en Hospitalet de Llobregat y contaba con algunos antecedentes por posesión de marihuana. Enrique colocó el atestado en una pila sobre la mesa, que ya contenía unos diez o quince más. Junto al ordenador descansaba la libreta en la que había ido anotando diferentes versiones del perfil del asesino. Él visualizaba a un psicópata inadaptado. A un hijo de inmigrantes muy estrictos y con pocos contactos sociales, quizá avergonzado por sus raíces o enfadado por las dificultades que estas acarreaban. Lo imaginaba en algún trabajo no cualificado en el que se sentía ninguneado. Pocas cosas hacen más mella en el espíritu de una persona que recibir órdenes cada día de alguien con menos inteligencia o aptitudes. Un trabajo deprimente, desmotivador, que va generando frustración, rabia, y en el que al salir te encuentras con una vida vacía. Sin amigos, sin pareja, nada más que con la insoportable espera para volver al trabajo al día siguiente. Enrique intuía que el asesino vivía solo o con un pariente enfermo o mayor. Aunque su manera de matar era rápida y cobarde, como si fuera un sicario, Enrique pensaba que cualquiera que viviera con él acabaría notando algo raro. Ya eran muchas muertes. El rastro sería difícil de borrar.

Situar la residencia en el mapa era complicado. Casi siempre mataba en el centro, pero eso no implicaba que viviese allí.

La elección de las víctimas no parecía estar basada en una investigación previa, excepto en los dos últimos casos. Para saber que Andrea era profesora habría tenido que seguirla al menos una vez desde el colegio, y las cámaras de la plaza de la Virreina no habían registrado a nadie similar al asesino en los días anteriores al crimen. Igual vivía en Gràcia y la conocía de vista. La verdad era que el asesino podría haber estado sentado todos los días en una de las terrazas de la plaza tomándose una cerveza solo o con amigos, y los policías no lo habrían detectado en las grabaciones. También cabía la posibilidad de que el asesino simplemente intuyese por el perfil de la víctima que encajaba en la progresión social que él quería subrayar, pero eso lo veía más complicado.

Dejaba espacio a la improvisación, y los asesinos múltiples hacían de todo menos eso. Eran ególatras que querían ser admirados y temidos, solo cometían riesgos si estos tenían que ver con poner límite a sus deseos irrefrenables, pero este no era el caso. Al menos Enrique le concedía al asesino un mínimo de preparación. Sin embargo, el caso de Macarena introducía más variables en la ecuación. Podría haber sido un error o un golpe de efecto. Macarena presentaba un perfil muy similar al de Andrea.

En momentos así era cuando de pronto Enrique recordaba que Macarena no era un nombre más en una lista, sino su mujer, y que la habían matado. Volvían entonces los pinchazos en el pecho. Odiaba al hombre que estaba buscando. Odiaba su rostro tan poco nítido en las fotos. Su enorme arrogancia y crueldad. No lo respetaba en absoluto. Lo despreciaba. Matar como un sicario le parecía cobarde.

En el fondo lo que le daba rabia era que al hacerlo así no dejaba pruebas y era muy difícil atraparlo. No tenía relación personal con las víctimas, no las tocaba y no pasaba con ellas más de diez o quince segundos. Luego se iba corriendo de la zona y desaparecía.

Enrique se enfadaba cada vez que se preguntaba a sí mismo qué es lo que pretendía aquel tipo. ¿Qué lección quería dar con sus asesinatos? ¿Qué había detrás de esas monedas? ¿Acaso se pensaba que la gente empezaría a tratar con más respeto a las personas humildes? ¿Que se pararía el capitalismo por el hecho de que hubiera un descerebrado disparando a inocentes? Le enfurecía pensar en que todo lo hacía para alimentar una fantasía. Su infierno era el delirio de un loco. Algo producto del absurdo. Y eso, además de indignarle, le parecía profundamente injusto.

El móvil de Enrique vibró, rompiendo el silencio. Recibía pocas llamadas porque la mayoría de la gente no sabe cómo comportarse con los afectados por una tragedia como la suya. Casi todas eran de Julián. Enrique le respondía de mala gana y le decía que estaba investigando, que iba a encontrar al responsable, que no se preocupara por nada y que siguiera con su vida. Pero esta vez el que llamaba era Isaac. Por un instante a Enrique le preocupó que hubiesen detenido al asesino. Quería encontrarlo él primero.

—¿Cómo estás? —preguntó Isaac, esperando a que Enrique respondiera, pero este solo musitó un quejido—. Nos ha dicho Julián que sigues en Porquerisses... —Por el tono parecía que también les había contado que estaba investigando por su cuenta, pero eso Isaac se lo calló.

—Esto me ayuda a distraerme, ya lo sabes.

—Enrique, sé que estás de baja y fuera del caso, pero...

Ahí Enrique contuvo la respiración ante el temor de que Isaac le dijera que ya se había acabado todo.

—¿Qué ha pasado? —preguntó con preocupación.

—Estamos bastante descolocados. Esta noche ha aparecido otra víctima, un periodista de la Cadena SER bastante famoso.

—¿Dónde?

—Cerca de Urquinaona. Jaume y Xavi acaban de volver de allí. —En el tono de Isaac se atisbaba una mezcla de culpabilidad y desamparo—. El tema es que la moneda vuelve a ser de cincuenta céntimos.

Enrique se quedó en silencio y fijó su mirada en las moscas que daban vueltas sobre unas latas de refresco vacías tiradas en el suelo.

—No entiendo. Tiene que ser un error —dijo tras unos largos segundos.

—Mi reacción ha sido la misma. —Isaac respiró sonoramente por la nariz—. Sé que no estás ahí haciendo puzles y dando paseos. También sé que eres un buen policía. Yo haría lo mismo. Si se te ocurre algo, si consigues entender qué cojones está haciendo ese hijo de puta, ya sabes dónde estoy. No voy a señalarte, ni a reñirte ni a prohibirte que hagas lo que necesites. Solo espero que, si descubres algo, me pidas ayuda. Por favor. Lo encontraremos juntos.

Enrique aguantó en silencio un momento, mareado y a la vez emocionado. Eran demasiados los pensamientos que gritaban a la vez en su cabeza.

—Está bien —dijo al fin—. Gracias.

Los dos viejos amigos colgaron y Enrique se quedó inmóvil durante un rato. Miró hacia la cristalera: fuera era noche cerrada. Isaac debía de estar teniendo serios problemas para dormir, incluso para beber. Se sintió agradecido por que le mantuviese informado, pero enseguida la gratitud se convirtió en confusión. No entendía por qué el asesino había utilizado otra vez la misma moneda con la que había firmado el asesinato de su mujer.

26

Le costaba detenerse a pensar en aquello porque le enfurecía. La única conclusión lógica a la que había llegado era que el asesino se estaba riendo de ellos, en general, y de él, en particular.

Para añadir más confusión al asunto, Enrique se había enterado de que el informe de balística había establecido que la pistola que se había utilizado en el asesinato de Macarena era una Glock 19 y no una Glock 17, como en los dos crímenes anteriores y el posterior. ¿Significaba aquello que había usado un arma diferente o que simplemente tenía dos? Tal vez no lo sabían con certeza porque en los tres primeros crímenes no habían encontrado los proyectiles. También podía ser un imitador, pero pensar aquello le revolvía el estómago hasta el punto de tener que vomitar. Había demasiadas similitudes como para que fuese eso. Además, la pistola utilizada tenía una red puesta, un detalle que no se había filtrado a la prensa. Por otra parte, los dos únicos testigos, aunque estaban muy perjudicados, habían descrito al asesino como un hombre adulto, mientras que el sospechoso era joven. Enrique sentía que el asesino sabía quién era su mujer y que había decidido apuntarse un tanto. También era cierto que nadie les había dicho que iba a matar a solo una persona por moneda, eso lo habían interpretado durante la investigación. ¿Había sido un error? ¿Cuántos más habrían cometido?

Su cerebro todavía no funcionaba con normalidad, los pensamientos intrusivos saltaban de neurona a neurona. Tras varios días de encierro había tenido que hacer alguna salida para comprar suministros. Aprovechó para entrevistarse con un par de personas que habían llamado a la policía asegurando que conocían al hombre de las fotos. Enrique trabajaba solo, desde hacía días no hablaba con sus compañeros, así que hacer seguimientos efectivos resultaba imposible; lo único que podía hacer era seguir su instinto. A uno de los sospechosos lo descartó al ver que era un chaval sociable, con novia e integrado en la sociedad. Lo había delatado un mecánico de Vilapicina que aseguraba que el de la foto era un cliente. Un psicópata integrado no necesita matar, le basta con parasitar a unas tres o cuatro personas de su entorno. Así consigue su dosis necesaria de poder con la que pasar el día.

Sin saber qué hora ni qué día era, Enrique acabó de repasar la lista de personas que habían ido al banco en los últimos meses a solicitar un billete de quinientos euros. La lista era corta porque los banqueros no tomaban nota de esas peticiones, pero por suerte algunos tenían buena memoria o conocían a sus clientes. Ni un solo nombre árabe en la lista, y nadie menor de treinta años.

Apretó una tecla cualquiera del ordenador y la pantalla se iluminó de nuevo. Después movió el cursor hasta seleccionar uno de los treinta documentos que tenía abiertos a la vez. No había apagado el portátil en todo el tiempo que llevaba allí. La conexión a internet salía de los datos de su teléfono, la cantidad de dinero que estaba gastando era enorme, pero ahora también irrelevante. ¿Quién necesita dinero cuando tu vida se ha detenido para siempre?

Leía tanto que los ojos le picaban y le temblaban los párpados. Un día se duchó y se afeitó para ir a hablar con los informantes, y gracias a eso todavía parecía una persona decente. Entre los miles de informaciones, apareció una que le llamó la atención: una trabajadora del Ikea de Badalona, Míriam Martínez, de la sección de transporte y entrega de mercancía, hacía más de un mes que había escrito un correo electrónico a la policía mostrando preocupación por un compañero. En él aseguraba que Alfredo Cañas Ripoll, un chico joven que llevaba allí dos años trabajando a través de una empresa de trabajo temporal, se parecía mucho a la persona que salía en la tele corriendo por Gràcia. Decía que nadie en la empresa creía realmente que Alfredo pudiese ser el asesino, pero que se hacían muchas bromas al respecto. «Algunos compañeros bromean sobre no entrar en el almacén a solas con él». Según Míriam, Alfredo se dedicaba a recolectar los pedidos que los clientes realizan a través de internet. «Todos se lo toman a pitorreo, pero a mí este chico siempre me ha dado mal rollo. No habla con nadie, ni te mira a los ojos. Huele mal. No sé, me da miedo. Yo no me quedaría a solas con él en el almacén». Los ojos de Enrique recorrían el correo electrónico con interés. Era un escrito escueto, de tres párrafos cortos. El último fue el que le hizo levantar las cejas. «Entre bromas, con el cachondeo, algunos compañeros dicen que Alfredo ha dejado de venir en moto al trabajo y que ahora coge el metro y camina casi quince minutos desde Fondo. Tiene el mismo modelo que el que salió en la prensa». Llamadas y mensajes de ese tipo se contaban por miles, aunque lo de la moto le resultó interesante.

Enrique se levantó y caminó hacia la ruidosa nevera. Ya solo la oía cuando se acercaba a ella. Cogió una de las cinco botellas de leche chocolateada y se la llevó a la mesa mientras le daba un largo trago. Notaba el frío y dulce chocolate escurrírsele por las comisuras de los labios. La mesa y los papeles, también el teclado del portátil, estaban llenos de gotas marrones resecas. Enrique buscó el nombre entre los documentos y le apareció un resultado. El lunes 12 de marzo, la Guardia

Urbana había dado el alto en la calle de Coll i Pujol a una Sportcity negra conducida por Alfredo Cañas, un joven español de veinticinco años. Los agentes se habían puesto allí a inspeccionar por la cercanía a una mezquita. Aunque notificaron que el chico se parecía al sospechoso, debido a su condición de caucásico y a su acento catalán, lo descartaron. Enrique buscó el nombre en internet y le salieron decenas de perfiles en diferentes redes sociales. Ninguno era el que buscaba.

Al policía le cuadraba el perfil de Alfredo. Un trabajador poco cualificado, apenas integrado en su ámbito laboral, que va acumulando rencor hacia la sociedad. Por edad encajaba y, según los agentes que lo habían parado, aun siendo blanco, se parecía al retrato robot del asesino.

Enrique escribió un correo a Míriam, pidiéndole que le llamase enseguida. Por primera vez en mucho tiempo sintió un leve calor en su interior, la impresión de estar cerca de algo. Cerró la tapa del portátil y decidió salir a caminar. Pero, al segundo paso que dio sobre las malas hierbas del jardín, cayó sobre él todo el dolor como una maceta llena de piedras. Macarena no estaba. Ya no existía. Y él estaba saliendo a pasear por el bosque como si tal cosa. Incluso los pocos árboles que había en el terreno parecían enfermos: sus ramas delgadas tenían manchas azules y de ellos no brotaba nada. Todo a su alrededor estaba muerto.

Caminó durante casi una hora bajo un sol primaveral que resultaba incluso veraniego. La calva le empezó a picar. Ni se le había ocurrido ponerse una gorra o echarse crema. Intuyó que serían las dos o las tres de la tarde. No se cruzó con nadie, aunque a lo lejos escuchó algún camión. El pueblo estaba cerca de una carretera muy transitada y también había un restaurante en el que solían parar a comer los camioneros. Años atrás, Enrique había visitado mucho ese lugar, pues por poco dinero podías llenarte con una butifarra más que decente. Pero

ahora el apetito era algo que se le antojaba despreciable, ano-
dino, secundario. Él solo comía ya por ansiedad o por obligación, el placer le parecía algo sucio.

Llegó a casa con la garganta seca y bebió directamente del
grifo, dejando que se calaran las cajas y latas del fregadero. Se
había llevado el móvil al paseo, pero por si acaso quiso comprobar si había recibido algún correo. Por supuesto, no era
así. Irritado e impaciente se dirigió a la ruidosa nevera y cogió
la primera pizza que encontró. La metió en el horno y lo encendió. El hombre que se pasaba dos horas cocinando con la
música de los Stones de fondo ya era historia. Ahora no tenía
paciencia ni para esperar a que se gratinase el queso. Comió
de pie, ojeando papeles tirados en el sofá y sorbiendo una
bebida energética. A los cincuenta y cinco años había descubierto que no le desagradaba el sabor de aquellos polémicos
brebajes. Desde hacía días su barriga crujía y sentía pinchazos
en el estómago. Casi lo agradecía, porque el dolor físico era lo
único que podía mitigar el dolor emocional. El maltrato a su
propio cuerpo era una salida errónea para el trauma, pero era
al menos una salida. Enrique se sentía en ese momento incapaz
de hallar otra distinta.

Sin darse cuenta, se debió de dormir en el sofá porque el
sonido de su móvil lo despertó. Era Míriam Martínez, que
llamaba durante su descanso en el trabajo. Quiso restarle importancia a su mensaje. Dijo que lo escribió en un impulso.
Que Alfredo era un tipo rarito, pero nada más. Enrique le
siguió el juego y le explicó que se trataba del protocolo habitual para descartar sospechosos. Tras insistir y adoptar su tono
de policía autoritario y serio, consiguió que Míriam aceptara
reunirse con él aquella misma tarde.

Aparcó delante de una gasolinera en el polígono de Mon-
tigalà y esperó a que llegase Míriam. Le había dicho que salía
a las ocho de la tarde. También que ese día no había visto a
Alfredo. Y que desde hacía un tiempo ya no se hacían casi

bromas sobre lo del asesino. Las modas, incluso en los trabajos, pasan rápido.

Una chica rubia y alta se acercó a la gasolinera con una chaqueta de entretiempo abierta, que dejaba ver por debajo el uniforme de Ikea.

—¿Míriam Martínez? —preguntó él, tendiéndole la mano.

Ella asintió y aceptó el saludo. Enrique señaló su coche y se ofreció a llevarla a casa. Primero le enseñó la placa.

—Es para hablar más tranquilos. Te puedo invitar a un café si quieres —le dijo cuando ella aseguró que vivía cerca y que prefería ir andando. Míriam estaba muy nerviosa. En su apariencia de mujer se escondía todavía la niña que aún era. El acné en sus mejillas la delataba.

Se subió al coche como si estuviese haciendo un intercambio de droga. Enrique le repitió varias veces, con la mayor educación del mundo, que estuviera tranquila, que solo era una conversación informal.

—Alfredo es raro —explicó ella—. Habla poco, a veces le pides que vaya a buscar una caja y no sabes si te está entendiendo. De ahí a pensar que es un asesino… Ese día estaba algo paranoica con el tema y, no sé, me inquietó ver lo mucho que se parecía, pero él es español y el asesino es extranjero, ¿no?

—Dices que llevas dos años trabajando con él, ¿verdad?

—Yo tramito los pedidos y él se encarga de prepararlos.

—¿Y nunca ha tenido un incidente de ningún tipo?

—Es como un fantasma. Al principio, algunos de los veteranos se metían con él, pero desde hace un tiempo pasa desapercibido. Ya sabes cómo son los chicos.

—¿Por qué crees que dejaron de meterse con él?

—Tampoco era tan frecuente. Le hacían bromas sin demasiada malicia. Son muchas horas allí encerrados, y la gente tiene que entretenerse.

—En tu correo decías que te daba miedo.

—Bueno, da mal rollo, por cómo mira, por lo callado y reservado que es... Y sobre todo porque se parecía al asesino de la tele.

Enrique encendió el motor y llevó a Míriam hasta su casa. Fue un trayecto de apenas dos minutos. Después se dirigió a Ikea y, siguiendo las indicaciones que le había dado la joven, entró en las oficinas. Fue a la entrada del personal, timbró y se identificó como policía. Acudió a Recursos Humanos y, haciendo hincapié en que fueran discretos, les pidió información personal de Alfredo Cañas.

—No se lo digas a nadie, seguramente no sea nada —le dijo Enrique a la empleada guiñándole un ojo.

Antes de irse, pudo ver una foto de Alfredo en la pantalla del ordenador. Un pinchazo le atravesó el costado, justo donde se sitúan las costillas. Su parecido con el asesino era innegable.

Aparcó bien el coche porque, en lo más profundo de su subconsciente, bajo miles de capas de pensamiento, conocía sus verdaderas intenciones y no quería que una estúpida multa lo situase allí. Con un nudo en el estómago se dirigió a la dirección que le había facilitado la chica de Recursos Humanos. Ella le había dicho que la había pillado allí de milagro, que normalmente se iba a casa antes, pero que ese día habían tenido entrevistas y habían tardado algo más de lo normal. A Enrique le dio igual. Lo único que le importaba era que ese día estaba teniendo suerte.

Llamó al timbre y esperó. Estaba en una calle estrecha del barrio de Sant Martí, muy similar a como había imaginado la guarida de su enemigo. Sin pensar muy bien qué haría si Alfredo le contestaba, Enrique siguió llamando al timbre. Estuvo tanto tiempo en el portal que coincidió con la llegada a casa de una mujer joven con su hija. La ayudó a pasar el carrito por la puerta y la muchacha lo miró y se lo agradeció.

—¿Entras? —le preguntó ella.

—No, solo estoy esperando a un amigo —respondió él, arrepintiéndose al momento de la interacción.

Después, se alejó unos pasos del edificio y se apoyó en la pared de un garaje. Era una calle angosta, con coches aparcados en solo una de las dos aceras. Había una pequeña carnicería, una mercería y un par de bares. Muy pocos peatones. No era un lugar de paso. O vivías ahí o no tenías ni un solo motivo para pisarla. Un coche salió del garaje y la puerta se cerró tan lentamente que Enrique no pudo evitar meterse dentro. Al fin y al cabo, había ido allí a investigar. El eco hizo que sus pasos sonasen como si fueran los de dos personas. Una luz con sensor se encendió y ante él apareció el color rojo de la pintura lleno de derrapes de neumáticos. Casi todas las plazas estaban ocupadas. Ya era de noche y la mayoría de la gente estaba en casa. Recorrió el garaje buscando la Aprilia Sportcity negra y la encontró en la segunda planta. En la calle no la había visto y sabía que tenía que estar allí. Al acercarse a ella, una luz se encendió en el techo como si fuese una señal divina. Enrique la observó mientras los latidos de su corazón le martilleaban las sienes. Se preguntaba si aquella era la moto de la grabación de la avenida Diagonal. Comprobó que la matrícula no coincidía, pero aquello no significaba nada. Encendió la linterna del móvil e iluminó bien la parte trasera. Un ruido, similar al de la puerta del garaje abriéndose, lo sobresaltó. Tras comprobar que no venía nadie, Enrique iluminó bien la matrícula. En ese momento supo que había encontrado al asesino. Los pelos del cuerpo se le erizaron. Un escalofrío le recorrió su cerebro. Los ojos se le humedecieron. Sintió como si su estómago cayese al vacío. El haz de luz temblaba porque sus manos lo hacían. En la parte alta de la matrícula había dos agujeros pequeños y chapuceros. Enrique pensó que, si los agentes de la Guardia Urbana hubieran seguido las indicaciones de los Mossos a rajatabla, posiblemente, Alfredo llevaría más de un mes en la cárcel. Después pensó que no, que el único culpable de la muerte de Macarena era Alfredo.

Subió la cuesta del garaje como quien va a la guerra. Siempre pensaba en su mujer cuando salía de uno. Ella lo solía esperar fuera, sin bajar al garaje por miedo. Volvió a timbrar en el piso de Alfredo y siguió sin haber respuesta. Casi eran las diez de la noche, bastante tarde para que un inadaptado anduviese de fiesta. Enrique esperó unos minutos en el portal. Inquieto. Debía tener cuidado; era probable que Alfredo supiese quién era. Enrique sentía la ira subiéndole desde los dedos de los pies hasta los dedos de los manos. No tenía ni la menor idea de qué iba hacer cuando lo tuviese delante.

Un adolescente salió a la calle con unos aparatosos auriculares y un perro pequeño. Enrique aprovechó para meterse en el edificio. Nadie le esperaba en casa y tenía toda la noche por delante. Subió las escaleras hasta el segundo piso. Se fatigó un poco porque, con el entresuelo, era realmente un tercero. También porque los nervios le impedían respirar con normalidad. Se plantó ante la puerta del 2.º D y llamó al timbre. Nadie respondió. Sacó una tarjeta de crédito caducada de su gruesa y apretada cartera e intentó abrir la cerradura, pero aquello solo funcionaba si la llave no estaba echada. Aunque también sabía abrir una cerradura cutre como la que tenía Alfredo, para eso hacía falta romperla y no quería llamar la atención. Subió varios peldaños más y se sentó en las frías escaleras a esperar. Desde su posición tenía una visión completa del rellano. Allí, entre los nervios y la impaciencia, tuvo tiempo para reflexionar. Podía coger el teléfono, avisar a Isaac y esperar haciendo guardia hasta la llegada de la policía como un buen samaritano. Alfredo sería detenido, condenado, y él habría resuelto el caso más importante de los últimos años. Los buenos cazarían al malo y serían unos héroes. Seguramente le caería alguna medalla o insignia, y más después de haber perdido a su mujer. Pero el problema era ese. El problema era que aquel tipo había matado a su mujer. Y a Enrique, en aquellos momentos, le importaban muy poco la medalla, los buenos y los malos, la cárcel y los derechos humanos. Su objetivo no era meter entre rejas al asesino de su mujer. Su vida no había mejorado ni un ápice con Alfonso Urrutia en la cárcel. Ni con su padre muerto. Su vida mejoraría haciéndole a Alfredo lo mismo que él le había hecho a Macarena. Su impulso era matarlo con sus propias manos.

La espera en la escalera se le hizo larga. Las dudas fueron apareciendo como gotas sobre el asfalto después de un trueno. Aún estaba a tiempo de marcharse y hacer las cosas bien. Como aquella vez con el secuestro de la niña, cuando casi lo arruina por ser impaciente y fue Isaac quien consiguió convencerlo de esperar.

Su jefe sabía que estaba investigando por su cuenta. Podía contarle lo que había descubierto y esperar tranquilamente en casa a que lo detuviesen. Él sería el responsable de la detención del asesino de su mujer. Nunca superaría la pérdida, pero con el tiempo podría tolerarla. Quizá una tercera media naranja lo aguardaba en la madurez. Podría rehacer su vida, reforzar la relación con su hijo, recuperar el trato con su hermana. Incluso podría llamar a Mario, invitarlo a cenar, pedirle perdón y llorar en su hombro. Para todo eso, lo único que tenía que hacer era levantarse y bajar las escaleras.

Sin embargo, cuando Alfredo salió del ascensor, Enrique seguía allí. Alfredo caminó con calma hasta la puerta con las llaves y una pequeña bolsa de la compra en la misma mano. Vestía con una sudadera deportiva y unos pantalones de chándal. Enrique tardó en reaccionar. Por un momento temió que Alfredo se metiera en el piso. Por suerte o por desgracia, no consiguió acertar con la llave en la cerradura a la primera. El policía se puso de pie y bajó las escaleras con toda la naturalidad que pudo. Al cruzarse ni se saludaron. Eso de que los asesinos siempre saludan no dejaba de ser una leyenda urbana.

Antes de empezar a descender los escalones hacia el primer piso, Enrique se dio la vuelta y le colocó el cañón de la P30 de nueve milímetros en la nuca. Como advertencia, le quitó los seguros para que Alfredo lo escuchase bien cerca de la cabeza. Este se quedó inmóvil y no hizo ni ademán de girarse.

—Abre despacio la puerta —le ordenó con un susurro firme.

Alfredo vaciló un instante y Enrique le apretó el cañón contra la nuca. La frente del joven chocó con la mirilla, lo que hizo que obedeciera. En cuanto abrió la puerta, Enrique lo empujó con suavidad y, sin dejar de apuntarle con la pistola, se metió con él en el piso. Después se oyó un portazo.

TERCERA PARTE

27

Aquella noche Enrique decidió descansar en la cama. Aunque doble, dos personas dormirían apretadas. Muy pocas veces la había compartido. Como si le sirviera de entrenamiento para el futuro que le esperaba. Las sábanas olían a polvo y humedad; no se cambiaban desde hacía años. Una manta de lana deshilachada de esas que hacen picar la nariz y los ojos le servía de colcha. Tenía cuadrados de colores sobrios y tristes. Era perfecta para su estado de ánimo. Dormía bocabajo, abrazando la almohada amarillenta como si evitase que esta se escapase. Se había quitado los zapatos y los pantalones antes de tirarse sobre las sábanas, pero se había dejado la camisa, los gayumbos y los calcetines, que eran del mismo color, aunque de modelos diferentes.

Enrique no recordaba qué estaba soñando, solo que el tono de llamada se había colado tan bien en su sueño que hicieron falta cuatro intentos para despertarlo. El móvil estaba dentro del bolsillo de sus vaqueros, arrugados en el suelo sobre una alfombra que simulaba ser el lomo de una vaca. Quizá lo era. A Enrique le costó abrir los ojos. Estaba agotado. Sentía que no había dormido nada. Cuando apartó la cara de la almohada, vio un poco de sangre seca y se preguntó cuánto tiempo llevaría eso allí. Se dio la vuelta y se colocó bocarriba. En las esquinas donde el techo se encontraba con la pared había grietas y también manchas de humedad. El color de la pintura era más amarillo que blanco. Enrique se quitó las legañas con la palma de la mano derecha. Le dolía la cabeza. Últimamente se despertaba con resaca, y eso que no bebía. Sabía que era de día porque entraba luz por las polvorientas ventanas.

El suelo vibró ligeramente y enseguida escuchó su tono de llamada del móvil. Era el mismo que sonaba cuando se lo compró. Enrique gateó por la cama y, como si el suelo fuese lava, estiró el brazo para coger el pantalón sin tocarlo. Cuando quiso responder, el móvil había dejado de sonar. Esa era la quinta llamada perdida de Isaac. Casi era la hora de comer y aun así tenía mucho sueño. La noche anterior había tardado una eternidad en dormirse. Recordaba dar vueltas en la cama con los primeros rayos del sol entrando en la habitación e iluminando miles de pequeñas motas de polvo que flotaban en el aire.

Enrique devolvió la llamada. Al segundo tono apareció la voz de su jefe.

—¿Te has enterado? Estamos en un piso de Sant Adrià, el asesino de Madrid ha actuado aquí.

—¿De qué cojones hablas? Estaba durmiendo…

—Te voy a pasar la dirección por WhatsApp, quiero que vengas a echar un vistazo.

—¿Por qué?

—Porque todo apunta a que han matado a nuestro hombre.

Isaac lo recibió en el rellano con el móvil pegado en la oreja. Era un edificio humilde que tenía dos viviendas por planta, del entresuelo al quinto. Aquel día había sido totalmente tomado por la policía. Agentes subían y bajaban a toda prisa por las escaleras de baldosas. Enrique era uno de ellos. En el rostro de Isaac se atisbaba tensión y también alivio. Por primera vez en mucho tiempo, sus ojos desprendían algo de tranquilidad.

Acompañó a Enrique al interior de una vivienda oscura, polvorienta y con una decoración anticuada. Cualquiera hubiera dicho que allí vivía una anciana de noventa años con demencia senil. Avanzaron por un estrecho pasillo, pero les costaba separar los zapatos del suelo. Nadie había fregado en décadas. La grasa acumulada estaba negra. A su derecha apareció un baño y el olor a orines y humedad los acompañó durante varios pasos.

Al final del pasillo estaba la habitación principal. En la puerta, un agente con el chubasquero de la científica sacaba fotos. Al ver a Enrique lo saludó con un leve movimiento de cabeza. Después, Isaac estiró el brazo para enseñarle a su amigo el motivo de tanto ajetreo. En una cama con un alto cabecero de madera rota, yacía el cadáver de un joven con una bolsa blanca de supermercado en la cabeza. Estaba sujeta por un cinturón tan apretado que impedía que la sangre y el vómito del interior se escurriesen. Las sábanas estaban tiradas sobre el frío suelo de baldosas rojizas. Había sangre por todas partes. Gotas de sangre caían al suelo desde el somier como si marcaran el tiempo, igual que los segunderos de un reloj.

Enrique se puso guantes y fundas en los zapatos, y rodeó la cama mirando el cadáver. El cuerpo estaba bocarriba con las manos atadas con bridas gruesas de color negro, tan hundidas en la piel que casi no se veían. En una esquina de la habitación, junto a un viejo radiador, había una montaña de ropa. El cadáver estaba desnudo. Piel clara, mucho vello corporal, pectorales huesudos y barriga blanda. El vello genital era abundante. Sobre los testículos, cubiertos de sangre, quedaba un amasijo de carne allí donde antes había estado el pene. Se lo habían cortado tan cerca de la base que parecía haberse retraído por completo dentro del cuerpo.

—Alfredo Cañas, veinticinco años —empezó Isaac—, los vecinos dicen que era un tío tímido y discreto que nunca causó problemas. Heredó este piso de su abuela, una señora que vivió aquí toda la vida. Por lo visto, trabajaba en el almacén de Ikea.

Enrique lo escuchaba mirando cómo se movían sus labios. Tenía el bigote y la barba perfilados, un diente con la punta serrada.

—Hemos encontrado una Glock 17 y la matrícula falsa —siguió Isaac—. En el garaje hay una Aprilia Sportcity negra a su nombre. —Isaac tomó aire—. Enrique, este tipo es el Asesino de las Monedas.

Enrique se giró hacia el cadáver. Quiso decir algo, pero no se le ocurrió nada. En el interior de su mente trataba de esclarecer si ver al asesino de Macarena en ese estado aliviaba de alguna manera su dolor. Lo único que sabía era que odiaba y despreciaba a aquel cadáver, y que no sentía ninguna lástima por lo que le había pasado.

—Cuesta creerlo —dijo Isaac tras un largo silencio solo interrumpido por el sonido de una cámara de la científica.

—Te dije que era una asesina de maltratadores —replicó Enrique sin apartar los ojos del cadáver—, y este hijo de puta ha matado a cuatro mujeres.

—Lo que no entiendo es cómo ella pudo encontrarlo antes que nosotros.

Enrique se encogió de hombros. Isaac le puso la mano en la espalda y lo empujó suavemente para que lo acompañara.

Cruzaron el pasillo y entraron en un salón con un pequeño balcón y un enorme mueble que cubría la pared. En él no había decoración, solo porquería: restos de envases de chocolatinas, latas de conservas y medicamentos. Isaac señaló un ordenador portátil que estaba tirado en un sofá, cubierto a su vez con un pareo quemado por el sol.

—Lo hemos abierto por curiosidad, no tenía contraseña ni nada.

—¿Habéis encontrado algo?

—Justo antes de que vinieras —dijo Isaac con una prudencia que sobrecogió a Enrique—. Mira. —Isaac sacó el móvil y le enseñó una foto que le habían hecho a la pantalla de un ordenador.

1 céntimo. Puta.

2 céntimos. Vagabundo.

5 céntimos. Glovo.

10 céntimos. Estudiante.

20 céntimos. Profesora.

50 céntimos. Periodista.

1 euro. Publicista.

2 euros. Empresario.

5 euros. Policía.

10 euros. Político.

20 euros. Famoso.

50 euros. Juez.

100 euros. Presidente.

200 euros. Ibex35.

500 euros. Rey.

Enrique cogió el móvil con la mano para releer con más atención. Isaac esperaba a su lado con paciencia.

—Tenían razón con lo del rey —dijo Enrique al fin—. Hay que reconocerle que ambición no le faltaba.

—¿No te das cuenta? —preguntó Isaac con cara de preocupación.

Enrique se le quedó mirando sin entender a qué se refería. Isaac recuperó el móvil y lo guardó en el bolsillo. No necesitaba ver otra vez aquella foto porque se la conocía de memoria.

—Maca no está en la lista.

Esas palabras entraron como un calambrazo por los oídos de Enrique. Vértebra a vértebra, este le atravesó toda la columna. Su amigo tenía razón. Los cincuenta céntimos eran para un periodista, no para una veterinaria. De pronto sintió que tenía que vomitar. Abrió la puerta que daba al balcón y se apoyó en la barandilla a tomar aire. Estaban en un segundo piso y las voces de los policías y de algunos vecinos curiosos se podían escuchar con bastante nitidez. Enrique temió por los que estaban debajo porque notaba los músculos de la garganta muy rígidos, listos para expulsar lo poco que le quedaba en el estómago. Poca cosa más. No había cenado ni desayunado. Quizá tuviese algo de la pizza del día anterior.

Isaac salió tras él y aprovechó para encenderse un cigarrillo. Se lo fumó con ansia mirando a su viejo amigo. Las manos de Enrique temblaban y su cara había adoptado un tono amarillento enfermizo.

—Seguro que hay una explicación —dijo Isaac, tratando de calmarlo—. Todavía hay que investigar bien el ordenador. Ese documento estaba en el escritorio, por eso lo hemos encontrado.

Entre arcadas, Enrique intentó concebir la posibilidad de que alguien que no fuera Alfredo Cañas hubiese matado a Macarena, pero esa idea no le entraba en la cabeza.

—No podemos buscar demasiada lógica en ese gilipollas —dijo Enrique tras escupir a unos diez metros de la acera; había logrado contener el vómito—. Su lista es el delirio de un loco. ¿Cómo se le ocurre a alguien que con solo una pistola de mierda puede matar al presidente, a uno de los empresarios más ricos del país y al rey?

—Me habría gustado detenerlo yo —reconoció Isaac con tono de disculpa.

—No te preocupes, ya nada traerá a Macarena de vuelta —respondió Enrique con los ojos vidriosos.

Pasaron un rato mirando a la calle en silencio, luego abandonaron el piso y se sentaron en las sillas metálicas de la terraza de una pequeña cafetería. Allí, con un café y un agua sobre la mesa, Isaac le explicó que el vecino de al lado, un anciano de setenta años, se había sorprendido al ver la puerta de Alfredo abierta al sacar al perro a primera hora de la mañana. Media hora después, cuando volvió, la puerta seguía abierta, así que llamó al timbre. Como nadie respondió, dejó al perro en casa y entró. Ahí fue cuando se encontró el desastre.

—El caso sigue siendo de la Policía Nacional. En cuanto consigamos esclarecer lo de Macarena, podremos olvidarnos de todo este asunto.

Isaac hablaba con una mezcla de resignación y alivio. Por un lado, era consciente de que no habían resuelto el caso, y de que, si todo hubiese dependido de ellos, quizá un publicista, un empresario, un policía y un político habrían acabado asesinados. Pero, aun así, no podía evitar respirar tranquilo ahora que todo parecía haber acabado.

—Un subnormal de veinticinco años sin media hostia ha liado todo esto —lamentó Enrique, observando los coches patrulla, uno de ellos de la Policía Nacional, aparcados en la calle. Al estar la escena del crimen en el interior de un piso, el juez no tenía ninguna prisa por levantar el cadáver. Aquello se iba a investigar a fondo.

—¿Cómo lo estás llevando? —le preguntó Isaac dando el primer sorbo a su café. Le supo a máquina quemada.

—Me estoy volviendo loco en esa casa.

—¿Por qué no vuelves al piso? Y deja que Julián venga a verte. No puedes aislarte de esa manera, deberías estar con la gente que te quiere. Y tu hijo te necesita, no lo olvides, también tienes una responsabilidad con él…

—Quiero volver a trabajar —dijo Enrique, que no había llegado a escuchar bien todo lo que su amigo le había dicho—. Ya han pasado tres semanas.

Isaac se quedó pensativo un momento. Los dos se dedicaron a mirar a los agentes que entraban y salían del edificio. Enrique tuvo uno de sus pensamientos intrusivos. Imaginó a Alfredo Cañas sentado en esa misma cafetería, planeando el asesinato de Macarena. Él la había matado, no podía ser de otra manera. Incluso después de muerto, seguía jugando con su mente.

—Imagino que los seis asesinatos de la lista se cerrarán pronto, pero me preocupa el de Macarena —dijo Isaac con cautela.

—Puedo investigar otros casos. ¿No dicen que hay otro asesino en serie?

—Eso lo está llevando un grupo diferente —respondió Isaac con alivio—. ¿Por qué no te tomas una semana más?

—Quiero volver ya, Isaac. Necesito no pensar.

Isaac le cogió la mano y lo miró a los ojos.

—Para trabajar, necesito que pienses, Enrique. Tómate un día más de descanso y vuelve pasado mañana. Y solo un par de horas, vayamos poco a poco.

El enfado entre ellos parecía haber desaparecido por completo. Muy lejos quedaban ya los días de no saludarse, mirarse mal y gritarse. De alguna manera, los dos casos que los habían enfrentado habían terminado por unirlos. Ahora a Enrique solo le quedaba volver al trabajo y recuperar poco a poco su vida. Si es que había algo de vida que recuperar.

28

El despertador rompió la calma con estridencia a las 8:01. A Enrique no le gustaban las horas punta. Lo apagó enseguida, estirando el brazo derecho. Tenía la sensación de haber estado despierto antes de que sonara la alarma, pero no podía asegurarlo. Desde hacía semanas, la línea entre el sueño y la vigilia era borrosa. Los rayos del sol se colaban entre los agujeros de la persiana e iluminaban el espacio vacío al otro lado de la cama. Para Enrique era como un agujero enorme del que no se veía el fondo. Dormir allí era como hacerlo a los pies de un precipicio que se agrandaba cada noche. Un abismo negro que lo absorbía todo a su alrededor.

Enfocó la vista en el regalo sin abrir que descansaba sobre la mesilla de Macarena. Nada de lo que hiciera la traería de vuelta. Se quedó pensando en ella hasta que el despertador volvió a sonar, insistente. Entonces se levantó y empezó a prepararse para volver al trabajo. Había decidido recuperar su vida. Todavía era joven. Aún le quedaban unos años buenos si aprendía a sobrellevar el golpe. Apoyó los pies desnudos en la moqueta color pastel y se incorporó.

El piso estaba limpio y ordenado. Antes de irse a Madrid, Julián debía de haberse distraído unas horas con el aspirador y la fregona. El contraste con la casa de Porquerisses era escandaloso. Allí ni había tirado la basura. Entró en la cocina e hizo café para dos. Esos detalles eran los que lo martirizaban. Nunca se acostumbraría a estar sin Macarena. ¿Cómo iba a hacerlo si ni siquiera se había acostumbrado a estar sin Beatriz? Le quitó los bordes azules a un trozo de pan de molde y lo metió en la tostadora. Encontró un tomate en la nevera que todavía mantenía algo de firmeza y, con un par de gotas de aceite, se hizo el desayuno. Mientras masticaba, se dio cuenta de que había olvidado ducharse. Tampoco es que le fuera a dar un corte de digestión por un poco de pan con tomate, pensó. Se metió en la ducha y el agua caliente que salía a presión por uno de los dos grifos lo envolvió en un inesperado bienestar. Le dio igual la sequía. Se quedó así quince minutos, sin echarse jabón. Daba igual llegar tarde. Ya era todo un héroe solo por presentarse en la comisaría.

Se secó y caminó desnudo por el piso, vacío de personas y lleno de fantasmas. La primavera estaba siendo calurosa. Al abrir el armario, una punzada le atravesó el estómago: la ropa de Macarena seguía ahí, colgada de las perchas, ignorando que se había quedado tan huérfana como él. Cuando subió la cuesta del garaje, durante un segundo fantaseó con que ella estuviera allí arriba esperando. Desde aquel episodio de *Morts* no se atrevía a bajar. De poco le había servido tanta precaución. Al salir con el coche se obligó a no mirar a la parte de la acera donde solía esperarlo. Ya casi eran las nueve. Iba a llegar tarde. Pero eso no le importaba a nadie.

El tráfico de Barcelona seguía igual. Como si esos miles de conductores ya hubieran superado lo de Macarena. La calle Aragó estaba tan saturada que era imposible encadenar los semáforos en verde. Enrique observaba a los coches, los peatones, los ciclistas y los patinetes eléctricos. Todo le parecía diferente, pero lo único que había cambiado era él. Al detenerse en otro semáforo en rojo le entró una oleada de angustia. Estuvo a punto de subir por la siguiente calle y conducir hasta Porquerisses. De repente todo parecía carecer de sentido. Por suerte, la angustia se fue desvaneciendo a medida que encadenó varios semáforos en verde.

Dejó el coche en una plaza del aparcamiento en la que nunca lo había aparcado y se encaminó a la oficina. Todos los compañeros con los que se encontró lo saludaron ladeando la cabeza. Isaac todavía no había llegado, así que los que lo recibieron fueron Lucía y Quim. Xavier y Albert ya habían abandonado el grupo. Con el asesino muerto, quedaba poco que investigar.

La cabo le puso brevemente al día, sin mencionar, eso sí, a Macarena.

—Hemos cerrado seis asesinatos con Alfredo Cañas como culpable. Mientras tanto, la Policía Nacional investiga el suyo como víctima. Han dicho que probablemente fue esa mujer que mata a maltratadores.

A Enrique se le escapó una mueca de alivio.

—Eso lo descubrí yo hace tiempo, pero, bueno, no está mal que vayan bajándose de la burra.

—Por lo demás hay un buen montón de denuncias en la mesa. Isaac dijo que te pusieras tú con ellas mientras nosotros seguimos encargándonos de lo otro.

Enrique asintió y le sonrió, disimulando la rabia que le provocó eso de «lo otro». Sabía perfectamente qué era «lo otro». Cogió la pila de denuncias y se sentó en su silla, que siempre crujía, a revisarlas. La mayoría eran peleas de borrachos y agresiones sexuales. Le llamó la atención un robo con fuerza en una carnicería en la que el dependiente, pakistaní, denunciaba insultos racistas por parte de los dos asaltantes. Había acabado en el hospital por su culpa. Enrique eligió esa denuncia por si detrás había un corpúsculo racista. Si los detenía a tiempo, quizá podría evitar un futuro asesinato. Eso era lo mejor de su trabajo. También lo que más valoraban los superiores. Todo lo que ayudara a bajar números en las estadísticas les gustaba.

Enrique se entretuvo buscando en el archivo agresiones similares hasta que una nueva oleada de angustia lo invadió y sintió que nada tenía sentido. Se empezó a agobiar y se arrepintió de haber vuelto al trabajo. Lo único que le apetecía era tomar unas magdalenas con leche chocolateada. Los puzles eran demasiado silenciosos ahora mismo. Necesitaba actividades que le borrasen, o al menos amortiguaran, sus pensamientos.

Fue a por un chocolate y un cruasán industrial a la máquina, y al pasar oyó cómo dos inspectores hablaban del nuevo asesino en serie. Comentaban aliviados que la prensa había aceptado no hablar de él a cambio de más información sobre el Asesino de las Monedas. Ya tenían bastante. Un asesino en serie había matado a otro asesino en serie. Era como si les hubiese tocado la lotería. Los clics y los contratos publicitarios les estarían lloviendo del cielo. El nuevo asesino era brutal. Destrozaba a sus víctimas torturándolas y violándolas antes de arrancarles la cabellera, como hacían algunas tribus nativas de América del Norte. Pero había llegado tarde. Otros dos casos ocupaban ya la actualidad del país.

De vuelta a su mesa, Enrique retomó la denuncia por agresión racista y empezó a leer un informe antiguo. Pero enseguida su cabeza se dirigió al piso de Alfredo Cañas: la bolsa en la cabeza, el cinturón apretando el cuello, el pene cortado, la sangre, la matrícula falsa, la Glock 17, la no Glock 19, la lista con el periodista, la lista sin la veterinaria. De pronto se sintió ridículo por estar allí sentado, buscando agresiones racistas en pequeños comercios. Miró a su alrededor. Samuel, Quim y Lucía trabajaban en sus mesas, e Isaac, que había llegado hacía poco, en su despacho. Después se miró a sí mismo, reflejado en la pantalla negra del ordenador, y se sintió un intruso.

No quería estar allí.

Isaac lo llamó a su despacho y Enrique acudió sintiéndose incómodo, nervioso. La naturalidad de la comisaría había desaparecido para él. Durante más de media hora, su jefe intentó convencerlo de que no podía seguir ignorando a su hijo.

—Eres lo único que ese chaval tiene, no puedes seguir sin responderle al teléfono.

Llevaba dos días sin contestar a sus llamadas. No tenía fuerzas para hablar con él. Sabía que era su padre y que lo necesitaba, pero la idea de conversar con su hijo le provocaba ansiedad. Por muy exagerado que sonase, tenía miedo de que le ocurriera con Julián lo mismo que con Mario. Que con solo mirarlo recordara a Macarena, cómo había muerto y que él era el responsable.

Enrique dio largas a Isaac. En el fondo le molestaba que su hijo se desahogase con su amigo y no con él, lo cual no tenía sentido porque llevaba dos días sin responder a sus llamadas.

A la hora de comer fue a un restaurante con Isaac y Elisenda, que ese día tenía turno de tarde. Ambos evitaban hablar de asesinatos delante de él, lo que le hizo sentir más incómodo. Durante la tarde no trabajó nada. Si por él fuera, aquellos racistas podrían haber exterminado a todos los extranjeros de la ciudad. Le costaba sentirse policía. Justo lo que lo había sacado del pozo treinta años antes ahora ya no le servía de nada.

Se despidió de sus compañeros sin mirarlos a la cara. Pocas veces en toda su carrera se había ido tan temprano a casa. No eran ni las seis. Ni siquiera pilló tráfico porque la mayoría de los conductores seguían en sus oficinas, mirando con impaciencia el reloj. Enrique volvió a subir la rampa del garaje pensando que Macarena lo estaría esperando arriba. Pero allí no encontró nada.

Se miró en el espejo del ascensor y vio una cara diferente. Por primera vez le costó reconocerse. Y aquel espejo era testigo mudo de toda su vida. De sus cincuenta y cinco años, cuarenta y ocho los había pasado en ese edificio. Tardó un rato en abrir la puerta porque se quedó un rato embobado, observando el reflejo de aquel desconocido. También porque solo le esperaba un piso vacío. Qué pocas ganas tenía de volver al trabajo al día siguiente. Estaba tentado a pulsar el botón número cero, volver al garaje e irse a Porquerisses a comer comida precocinada, a no ducharse y a jugar a perderse en la solitud y el aislamiento. Dentro de su infierno, aquello era lo más parecido al paraíso.

Entró en el piso y se enfadó al darse cuenta de que ya apenas olía a Macarena. También le habría enfadado que aún oliera. Lo que le dolía no era la ausencia de olor precisamente. Sin quitarse siquiera los zapatos, caminó hasta el salón y se dejó caer en el sofá *chaise longue* en el que tantas horas había pasado con su mujer. Buscó el mando entre los cojines de colores y encendió la tele. El sol se reflejaba en el parqué envejecido y Enrique pudo olerlo. Ese aroma brillante lo transportó a su infancia. A las tardes de verano en las que en ese mismo salón hacía puzles con su madre. El recuerdo fue feliz hasta que apareció su madre en él. Aquel piso estaba lleno de minas. Ya no podría sentarse en el sofá sin que algo le hiciera explotar por los aires. El rótulo de un programa vespertino que le era familiar anunciaba que había nuevos datos exclusivos sobre el Asesino de las Monedas. Las minas también estaban fuera. Apagó la tele y se encerró en su despacho, pero en la mesa seguía el último puzle que había hecho con ayuda de Macarena y Julián. Aquel no lo había desmontado porque lo habían terminado de madrugada. En el despacho tampoco podía estar. Pensó en meterse en la cama a escuchar música o un pódcast, pero lo que hizo fue algo muy distinto: marcharse a Porquerisses. Aunque estaba a una hora de distancia de la comisaría, prefería vivir allí.

Su plan era conducir durante al menos tres horas con la música a todo volumen. Pasarse de largo Lleida si hacía falta. Incluso llegar a Zaragoza. Pero apenas había salido de la avenida Meridiana cuando recibió una llamada de Veiga. El presentador sonaba alterado. Ni siquiera le preguntó cómo estaba. Fue directo al grano.

—Enrique, ¿tienes la noche libre? —El policía titubeó—. Es importante. Acabo de entrevistar al Asesino Amputador.

29

Cuando Enrique entró en el bar, Veiga ya estaba allí. Lo esperaba sentado en una mesa esquinada tomando una copa de vino tinto. El ambiente era oscuro y silencioso. Se trataba de una coctelería, más apropiada para citas íntimas que para reuniones entre amigos. Era un local pequeño y alargado con una barra que ocupaba casi la mitad. De fondo se escuchaba jazz. Veiga lo observó desde su rincón hasta que Enrique llegó a su mesa. Al final se levantó y lo abrazó.

—¿Cómo estás?

Enrique resopló, sin fuerzas para mentir, y se quitó la vieja sudadera con capucha que había elegido para aislarse en Porquerisses. Veiga aguardó con un extraño brillo en los ojos. O llevaba más de un vino o se alegraba mucho de verlo.

—¿Qué bebes? —le preguntó un camarero joven, de cuerpo musculoso y con un bigote a lo Dalí.

Enrique vaciló. Lo último que necesitaba era alcohol, pero tampoco parecía un sitio donde pedir café o leche con chocolate.

—Lo mismo que él —respondió, señalando la copa de vino de su compañero. El camarero le hizo una reverencia y regresó a la barra sin siquiera mirar a Veiga. El sitio era demasiado moderno como para impresionarse por la presencia de un famoso.

—Muchas gracias por venir, llevo una semana de locos —dijo Veiga como si fueran dos amigos de toda la vida que suelen quedar para contarse sus problemas.

—Ya imagino. —Enrique miró a su alrededor y bajó el tono—. ¿Entonces has entrevistado a…?

El policía no supo cómo acabar la frase. Veiga asintió, nervioso. Parecía alguien que acababa de saltar en paracaídas o que estaba a punto de hacerlo.

—Por eso quería hablar contigo. Sé que es tu caso.

—Bueno, realmente mi caso era el otro.

—Sí, sí, lo sé. —Veiga hizo una pausa mientras el camarero dejaba la copa de Enrique sobre la mesa—. No quiero ser el periodista idiota que pasa a la historia por haber hecho el ridículo.

A Enrique le sorprendió esa confesión. Aunque no le apetecía demasiado, le dio un ligero sorbo al vino. Era suave, afrutado, intenso cuando ya parecía que se iba a apagar.

—Antes de publicar nada —continuó el presentador—, tengo que asegurarme de que no me están tomando el pelo, y no es fácil porque he hablado con una persona que no me ha dado ningún dato personal.

—¿Dónde habéis hablado?

—Verás. Casi nunca uso Instagram, pero el martes, por Sant Jordi, subí una foto firmando libros, y entonces estuve viendo los mensajes y comentarios de la gente.

Enrique se desconectó un momento y pensó en todos los días de Sant Jordi que había pasado con Macarena. Paseos matutinos de la mano por la rambla de Catalunya, sorteando a la multitud. Colas interminables para que su escritora favorita le firmase un libro. Rosas y besos… Enrique daría ahora lo que fuera por que Macarena le contara quién era esa escritora que tanto la había emocionado, qué libro había llevado para que le firmara, cuál había dejado sin terminar de leer…

—Entré en los mensajes no deseados. —La voz de Veiga lo trajo de vuelta—. Y tenía uno de un usuario sin foto, sin seguidores, que solo me seguía a mí. En principio es algo raro, pero, bueno, ya sabemos que hay gente para todo. Especialmente en las redes.

—¿Y qué te decía?

—Que quería hablar conmigo para aclarar una mentira que se había publicado sobre ella. Al principio no le di importancia, pues tenía muchos otros mensajes de gente rara, pero este se me quedó en la cabeza. Lo primero que pensé es que igual era alguien de un caso que había salido en el programa, ¿sabes?

»El caso es que, por la noche, antes de dormir, me volví a acordar y le respondí preguntándole quién era. Y hoy al mediodía me ha contestado que no podía revelar su identidad, que era la asesina que había matado a dos hombres en Madrid y a uno en Valencia. Yo al principio, pues…, joder, lógicamente tuve dudas. Tampoco me lo creí mucho. Le pregunté en qué podía ayudarla y entonces ella me pidió dos cosas.

—¿Qué cosas? —preguntó Enrique, impaciente por la pausa de Veiga para beber.

—Me pidió que publicara que ella no había matado a Alfredo Cañas, que eso era un montaje policial dentro de una estrategia política para desacreditarla y ocultar el verdadero motivo de sus asesinatos.

Enrique dio un sorbo a su copa y, cuando la volvió a posar en el mármol, comprobó que ya estaba vacía.

—No tiene sentido —murmuró, preocupado.

—Te puedo enseñar los mensajes…

—¿Qué era lo otro que quería?

—Que les asegurara a los espectadores que ella no es ninguna loca, que no mata a inocentes. Me dijo que sus víctimas son maltratadores y que los castiga porque la policía no hace nada con ellos. Repetía mucho eso, que la policía los encubre y que la prueba más clara es que los medios presentan a esos maltratadores como héroes.

—Que mata a maltratadores lo descubrí yo hace tiempo, eso la policía ya lo sabe.

—¿Entonces es ella de verdad? —preguntó Veiga, incapaz de esconder su emoción.

—¿Qué más te ha dicho?

—He intentado descubrir si estaba tomándome el pelo, y ella se ha limitado a decirme lo mismo... Y que estaba en un locutorio, que no rastreara su IP o algo similar. Le he pedido vernos en persona varias veces, pero ya no me ha contestado.

Los dos se quedaron en silencio hasta que el camarero volvió a aparecer para preguntarles si querían una segunda ronda.

—¿Entonces crees que puedo dar la noticia? —preguntó Veiga, impaciente. La exclusiva le quemaba en las manos.

Enrique suspiró. No tenía nada claro.

—¿Me dejas ver los mensajes?

Veiga abrió Instagram y, sin soltar el móvil, le enseñó la conversación al policía. El usuario era @Lamalditta. La «tt» al final le provocó a Enrique un escalofrío. El usuario de Wallapop que según su investigación había matado en Madrid era Giuditta. Leyó la conversación y comprobó que Veiga no mentía.

—No tenía ni idea de que era una mujer que mataba a maltratadores. Menudo pedazo de documental se puede sacar de ahí —dijo el presentador.

Desde hacía un rato, Enrique estaba en otro sitio. Las axilas de su camisa se le habían llenado de humedad. También la manga derecha, de secarse el sudor de la frente. No tenía claro cómo podía afectar aquella declaración a la investigación. Viendo lo excitado que estaba Veiga, parecía imposible convencerle de que no dijera nada.

—¿No crees que dañaría tu imagen si se supiera que has estado hablando con una asesina que anda suelta?

—Qué va. Además, diré que me contactó por Instagram y enseñaré la conversación. No es como si la hubiera ido a ver en persona. Por cierto, ¿por qué no se ha revelado que mata a maltratadores?

Enrique se encogió de hombros. Le incomodaba esa conversación. Notaba el sudor descendiéndole por la espalda hasta empapar la goma de los calzoncillos.

—Para señalar a tres víctimas como maltratadores hace falta estar muy seguro.

—Yo lo voy a contar igual. Es la verdad de la asesina, no la del periodista.

—Me sorprende que, aunque no matara a Alfredo, rechace la autoría. Los asesinos de ese tipo suelen ansiar reconocimiento, alimentar su leyenda… Dejar pasar una ocasión así es insólito… Alfredo mató a cuatro mujeres, se le puede considerar perfectamente un maltratador.

—Yo conozco varios casos de asesinos que no quisieron llevarse el mérito de otro. Hay una extraña humildad en algunos criminales. Purismo, si lo quieres llamar así, o derechos de autor —dijo Veiga con un tono extraño, casi satírico.

—Yo no te puedo impedir que publiques nada.

—¿Entonces ella es el Asesino Amputador?

—Yo diría que sí —respondió Enrique con resignación.

A Veiga se le dibujó una sonrisa que le ocupó más de media cara. En sus ojos se podía intuir el emocionante día que le esperaba mañana. Sin borrar del todo la sonrisa, se fijó en Enrique y le preguntó:

—¿Cómo estás llevando lo de tu mujer?

Enrique levantó la copa de la mesa de mármol y la empezó a menear delante de la cara de Veiga, como dándole a entender que ahogaba sus penas en alcohol. Veiga se rio, cogió su copa y la chocó con la suya. Enrique no sabría explicar por qué bebió después de tan sórdido brindis, pero lo hizo.

—He decidido pasar un tiempo en mi cabaña de Porquerisses para desconectar. Está lejos del trabajo, pero al menos también está lejos de casa.

—¿Donde encontraste al Cazador de Urgell? Vaya, lamento oír eso, aunque, si allí estás más cómodo, bienvenido sea. Pero ten cuidado, no vayas a encontrarte con otro asesino —bromeó el presentador.

Sonrieron, se distrajeron y hablaron de tonterías durante un rato más hasta que se acabaron la segunda copa de vino y Enrique decidió pagar la cuenta.

Era una noche fresca. Caía una llovizna tan liviana que la poca gente que pasaba por la calle ni se inmutaba. Enrique se despidió de Veiga sin esperar a que llegase su taxi, alegando que era tarde y que tenía que conducir hasta Porquerisses. Tampoco se ofreció a llevarlo a casa. Lo único que quería era despertarse a la mañana siguiente para llamar a Antón y pedirle un favor: que investigara quién estaba detrás del usuario de Wallapop llamado Giulitta. Le diría que era alguien que había timado a su hijo y que quería asegurarse de que no se trataba de un amigo del que sospechaban. Quizá no era el favor más profesional, pero quién podría negarle la ayuda a un viejo amigo que acababa de quedarse viudo.

30

La exclusiva de Veiga revolucionó la actualidad del país. Las tertulias se acaloraron con diferentes bandos enfrentados. Unos defendían a las víctimas, y sobre todo su presunción de inocencia, a las que no podía tildarse de agresores o maltratadores solo porque la asesina lo entendiera así, mientras que otros intentaban centrar el debate en la inacción policial respecto a la violencia machista. En las redes sociales, @Lamalditta se convirtió en una heroína para miles de personas y en la enemiga pública número uno para los miles de enfrente.

Aparecieron decenas de cuentas con su mismo nombre en Twitter e Instagram, algunas haciendo chistes, otras fingiendo ser realmente la asesina. Los demás periódicos replicaban las noticias que Veiga escribía en *La Vanguardia* sobre el tema de manera que en todas las primeras páginas de la prensa nacional no se hablaba de otra cosa. Todos intentaban aparentar prudencia, citando a la asesina sin darle excesiva credibilidad, pero vistiendo el morbo de denuncia. La principal línea editorial negaba que las víctimas fuesen maltratadores solo porque una presunta criminal lo dijera. Los programas de televisión y radio se convirtieron en interminables debates sobre por qué se había vuelto tan inseguro el país. Sobre qué había llevado a España a tener dos asesinos en serie al mismo tiempo. Algunos periodistas incluso mencionaron a un tercero y hasta sugirieron que podía ser el responsable de la muerte de Alfredo Cañas, pero los conductores cortaban rápidamente cualquier intento de especulación. Con dos asesinos múltiples ya tenían suficiente.

Mientras la actualidad bullía, Enrique se centraba en vivir en su cabaña de Porquerisses e ir al trabajo unas seis horas al día. Intentaba llegar a las nueve y se iba antes de las tres. Todos los días de la semana paraba en McAuto para comprarse un menú con una hamburguesa de queso extra, que devoraba durante el trayecto en coche hasta el pueblo. Así podía pasarse toda la tarde tumbado en el sofá, dormitando. Los últimos días de abril fueron calurosos, y algunas veces sacaba una silla a su jardín de malas hierbas y se quedaba allí sentado en silencio mirando cómo, a lo lejos, el viento mecía las copas de los árboles. Las llamadas y los mensajes de Julián seguían siendo ignorados. Enrique había llegado a un punto en el que se sentía tan empequeñecido ante su hijo que hasta sería incapaz de saludarlo por la calle. Una mezcla de vergüenza, dolor y miedo le apretaba el pecho cada vez que pensaba en él.

El ambiente en la comisaría llevaba dos días tenso porque, el lunes anterior, alguien había llamado al número de emergencias con un aparato que distorsionaba la voz asegurando que iba a continuar el trabajo de Alfredo Cañas. El caso era tan mediático que la principal hipótesis era que se trataba de un bromista, pero los últimos acontecimientos habían sido tan confusos que la psicosis se extendió entre los agentes como la electricidad en el agua. Enrique estaba al margen de la investigación, aunque se mantenía al tanto. Él se dedicaba a desmantelar a una posible organización racista que agredía a inmigrantes. La realidad era que casi no se levantaba de su mesa y la mayoría del tiempo se distraía pensando en pedir una baja o una excedencia para perder de vista a todo el mundo.

Más que tensión, lo que Enrique sentía era una sensación de final, de última etapa. Desde hacía un tiempo le parecía que la vida estaba en los minutos de descuento, como si la fiesta estuviera a punto de terminar y solo quedaran los más borrachos tirados en el sofá. Sus compañeros le hablaban, pero él solo veía trozos de carne haciendo ruido por un agujero con dientes. Sabía sus nombres y tenía recuerdos con ellos; sin embargo, ya no los identificaba como antes. Era como si viviera en un mundo lleno de clones. Reconocía los cuerpos, pero no las almas. Y eso le hacía sentir profundamente solo. Varias veces Isaac le había insistido para que se quedase en Barcelona y fuera a tomar algo con él y los chicos. Le decía que le vendría bien salir y distraerse, pero Enrique lo único que quería era estar solo.

La soledad llama a la soledad.

Había llegado a pensar que la muerte del asesino de su mujer le ayudaría a salir adelante, que ver su cuerpo sin vida y mutilado en aquella cama disminuiría su dolor, pero ahora no estaba seguro de que fuera así. Trataba de recordar cómo era su vida antes de ver a Alfredo Cañas con la bolsa en la cabeza y no estaba seguro. Era innegable que, en momentos de angustia, cuando se acostaba sin Macarena al lado, o cuando hacía café para dos, visualizaba el asesinato de Alfredo y se sentía mejor, o tal vez solo menos mal.

Durante toda la mañana había eludido a Isaac. Este le había insistido en que se pasara por su despacho antes de irse. Enrique estaba harto de las charlas sobre su responsabilidad como padre ante la tragedia que también estaba viviendo su hijo. Lo último que le apetecía era sentarse en el despacho de su amigo a escuchar lo mal padre que era. Iba a escabullirse y alegar al día siguiente que estaba muy centrado en su nuevo caso como para perder el tiempo hablando, cuando Isaac salió de su despacho con el rostro desencajado. Además de Enrique, en la comisaría estaban Jaume, Elisenda y Quim. Los cuatro dejaron de hacer lo que estaban haciendo y miraron al jefe.

—Nos acaban de notificar un tiroteo en la Dreta de l'Eixample, en Bruc con Provenza. Vamos para allá cagando hostias —dijo poniéndose una chaqueta.

Enrique condujo hasta allí con Jaume de copiloto. Gracias a la radio supieron que había tres disparos y una víctima mortal. Aprovechando la luz azul del coche, Enrique se saltó todos los semáforos. Aparcó a tres calles porque se había formado una importante retención. El inspector y el sargento cruzaron la Diagonal corriendo. A lo lejos veían las luces de las ambulancias y de los coches patrulla. La cinta policial, desplegada al lado de un quiosco, mantenía a los curiosos alejados.

Aunque el agente uniformado que estaba protegiendo la cinta los reconoció, Enrique y Jaume enseñaron sus placas. Caminaron hasta el cuerpo. Isaac y Elisenda ya estaban allí. Le acababan de quitar la manta. Sobre las flores de cuatro pétalos de las baldosas del suelo de Barcelona descansaba el cuerpo de un hombre alto y recio de entre cuarenta y cincuenta años. Tenía dos disparos en el torso: uno en el estómago y otro en el pecho. El tercero, en la cabeza. Dos agentes uniformados se apresuraban a evitar que los curiosos viesen o grabasen los restos de tripas y de masa encefálica sobre la acera.

—Esto son heridas de un revólver —les dijo Isaac a los recién llegados.

—Qué bestialidad —dijo Jaume, evitando mirar mucho a la cabeza de la víctima.

Enrique sí miró. El pelo rubio de la víctima tenía sangre reseca y su ropa veraniega estaba pegada a la piel por la sangre.

—Es mejor que tú te vayas a casa —le dijo Isaac, apartándolo suavemente hacia un lado.

—¿Por qué?

Isaac le señaló una moneda de un euro a pocos metros del cuerpo. En ese momento, un agente de la policía científica colocó un marcador junto a ella. Enrique se quedó mirando la moneda. Tras unos segundos de confusión, pensó en la llamada anónima en la que una voz distorsionada anunciaba que continuaría el trabajo de Alfredo Cañas. Sus compañeros, el juez y los de la científica se movían a su alrededor mientras él se mantenía inmóvil con la vista clavada en el euro. De tantos pensamientos, la mente se le quedó en blanco. O quizá sería más apropiado decir que en negro. La segunda vez que alguien lo tocó para que se moviera, Enrique decidió alejarse varios metros. La tormenta de pensamientos amainó y volvió a hacerse con el control de su mente.

—Es un publicista —oyó decir a Jaume con la cartera de la víctima en la mano.

Enrique comenzó a retroceder hasta que la cinta policial bloqueó su camino. Se dio la vuelta y se agachó para pasarse al otro lado. Desde allí volvió a observar la escena del crimen: Elisenda fotografiaba todo antes de que se llevaran el cuerpo mientras Isaac hablaba con un testigo que gesticulaba mucho.

Aquello se trataba de un asesinato brutal. Más que seguir el trabajo de Alfredo Cañas, se había propuesto mejorarlo. Lentamente, como una semilla que germina, una idea empezó a brotar en el interior del cerebro de Enrique. No era la primera vez que alguien mostraba interés en ser el Asesino de las Monedas, así que, poco a poco, las piezas del puzle fueron encajando en su cabeza casi sin esfuerzo. Primero se había entregado asegurando ser el asesino, después había imitado su forma de matar y ahora que ya no estaba se dedicaba a continuar su obra. La espalda le empezó a arder y el sudor apareció enseguida. Las ventanas de los edificios comenzaron a tambalearse. Las facciones de las personas que estaban allí desaparecieron. Un pitido muy agudo se adueñó de sus oídos, tanto que llegó a pensar que no se iría nunca. Enrique agitó la cabeza y caminó dando tumbos hasta una cafetería cercana. Estaba vacía. Todos los clientes y los camareros habían salido a la terraza a contemplar el espectáculo. Sin tiempo para razonar, Enrique vació un vaso que estaba en la barra con un refresco de color naranja y dos hielos. Los ojos se le pusieron vidriosos y notó cómo enrojecían, y también cómo el mareo y el pitido se disipaban. Con más control sobre sí mismo, Enrique salió de la cafetería y regresó al coche.

Conducía sintiendo pinchazos en las sienes. También notaba la boca seca. Los nervios se habían apoderado de él, unos nervios que ya conocía, unos nervios que en el fondo le gustaban, que le hacían sentir vivo, que, en cierto modo, le satisfacían.

El policía avanzó por la carretera del Tibidabo dejando atrás las vistas de la ciudad. Pisaba los pedales con brusquedad. Cualquiera diría que estaba borracho. La radio estaba apagada. Otra vez el silencio. Se sorprendió a sí mismo al recordar el camino a la perfección, como si fuera a comer allí cada fin de semana. Aparcó el coche delante del gran portal verde, se metió las esposas en el bolsillo de la sudadera y le quitó el seguro a la pistola.

—Vamos allá —se dijo a sí mismo, respirando profundamente.

Dos perros de una casa vecina se pusieron a ladrar frenéticamente en cuanto apoyó los pies en el suelo de grava. El agradable olor a césped recién cortado lo transportó durante una milésima de segundo al castillo de Angus. El recuerdo desapareció en cuanto apretó el timbre de la casa. Lo hizo de manera suave. No quería alarmar a nadie. El latido del corazón tamborileaba en sus sienes y también en sus muñecas. En el pecho lo que sonaba era un trombón. Se apartó unos metros del portal para mirar a la casa. Era imposible saber si había alguien; el sol pegaba con fuerza y ninguna luz en las ventanas podía delatar a nadie como hacía por las noches. Enrique volvió a timbrar. Tenía la sensación de que, si se fijaba bien, podría ver los latidos de su corazón marcándose en las venas. La espera le estaba enloqueciendo. Acarició con los dedos la culata de la pistola, como para asegurarse de que no le había abandonado.

Ante la ausencia de respuesta, se planteó escalar el muro de la finca. A esas alturas, ya no estaba para seguir ningún protocolo. Colocó el pie derecho en el saliente de una piedra e intentó impulsarse con las manos. Lo único que consiguió fue perder el equilibrio y caer al suelo dando un saltito. Cuando iba a intentarlo por segunda vez, la puerta pequeña del portal se abrió, revelando a Borja Serra. El chico lo miraba con su semblante altanero y su sonrisa bobalicona de siempre. Como Enrique estaba a los pies del muro, Borja tuvo que salir del portal para verlo. Al hacerlo se quedó rígido, como una presa que se prepara para huir de su depredador. Enrique puso su mejor sonrisa y, aparentando toda la calma del mundo, se acercó a él como si estuviera encantado de verlo.

—Ey, Borja.

Sin mover la cabeza, Borja empezó a mirar hacia los lados y también hacia arriba, como si esperase encontrar a más policías.

—¿Qué haces aquí?

—Han vuelto a robar en esta zona. ¿Conoces a los dueños de la casa de al lado de la panadería?

Borja frunció el ceño para pensar y, en ese momento, Enrique le dio un puñetazo en el ojo derecho que lo tiró al suelo. Sin dejarle tiempo para reaccionar, el policía le retorció el brazo por detrás de la espalda y le clavó la rodilla en la espalda.

—¡Suéltame, hijo de puta!

—¿Pensabas que me había olvidado de ti? —le preguntó con un tono amenazador que albergaba una profunda ira.

—Yo no he hecho nada. ¿Por qué me detienes? —se quejó Borja mientras Enrique le apretaba las esposas en las muñecas.

—¿Quién ha dicho que te esté deteniendo? —le respondió con una sonrisa macabra.

Enrique lo levantó del suelo y lo arrastró hasta el coche de malos modos. Lo empujó contra la carrocería con tanta fuerza que se escuchó el sonido de una abolladura. Borja emitió un sonido gutural, similar al de un niño. Después, el policía abrió el maletero y lo metió dentro. Este lo miró con ojos aterrados desde el interior. Sin mediar palabra, Enrique cerró el maletero.

31

Un golpe seco que dio Borja en el maletero le hizo recordar el sonido de la puerta de Alfredo cerrándose a su espalda. En cuanto se quedó a solas con él en aquel piso supo que no había vuelta atrás.

—Deja las bolsas y las llaves en el suelo. Despacio —le ordenó con autoridad.

Alfredo le obedeció. Cuando las soltó, Enrique le puso las esposas, asegurándose de que sus manos quedaran en la espalda. Una vez inmovilizado, permitió que se girase y se miraron a la cara.

—¿Quién eres? —preguntó Alfredo con voz temblorosa y ojos asustados. A Enrique le pareció impostado. Se miraron en silencio durante unos segundos, hasta que empezó a pensar que realmente no sabía quién era.

—Ven, vamos a sentarnos.

Enrique lo agarró por las esposas y lo arrastró por un estrecho pasillo. Al notar que el suelo estaba tan sucio que las zapatillas deportivas se le pegaban al avanzar, se acordó de los guantes y las fundas que tenía en el bolsillo del vaquero. Siempre llevaba en la guantera del coche y, antes de llamar al timbre, se había guardado varios pares por lo que pudiera pasar. Avisos del subconsciente. Al ver que se cubría las manos y el calzado, Alfredo mostró un gesto de preocupación.

Enrique bajó todas las persianas de la casa mientras Alfredo esperaba sentado en el sofá, como un niño en la consulta del dentista. Al hacerlo encontró una matrícula falsa, tirada en una pequeña habitación que parecía un trastero. En realidad, todo el piso parecía un trastero. Enrique dudó sobre qué estaría más sucio, si Porquerisses o aquel lugar. Volvió al salón, cogió una vieja silla de madera que estaba bajo una mesa llena de restos de comida y platos sucios, y se sentó frente a Alfredo. Por un momento se dejó conmover por su expresión asustada. Luego pensó en Arsenio, en Olga y en Andrea. También en Gustavo, en Adaku y en Nicolás. Lo cierto es que si fuera solo por ellos habría llamado a la policía.

—¿Pensabas que no te iba a encontrar?

—Yo no he hecho nada.

—¿Sabes quién soy?

Alfredo negó con la cabeza, asustado. Era un muchacho con cara de niño con cejas oscuras y espesas, de complexión delgada, poquita cosa. Sus ojos eran negros y se movían de una manera poco natural. Parecía como si estuviera analizando cada detalle, radiografiando por dentro. Enrique entendió el correo que le había escrito a la policía su compañera en Ikea.

—Ya he visto la matrícula —siguió Enrique—. Podría ponerme a buscar las pistolas, tu colección de billetes, seguramente guardes artículos que hablan de ti en la prensa, pero todo eso no cambiaría nada, porque yo sí sé quién eres. ¿Sabes quién eres?

Alfredo guardó silencio. Enrique le hablaba con la pistola en la mano. Sin apuntarle. La sujetaba como quien tiene entre las manos el mando de la tele.

—¿Sabes quién eres? —repitió con poca paciencia.

—¿Alfredo?

—Eres el asesino de mi mujer.

Alfredo tragó saliva. Estaba sentado en el sofá con las piernas juntas y la cabeza baja. Enrique se levantó y se colocó delante de él. Sus ojos quedaron a un metro de los del asustado chaval.

—¿Por qué repetiste la moneda de cincuenta céntimos?

—Yo no repetí nada —respondió con una voz inestable y temblorosa.

Enrique amagó con pegarle y Alfredo cerró los ojos como un niño atemorizado. Ansiaba hacerle daño, pero había estado en demasiadas escenas de crímenes como para cometer un error así.

—Eres un niñato —dijo Enrique con un tono cercano al lamento. Le habría gustado tener enfrente a un rival más digno. Con él se sentía como el abusón del recreo robando el dinero del almuerzo—. Un niñato que ha matado a siete personas.

—A seis —corrigió Alfredo.

Quizá por los nervios, al chico se le escapó una inquietante sonrisa al corregirle. Enrique lo miró con ira. Y en ese preciso instante fue cuando la idea brotó en su cabeza. El final de Alfredo se acababa de escribir.

—Levántate —le ordenó usando la P30 como si fuese una firma con la que acelerar un trámite molesto

Enrique lo llevó hasta la habitación principal y lo tiró encima de la cama.

—Querías un buen documental, ¿eh? Recibir cartas de chicas en la cárcel. Que todo el mundo supiera tu nombre. Quizá una película. ¿Qué actor te habría gustado que te interpretase?

—Yo no quería nada de eso. Lo que hago es solo para demostrar que esta sociedad está podrida. ¿Por qué no investigasteis a las primeras víctimas como a las últimas?

Esa respuesta orgullosa sorprendió al policía. Le gustó. Le apetecía algo de oposición. Había ido en busca de un monstruo y de momento solo había encontrado a un niñato inútil.

—En el fondo me das pena —mintió Enrique con una mueca de superioridad—, eres un fracasado, un inadaptado. Tienes un trabajo de mierda, no tienes amigos, no tienes novia. ¿Has follado alguna vez? ¿Alguien te ha dicho «te quiero»? —Enrique le dejó un momento para responder e interpretó el silencio como una confirmación a sus sospechas—. Y de pronto te embarcas en esta misión y fracasas estrepitosamente. Querías dar una lección y has dado justo la contraria. Eres un inepto que solo ha matado a las personas a las que se supone que quería proteger. No has llegado ni al euro. ¿A quién pretendías ponerle tú el billete de quinientos bajo los pies, alma de cántaro? Tú lo único que querías era hacerte famoso.

—No.

Enrique se rio ante su mentira.

—Y una mierda que no. Pero no lo vas a ser, ¿sabes? A veces en el fútbol un equipo modesto arranca bien la liga y todo el mundo empieza con el runrún de que puede ganarla. La mayoría de las veces, a la mitad de la competición, el equipo se viene abajo y ya nadie se acuerda nunca más de él. ¿Te suena?

—No me gusta el fútbol.

Enrique le quitó las zapatillas deportivas, los calcetines, los pantalones, los calzoncillos. Alfredo estaba tan confuso que apenas se resistió. Tampoco podía evitarlo. Tiró los calzoncillos al suelo, le miró los genitales y se burló de ellos, ridículos e imperceptibles en el vello púbico, quizá por el miedo.

—Suéltame o empiezo a gritar.

Enrique se partió de risa.

—En el momento en el que disparaste a esa prostituta perdiste para siempre la simpatía de un buen samaritano. Grita si quieres. Ya verás qué pasa.

Enrique salió de la habitación a paso lento, como si tuviera todo controlado. Una vez en el pasillo caminó rápido hacia la entrada. Cogió la bolsa de la compra que traía Alfredo y la vació en la encimera de la cocina. Rebuscó en los cajones y encontró unas viejas tijeras azules de Ikea. Ironías de la vida.

Al volver a la habitación, se encontró a Alfredo intentando abrir un armario con la boca. La imagen era tan patética que le hizo reír. Lo agarró de las esposas y lo lanzó de nuevo sobre la cama. Los muelles sonaron. Era un somier viejo.

—¿Qué buscabas?

Alfredo permaneció inmóvil, derrotado. Enrique abrió el armario y vio que estaba lleno de ropa tirada. Encima de una pila de sudaderas había un casco azul oscuro. Abrió un cajón y encontró la famosa Glock 17 entre los calcetines. Siguió buscando, pero no vio más pistolas. Solo un cinturón.

—Estás loco —le dijo Alfredo desde la cama.

Enrique se acercó a él con su pistola en una mano y la bolsa de plástico, las tijeras y el cinturón en la otra.

—Imagino que has visto en la prensa que hay otro asesino. Es una chica, y me parece mucho más interesante que tú. Ella mata a maltratadores.

Los ojos de Alfredo casi se salieron de las órbitas y empezó a gritar pidiendo auxilio. Enrique se abalanzó enseguida sobre él y le aplastó la cabeza con una almohada mientras las tijeras y el cinturón rebotaban sobre el colchón. Le estuvo apretando la cara hasta que se cansó de gritar. Cuando lo soltó empezó a toser. No había estado muy lejos de asfixiarse.

—Quiero que sepas —dijo Enrique recuperando el aliento— que cuando te mueras nadie va a pensar en ti, porque te voy a matar de tal manera que ella será la que se lleve el protagonismo. Tú solo serás una víctima más de su lista. Un maltratador de mierda más. La única serie o película en la que saldrás será en la de ella, como un simple figurante, que es lo que has sido siempre. Eso sí, quiero que sepas que ella les corta la polla una vez que han muerto, cosa que yo no haré. Te vas a ir de este mundo sufriendo lo inimaginable. Y, mientras lo haces, quiero que pienses en esa pobre y maravillosa mujer a la que asesinaste a cincuenta metros de su trabajo.

Alfredo se esforzó en incorporarse, como preparándose para luchar, pero, con las manos esposadas a la espalda y contra alguien armado, poco podía hacer. Pataleó y gritó hasta que Enrique le colocó la bolsa de plástico en la cabeza. Enseguida ya solo pataleaba. El plástico se iba apretando cada vez más a su cara adoptando la forma de sus facciones, convirtiéndose en su segunda piel. Enrique le rodeó el cuello con el cinturón. Le dio una vuelta, luego otra, y una más hasta que pudo encajar la hebilla en uno de los agujeros. Además de estrangularle, el cinturón sujetaba la bolsa que le ahogaba. Con las manos libres, Enrique cogió las tijeras y trató de agarrarle el pene, pero con tantas patadas era imposible. Ahí entendió por qué la asesina de maltratadores esperaba a que se muriesen. El policía se bajó de la cama y, en pie, se quedó mirando la agonía del asesino de Macarena. Pataleaba tanto que estuvo a punto de caerse de la cama. Enrique tuvo que empujarlo con el pie para mantenerlo sobre ella.

—Nadie se acordará nunca de ti —le dijo con tono severo.

Lejos de conmoverse por la agonía de Alfredo, Enrique disfrutó viendo cómo se retorcía como si fuera un pez en la cubierta de un barco. No dejó de mirar hasta que los estirados dedos de sus pies dejaron de estar rígidos y se quedaron quietos. Ahí fue cuando le cortó el pene con las tijeras. Le llevó más de un minuto y al hacerlo se manchó de sangre. Tuvo que utilizar las hojas de las tijeras como si fueran una sierra.

Al guardarse la parte amputada en el bolsillo comprendió de golpe que ya no había vuelta atrás. La emoción de la última hora se convirtió en miedo. Llevaba mucho tiempo en ese piso. Todo estaba lleno de sangre, se habían escuchado gritos, había estado en varias habitaciones, dos vecinos lo habían visto… Aquello estaba lejos de ser el crimen perfecto. Le cortó la sudadera y la camiseta que aún tenía puestas usando las tijeras. Después le quitó las esposas y dejó a Alfredo completamente desnudo. Tembloroso, acercó las tijeras a los genitales y las volvió a manchar de sangre. Le llamó la atención la soledad que se siente al pasar de estar acompañado a encontrarse a solas con un muerto. Caminó hasta la cocina y buscó una bolsa. Al hacerlo vio unas bridas. Todas las víctimas de la asesina estaban esposadas, así que pensó que no estaría de más colocarle unas bridas al cadáver. Luego guardó la ropa cortada en una bolsa de supermercado que encontró y se preparó para marcharse. Dudó sobre qué hacer con la puerta. Finalmente, decidió que prefería que encontrasen a Alfredo cuanto antes para así poder seguir con su vida. Haciendo el menor ruido posible, salió al rellano y dejó la puerta entreabierta.

Otro golpe en el maletero lo devolvió al presente. Borja seguía pataleando y gritando desde la parte trasera. No se cansaba de hacerlo.

Enrique puso música en la radio para no escucharlo y siguió conduciendo nervioso y emocionado. Tener a Borja a su merced le hacía sentir poderoso. Sabía que ese era un trayecto que nunca olvidaría. Al igual que nunca olvidaría el trayecto desde las oficinas de Ikea hasta la casa de Alfredo.

Con ese vívido recuerdo en mente, Enrique aparcó en el camino asfaltado frente a su casa de Porquerisses, pues en la pequeña finca no había sitio para el coche. Se aseguró de que no había nadie cerca y abrió el maletero. Borja le lanzó una mirada a mitad de camino entre la amenaza y la súplica. Enrique le intentó ayudar a salir, pero Borja se defendió dando patadas y profiriendo insultos. Enrique le golpeó con la culata de la pistola en la mandíbula en tres ocasiones. Una de ellas sonó a hueso roto. Primero Borja se lamentó y después dejó que le ayudase a salir del maletero sin rechistar.

A plena luz del día, Enrique abrió el viejo portal de la cabaña y lo condujo al interior. La puerta principal de la cabaña estaba en un minúsculo jardín delantero, lleno de trastos viejos y malas hierbas, cercado por un envejecido y sucio muro de piedra de poco más de un metro de alto. Enrique la abrió y metió a Borja dentro. Hacía una semana había tenido a Alfredo Cañas a su merced. Ahora lo tenía a él. La casa más cercana estaba a unos setecientos metros. A su alrededor solo había un camino custodiado por árboles por el que no pasaba nadie. Ellos podían oír los coches y camiones de la carretera más cercana, pero no al revés.

Enrique cerró la puerta y se quedó mirando a Borja con una sonrisa maliciosa.

—¿Tienes hambre?

32

Borja se quedó de pie frente a la chimenea y la tele apagadas. Miraba a su alrededor con cara de asco. Tenía las manos esposadas a la espalda y la mejilla derecha se le había hinchado y amoratado.

—Menuda pocilga —dijo.

Enrique metió dos pizzas en el horno y se dirigió al salón. Todo estaba lleno de documentos tirados y restos de comida. Pequeñas moscas iban y venían por la habitación. Un hedor ligero, como a queso podrido, inundaba la casa.

—¿Tampoco te quieres sentar?

—Suéltame las manos, a ver si así eres tan valiente —le dijo Borja, desafiante.

El comentario hirió el ego de Enrique. Durante un momento estuvo a punto de quitarle las esposas. Sabía que podía machacarlo en una lucha cuerpo a cuerpo, pero tampoco quería arriesgarse, no fuera a ser que el tipo saliera corriendo y se escapara. Borja era como una mosca atrapada en un vaso y no podía cometer el error de dejar que volase. Enrique suspiró y se puso delante de él. Los dos tenían la misma altura, pero ahí se acababan las similitudes en su complexión. A diferencia del policía, Borja era delgado, escuchimizado. Muy parecido a Alfredo.

—Siéntate —le dijo tirándolo al sofá—. Vamos a hablar.

—Yo no tengo nada que hablar.

La actitud de Borja era mucho más altiva y beligerante que la de Alfredo. Parecía más bravucón, más nervioso, más dañino. Alfredo era el tipo de persona que disfrutaba viendo cómo a otro le dan una paliza, mientras que Borja era de los que aprovechaban la situación para dar patadas al que estuviera en el suelo.

—Querías ser el Asesino de las Monedas, ¿no es así? ¡Pues enhorabuena, porque ya lo eres!

Borja lo miró desafiante.

—Vas de chulo, pero el único que está asustado aquí eres tú —le dijo con un tono altivo y despreciativo.

Enrique se preguntó si eso era verdad. Se tuvo que tantear a sí mismo durante un segundo. Descubrir que no tenía miedo le alivió. Borja intentaba manipularlo.

—¿A cuántas personas has matado?

Borja sonrió de medio lado. Tenía una habilidad especial para irritar al prójimo. Enrique le dio un puñetazo con la mano derecha. Al chocar con su mejilla notó una parte blanda en su hueso. El golpe sonó astillado. Borja disimulaba o soportaba muy bien el dolor porque, tal y como se le estaba poniendo la cara, no era normal que se mantuviera tan estoico.

En lugar de responder, le volvió a sonreír. Antes de que los labios se le despegaran ni un milímetro, Enrique le metió un revés con el puño cerrado en toda la boca. La parte exterior de la mano le empezó a sangrar por uno de los agujeros que le habían provocado los dientes de abajo.

Borja escupió una bola de sangre muy oscura en el viejo sofá. Se pasó la lengua por los dientes y comprobó si alguno se le movía.

—Esto puede ser muy largo —advirtió Enrique, dándole a entender que no iba a tener piedad.

—¿Qué quieres de mí?

Gotas de saliva roja salían salpicadas de la boca de Borja al hablar. Perdía la chulería al mismo ritmo que la sangre.

—Quiero que me digas a quién has matado.

—Yo no he matado a nadie.

Enrique asintió con un gesto torcido, indicándole a Borja que había optado por la respuesta equivocada. Caminó hasta la cocina y cogió una manopla de horno. Después, tomó cuatro tenedores sucios que estaban sobre una mesa y los metió con las pizzas en el horno.

—Este horno está muy frío —dijo Enrique mientras ajustaba la temperatura hasta los 250 grados, lo máximo que alcanzaba.

La estoicidad de Borja se tambaleaba a medida que veía cómo el policía se acercaba a él con una sonrisa helada.

—¿Sabes lo que le hice al auténtico Asesino de las Monedas?

Enrique lo agarró del pecho y lo levantó. A empujones lo sacó hasta el jardín de atrás, el que daba al bosque.

—¿Ves eso? —le preguntó Enrique señalando un cúmulo de insectos en un punto concreto entre las malas hierbas—. Es su polla.

Las moscas, hormigas y polillas se habían dado un buen festín, ya apenas quedaba nada de Alfredo allí. Borja no era especialmente expresivo, pero en ese momento en sus ojos azules apareció un destello. La posibilidad del miedo, tal vez.

—¿Lo mataste tú?

—¿Sabes por qué?

Borja negó con la cabeza. Tenía sangre seca en los orificios de la nariz y en la barbilla. La piel de su mejilla derecha oscilaba entre el rojo, el azul y el negro.

—Porque pensaba que había matado a mi mujer. Macarena Alonso, veterinaria. ¿Te acuerdas de ella?

—Solo por las noticias. —A Borja le costaba vocalizar. Si la mandíbula no estaba rota, al menos tenía una buena fisura.

Enrique lo miró, levantando las cejas con incredulidad. Después lo agarró de la oreja izquierda y lo arrastró brutalmente de vuelta al interior de la casa.

Una vez allí, lo tiró al sofá.

—¿Sabes que lo de los tenedores se me ocurrió antes? —dijo Enrique mientras caminaba hacia la cocina—. Nunca había pensado en algo así. Quizá soy el primer torturador con una manopla de horno. —Enrique se paró delante del horno y se giró hacia Borja—. Sé que dijiste que no tienes hambre, pero ahora mismo hay dos opciones: o te comes la pizza o te comes los tenedores. ¿Qué prefieres?

—Prefiero la pizza —dijo Borja a regañadientes.

—Muy bien, pero para eso primero tienes que responder a mi puta pregunta. ¿A quién has matado, Borja? —El chico apartó la mirada—. Sé que eres un sádico retorcido y que de pequeño maltratabas animales. ¿Alguna vez se te ocurrió clavarle a un gato un tenedor ardiendo en la lengua? No, ¿verdad? Tú preferías atarlos a árboles y quemarlos. Decías que gritaban como personas, ¿no? Pues, si no empiezas a hablar, puede que hoy descubramos si son las personas las que gritan como gatos.

—Cuando fui a la comisaría estaba borracho. Yo no he matado a nadie.

Enrique se puso la manopla —azul, con un alegre estampado de margaritas—, abrió el horno y cogió uno de los tenedores. Del interior salía una fina cortina de humo negro por los restos de suciedad que había entre los cuatro dientes.

Borja se retorció en el sofá intentando levantarse. Con las esposas era muy difícil. Enrique le acercó el humeante tenedor a la boca; al mover tan bruscamente la cabeza, este se le clavó en los labios. Se pudo escuchar cómo el metal abrasaba la piel. Borja soltó un desgarrador alarido.

—¿Así gritaban los gatos?

Enrique le apretó el tenedor en la oreja derecha. El lóbulo se le abrasó y Borja volvió a gritar. El policía se sorprendió al ver que rompía a llorar. Aquel tipo no era más que un niño mimado.

—Podemos estar días así —le dijo acercándole otra vez el tenedor.

—No sé qué me pasa —dijo Borja entre llantos—. Yo no quiero hacer las cosas que hago. Yo querría ser normal.

Las lágrimas se mezclaban con la sangre que le salía de los labios.

—¿Qué cosas haces?

—Desde pequeño se me va mucho la olla, no sé por qué. Pero yo no quiero ser así. ¡Te juro que no!

El llanto de Borja se descontroló. Sufría fuertes espasmos en el pecho y parecía tener problemas para respirar. Un ligero olor a quemado llegó al salón y Enrique sacó las pizzas del horno. Preparó la comida mientras esperaba a que Borja se tranquilizara. Este se calmó tanto que se quedó dormido. Su boca abierta descansaba sobre un pequeño charco de baba roja en la descosida tela del sofá. Enrique se comió una pizza y media viendo cómo dormía. Nadie diría que aquel angelito acababa de pegarle tres tiros a un pobre inocente en el centro de Barcelona.

Primero parpadeó con los ojos cerrados y después los empezó a abrir. Al ver su gesto, Enrique comprendió que le dolía la cabeza.

—Tengo que mear —dijo Borja con resignación al ver a Enrique sentado en una silla delante de él. Dio la impresión de que durante unos segundos se había olvidado de dónde estaba.

—Si quieres que te ayude a mear, primero tienes que hablar.

—Me puedo mear encima —amenazó Borja.

Enrique se rio de él.

—¿Acaso no has visto cómo está la casa? ¿Crees que me importa que te mees encima?

Los ojos de Borja llamaron loco al policía. A esas alturas ya quedaba muy poco de su actitud altiva y beligerante.

—Tengo mucha mierda en la cabeza. Desde niño he estado enfermo. No es mi culpa.

—¿Por eso mataste a mi mujer?

—¡Yo no maté a tu mujer! ¡Te lo juro!

—Sé que no eres un santo y no me das ninguna pena, así que ahórrate el victimismo. Llevo demasiados años en esto como para que te funcione.

—Yo… —Borja se interrumpió a sí mismo al darse cuenta de algo—. No sé ni cómo te llamas.

—No es mi culpa que tengas problemas de memoria.

—Pues te llamaré policía.

A Enrique le hizo gracia ver cómo Borja trataba de razonar con él como si fuese el cuerdo.

—¿Sabes que en esta casa hay una caja de herramientas con martillo, alicates, destornilladores, cúter y clavos? ¿Y que tengo un hacha para la leña?

Enrique señaló todo en el suelo de la cocina. Mientras Borja dormía se había dedicado a recolectar herramientas que le pudieran servir para hacerle hablar.

—Está bien —dijo Borja mirando la caja de herramientas, el hacha y un cincel oxidado—. Yo maté a los viejos y al maricón.

La cabeza de Enrique se giró como un resorte hacia él. Debido a las magulladuras de la cara de Borja, era difícil discernir si estaba presumiendo o lamentándose. Enrique necesitó un momento para entender la magnitud de su confesión. Acababa de reconocer que era el loco que había torturado, asesinado y hasta arrancado la cabellera a tres pobres desgraciados. De alguna manera, la forma de verlo cambió después de saber aquello. Todavía lo tenía a su merced, pero no era lo mismo disparar una pistola que hacer las barbaridades que les había hecho a aquellas personas. Una vocecita en el interior de su cabeza le pidió que tuviera cuidado.

—Por fin nos vamos entendiendo —dijo Enrique fingiendo que ya sabía lo que acababa de descubrir.

—Quería saber qué se siente. No sé por qué. Algo en mi cabeza siempre quiso saberlo. Desde pequeño.

—¿A quién mataste primero?

—La vieja murió primero.

—¡Mientes!

Enrique caminó hasta la cocina y cogió la caja de herramientas.

—Entré en su casa diciéndoles que me habían robado la moto y pidiéndoles usar su teléfono, y entonces los obligué a follar delante de mí. Como al viejo no se le levantaba, me la follé yo.

Asqueado, Enrique colocó en el suelo la caja de herramientas. A un escaso metro de Borja.

—¿A quién más mataste?

—Al gay, ya te lo he dicho. Fui a una discoteca y me puse a esperar mientras bebía una copa. Al primero que intentase ligar conmigo lo mataría. —Enrique lo miró con repugnancia, como si las palabras que le venían a la cabeza le hirvieran en la boca—. Yo no quería hacerlo, te lo juro. Al primero que vino lo despaché rápido. Me iba a ir, pero entonces apareció Walter, y me dio rabia su cara, sus dientes blancos… No sé, ahí volví a sentirlo.

—¿A quién más?

—Alfredo Cañas me parecía un tío con un par de huevos. Hay que tener mucho valor para hacer lo que él hizo. Como lo mataron sin que terminase su trabajo, decidí seguirlo, así al menos… No sé. Vi en la tele que su siguiente víctima iba a ser un publicista, así que busqué a uno y lo maté.

—¿A quién más?

—Eso es todo. Después de hoy iba a empezar a buscar a un empresario, pero no he tenido tiempo.

—Eres muy valiente para matar, pero también muy cobarde para confesar que mataste a mi mujer.

—Yo no lo hice, jamás estropearía así el trabajo de Alfredo Cañas. —Borja se refería a él como si fuera un prestigioso mártir.

—Eres un cobarde de mierda.

Enrique se agachó y cogió una bolsita con una decena de clavos de unos veinte milímetros. También tomó el martillo.

—Te he dicho la verdad —dijo Borja echándose hacia atrás en el sofá, asustado.

—Oye, ¿cómo hacías para quitarles la cabellera?

—Por favor —le suplicó Borja, con los labios cortados y temblorosos.

Enrique levantó el brazo, empuñando el martillo con la parte puntiaguda mirando hacia Borja. Fue a bajarlo sobre su rodilla, pero entonces sonó el timbre de la casa. Los dos se miraron, estupefactos. Enrique se quedó quieto para escuchar bien y entonces el timbre volvió a sonar. Se sacó la pistola del cinturón policial y le apuntó a la cabeza.

—Te mato, ¿eh? —le susurró para que no se moviera.

Enrique caminó hacia la ventana, apartó la cortina y vio que había un hombre en el portal. Su cuerpo se calentó de inmediato y su ropa se empapó de sudor. Se alejó de la ventana y vio que su móvil brillaba entre toda la porquería que había sobre la mesa de la cocina. Desde hacía una semana lo tenía en silencio. Las llamadas de Julián y de Jacinta le resultaban demasiado molestas. No quería saber nada de nadie. Solo le interesaba Antón. Llegó a la mesa y vio el nombre de Isaac en la pantalla de su móvil. Le estaba llamando en ese mismo momento. Cuando la pantalla volvió a ponerse negra, el timbre sonó otra vez. Enrique agarró el móvil y comprobó que tenía decenas de llamadas perdidas y de mensajes de Isaac sin responder. Entonces supo que el que estaba en su portal era su viejo amigo.

33

Enrique lo agarró de las esposas para levantarlo del sofá. Al ver una oportunidad de salvarse, Borja empezó a gritar pidiendo auxilio. Enrique le hizo callar dándole con la culata de la pistola en el costado izquierdo de la cara. El impacto lo alcanzó en la nariz y en el ojo, y de su rostro empezó a chorrear sangre. El timbre volvió a sonar y, al mismo tiempo, el nombre de Isaac apareció en la pantalla iluminada del teléfono.

Enrique arrastró a Borja hacia el jardín de atrás. Se palpó los bolsillos y sacó la llave de las esposas. A Borja le costaba mantenerse en pie. Moverlo era como arrastrar un saco pesado. Enrique lo empujó contra el tronco de un joven roble, enfermo, que no superaba los treinta centímetros de diámetro.

—Como grites otra vez o intentes cualquier cosa, te mato aquí mismo.

El policía le quitó las esposas, rodeó el delgado tronco del árbol con sus manos y le volvió a poner las esposas para que no pudiera moverse. Se sacó la sudadera llena de sangre y se la ató a la cabeza con fuerza. Al menos, así si gritaba se le oiría menos.

Nervioso, cerró la puerta que unía la cocina con el jardín y dejó a Borja allí. El timbre insistió. Le preocupaba que en cualquier momento Isaac intentase entrar en la casa. Su coche estaba fuera, sabía que estaba ahí. Se puso una vieja chaqueta de lana verde que estaba tirada sobre la leña bajo el hueco de las escaleras, se lavó las manos en el fregadero de la cocina rebosante de basura y salió al portal.

Al abrir la puerta de la casa, vio a Isaac al otro lado del muro. La cabeza de Enrique iba a toda velocidad. Tan rápido que le costaba quedarse con algún pensamiento. El metal oxidado del portal chirrió al abrirse. Enrique se colocó en el umbral para bloquear el paso a su amigo.

—Isaac, ¿qué haces aquí?

—¡Hombre! —exclamó como si se alegrara de verlo—. Llevo un buen rato llamando.

—Perdona, estaba durmiendo.

—Ah, pensaba que estarías dando un paseo.

Enrique pensó en que aquella habría sido una mejor excusa. Los dos policías se miraron en silencio, estudiándose el uno al otro. La última vez que habían estado juntos en aquella casa habían experimentado una maravillosa conexión. Su amistad se había reforzado. En dos días y una noche llegaron a conocerse mejor que en veintitrés años. Pero todo había cambiado mucho desde entonces.

—No, estaba en la cama.

—¿Estás bien? Te noto raro.

La mirada de Isaac inquietaba a Enrique. Sentía cómo sus ojos marrones lo recorrían con una sombra de sospecha. De la manera más disimulada posible, Enrique se rascó el costado, aprovechando para palparse la pistola en el cinturón.

—Sí, estoy bien. ¿Cómo ha ido la tarde?

—Hemos identificado al asesino. Una cámara de seguridad en un cajero le grabó la cara. Creemos que es Borja Serra, el tipo aquel que se entregó hace meses y cuya casa registramos en La Floresta. ¿Te acuerdas? —Enrique asintió con un falso desinterés—. Lo estamos buscando, pero no está en casa y ningún amigo lo ha visto desde hace días.

—¿Los vecinos tampoco? —preguntó Enrique tratando de tantear a su amigo—. Qué raro.

—De momento no sabemos nada. Puede que esté escondido por Collserola. Tenemos a mucha gente buscándolo. No te preocupes, lo encontraremos. Esto no es como lo de Alfredo, sabemos su nombre y su dirección. Es imposible que escape.

—¿Crees que él mató a Macarena?

Isaac se encogió de hombros. Se rascó las canas de la perilla.

—No podemos descartar nada aún… ¿No me vas a invitar a pasar?

—Tengo la casa hecha una mierda —titubeó Enrique.

—¿Me haces venir hasta aquí y no me invitas ni a una birra?

—Pero si yo no te he hecho venir a ningún sitio.

—Te he llamado unas doscientas cincuenta veces hoy.

Isaac cerró los ojos y se quedó inmóvil durante un segundo para intentar identificar el sonido que le acaba de llegar, lejano y difuminado, ajeno al bosque.

—Son los pájaros. Con el tiempo te acostumbras —dijo Enrique con una sonrisa nerviosa—. ¿Por qué me llamabas?

—Enrique, hostias, ¿en serio no me vas a dejar entrar? ¡Estaba preocupado!

Enrique se giró hacia la casa. No podía permitir que Isaac cruzase aquel muro bajo ningún concepto. Mucho menos meterlo en casa. Enseguida vería a Borja atado al tronco del árbol.

—Lo siento, no puedo.

—¿Por qué estás tan raro, tío? Me estás asustando, ¡eh!

—Pero si estoy como siempre.

Isaac lo escudriñó durante unos segundos. A Enrique se le hicieron eternos.

—¿Qué te ha pasado en la mano? —preguntó señalándole las heridas de los nudillos.

—Le di una hostia a una puerta.

—¿Una hostia a una puerta? —repitió Isaac con desconfianza—. ¿Por qué tengo la sensación de que me ocultas algo? ¿Está todo bien?

—He traído a una prostituta —soltó Enrique sin inmutarse—. Voy a pasar la noche con ella.

Un gesto de sorpresa apareció en la cara de Isaac. Enrique no sabía si le asombraba lo de la prostituta o la mentira que le acababa de contar. Temía que hubiera ido allí a sabiendas de que había secuestrado a Borja y que todo aquello fuese una farsa para apresarlo. ¿Y si en ese mismo momento había policías uniformados rodeando la finca e incluso atravesando el jardín trasero? Desde hacía una semana sentía que todo el mundo sabía lo que había hecho, que en cualquier momento se abalanzarían sobre él, le pondrían unas esposas y lo arrojarían a un calabozo. A veces hasta deseaba que fuera así. Cuanto antes se acabase la agonía, mejor. Otras veces simplemente sentía que podía olvidarse de todo y seguir adelante con su vida.

Isaac se rio y le dio unas palmaditas en el tríceps.

—Lo que sea para salir del paso —sentenció—, pero un día vente conmigo y con los chavales, ya verás cómo te sienta bien.

—Sí —dijo Enrique, aliviado.

—No te entretengo, ¿vale? —dijo Isaac poniéndose serio—. La Policía Nacional se ha puesto bastante pesada. De eso te quería hablar esta mañana, quieren reunirse contigo.

—¿Conmigo para qué?

—Es sobre el asesinato de Alfredo Cañas. Te quieren hacer unas preguntas.

—¿Qué pasa? ¿Creen que lo maté yo o qué?

La sonrisa forzada de Isaac fue tan poco natural que inquietó a Enrique.

—Es mejor que hables con ellos y aclares el asunto, a mí no me han querido decir mucho. Me ha llegado algún rumor sobre que han encontrado un pelo tuyo encima del cuerpo, pero no sé si es verdad.

—¿Un pelo? —dijo Enrique señalándose la calva con cinismo.

—De la barba —matizó Isaac—. No te preocupes, ellos saben que te pedí que vinieras al piso. Es solo para aclarar las cosas. Vendrán a comisaría un día de esta semana. Quería avisarte para que no te pille desprevenido.

—¿En serio piensan que soy un asesino? —preguntó Enrique haciéndose el indignado—. ¿Después de todo lo que les ayudé con el maldito caso de Madrid?

—Son unos gilipollas, ya te lo dije hace tiempo. Eras tú el que los defendía, pero no quiero volver a eso —dijo Isaac haciendo un esfuerzo por contenerse—. Que les jodan. En cuanto pillemos al retorcido ese de La Floresta se acabó, y ellos aún tendrán que comerse el caso de la justiciera cortapollas.

Enrique se quedó en silencio unos segundos, pensativo, pero con pocos pensamientos a la vez. Notaba que su cabeza sonaba como una radio mal sintonizada.

—Gracias por avisarme, amigo.

Se dieron un abrazo y se golpearon en la espalda. Al separarse, Isaac le agarró la cabeza por las orejas y le apretó la frente contra la suya.

—Saldrás de esta —le dijo en voz baja, afectada—. Vete ahí dentro y fóllate a esa puta hasta que le salga tu semen por las orejas. Pero algún día tendrás que coger el teléfono y hablar con tu hijo. Tarde o temprano tienes que volver a la realidad. ¿Me oyes?

Enrique asintió y se volvieron a abrazar. Mientras lo acompañaba hasta su Audi Q5, se volvió a oír un grito ahogado. Enrique temió que Isaac reparase en él, pero este abrió la puerta del coche y se metió dentro.

—Nos vemos mañana —dijo mientras bajaba la ventanilla.

Isaac encendió el motor, le guiñó el ojo y empezó a girar hacia la carretera principal. Enrique esperó impaciente a que se alejara. No entró al portal hasta que el sonido el coche desapareció por completo y ya no lo veía. Entonces pudo respirar tranquilo.

Al llegar al jardín trasero, vio a Borja tirado en el suelo con la sudadera todavía enganchada a la cabeza. Se la desató y lo levantó, tirándole del pelo.

—¿No te dije que te callaras? —gruñó, cegado de ira.

—Suéltame, por favor.

A Enrique le impactó verle la cara. Se la había dejado muy mal. Parecía un boxeador que había perdido dos combates seguidos. Pensó en soltarlo y volver al interior de la cabaña, pero entonces tuvo una idea macabra. Se sacó la pistola del cinturón y se alejó unos cinco metros del roble. Las exiguas ramas apuntaban hacia el cielo y el delgado tronco, con la corteza cubierta de hongos azules, no lograba tapar la cara de Borja, mucho menos el cuerpo. Enrique quitó el seguro y apuntó a su prisionero, que trató de esconderse, inútilmente, tras el tronco del árbol.

—Hace tiempo que no practico el tiro.

—¡Por favor!

Enrique guiñó el ojo derecho para apuntar. Borja se puso histérico. Empezó a hacer fuerza con las manos y a golpear las esposas contra la corteza para liberarse.

—Habla y te dejaré libre.

—¡Yo no la maté! ¿Quieres que te mienta? ¿Que te diga que lo hice? ¡Sería mentira!

Enrique disparó contra el árbol y la bala impactó con un estallido seco en el tronco. Miles de astillas salieron volando en todas direcciones. Borja comenzó a hiperventilar y a sollozar. Puso una rodilla en el suelo y se agachó tratando de cubrirse así de un próximo disparo. Su pantalón se empapó, y grandes cantidades de orina cayeron sobre las malas hierbas como si alguien hubiera escurrido un trapo mojado.

—¿Así gritaban los gatos? —preguntó Enrique sin inmutarse.

Volvió a disparar. La bala penetró en la madera, justo a la altura de la cabeza de Borja. Este farfullaba algo, pero con el llanto era imposible entenderle. El policía se acercó y se colocó a su lado. Desde la posición de Borja parecería un gigante. Aquel despojo humano le había confesado cuatro crímenes, pero la duda de Enrique era si estaba callándose el quinto para alargar su penosa existencia o si realmente no tenía nada que ver con el asesinato de Macarena. «Si yo hubiera matado a la mujer del hijo de puta que me está torturando, se lo diría para joderle», pensó. No tenía mucha información de los tres primeros asesinatos, solo que habían llamado la atención por su sadismo y crueldad, y que en ellos se habían empleado armas blancas. El asesinato de aquella mañana se había perpetrado con un revólver. La Glock 19 utilizada en el crimen de Macarena no estaba registrada, así que no formaba parte de la colección del padre de Borja. Él mismo le había asegurado que jamás habría osado ensuciar la obra de Alfredo, y parecía sincero al decirlo.

Poco a poco, Enrique se fue convenciendo de que aquel tipo no había matado a su mujer. Le habría encantado que hubiera sido así. Nada le habría gustado más. Pero no, todo apuntaba a que el asesino de su mujer ya había pasado a mejor vida. Que ya le había dado su merecido.

Mientras Borja sollozaba a sus pies, Enrique trataba de pensar qué hacer con él. Podía entregarlo a la policía, pero entonces Isaac sabría que lo había tenido secuestrado y eso no pintaba bien de cara al asesinato de Alfredo. «¿Por qué tenías a ese tipo atado a un árbol mientras hablabas conmigo?», le podría preguntar. Además, aunque era un psicópata sin credibilidad, Borja sabía que Enrique había matado al Asesino de las Monedas y podía contarlo. Cada posibilidad acercaba más a Borja a la muerte, y eso gustó a Enrique. Quedarse sin excusas para dejarlo vivo le despertó un agradable fuego interior. Aunque aquel loco no fuera el asesino de su mujer, sí era el asesino de cuatro inocentes. Tenerlo allí, atado a un árbol, llorando como un corderito asustado, le hacía sentir poderoso. Podía hacerle lo que quisiera y no habría consecuencias porque la policía pensaría que se había fugado a otro país, como el asesino de las niñas de Alcàsser. El despiadado hombre que había hecho tanto daño a cuatro inocentes ahora lloraba desconsolado y suplicaba piedad. Menudo regalo.

—Si decías que querías saber qué se sentía al matar, ¿por qué les hiciste todo eso? ¿Para qué les arrancaste la cabellera?

Lentamente, Borja asomó la cabeza y el cuerpo de la protección del árbol.

—No lo sé. Hay algo jodido en mi cerebro. Necesito ayuda.

—¿Sabes lo que creo? Que querías que hablasen de ti. Que querías ser el más famoso de los tres. El último en llegar, pero el que más llama la atención. Lo que te pasó es que nadie habló de ti, y eso debió de joderte mucho. Ni siquiera matando conseguiste que te hicieran caso. Como no podías hacerte un nombre por ti mismo, te aprovechaste del de otro, siguiendo su trabajo, pero ni eso te salió bien. Si yo no hubiera ido a tu casa, a estas alturas mis compañeros ya te habrían detenido.

—No es verdad, yo no quería nada de eso. Me da igual la fama y lo que piense la gente. Seguí su misión porque creo en ella. Esta sociedad está enferma y llena de hipocresía. Nos venden que no es así, pero solo eres importante si tienes dinero, por eso los asesinatos de la puta y del vagabundo no se investigaron.

—¿Sabes qué asesinato no se va a investigar?

En sus ojos azules se dibujó una duda que enseguida fue resuelta al ver cómo Enrique se alejaba con la pistola en la mano. El indefenso hombre le suplicó y empezó a hacer todo tipo de promesas. A Enrique le dieron igual. Le apuntó con su P30 y ya no dijo nada más. Se había cansado de tanta charla. El que no se cansaba era Borja, que, aferrado al tronco, seguía suplicando de rodillas con la frente apoyada en la corteza del árbol. Enrique le disparó en la parte baja de la espalda y Borja gritó de dolor. Después le disparó entre los omoplatos y Borja gritó todavía más. Tras el tercer disparo ya no hubo más gritos.

34

Enrique esperaba sentado al otro lado de la mesa. Había estado cientos de veces en aquella sala, pero siempre en el papel opuesto. Sobre la madera blanca, había un vaso de plástico transparente lleno de agua. Como los que él mismo había servido miles de veces. Le sorprendió lo tranquilo que se sentía. No había tenido que ir al baño ni una sola vez. Aguardaba a los agentes como quien espera a que le llamen por su número en la charcutería. Lo habían citado a las once y media de la mañana y él ya estaba allí cinco minutos antes. Los dos inspectores de la Policía Nacional habían sido simpáticos y amables con él. A Enrique no le sorprendió, él había hecho lo mismo muchas veces. Los interrogatorios que mejor funcionan son los que transcurren con confianza y buen ambiente. Como no era oficialmente sospechoso, no necesitaba abogado. Tampoco lo habría querido.

El pomo de la puerta se movió y aparecieron los dos agentes. Ambos vestían con el clásico uniforme azul oscuro. Enrique pensó en que o les gustaba lucirlo en Barcelona o querían amedrentarlo. Ella se presentó como Claudia Requena y él como Juan Carlos. Requena era el prototipo de policía española: metro setenta, cara simétrica, dientes blancos, cejas finísimas, pelo engominado amarrado con una coleta y una expresión firme, casi impostada. Juan Carlos parecía alguien que se acababa de afeitar por primera vez después de muchos años con barba. También tenía ojos delineados, como si se los hubiera perfilado con rímel, y el pelo gris peinado hacia arriba. Se sacaban unos veinte años. A Enrique le parecieron una versión barata de Elisenda y él.

Se estrecharon las manos y, como si aquello fuese una reunión de negocios, empezaron a hablar de trivialidades. Enrique les siguió el rollo y no tuvo ningún reparo en asegurar que las porras de Madrid estaban más ricas que las de Barcelona. Incluso se rio con el chiste que hizo Juan Carlos jugando con la polisemia del postre y de la herramienta policial. También inclinaron la cabeza para preguntarle cómo llevaba lo de su mujer. Y luego, de una manera que a Enrique le pareció muy poco casual, le empezaron a preguntar por el caso.

—Ya te habrá dicho Isaac que hallamos una cana de tu barba en el cadáver de Alfredo —dijo Juan Carlos con tono paternal.

—¿Qué valoración haces de eso? —preguntó Requena con firmeza. ¿Era posible que pretendiesen jugar al poli bueno y poli malo con él?

—Que me hago viejo —bromeó Enrique, lo que provocó las sonrisas de los inspectores—. Igual no fue lo más profesional, pero dadas las circunstancias, que yo investigaba el caso y que estaba de baja porque mi mujer es una de las víctimas, Isaac me llamó para que fuese a la escena del crimen. Con los nervios tardé un poco en ponerme los guantes y los patucos. Fue un día complicado, estuve a punto de vomitar en el balcón.

—Nos consta, sí —dijo Requena.

—Espero que entiendas que nuestro trabajo es cotejar todas las posibilidades —dijo Juan Carlos como disculpándose—. Que haya aparecido un pelo tuyo en el cadáver del presunto asesino de tu mujer es algo que no podemos ignorar.

—Por supuesto. Si yo estuviera investigando el crimen, haría lo mismo que vosotros.

—¿Es verdad que estuviste investigando de manera extraoficial los asesinatos que se produjeron en Madrid y en Valencia?

—Bueno, yo no diría que fue extraoficialmente. Como bien sabéis, durante un tiempo se valoró que los crímenes de Barcelona y Madrid podrían ser obra de la misma persona. Mi trabajo consistió en descartar esa posibilidad.

—Entonces conoces muy bien el *modus operandi* del asesino.

—De la asesina —corrigió Enrique a Requena—. Como ya establecí hace un tiempo, y como confirmó ella a través del periodista Joan Veiga, los dos crímenes de Madrid, el de Valencia y el de Barcelona fueron perpetrados por una mujer.

—Bueno, precisamente en ese comunicado ella niega el crimen de Alfredo —replicó Requena con cierta hostilidad.

—Te lo tenemos que preguntar —volvió a la carga el poli bueno—. ¿Utilizaste tus conocimientos sobre el *modus operandi* de la asesina de maltratadores para matar a Alfredo Cañas haciéndote pasar por ella?

Enrique se rio. Le hizo gracia que fuese tan directo. Él jamás habría optado por esa estrategia.

—Para matar a Alfredo Cañas tendría que haber conocido su identidad. Mi grupo de Homicidios llevaba meses tras su pista y no teníamos ni idea de quién era.

—¿No tenías ninguna idea de que Alfredo Cañas podía ser el Asesino de las Monedas?

—No, me enteré cuando Isaac me lo contó en la misma escena del crimen.

Los dos policías nacionales cruzaron una mirada. Enrique reconoció el gesto y empezó a preocuparse. No le gustó.

—Agente Moreno —empezó Requena con solemnidad—. ¿Nos explicas por qué fuiste al Ikea de Badalona el 23 de abril por la tarde?

—Yo no fui allí para nada. El día 23 estuve todo el día en mi casa de Porquerisses. Me acuerdo porque era Sant Jordi y no quería ver a nadie.

Requena desbloqueó su móvil y buscó algo en él.

—Según el testimonio de Jimena Bartolesis, una trabajadora de Recursos Humanos, tú estuviste a las nueve de la noche preguntando por Alfredo…

—Me confundirá con otro. Yo estuve en mi casa del pueblo todo el día hasta que me llamó Isaac al día siguiente.

—¿Lo puedes demostrar?

—No, porque suelo apagar el móvil por las noches.

—¿Entonces cómo te llamó Isaac? —preguntó Requena con retintín.

—Me acabo de quedar viudo. ¿Crees que duermo de un tirón? Me voy despertando y a veces enciendo el móvil para distraerme.

—Tenemos un correo electrónico, de ese mismo día, en el que escribes a otra trabajadora de Ikea, Míriam Martínez, preguntándole por su compañero Alfredo Cañas.

—Eso es verdad, sí.

—A ver si lo entiendo, entonces —dijo Requena recolocándose en su silla—. El martes 23 escribes a Míriam pidiéndole que contacte contigo para hablar de Alfredo Cañas, luego ella te llama y unas horas más tarde os veis en Ikea. Después Jimena, otra trabajadora, asegura que vas al departamento de Recursos Humanos a pedir la dirección de Alfredo Cañas. Y unas horas más tarde aparece el cadáver de Alfredo Cañas con un pelo tuyo.

—Alfredo Cañas solo era un nombre de los muchos sospechosos que manejaba. Durante mi investigación llamé y escribí a numerosos confidentes que se habían puesto en contacto con nosotros.

—¿Con qué objetivo?

—Detener al asesino de mi mujer. Llevo treinta años en la policía y creo en la justicia.

—¿Cómo explicas el testimonio de las dos trabajadoras de Ikea?

—Confusión —respondió tras unos segundos—. Como le envié el mensaje, igual interpretó que la persona que fue a verla era yo.

—¿Quién iba a ser si no? —cuestionó Juan Carlos.

—Eso no lo sé —dijo Enrique—. No olvidéis que alguien asesinó a mi mujer, a la mujer del investigador del caso, y eso no puede ser casualidad.

—¿Por qué alguien se iba a hacer pasar por ti? Eso no tiene sentido —cuestionó Requena.

—¿Y qué lo tiene? —preguntó Enrique con gesto afectado.

—Desde luego, concertar una cita con una trabajadora, que ella diga que se produjo y que tú ahora lo niegues no lo tiene —dijo Requena.

—Iba a ir a verla, pero era Sant Jordi, el día de los enamorados, mi mujer acababa de ser asesinada. Simplemente no tuve fuerzas. Si luego alguien aprovechó eso y se hizo pasar por mí, no lo puedo saber.

—¿Crees que te han pinchado el teléfono?

—No me extrañaría nada, visto lo visto —dijo Enrique, fingiendo indignación—. No olvidéis que he metido a centenares de tipos en la cárcel. Tengo muchos enemigos.

Después de esa respuesta, el interrogatorio no se alargó mucho más. Los dos agentes adoptaron una actitud casi tan amistosa como al principio y se disculparon ante Enrique asegurando que tenían que atender algunos asuntos. Instándole a volver a verse pronto y a que los llamase si recordaba cualquier detalle adicional, los inspectores se despidieron de él como si acabasen de cerrar un trato comercial, no de interrogar a un sospechoso de asesinato.

Incapaz de concentrarse en su trabajo después de aquello, Enrique salió a la calle y se puso a caminar. Ahora sí estaba nervioso. Una arcada estuvo a punto de hacerle vomitar. Ni había pensado en las chicas de Ikea. No había planeado nada del asesinato, solo se había dejado llevar. Sabía que, a esas alturas, los policías estarían convencidos de su culpabilidad. Él lo estaría si estuviese en su lugar. Quizá lo dejarían tranquilo un par de días mientras recopilaban pruebas y testimonios, y entonces llegarían con una orden de detención. Su única salida era encontrar a Giuditta y pedirle ayuda, aunque le preocupaba cómo comportarse ante ella. Ni él mismo sabría cómo respondería. Tenía algo desbocado en su interior que lo llevaba a unos límites que nunca hubiera imaginado. Por un instante había tenido la tentación de confesar todo en aquella sala, incluso notó cierto alivio cuando lo arrinconaron en el interrogatorio; sin embargo, luego sintió regocijo al recordar el momento en que mató a aquellos hombres. Dentro de él había algo oscuro y empezaba a dudar de si siempre había estado allí. ¿Y si se sintió culpable mientras esperaba con Travi escupiendo sangre a que llegasen su madre y su hermana porque él lo había matado? ¿Y si fue él quien lo pateó contra la pared del baño para ver qué pasaba? ¿Y si quiso hacer daño a su gato por mero placer? ¿Y si siempre había tenido esa oscuridad en su interior? ¿Y si lanzó el petardo dentro del quiosco del señor Joaquim porque quería matarlo? ¿Y si Josep, su entrenador de boxeo, se negó a seguir entrenándole porque descubrió esa oscuridad? ¿Y si se había engañado todos estos años pensando que era de los buenos cuando en realidad era de los malos?

Entre preguntas, Enrique se encontró a sí mismo a la altura de la avenida del Paral·lel en la que apareció el cuerpo de Macarena. Todavía no se había atrevido a volver al lugar exacto, y así seguiría siendo porque, en lugar de detenerse, siguió hasta el mar. Al llegar se descalzó en la arena para airear los pies. Le ardían las plantas de tanto andar. También tenía agujetas en la espalda de cavar durante horas en su jardín, pero lo peor era el aturdimiento que sentía en la cabeza. El interrogatorio había ido peor de lo que imaginaba.

Tratando de olvidarse de todo durante al menos un momento, Enrique se quedó contemplando cómo rompían las olas a sus pies. Una de cada tres o cuatro lo alcanzaba con una refrescante y placentera caricia. «Cómo ha cambiado todo desde la última vez que estuve aquí», pensó. Cuando el agua le mojó completamente los pies, se estiró en la arena con la cara hacia el cielo y cerró los ojos. Todo su mundo se volvió naranja rojizo. Notaba el sol a través de los párpados. Pero ni aquello le dio paz. Algo se había roto en su interior.

Se despertó tras lo que pudieron ser segundos, minutos o años. Un grupo de turistas jóvenes había soltado un grito lúdico y molesto. Había bastantes grupos y parejas desperdigados por la playa, la mayoría del norte de Europa. Muy pocos estaban en bañador. Solo un anciano se encontraba dentro del agua. Enrique cogió el móvil para comprobar la hora y vio dos llamadas perdidas de Antón. Algo volvió a encenderse en su interior. Preocupación y cierto miedo de sí mismo.

Le devolvió la llamada y Antón respondió al primer tono.

—Catalán, perdona, que no he podido ponerme con esto hasta ayer.

—No te preocupes, no había prisa —mintió.

—Tengo el nombre y los datos de la usuaria de Wallapop que me pediste. ¿Quieres que te los pase por WhatsApp?

—No, díctamelos por aquí mejor.

—Se llama Judit Gentil Dueñas, nació el 17 de noviembre de 1988 en Madrid. Su dirección es Cuesta de las Descargas, número 8, piso 1.º B, Madrid.

Enrique lo apuntó todo en las notas de su móvil, le dio las gracias a su viejo amigo y se volvió a poner las zapatillas deportivas. Esa misma tarde iría a Madrid.

35

El coche olía a comida basura. Llevaba horas conduciendo hacia el oeste, evitando así que el sol se pusiera. En la radio sonaba Puccini. Pretendía relajarse, pero no estaba funcionando. El calor interior había vuelto. Era el mismo que había sentido con Alfredo y Borja. Una fuerza desconocida que lo arrastraba hacia un abismo en cuyo fondo ya había estado. La mezcla de remordimientos y sinsentidos que tenía en su cabeza era insoportable. El pensamiento que menos pudo ignorar fue uno que le hacía dudar de si él había matado a Macarena. «He asesinado a dos personas —se decía una y otra vez mirándose a los ojos en el espejo retrovisor—. A una de ellas la he torturado cruelmente. ¿Quién me dice que no le hice lo mismo a mi pobre Macarena? ¿Y si la maté para tener una excusa? ¿Y si no he sido tan buen marido como pensaba? ¿Y si en el fondo he sido igual que mi padre?».

Cuando conseguía expulsar por un instante ese pensamiento, el que aparecía en su lugar era el que cuestionaba la muerte de Beatriz. «Pude haberle manipulado los frenos. Pude haber deseado tener esa atención. Ser el pobrecito que se queda viudo con veinticuatro años». ¿Y si Alfonso Urrutia era él? ¿Y si había sido él quien abusó de Jacinta en vez de su padre y por eso ella cambió y huyó? ¿Y si fue él quien entró en su habitación? Algunos fugaces pensamientos, que no duraban ni una milésima de segundo, también le hacían hasta cuestionarse su paso por la Brigada de Investigación Tecnológica. Ahora le parecía muy conveniente que él fuese siempre el bueno de la película. ¿Y si al que habían apartado de la Brigada por comportamiento inapropiado era él y no a su compañero, al que pilló masturbándose? ¿Estaba seguro, convencido al cien por cien, de cuáles eran sus recuerdos? ¿Y si se había engañado todo ese tiempo y él, Enrique, era un monstruo? ¿Y si Julián se había ido a Madrid también porque era un padre de mierda, peor incluso que el suyo? ¿Y si había un motivo de peso para explicar que a su alrededor solo hubiera miseria y sufrimiento? ¿Y si nada era casualidad?

Ni todo el volumen del mundo pudo silenciar aquellas voces. Madrid sí lo logró. Al entrar en la ciudad y dirigirse a la dirección de Judit, los pensamientos intrusivos desaparecieron. Miró el reloj del coche, que iba cinco minutos adelantado, y vio que marcaba las 20:59. El tráfico era denso y por algún motivo eso le puso más nervioso. Se acordó de Isabel, la viuda de Abelardo García. También fugazmente fantaseó con ella. ¿Podría haberla seducido, allí en el bar donde habían charlado? Su manera de beber la cerveza, esa chulería madrileña, los labios manchados de espuma, su tono seductor. Enseguida se sintió culpable y cortó la fantasía. Desde la muerte de Macarena su libido había desaparecido. Ese deseo hacia Isabel había sido el primero en un mes. Suficiente para sentirse desleal y repugnante.

Dejó el coche en un aparcamiento y entró en una cafetería para ir al baño. Pidió un café solo en la barra y lo pagó sin ceremonias. No pensaba bebérselo, solo quería tener acceso al baño. Cuando salió a la calle se sentía aliviado, aunque no tranquilo, y así caminó hacia la casa de Judit. Durante el trayecto en coche había pensado en las distintas posibilidades que se abrían ante él, pero, a un cuarto de hora de su destino, todavía no sabía qué iba a hacer. Avanzaba por la calle sin mirar a nadie, solo pendiente del mapa del móvil y de su torrente de pensamientos.

Cuando llegó a un edificio de fachada blanca y cuatro alturas con balcones pequeños y rejas en todas las ventanas, se aseguró de que estaba en la dirección correcta. Su corazón empezó a bombear sangre a toda velocidad. Temió que se le rompiera alguna vena de la intensidad. Le invadió la sensación de que se acercaba al final, de que todo se estaba acabando. Quiso retroceder en el tiempo, pero no supo elegir a qué fecha. Dudaba de si tocar el timbre abajo o colarse en el edificio y llamar a la puerta directamente. Al final optó por lo segundo. Rápidamente, se encontró frente a una mujer de cabello moreno con mechas rosas, arrugas de expresión marcadas en el rostro y felinos ojos verdes. Era ella. No había duda. Enrique le apuntó con la pistola de inmediato.

—No grites ni te muevas. No te quiero hacer nada —le dijo el policía, sin saber si estaba mintiendo o diciendo la verdad.

De entre todas las emociones que podría estar sintiendo Judit, la primera era sorpresa. Vestía con un pijama rosa infantil con dibujitos de conejos, o quizá eran ardillas, y en los pies llevaba unas típicas zapatillas de abuelo con estampado a cuadros marrón. Enrique la obligó a entrar al piso y cerró la puerta con el pie. Judit lo miraba asustada, aunque también con un punto de curiosidad. La madera del suelo era vieja y crujía bajo sus pasos. El piso le resultó oscuro, húmedo. Los pocos objetos decorativos que había eran antiguos, como si aquella fuera la casa de una anciana.

—Llévame al salón —le ordenó Enrique.

Judit lo condujo por un corto pasillo hasta la segunda puerta a la derecha. El salón era pequeño y sombrío, la persiana estaba medio bajada. El aire se notaba cargado, olía a tabaco, pero no como si alguien acabase de fumar, el hedor parecía impregnado en paredes, techo y muebles. Un sofá en medio de la estancia estaba desplegado como cama, hasta había sábanas y una almohada en él. Enfrente había una pequeña televisión encendida y tras el sofá cama se veía una mesa de madera con cuatro sillas a juego. Enrique tanteó la pared y encendió una bombilla en el techo, sin lámpara. Después le indicó a Judit que se sentara en la mesa.

—¿Quién coño eres? —preguntó ella, con una sonrisa tensa. Enrique estaba siendo bastante amable para haberse metido en su casa con una pistola.

—Me llamo Enrique Moreno, soy inspector de policía de los Mossos d'Esquadra. —Judit pareció sentirse aliviada con esa respuesta—. He venido a hablar contigo.

—¿De qué?

Enrique levantó la pistola, la cogió con dos dedos y la guardó en el cinturón.

—Judit, sé que has matado a tres hombres.

La mujer clavó la mirada en Enrique. Este se vio reflejado en sus ojos verdes. Le parecía una mujer normal, inocente. No era fácil imaginársela cometiendo tres veces el mismo crimen que él había replicado en una ocasión.

—¿Qué quieres? —preguntó finalmente Judit con una mezcla de preocupación y frustración.

Enrique se tomó su tiempo en responder. ¿Qué es lo que quería? Esa era una buena pregunta.

—Quiero que contactes otra vez con el periodista Joan Veiga y le digas que sí mataste a Alfredo Cañas —dijo tras un silencio que se alargó casi medio minuto.

—¿Por qué iba a hacer eso?

—Si lo haces, guardaré el secreto de tu identidad. Nadie salvo yo la conoce.

Judit tanteó a Enrique con la mirada. Desconfiaba de él. Temía que le estuviesen tendiendo una trampa.

—¿Cómo me has encontrado?

—Haciendo mi trabajo. —Enrique estuvo a punto de emocionarse. Judit lo notó.

—¿Quieres que lo haga ahora? —le preguntó como si hablase con un loco.

—Sí. Utiliza la misma cuenta que la otra vez.

—Solo puedo hacerlo desde un ordenador público para que no rastreen mi IP —dijo Judit—. Y he desactivado la cuenta. Igual la han eliminado. He visto que mucha gente está haciéndose pasar por mí.

Las evasivas enervaron a Enrique. Llevaba poco tiempo allí, pero la paciencia se le empezaba a agotar. Notó un leve pinchazo en la zona del bazo. Un calor le subió por la espalda, llegó hasta su cabeza, se quedó allí un instante y luego bajó por el torso hasta instalarse en el estómago. Enrique cogió un vaso de agua que descansaba sobre una mesa y bebió de él como quien intenta apagar un incendio. Se empezaba a notar fuera de control. La oscuridad había vuelto con fuerza.

—Si mañana las noticias no informan sobre eso, la policía tendrá tu dirección.

La amenaza era real. Enrique no titubeaba. Los músculos de su cara estaban tirantes, y los del resto del cuerpo, temblorosos. Judit miraba a Enrique como si fuera un extraterrestre. Había imaginado muchas formas en que la policía la encontraba, pero nunca esa.

—¿Y si ese cretino no ve el mensaje o no dice nada?

—Lo hará.

—¿Por qué estás tan seguro?

—Porque lo conozco.

Judit suspiró e hizo el amago de decir algo, pero luego dudó.

—¿Confías en ese tío? Porque yo no.

Enrique vaciló un instante.

—¿Entonces por qué lo elegiste a él para el comunicado?

—Porque es el más famoso. El más relevante. Pero al hablar con él me di cuenta de que tiene algo raro. Algo oscuro.

—Tú limítate a escribirle y él dará la noticia, te lo aseguro —dijo Enrique sin ganas ni tiempo de entrar en ningún debate.

—¿Eso es todo? —preguntó Judit, impaciente por acabar con aquello. Ninguno de los dos quería seguir en presencia del otro ni un segundo más.

—Hay otra condición —añadió Enrique—. Quiero que me prometas que no volverás a matar. Sé por qué lo haces, sé a qué tipo de hombres matas, puedo incluso llegar a entenderlo… o respetarlo, pero no puedes seguir. Esto tiene que acabar. No te puedes tomar la justicia por tu mano, eso te convierte en uno de ellos. —A Enrique se le humedecieron los ojos.

—Si la policía hiciera su trabajo, yo no tendría que hacer lo que hago —escupió ella con rabia.

—¡La policía ya hace su trabajo!

—¡No me hagas reír!

Judit lo miró con desprecio. Callaron. Se evaluaron en silencio, aguantándose la mirada. Enrique quería mantener algo de esperanza en sí mismo, en lo que había sido toda su vida, en la tarea que creía haber hecho.

—Si vuelves a matar, te entregaré a la policía —dijo como si fuese un padre desesperado riñendo a su hija adolescente—. Se acabó, has matado a tres. Ya es suficiente. ¿Qué más quieres?

—Matarlos a todos, eso quiero —dijo ella entre dientes y con los ojos inyectados en sangre. Su cara se puso tan seria que por un momento pareció otra persona, una versión más oscura y poderosa de sí misma.

A Enrique ya no le quedaba tiempo ni fuerzas para discutir. Las alarmas de su interior empezaron a tronar. De repente la pistola pesaba el triple en su cinturón.

—Esto no es una negociación —sentenció—. Escríbele a Veiga y no vuelvas a actuar. Si descubres a un maltratador, denúncialo a la policía. O avísame a mí.

Judit se preparó para rebatir, pero Enrique se levantó y se marchó del salón.

—¿Adónde vas? —le preguntó ella yendo tras él—. ¿Cómo te voy a avisar?

—¡Haz lo que te he dicho! —gritó Enrique sin volver la vista atrás.

Llegó a la puerta, la abrió con torpeza y se marchó a toda prisa por las escaleras. Bajaba los escalones de dos en dos sin verlos porque el sudor le escocía en los ojos. Ya en la calle, apoyó la espalda en la fachada del edificio y cerró los ojos para recobrar el aliento. Sabía que había estado a punto de volver a hacer algo terrible. ¿Era eso que había sentido el hambre de matar? El monstruo que llevaba dentro había estado muy cerca de escaparse otra vez. Lo que más le dolía era no saber si se había ido porque no quería hacer daño a aquella mujer o porque necesitaba que le ayudase con lo de Alfredo. ¿Había sido clemente o egoísta? Tenía todo un trayecto hasta Barcelona para descubrirlo.

36

Había estado a punto de dormirse cuatro veces en la carretera. El sueño estuvo cerca de matarlo, y ahora que estaba en la cama no quedaba rastro de él. Enrique cerraba los ojos, pero no parecía que pudiera descansar. Intuía que ya pasaban de las cinco de la madrugada y sabía que no iría a trabajar. Inventaría alguna excusa para evitar la comisaría y se mantendría alejado de ella durante un tiempo. Fingir normalidad era imposible si seguía dejándose ver por allí. En él no quedaba nada de normalidad. A esas alturas, en los corrillos ya se estaría comentando que era sospechoso de asesinato y que la Policía Nacional iba tras él. Algunos creerían que era inocente y lo defenderían, pero otros pensarían que era culpable y dirían que siempre lo habían visto raro, como si todo lo que había hecho antes del crimen no valiese de nada y estuviese manchado para siempre.

Cambiaba de postura y gruñía enfadado como si eso fuera a invocar al sueño. ¿Cumpliría Judit su parte del trato? Aquella mujer lo descolocaba. Le había parecido tímida, comedida y arrogante a la vez. ¿Así sería él también? Y luego estaba Veiga. En él había pensado mucho durante el camino de vuelta a Barcelona. Le preocupaba que su ego se interpusiera en sus planes, que se negase a contradecir una noticia que él mismo había dado. Las palabras de Judit sobre el presentador también le habían hecho reflexionar. Era cierto que había algo raro en él, pero en los famosos era normal ese magnetismo, esa soberbia, ¿no? Durante sus tres encuentros, Veiga no había soltado prenda sobre su vida personal. La conversación siempre giraba en torno a su trabajo y los crímenes. A Enrique le sorprendía no saber nada de él salvo que sufrió polio de niño y eso le hizo descubrir su vocación por la radio. Trabajo. También que fue corresponsal de guerra. Más trabajo. Que había escrito un famoso libro sobre unos asesinatos en Llavorsí. Otra vez trabajo. O estaba obsesionado con el trabajo o le gustaban mucho los crímenes. Enrique recordó que, en varias ocasiones, le había sorprendido que Veiga mostrase desdén al hablar de *Morts*, parecía incluso que le incomodaba, pero en otras se mostraba absolutamente apasionado por el programa.

El policía asumió que no iba a dormir, así que se puso unos pantalones y una sudadera sobre la camiseta y bajó a la planta de abajo. Allí le esperaban sus zapatillas deportivas y su portátil. Cogió una botella de leche chocolateada y se sentó en la mesa de la cocina. Entró en la plataforma digital de TV3; allí estaban todos los episodios de *Morts*. Enrique los fue repasando de uno en uno, temporada por temporada, tratando de recordar en cuáles Veiga había mostrado interés y no desdén. El primero que encontró fue sobre un asesino de mendigos en el año 2006. La vez que desayunó con el presentador le habló de varios programas y sintió que le incomodaba el mero hecho de mencionarlos hasta que se refirió a ese en concreto, ahí se le iluminaron los ojos. Lo mismo ocurrió con Macarena durante la cena; Veiga parecía no querer saber nada de *Morts* hasta que ella comentó un capítulo sobre unos asesinatos en un parking. El caso del Cazador de Urgell también le apasionaba. Esos tres eran los únicos episodios en los que el presentador parecía orgulloso de su propio trabajo.

El reloj del ordenador marcaba las 6:04 cuando Enrique puso el primero de los dos capítulos. La sesión doble empezó a oscuras y acabó con la luz del día. Ambos casos tenían algo en común: en ellos había dudas de que el asesino hubiese cometido todos los crímenes que se le imputaban. El asesino del parking había confesado todos, pero la policía dudaba sobre uno de ellos porque no todo cuadraba. En el caso de los cuatro mendigos asesinados en 2006, el asesino solo había confesado los dos primeros crímenes y también el último. Muy similar al caso del Cazador, en el que el detenido había negado su implicación en el asesinato de la tercera víctima.

Enrique cerró el portátil y salió fuera para airearse. Parecía obvio que ese día lo iba a pasar sin dormir. En lugar de ir a trabajar, se adentró en el bosque.

Siguiendo los pasos que lo habían llevado hasta el Cazador de Urgell, los primeros rayos de la mañana le acariciaron la piel con suavidad y delicadeza. Las leves sombras que las hojas de los árboles —la mayoría, encinas y pinos— formaban en su cara le refrescaban. Los mirlos y los gorriones cantaban escondidos entre las ramas mientras las cigarras esperaban a que el sol apretase más para unirse al concierto. Lejos de fundirse con la naturaleza, Enrique parecía un extraño en ella. Paseaba por el camino de tierra rodeado de vegetación con los ojos enrojecidos y el ánimo por los suelos. Su cabeza daba vueltas alrededor de la figura de Veiga. Algo se había despertado en él. Su manera de verlo había cambiado. De pronto era una persona diferente ante sus ojos. El presentador famoso y triunfador se había esfumado y en su lugar había aparecido un ser inquietante y morboso. Tardó un tiempo en dar el salto, pero, cuando lo dio, tuvo que volver a toda prisa a la cabaña.

Invirtió la mañana entera en investigar los tres casos de *Morts* y los crímenes de Llavorsí: en estos últimos también había un asesinato del que nadie se quería hacer cargo. Y los cuatro tenían un punto en común: Joan Veiga. El día avanzó, se terminó la última pizza que le quedaba y no descansó hasta que, bien entrada la tarde, llegó a una conclusión perturbadora: había otro caso similar a los que estaba estudiando. El del Asesino de las Monedas. ¿Y si Veiga era un imitador? Un despiadado criminal con acceso a toneladas de información privilegiada gracias a su trabajo de periodista. ¿Y si el crimen perfecto era aquel cuyo asesino no necesita reclamar? ¿Aquel que se hace pasar como responsabilidad de otro? ¿Era descabellado pensar que Veiga se sentía orgulloso y especialmente vinculado a aquellos programas de *Morts* que hablaban de crímenes que él había cometido? Un asesinato en 2001 en Llavorsí, uno en 2006 en Barcelona, uno en 2009 en Argençola y otro en 2016 de nuevo en Barcelona. La sucesión de hechos le encajaba. Quizá había asesinatos antes, o incluso asesinatos en medio, a lo mejor también había asesinatos después.

Después.

En 2024.

Si se emitiera un episodio de *Morts* acerca del Asesino de las Monedas, en él también se diría que el culpable confesó haberlos cometido todos menos uno. ¿Y qué significaba eso? Un escalofrío cruzó el cuerpo de Enrique como si fuese la gélida hoja de una espada. En la cena con Veiga, Macarena le había explicado dónde trabajaba y qué horario tenía. Enrique le había contado detalles sobre el asesino, como que usaba una red para no dejar casquillo o… Enrique estuvo a punto de vomitar la pizza. Había sido un idiota. Veiga le había preguntado qué pistola usaba el asesino y él le había respondido, erróneamente, que era una Glock 19.

Fue caminando hacia el fregadero y metió la cabeza debajo del chorro helado que salía, empapando su calva y la montaña de basura y platos sucios que seguían allí pudriéndose. Al alzar la cabeza mojó la encimera y el suelo. A las gotas del agua del grifo se unieron lágrimas de tristeza, y a las lágrimas de tristeza se unieron otras de rabia. Él era el que había llevado a Macarena hasta su asesino. En el mismo instante en el que se puso el uniforme para ir a grabar el programa, su mujer había empezado a morir. Por eso Veiga mostraba tanto interés en él. Le gustaba regodearse. Dios, si hasta había estado en el funeral. Si incluso brindó con él después de que le preguntara cómo estaba llevando lo de su mujer. Aquel retorcido hijo de puta llevaba meses riéndose en su cara. Le había invitado a hablar de un caso en el que él había matado a una de las víctimas y después le había llevado a desayunar para regodearse aún más. A Enrique le bajó la tensión de golpe. La falta de sueño y la dieta asquerosa que había seguido durante semanas lo pusieron al borde del colapso. Iba a desmayarse. Necesitaba echarse más agua en la cabeza. Tumbarse. Dormir un año entero. No volverse a despertar.

Subió al baño y se dio una ducha helada. Estuvo tanto tiempo bajo el chorro que este le llegó a quemar. Allí desnudo, tembloroso, vulnerable, repasó todas y cada una de las conversaciones mantenidas con Veiga. Se sentía ridículo y furioso, pero también excitado. Todo el poder que Veiga tenía sobre él acababa de darse la vuelta como si de una suerte de *aikido* se tratase. Ahora sí estaba seguro de haber encontrado al verdadero asesino de Macarena. Las dudas que lo habían carcomido los últimos días, esos impulsos de furia desmedida, el deseo de acabar con todo, ardían ahora dentro de él como un incendio. Resultaba irónico que ahora Veiga era el único que podía ayudarle a seguir libre si publicaba la noticia de Judit. Habiendo usado su *modus operandi* y disponiendo de una confesión, la policía no tendría más remedio que descartarlo como sospechoso. Las incongruencias con las trabajadoras de Ikea ya encontrarían, tarde o temprano, una explicación, si no razonable, al menos suficiente. Si a Veiga llevaba décadas funcionándole, ¿por qué a él no?

Enrique tenía dos opciones. La primera era explicarle a Isaac lo ocurrido, confiar en que le creyera e intentar meter a Veiga entre rejas hasta el final de sus días. La segunda era mucho más interesante.

37

Enrique ascendió la rampa del garaje y giró la cara para no mirar el cuadrado de acera donde le solía esperar Macarena. Cruzó la calle al trote porque una ruidosa moto se acercaba a gran velocidad y entró en su portal. Subió las escaleras hasta el quinto piso sin detenerse, como si necesitara gastar energía en lugar de coger el ascensor.

Al abrir la puerta de la casa donde había pasado casi toda su infancia y madurez, una oleada de civilización le golpeó en la cara. El orden y la limpieza le devolvieron a una época no muy lejana de alegría y comodidad. Le dio la impresión de que la casa olía más a Macarena que nunca, como si ella hubiese estado viviendo allí mientras él se dedicaba a llorar en la pocilga de Porquerisses.

Vagó por el pasillo hasta que, sin saber muy bien cómo, se encontró en la habitación de Julián, sentado en su cama. Le llamó la atención ver lo normal que era su hijo. Fotos con sus amigos pegadas en un corcho, estanterías con más libros sin leer que leídos, raquetas de tenis apoyadas en una silla, pósteres de anime y películas de acción.

Lo echó de menos y quiso llamarle, o responder a sus decenas de mensajes, pero ¿qué le iba a decir? No podía ni mirarlo a la cara después de lo que había hecho. Prefería ser un mal padre que un asesino. Y en su frente sentía grabada con una navaja esa palabra. También en su voz. Y en las letras del teclado de su móvil. No podía escapar de lo que había hecho y tampoco de lo que iba a hacer. Si no volvía a hablar con Julián, quizá este ignorara para siempre que su padre era un farsante. O al menos tardaría más en descubrirlo que si le hablaba.

Movió la cabeza hacia el suelo y vio a un Julián de cinco años jugando con piezas de construcción y muñecos infantiles. Julián rumiaba diferentes voces según lo que tuviese en la mano mientras Enrique lo observaba con una dolorosa nostalgia.

Salió del dormitorio de su hijo y fue al cuarto de baño. Desde allí se vio a sí mismo acompañando a Travi en su último aliento. El gato escupía sangre por la nariz mientras un Enrique de catorce años le acariciaba el lomo con el gesto desencajado. Cada tosido del pobre animal provocaba un respingo en el asustado adolescente. Cuando el gato dejó de toser, él se puso a llorar.

Enrique agitó la cabeza con fuerza intentando exorcizar esa imagen maldita, después miró hacia arriba y vio a Macarena reflejada en el espejo del lavabo cepillándose los dientes con el pijama de invierno puesto. «El colutorio es veneno, se carga las encías. Lo que hay que usar es hilo dental y limpiador de lengua», le decía mientras un enamorado y joven Enrique la abrazaba por detrás y le besaba el cuello con el aliento fresco de menta recién enjuagado.

Al apartar la vista del espejo, Enrique se fijó en el cepillo, el limpiador de lengua y el hilo dental. Allí seguían, huérfanos, sin ninguna boca en la que meterse.

Entró en la cocina. Vio a su madre ante un hornillo de gas —que ya no estaba— batiendo huevos para hacerles un flan a él y a Jacinta. Vestía un delantal con frutas del bosque impresas y giraba con brío la muñeca mientras tarareaba alegremente una canción. En su pelo no había ni una sola cana y las arrugas de su rostro se contaban con los dedos de una mano. Sonreía como quien sabe que va a hacer feliz a las dos personas que más quiere en el mundo.

Todavía oyendo el batir de los huevos, Enrique abrió la puerta del despacho. En lugar de ver puzles, informes policiales o su colección de DVD, vio a su hermana llorando en la oscuridad mientras su padre se acercaba a ella tambaleante. «No hagas ruido. Las mujeres no hacen ruido y tú ahora eres una porque te sale sangre de ahí abajo». Las palabras olían a tabaco y a ron barato. Cuando la pestilente sombra de su padre engulló a Jacinta, Enrique salió reculando de la habitación.

En el salón lo esperaba Beatriz viendo una película que acababan de alquilar en el videoclub. Habían aprovechado que aquella tarde su padre estaba trabajando y su madre había ido a casa del abuelo con Jacinta. La película era *Top Secret* y Beatriz se reía a carcajadas iluminando la habitación. El olor a palomitas quemadas que venía de la cocina se mezclaba con el del sexo en el sofá.

Nunca en todos los años de noviazgo habían conseguido ver una película del tirón. Los blancos y brillantes dientes de Beatriz se tornaron amarillos y puntiagudos a medida que su sonrisa iba convirtiéndose en una carcajada, hasta volverse negros y afilados como los de una calavera.

Enrique salió del salón y se metió en la habitación principal. En el dormitorio no había nadie. La estancia estaba tan vacía como cuando se fue a Porquerisses. La mitad de la cama sin hacer. La otra mitad, dolorosamente hecha. Enrique caminó hacia la mesilla de noche de Macarena y vio allí el motivo por el que había vuelto al piso. Esperándole. A diferencia de Macarena, él sí quería oír esas últimas palabras.

Cogió el regalo sin abrir que le había dado su madre y lo sujetó a la altura de los ojos. Era una cajita pequeña que no le ocupaba ni la palma de la mano. El rosa del desgastado papel estaba cerca de volverse blanco. Algunos de los lunares rosados habían desaparecido, mientras que otros aún se diferenciaban bien.

Enrique nunca había entendido por qué Macarena no abría ese regalo. Conocía el motivo, pero no lo entendía. Tampoco era un tema del que hablaran mucho. Simplemente, aquella caja cerrada descansaba a dos metros de su almohada desde hacía décadas y era imposible no tenerla presente. Pensar que Macarena había muerto sin ver qué había en el interior le ponía enfermo.

Comenzó a tirar del lazo rojo y fue como si, por un momento, Macarena estuviese allí con él. Cuando el nudo del lazo se deshizo, dudó un momento. Pensó en dejar el regalo en su sitio y seguir con su vida, pero, mientras lo hacía, sus uñas rompieron el papel y dejaron al descubierto una caja de joyería. Cada vez estaba más cerca.

Desenganchó el pequeño cierre de metal dorado y la abrió. En su cara se dibujó una mueca de desencanto. Dentro de la caja había unos pendientes de aro con dos corazones de color rosa. Enrique volcó la caja sobre la mano y sujetó ambos pendientes con la palma izquierda. Tuvo la sensación de que a Macarena no le habrían gustado demasiado. De que, si su madre no hubiese muerto antes de dárselos, probablemente aquellos pendientes se habrían perdido sin que nadie los echase de menos. Luego tuvo un recuerdo fugaz de unos pendientes muy similares colgando de los lóbulos de su mujer, pero enseguida se convenció de que era un recuerdo falso, fabricado.

Enrique tiró la caja y los pendientes sobre la cama, y sacó el móvil de su bolsillo. Ya podía hacer esa llamada tan importante.

—¿Joan? ¿Cómo estás? —preguntó antes de que contestaran al otro lado de la línea.

—¡Enrique! —contestó Joan—. Qué coincidencia. Justo tenía pensado llamarte esta tarde. Quería invitarte a casa a ver tu episodio de *Morts*, ya tengo el montaje final y ha quedado muy bien.

Una sonrisa malvada apareció en la cara del policía.

—Vaya, me pillas en una semana complicada —se disculpó—, el único día que tengo libre es hoy.

—¿Hoy? —preguntó Veiga repasando su agenda.

—Y tendría que ser en mi casa de Porquerisses —añadió Enrique.

Al otro lado del teléfono se escuchó un murmullo sostenido.

—Pues oye, ver el episodio en el mismo lugar en el que encontraste al asesino tiene algo de catártico. ¿Tienes tele allí?

—Sí.

—Pues no se hable más. ¿Me das la dirección y me paso por allí a eso de las diez? No creo que pueda antes.

—Perfecto. Compraré un buen vino y algo para picar.

—Pues me parece un planazo. —Veiga se preparaba para colgar cuando reparó en algo—. Oye, ¿y qué querías tú? ¿Por qué me llamabas?

—Ah, no te preocupes. Esta noche te lo explico —respondió Enrique con una sonrisa de oreja a oreja.

Después, colgó y echó un último vistazo al piso en el que había crecido, sin imaginar que nunca iba a volver.

38

Enrique observó desde la ventana cómo Veiga aparcaba el Mercedes SUV negro delante del muro de su casa de Porquerisses con una sonrisa confiada. El pajarito había decidido entrar solo en la jaula.

La cabaña olía a carbonara y a ambientador barato. Ya no quedaba basura en la planta baja. Enrique la había metido toda en bolsas y después las había tirado en el jardín trasero. En total había llenado siete.

La olla con la pasta recién mezclada con la yema de huevo y espolvoreada con parmesano descansaba sobre el hornillo apagado, y la mesa de la cocina estaba puesta con dos platos, dos copas y una botella de vino Vega Sicilia de más de ciento cincuenta euros. Para Enrique se trataba de una velada de lo más especial.

Salió al portal a recibir a Veiga y lo abrazó con mucha efusividad, como si fuese su mejor amigo. El gesto desconcertó al presentador, que vestía un caro jersey violeta, del que sobresalía el cuello de una camisa verde, y unos vaqueros casuales que se recolocó tras el abrazo. Colgado del hombro izquierdo llevaba un bolso de cuero con bandolera.

—Qué sitio tan pintoresco y… apartado —dijo Veiga mirando con entusiasmo a su alrededor, aunque la noche cerrada no le permitía ver nada.

—¿Pudiste encontrarlo bien? —le preguntó Enrique tan amablemente que nadie sospecharía que pretendía que aquel lugar se convirtiese en su tumba.

—Sí, no he tenido problema.

Con un gesto, le indicó el camino a la cabaña. Veiga traspasó el portal y avanzó por el jardín hasta llegar a la puerta principal. Al entrar, y mientras Enrique echaba la llave, el presentador silbó impresionado. Sus ojos azulados recorrieron la estancia con un gesto de asombro forzado. Apoyó el bolso en el sofá y se fijó en la tele apagada y en la chimenea. También en la pizarra blanca y en el plano del metro de Barcelona.

—Qué lugar tan acogedor.

Enrique sacó dos botellines de cerveza de la nevera.

—Es muy pequeña. Solo esto que ves y una habitación con baño arriba —dijo ofreciéndole uno de ellos.

—Para uno solo es más que suficiente. —Veiga bebió un sorbo, lo que impidió que viese el fugaz destello de rabia en los ojos de su anfitrión—. Qué bien huele —añadió al acabar.

—Es la pasta. ¿Tienes hambre? —preguntó Enrique, señalando la mesa—. Es mi especialidad.

Veiga se quedó impresionado con la botella de vino. Caminó hacia ella y la cogió para verla bien.

—Madre mía, no hacía falta tanto. Qué maravilla de vino has comprado.

Enrique le entregó un abridor y Veiga, con mucho cuidado, comenzó a descorchar la botella. Mientras el policía llenaba un par de platos hondos, el presentador escanciaba el vino en sendas copas a estrenar.

—Espectacular —dijo Veiga al acercar la nariz al interior de su copa.

Enrique sirvió la cena y se sentó. Veiga enseguida hizo lo mismo.

—Mientras respira el vino… —dijo Enrique tras dar un sorbo a su cerveza—. ¿Sabes? Este era el plato favorito de mi mujer.

El comentario de Enrique provocó un instante de silencio. Los dos removieron la carbonara con sus tenedores. Veiga sopló y se metió la pasta en la boca. A Enrique le irritó ver cómo fingía entusiasmo.

—Buenísima —mintió Veiga—. Me tienes que dar la receta... —Veiga carraspeó—. En fin, como te dije por teléfono, al episodio todavía le falta hacerle corrección de color, notarás que algunos planos tienen una tonalidad diferente y el audio aún no está ajustado del todo, pero por lo demás está perfecto. Yo creo que te va a encantar. Sales muy bien.

—Estupendo. Ya tenía ganas de verlo. —Enrique sonrió enseñando demasiado los dientes y abriendo los ojos más de lo habitual.

—Vas a convertirte en un héroe, ya verás —dijo Veiga ignorando la extraña cara de su anfitrión—. El episodio se ha montado de tal manera que tu aparición es la que desencalla la investigación y lleva a la detención del asesino.

—Bueno, en realidad eso es lo que pasó —apuntó Enrique—. Aunque no lo creas, soy un buen policía.

Veiga se sorprendió ante ese comentario. Dejó el tenedor dentro del plato y levantó la cabeza como un suricato.

—Claro que creo que eres un buen policía, Enrique.

—¿Sí?

Veiga bebió del vino y las canas alrededor de su boca se enrojecieron.

—Por supuesto, y para mí es un honor ver contigo el episodio. Además, aquí, en el lugar de los hechos.

«El lugar de los hechos», repitió una voz macabra en el interior de la cabeza de Enrique.

—Háblame de ti, Joan. Creo que ya toca que nos conozcamos mejor.

—¿Qué quieres saber? —preguntó Veiga con una sonrisa confiada y volviendo a coger el cubierto.

—¿Cuándo cometiste tu primer crimen?

De esa pregunta hubo muchas cosas que sorprendieron a Veiga, pero quizá la que más fue la enorme frialdad con la que Enrique la formuló. El presentador se quedó en silencio con el tenedor envuelto en espaguetis blancuzcos mientras Enrique masticaba los suyos con total tranquilidad.

—¿Perdón? —dijo Veiga forzando una risa.

—Lo he estado pensando mucho —empezó Enrique con naturalidad—. Yo creo que fue durante tu adolescencia, o a los veinte o veintiún años, o durante tu época de corresponsal de guerra. Sí, me inclinaría más por lo segundo. En las guerras, las vidas valen poco. ¿Quién se va a poner a investigarlas?

Veiga dejó el tenedor en el plato, entrelazó los dedos de las manos y clavó sus ojos azules en Enrique. Se mantuvo así durante un buen rato.

—Fue con veintinueve años, en Bosnia. Rematé a un hombre herido que estaba en la calle.

Al pronunciar esas palabras, pareció desprenderse de él una careta de piel fundida y ante Enrique apareció una persona diferente. Sus gestos calculados, sus dientes blancos y bien colocados, su cutis bronceado y exfoliado, su mirada. Todo se desvaneció de golpe. El carnaval había llegado a su fin y en cierto modo parecía contento por ello, por poder mostrarse como realmente era.

—¿Lo hiciste para evitarle el dolor?

—No, lo hice porque pude. Tenía una pistola, él estaba indefenso y no había nadie mirando.

El nuevo Veiga imponía mucho más que el anterior. Enrique lanzó una mirada fugaz a la puerta de entrada. Se había encerrado allí dentro con un monstruo. Por suerte disponía de ventaja al conocer aquella casa como la palma de su mano. Mientras cocinaba, Enrique había escondido herramientas y armas en puntos estratégicos por si necesitaba defenderse de su invitado. No quedaban cuchillos, ni tenedores, ni vasos en toda la estancia. Todo lo que pudiera hacerle daño estaba guardado en el jardín trasero, excepto los dos platos, los dos tenedores y las dos copas. Su pistola P30 estaba escondida bajo un paño viejo en lo alto de la nevera, de manera que en pocos segundos la podría empuñar, en caso de necesitarla. Al lado de la nevera había dejado un paño menos usado por si acaso a Veiga se le ocurría ayudar a limpiar algo. El hacha estaba en su cama, bajo las sábanas, y el martillo lo había colocado en el tercer cajón del viejo mueble que tenía al lado de la puerta principal, en el que solía dejar las llaves del coche y la cartera. También tenía sus puños, sus piernas y un amplio conocimiento de artes marciales. Enrique veía a Veiga como un toro en el ruedo. Era un misterio lo bravo que podría llegar a ser, la fiereza con la que podría defenderse. Lo que tenía claro era que, por mucho que lo intentara, jamás saldría de allí con vida.

—Un poco cobarde, ¿no?

—¿Crees que matar es cobarde?

Enrique reflexionó en su interior y fue incapaz de encontrar una respuesta.

—¿A cuántas personas has matado?

Veiga recorrió la casa con una mirada lánguida y astuta.

—Tú no me has invitado aquí a ver tu capítulo de *Morts*, ¿verdad? —dijo cínicamente.

Enrique negó con la cabeza alargando al máximo el movimiento. Veiga le sonrió de una forma que denotaba deportividad, como la de un tenista que reconoce una buena jugada desde el otro lado de la pista.

—¿Entonces ya puedo decir que la pasta está seca y salada a más no poder, y que eres un idiota por no haber decantado el vino?

La risa de Veiga sonó cruel. Enrique le sonrió con ojos encendidos.

—Oye, ¿qué te parece esto para un episodio de *Morts*? —propuso Enrique—. Un policía investiga a un asesino en serie que deja una moneda cada vez de más valor a los pies de sus víctimas, y una de esas víctimas resulta ser su maravillosa e inocente mujer. Eso hace que el policía se quede fuera del caso. No obstante, decide seguir investigando por su cuenta. Y, como es un buen policía —los ojos de Enrique se humedecieron por un instante—, encuentra al asesino antes que sus compañeros. Así que se presenta en su casa… y lo mata.

Enrique hizo una pausa, dio un sorbo al vino y prosiguió:

—Al investigar a la víctima, descubren que no era el asesino de su mujer, así que el policía se hunde aún más, duda hasta de sí mismo, hasta que, de pronto, otro tío decide seguir con el trabajo del Asesino de las Monedas. En ese momento el policía considera que ese debió de ser el que mató a su maravillosa e inocente mujer, así que de nuevo se adelanta a sus compañeros y detiene al sospechoso antes que nadie. Lo lleva a una casa apartada, pongamos que en Porquerisses, y lo tortura para hacerle confesar, pero ese asesino reconoce todos los asesinatos excepto el de su mujer.

»El policía, que está al límite en todos los sentidos, lo mata igualmente y lo entierra en el jardín. —La voz de Enrique sonó fuerte y amenazadora—. Y entonces, cuando el misterio del asesinato de su maravillosa e inocente mujer parecía que no se iba a resolver nunca, el policía empieza a atar cabos sobre el extraño comportamiento del periodista de crónica negra más famoso del país. Y recuerda que él sabía los horarios y el lugar de trabajo de su mujer, y recuerda que le preguntó si el asesino utilizaba una Glock 19 y el policía le dijo que sí, por error. —La voz de Enrique escaló casi tanto como su mirada en odio y furia—. ¡Y recuerda que el periodista se puso cachondo al brindar tras la muerte de su mujer! —Enrique y Veiga se miraron fijamente unos segundos—. Así que el policía invita al periodista a su casa apartada en Porquerisses para, cegado por el dolor, encerrarlo en ella y matarlo.

Enrique sonrió triunfal. Veiga lo escuchó con gesto frío, imperturbable.

—No sería un mal capítulo —replicó el periodista con una calma aterradora—, pero yo llevo varios años planeando uno mejor. De hecho, ya tengo algunas partes grabadas. Sería el último, y sería póstumo —matizó—. En él, el propio presentador del programa introduciría una serie de crímenes perpetrados durante los últimos treinta años y cometidos por él mismo sin que absolutamente nadie sospechase nada. Con material gráfico de primera calidad, con imágenes reales de los cadáveres, y hasta de dos de los asesinatos, el presentador revelaría a millones de espectadores y fans que ha sido más listo que nadie, que ha matado a quien ha querido, cuando ha querido y como ha querido, que ha expuesto esos casos en la televisión pública, amasando una fortuna, convirtiéndose en una celebridad y en un foco de admiración y respeto sin que nadie imagine que él es el mayor asesino del país. —El presentador sonrió con el pecho hinchado como un palomo—. En ese episodio, que se convertirá en lo más visto en la historia de la televisión mundial, el presentador confesará algo inolvidable, algo que resonará en el imaginario popular y colectivo durante décadas. Y el público se quedará confuso, muchos se enfadarán y otros lo admirarán todavía más, porque el presentador habrá cometido crímenes imperdonables y luego habrá muerto plácidamente en su cama arropado por la admiración de millones y millones de personas. —Veiga miró a Enrique con soberbia—. ¿Quieres ver un adelanto? —le preguntó mientras se levantaba.

Enrique presenció cómo Veiga caminaba hacia el sofá y sacaba de su bolso una reluciente Glock 19.

—Tranquilo, no hagas ninguna tontería —pidió Enrique con voz temblorosa.

—¿Sabes lo que le falta a tu episodio? —Veiga no le dio tiempo a responder—. Un buen desenlace. Por suerte, en un momento de mi episodio, el presentador explicará cómo mató haciéndose pasar por el Asesino de las Monedas a la maravillosa e inocente mujer del policía idiota que investigaba el caso. Y eso servirá para mencionar las mentiras de tu capítulo, titulado, por ejemplo, «El policía asesino», en el que contaremos que ese policía idiota mató a su mujer haciéndose pasar por el Asesino de las Monedas, porque, en el fondo, esa relación no era tan idílica como hacían ver, y luego ejecutó también a los dos Asesinos de las Monedas porque estaba completamente enloquecido. ¿Quién no acaba tocado del ala después de tantos años limpiando las calles de maleantes, pedófilos y criminales? ¿Acaso no era significativo que nuestro policía necesitase años sabáticos cada cierto tiempo para huir de la gente y reconciliarse con su propio trabajo y con el mundo? Un pobre aspirante a héroe que se perdió a sí mismo en el camino. Luego, claro está, una vez acabado su trabajo, nuestro policía se encerró en su cutre y maloliente cabaña de Porquerisses y se pegó un tiro con la misma pistola con la que mató a su mujer. —A Veiga le hizo gracia la cara de susto de Enrique y no se esforzó en disimularlo—. ¿Qué te parece ese final?

Enrique miró con rabia los dientes blancos y perfectamente alineados de Veiga. Había perdido el control de la situación. Ahora el toro en el centro del ruedo era él. La idea de que Julián pudiese llegar a creer que él había matado a su madre le revolvió las entrañas. Tenía que salir de allí como fuera, el problema era que Veiga le apuntaba con una pistola cargada y sin seguro.

El presentador se acercó a él y le colocó el cañón de la pistola en la sien. Enrique sintió el frío del acero en la piel y deseó que todo terminara pronto.

39

Enrique cerró los ojos y esperó a que todo acabase. Lejos de sentir paz, lo invadía una rabia muda. No podía irse así. No podía ser derrotado tan fácilmente. De todos sus remordimientos, incluso por encima de que su hijo pensase que había matado a su madre, el que más lo atormentaba era saber que Veiga se saldría con la suya y que haría un episodio a su costa. En el fondo siempre le había molestado que el presentador tuviese un prestigio y reconocimiento que no se merecía, parasitario del trabajo de los investigadores y hombres como él, que se dejaban la salud física y mental atrapando a los malos. El tipo que contaba los hechos era admirado y el tipo que detenía a los asesinos era ignorado. El que llegaba años tarde y solo ponía su maquillado rostro delante de cámara era el que se sacaba fotos con la gente, mientras que el que los metía entre rejas se apartaba para no estropearlas. Imaginar a Veiga pavoneándose por ahí, sintiéndose el hombre más importante del mundo pese a matar impunemente, y luego regodeándose ante millones de espectadores, le ponía enfermo. Imaginar cómo el presentador le colocaba la Glock 19 en su mano muerta y disponía todo para que pareciese un suicidio le provocaba ganas de gritar y de llorar, pero ni sus cuerdas vocales ni sus lagrimales estaban dispuestos a mover un dedo por la causa.

Notaba la pesada presencia de Veiga detrás de la pistola, sabía que en cualquier momento todo podía acabarse para siempre. Deseó tener la fe suficiente para creer en un reencuentro con Macarena y Beatriz. También con su madre y sus abuelos. Incluso volver a acariciar a Travi. Pero lo único que tenía era el dolor y el resentimiento de quien sabe que ha perdido. Todo lo que había construido estaba a punto de derrumbarse. Todos los que creyeron conocerle cambiarían de opinión y empezarían a asegurar que, en el fondo, siempre sospecharon que tenía un lado oscuro. Todos los crímenes que había resuelto en vida se juntarían con los seis que nunca pudo resolver y su legado desaparecería. Nadie nunca sabría quién fue. Pasaría a la historia como un loco peligroso y no como el hombre cariñoso y empático que siempre había deseado ser. Con un solo movimiento de dedo podían borrarse cincuenta y cinco años de vida.

Fantaseó con la idea de que Isaac se volviera a presentar allí, preocupado por él, que la Policía Nacional apareciera en la casa, rompiera la puerta y lo detuviese, pero nada de eso iba a pasar. El silencio en Porquerisses era sepulcral. El lugar en el que había recuperado las ganas de vivir estaba a punto de verle morir.

Con el cañón de la pistola presionando su sien, Enrique cayó en la cuenta de que nunca volvería a abrazar a su hijo y entendió que ya no tenía nada que perder. Si iba a morir, por qué ponerle las cosas fáciles a su verdugo. Si le iba a disparar, qué más le daba estar de pie que sentado. Al menos podía irse de este mundo sin hacerle un favor a Veiga. Y evitar que su hijo pensase que se había rendido.

Enrique abrió los ojos y se hizo de nuevo la luz. En un movimiento rápido, embistió la pistola con la cabeza y empujó a Veiga lo justo para levantarse de la silla.

—Si me disparas ahora, se te acabó el programita —le dijo con seguridad recobrada. Después retrocedió y se colocó al otro lado de la mesa. Veiga le seguía apuntando con la pistola sin alterar su gesto sereno.

—Yo de ti no estaría tan contento, lo único que has hecho es ascender de patético suicida a víctima de un crimen sin resolver.

En su cabeza, a Enrique le pareció un ascenso más que decente.

—Mis compañeros investigarán, atarán cabos, rastrearán mis llamadas, sabrán que viniste aquí. Hay pruebas: tu coche, tu móvil, tus huellas… Verán que la pistola utilizada es la misma que aquella con la que mataron a Macarena, empezarán a escarbar y acabarán descubriendo tus crímenes. Toda tu carrera periodística se irá a la mierda. En lugar de ser un asesino admirado y respetado que engañó a millones de espectadores, a toda una sociedad, pasarás a ser un mediocre y un loco desgraciado al que pillaron con las manos en la masa. Un asesino tan cutre que ni merecerá un episodio en su propio programa. Con suerte saldrás en el mío. ¿Cómo lo ibas a titular? Ah, sí, «El policía asesino».

Veiga cerró el ojo derecho para apuntar bien a la cabeza de Enrique. El cañón de la pistola estaba a menos de un metro de distancia del policía.

—Todo eso te lo compraría si no fuera porque olvidas un detalle muy importante —dijo Veiga con soberbia—. Tu cuerpo puede no aparecer. Tengo toda la noche para despedazarlo, incinerarlo, enterrarlo… Incluso podría quemar esta pocilga contigo dentro y nadie sabría que fuiste asesinado. —Veiga sonrió—. O, mejor aún, dejaré a tus pies una moneda de dos euros y diré que cuando llegué me encontré con la escena del crimen. Me pasaré toda la semana escribiendo y hablando sobre que hay un grupo organizado detrás del Asesino de las Monedas. Seré más famoso que nunca.

De pronto, el gesto de Veiga se tornó severo y su dedo índice empezó a moverse. Enrique se apartó lo justo para sentir en su piel la ráfaga de aire caliente de la estela de una bala que impactó contra la pared del salón. Después escuchó un silbido en su oído y a continuación una fuerte explosión.

Al percibir que Veiga volvía a disparar, Enrique corrió hacia el sofá. Antes de llegar, una bala reventó el cristal de la ventana que daba al jardín principal tras pasar muy cerca de la pizarra. Enrique se tiró al suelo y se arrastró hasta cubrirse con el sofá.

—Adelante —dijo Veiga, entusiasmado—. Esto es mucho más divertido de lo que esperaba. Lo voy a recordar toda la vida.

Los pasos y la voz del presentador sonaban cada vez más cerca. Enrique giró la cabeza hacia el mueble que se situaba junto a la puerta. El tercer cajón, el del martillo, estaba a unos cinco metros. Pero su objetivo principal se encontraba demasiado lejos, encima de la nevera. Si conseguía llegar hasta allí sin recibir un disparo mortal, estaba convencido de que todo cambiaría.

—Con Macarena fue mucho más sencillo —dijo Veiga justo antes de disparar contra el sofá. El estruendo dejó sordo a Enrique momentáneamente. Durante unos segundos pensó que había muerto. Pero no, seguía ileso—. Tenías que haber visto su sonrisa al verme allí aquella mañana. Qué rápido se le borró cuando vio la pistola.

Enrique salió de detrás del sofá y corrió hacia la puerta de entrada. ¿Abrir el cajón y asir el martillo, o abrir la puerta y escapar?, se preguntó. Los cálculos se interrumpieron por una extraña sensación en el brazo derecho. La siguieron una quemazón y un dolor que empezó siendo suave y agudo y, cuando ya se escuchó el disparo, se tornó grave e intenso. Enrique gruñó y el interior de la manga de su sudadera comenzó a llenarse de sangre. Era el primer disparo que recibía en toda su vida. Abrió torpemente el tercer cajón y otro disparo le rozó la calva antes de estrellarse contra la puerta de entrada.

Enrique cogió el martillo y lo levantó con la mano del brazo herido en señal de amenaza. En ese instante, el dolor se volvió insoportable. Pensó que le sudaba la cabeza, pero, al frotarse con la mano izquierda, esta se le llenó de sangre.

Veiga se rio de él al verlo con el viejo y oxidado martillo en la mano.

—Eres patético, Enrique. ¿Te crees que no se notaba lo nervioso que estabas en la grabación? Nos reímos mucho de ti en la sala de montaje.

Enrique se cambió el martillo de mano y se lo lanzó con todas sus fuerzas. La trayectoria fue tan errada que el presentador rompió a reír. En aquel momento, ya estaba metido completamente en el papel de villano. Disfrutaba viendo a Enrique dar sus últimos coletazos. Al bajar la mano derecha, cinco finos chorros de sangre cayeron como cascadas y formaron un mural macabro en el suelo. Ahora Veiga estaba en el sofá y Enrique en la puerta. Su camino hacia la nevera estaba más despejado que nunca. Le dolía el brazo, también la cabeza, sentía la vista nublada y una Glock 19 de gatillo fácil apuntándole a la cara, pero tenía una oportunidad. Estaba a menos de diez metros de su salvación. Si en esa carrera Veiga no lo derribaba, llegaría al segundo asalto. Veiga volvió a guiñar ligeramente el ojo derecho —era fácil adivinar cuándo iba a disparar— y Enrique arrancó.

Dio el primer paso y escuchó cómo una bala se estrellaba contra la pared. Trozos de ladrillo y pintura salieron disparados.

El segundo y el tercer paso fueron más rápidos. Veiga lo seguía con el brazo con el que sujetaba la pistola.

Tras el cuarto, el párpado de Veiga se empezó a contraer. Sus dientes blancos y antinaturales se apretaron con un gesto de rabia e impaciencia.

El quinto paso le sirvió a Enrique para cubrirse bajo la mesa. La botella de vino de ciento cincuenta euros saltó por los aires. El techo, las paredes y el suelo se llenaron de Vega

Sicilia. Enrique trató de recordar cuántos disparos había hecho Veiga. Todavía le quedaban balas.

El sexto paso fue corto y lo dio todavía agachado, pero le sirvió para coger impulso para el séptimo, que fue largo y rápido. A su espalda se rompió otro cristal, esta vez el de la puerta que daba al jardín trasero.

Con el octavo y el noveno paso, Enrique llegó a la nevera. Se apoyó en ella y levantó el dolorido brazo derecho. Apartó el viejo trapo sucio y, con un gruñido de dolor, acarició la empuñadura de su P30.

Ahí salió un aullido de dolor más fuerte, acompañado de un furioso picotazo en el costado derecho. Se había fracturado al menos una costilla. Enrique lanzó un grito sostenido durante dos o tres segundos y se dobló de dolor.

Sin tiempo ni para mirar a Veiga, e intuyendo que el disparo de gracia era inminente, se irguió de nuevo y esta vez cogió la pistola con la mano izquierda. En cuanto la tuvo bien amarrada, se dejó caer al suelo. Enseguida una bala se estrelló contra la puerta de la nevera.

Desde el suelo, Enrique se pasó la pistola a la mano derecha y, con los dedos correosos y ensangrentados, disparó hacia Veiga una vez.

Dos veces.

Y tres.

No le dio, pero ganó espacio y eso le permitió colocarse detrás de la mesa de la cocina para protegerse. El olor a vino le distrajo una milésima de segundo. La sangre le bajaba por el costado hasta las piernas. Estaba empapado. El dolor era inaguantable. Confiaba, aun así, en su puntería y en su resistencia. Veiga se había parapetado debajo de las escaleras que subían al piso de arriba, en un pequeño hueco muy cerca de la chimenea. Entre toda la adrenalina, Enrique sintió también una descarga de dopamina. Se dio cuenta de que la tristeza por la muerte de Macarena había desaparecido en los últimos minutos. En lo único que pensaba era en dar su merecido a aquel ególatra asesino.

—Te fue más fácil rematar a aquel pobre hombre de Bosnia, ¿eh? —gritó Enrique desde su escondite con tono fanfarrón. Aunque le hubiera herido, ahora Veiga volvía a ser el pajarito dentro de la jaula.

—Cuando salga de aquí iré a Madrid, le pondré una bolsa en la cabeza a tu hijo y le cortaré la polla —gritó Veiga desde la escalera—. Toda España creerá que era un maltratador.

Lenta y silenciosamente, como tantas veces había hecho en el pasado, Enrique se fue acercando a la posición del enemigo. En esta ocasión no tenía a Isaac ni a nadie más para apoyarle. Desde hacía tiempo esta guerra la libraba solo.

Disparó deliberadamente a la pared al lado de Veiga para asustarlo. Al ser diestro, Veiga tuvo que sacar gran parte de su cuerpo y de su cabeza de su escondite para disparar. Enrique lo aprovechó y, antes de que su enemigo pudiera apretar el gatillo, le pegó un tiro en el ojo izquierdo.

Veiga se desplomó como un rascacielos en llamas y su pistola resbaló por el suelo hasta alejarse más de un metro de él.

Enrique corrió hacia ella y le dio una patada. En el hueco de la escalera en que guardaba la leña, vio cómo Veiga se retorcía de dolor. Estaba tirado en posición fetal con la mano derecha apretando la cuenca izquierda, de la que salía abundante sangre. Por fin tenía al asesino de Macarena a su merced. Escuchaba sus gemidos y sollozos sin sentir el menor atisbo de lástima.

Enrique le dio una patada en el brazo derecho para apartarle la mano del ojo. Quería verle la cara. El lado izquierdo de su rostro estaba completamente deformado. El poderoso presentador ahora era un ser vulnerable y herido.

—¿Cómo sonreía mi mujer? —le preguntó Enrique lleno de rabia—. ¿Me lo recuerdas otra vez? —le gritó con las pocas fuerzas que le quedaban.

—Por favor…

Por un instante, Enrique pensó en llamar a Isaac para explicarle lo ocurrido. «Yo solo quería matar al asesino de Maca —le diría—. Sé que me equivoqué con los otros, pero eran dos indeseables. Y he aprendido la lección. Pude haber vaciado el cargador en ese hijo de puta y no lo hice». Seguro que juntos encontrarían la manera de evitar la cárcel. Con el tiempo, Julián lo entendería. Puede que incluso se sintiera orgulloso de lo que había hecho su padre. Aún estaba a tiempo de subirse al último tren hacia el lado bueno. Perdonar la vida a aquel indeseable, al causante de todo su dolor, era la mejor manera de expiar todos sus pecados. Podía meterlo en la cárcel y asistir al derrumbe de su imagen pública. Seguro que eso le daría placer. Que le haría sentir bien. Que lo redimiría y sería suficiente. ¿Lo sería?

Enrique sacudió la cabeza como si quisiera deshacerse de sus pensamientos y apoyó la pistola en el suelo. Después metió la mano ensangrentada en el bolsillo del pantalón y sacó la cartera. La abrió temblorosamente y sacó de ella la moneda de dos euros que Veiga había rechazado el día que desayunaron juntos. Se la enseñó y la tiró sobre él. La moneda aterrizó encima de su caro jersey violeta, ahora empapado en sangre.

Con su único ojo, Veiga vio cómo el policía recogía su pistola del suelo. Enrique arrugó la nariz, liberado. Los ojos se le humedecieron. Ese era el final del episodio. Veiga gemía mientras la leña que estaba en lo más bajo de la pila se impregnaba de sangre y empezaba a caer y a desparramarse a su alrededor. Sin rastro de piedad, y con una sonrisa calma, Enrique vació el cargador sobre el presentador sin importarle que sus gemidos se hubiesen apagado tras el segundo disparo.

40

La cola se extendía hasta la puerta del establecimiento. Desde la barra, parecía que no tenía final. La mayoría de las mesas dentro y todas las de la terraza estaban ocupadas. Judit dejó sobre la bandeja un triste bocadillo, una galleta que llevaba en el escaparate casi una semana y dos cafés con leche con sabor a máquina quemada. Un matrimonio de alemanes o austriacos la cogieron y caminaron nerviosos entre las mesas en busca de una vacía. Después llegó el turno de dos amigas adolescentes, muy amables y educadas. A Judit le encantaba ese tipo de clientas. Jóvenes empáticas que tomaban café para sentirse mayores y se sentaban en una mesa esquinada a contarse sus problemas y a soñar con soluciones imposibles durante horas. Detrás de ellas había una pareja de esas que la removían. Mientras escuchaba el tipo de café que querían las adolescentes, la camarera supo por el lenguaje corporal del chico y de la chica que estaban detrás que no iba a ser agradable atenderles. Él, con el pelo al cero por los costados de la cabeza, ceño fruncido, barba perfilada, ropa deportiva, cara de enfado. Ella, con grandes aros en las orejas, pelo moreno por los hombros, pechos operados, tatuaje en el escote, ropa apretada, cara de preocupación, mirada alerta. Los ojos eran la clave. Ahí era donde Judit se daba cuenta de que algo pasaba. Esa pareja estaba tensa y era él quien le echaba en cara algo a ella. Las dos adolescentes le hicieron una broma que Judit no entendió, pero fingió una risa. La cola detrás de la pareja no paraba de crecer. Los domingos por la tarde en la plaza del Emperador Carlos V eran movidos. Desde su posición, las cabezas apenas le dejaban ver el imponente palacio de Fomento. Casi la mitad de los clientes iban o venían a la estación de Atocha, y muchos de ellos contagiaban sus nervios previos a coger un tren. Pero esa pareja no. Esa pareja estaba allí para tomarse algo y quizá para tratar algún tema desagradable.

La chica le habló con una soberbia que solo escondía su propia inseguridad. Judit tenía un don para ver lo que las personas escondían, y en aquella muchacha, de entre veinticinco y treinta años, vio miedo y vulnerabilidad. Se la imaginó haciéndose la fuerte, con sus tatuajes y sus pendientes, con sus gestos recios, con su actitud de «chica dura», sin sospechar lo mucho que se notaba que era una pobre desgraciada. Su novio era igual, pero la inseguridad de los hombres es mucho más peligrosa. Eso Judit lo sabía bien. Les preguntó si querían algo más, pero él ni siquiera la miró a la cara; tenía clavados los ojos en el móvil y las ignoraba a ambas deliberadamente. Su novia le tuvo que preguntar hasta tres veces si iba a pedir algo. Él se hizo el sorprendido, como si le extrañara tener que pedir algo delante de una barra con diez o doce personas esperando detrás. Esa falta de empatía ponía enferma a Judit. El tipo pidió una cerveza como si hablar en alto fuese un esfuerzo que ella no mereciese. Finalmente, como si de un niño pequeño se tratase, su novia pidió todo y pagó. Mientras lo hacía, sin decir nada, él arrastró ruidosamente una silla y se sentó en una mesa vacía sin apartar la vista del móvil.

Estaban tan cerca de la barra que Judit siguió atendiendo a los clientes sin quitarles el ojo de encima. Ella bebía su café fingiendo que miraba el móvil y él tragaba su cerveza con gesto de suficiencia. Como si lo que viese en la pantalla fuese mucho más interesante que su novia. Actitudes así eran las que sacaban a Judit de sus casillas. Las que le hacían fantasear con el momento en el que aquel chulo desaprensivo se diera cuenta de que había caído en una trampa. Imaginaba el instante en que, esposado a la cama, entendiera que su vida estaba a punto de acabar. Ahí la soberbia y la altanería desaparecían de golpe. A Judit no le gustaba matar, lo que le gustaba era el cambio de poder. Ver cómo el hombre que había sometido a una mujer de pronto se convertía en un corderito degollado. Sin poder, ya no eran tan valientes. Ahí se les desmontaba todo el personaje. Más que el subidón de arrancarle la vida a un villano, lo que más recordaba Judit de sus tres asesinatos eran los llantos y las súplicas. Eso era lo que le había hecho seguir.

Aprovechó un breve respiro para comprobar a escondidas si Joan Veiga le había respondido, pero no, su mensaje seguía sin ser leído. Encima de aguantar a los clientes maleducados y nerviosos, tenía que vivir con el miedo a ser detenida por la policía en cualquier momento. Ella ya había hecho su parte, pero no sabía si sería suficiente. Estaba dispuesta a seguir con su vida, dejar atrás los asesinatos y centrarse en encontrar un trabajo mejor. Tal vez incluso hacer alguna amiga y, si había suerte, conocer a un hombre que valiese la pena. Al matar a aquellos tres sujetos había evitado el sufrimiento de muchas mujeres. Por supuesto, le habría encantado evitar el sufrimiento de muchas más, pero eso ya no estaba en su mano. Si encontraba a otro maltratador y le daba su merecido, el policía catalán la metería en la cárcel. Y vivir a la fuga no era algo que pudiera permitirse.

La pareja había dejado los móviles en la mesa y ahora él gesticulaba de manera barriobajera, como si fuese un cantante de música urbana, mientras que ella trataba de defenderse y de razonar. A Judit se le encendieron algunas alarmas. Tenía la sensación de que, si pudiera seguirlos durante un tiempo, terminaría presenciando algo que mereciera venganza. Eso la indignaba. Ella no disponía ni del tiempo ni del dinero para hacer seguimientos de ese estilo, pero los policías sí, y, en lugar de estar atentos a ese tipo de señales, se dedicaban a pavonearse por las calles mirándose solo sus ombligos. Lo peor era que muchos de ellos seguro que maltrataban también a sus parejas. ¿Cómo podían acabar con un problema si ellos mismos también lo causaban? Pensó en Cristóbal, a quien había matado porque lo había visto gritar e insultar a su mujer en medio de la calle. No necesitó mucho más seguimiento que espiarlos hasta su edificio. Con la excusa de hacer una encuesta a domicilio, Judit se acercó a él y empezó a coquetear; este, incrédulo y excitado a partes iguales, le siguió el juego. Al día siguiente estaban los dos en un piso turístico.

No podía asegurar que el novio idiota que tenía delante fuese un maltratador, las cosas no eran tan sencillas, pero solo por la actitud, si tuviese que apostar, se la habría jugado a que sí. El desamparo de la novia la encolerizaba. Judit se imaginaba a su madre en la misma situación y le daban ganas de llorar. Rodeada de personas que miraban para el otro lado. Indefensa. Atrapada en una red de vínculos tóxicos, con un salario menor o incluso puede que dependiente económicamente, quién sabía si a lo mejor habían sido padres muy jóvenes… Entonces él ahora tendría también a los hijos de ambos como herramientas para destruirla, para chantajearla, para manipularla a su antojo. Hacer daño es tan fácil cuando no se tienen escrúpulos ni miedo… Judit había vivido toda su vida con eso, con miedo. Al menos hasta que su propio padre mató a su madre y se suicidó después. Después de eso el miedo fue sustituido por algo mucho más lento y viscoso, una pena y un lamento rabiosos pero densos, difíciles de despegar de la mente o de la piel. Quizá si alguien como ella se hubiese encontrado con su madre y su padre en un bar o una cafetería, este nunca la habría matado. Si alguien como ella le hubiese puesto una bolsa en la cabeza a su padre, podría haber crecido con una madre y no con una abuela deprimida por tener que criar a una nieta con la misma cara que el asesino de su hija. Quizá en ese caso habría podido ser una niña normal y habría tenido amigas y relaciones sentimentales sanas. Quizá así habría disfrutado del sexo en lugar de castigarse con él. Ella realizaba un servicio público en el que todos, excepto los maltratadores, salían ganando, pero el país era tan machista que sus víctimas acababan siendo enaltecidas, y ella, vilipendiada.

Podía cambiar su identidad e irse al extranjero y matar allí a un par de malnacidos más, pero el problema era que siempre la acabarían pillando. Era imposible no dejar rastro. Lo mejor que podía hacer era intentar olvidarlo todo, tirar a la basura los tres asquerosos penes que tenía en el congelador y acceder a que el asunto quedase en secreto entre el policía catalán y ella.

Cuando acabó su turno, la pareja aún seguía allí. Ahora estaban acaramelados y se sacaban fotos. El tira y afloja era imprescindible para que la chica no pensara en dejarlo, en imaginar otra vida. Él cedía después de aplastarla para que ella pensara que aún había posibilidades de que cambiara, que aún la quería, que en el fondo todo había sido fruto de su imaginación… «Pobre infeliz», pensó Judit.

Se cambió de ropa a toda prisa e ignoró al compañero que volvía de su descanso. Estaba harta de ver cómo los camareros se entretenían intentando ligar con sus compañeras. En todos sus trabajos pasaba igual. No había ni cinco minutos de calma.

Sacó el patinete eléctrico a trompicones por la puerta trasera, se puso los auriculares a todo volumen y emprendió el camino a casa. Igual había llegado el momento de dejar de matar. Su plan para esa noche era el habitual: tirarse en el sofá con sus dos gatos y ver la tele hasta quedarse dormida. No tenía que volver a trabajar hasta el día siguiente a las cuatro de la tarde. Eso significaba una noche y una mañana de silencio y descanso.

Cerró la puerta de casa, pasó la cadena y se sintió en paz. No tendría que salir al hostil mundo exterior hasta dentro de diecinueve horas. Mientras comía una ensalada de un envase de plástico, valoró si bajarse Tinder otra vez. Tal vez si conocía a un buen hombre recuperaría un poco de fe en el género masculino. Le habría encantado ser lesbiana, pero por desgracia el cuerpo femenino no era objeto de su deseo.

Se acomodó en el sofá cama y esperó a que los gatos se acurrucaran a su lado, en busca de su calor. Quedarse a dormir allí toda la noche con ellos era uno de los mayores placeres de la vida. Quizá al día siguiente tiraría los penes y se bajaría Tinder, por ahora le llamaban más el pijama, los mimos felinos y la serie que estaba viendo.

El insistente timbre la despertó. La única luz del salón venía de un mensaje en la tele preguntándole si seguía ahí. Alguien volvió a tocar el timbre y Judit sintió cómo se le aceleró el corazón. Los dos gatos ya se habían refugiado bajo la cama de la habitación. Nunca recibía visitas y aquellas no eran horas para que algún comercial intentase venderle algo. Miró por la mirilla y vio al policía catalán apretando el timbre. Como Joan Veiga no había respondido nada y la prensa callaba, la visita intempestiva le olió muy mal.

—¿Qué quieres? —preguntó Judit abriendo la puerta, pero dejando la cadena puesta.

El policía tenía muy mala cara. Bolsas moradas bajo los ojos, una aparatosa y ensangrentada tirita en la calva, gesto de dolor, y el hombro derecho en cabestrillo con lo que parecía una venda enrollada.

—Tenemos que hablar —respondió, apretando los ojos como si cada palabra que pronunciaba le costara un infierno.

—Le he mandado el mensaje. Te lo puedo demostrar.

El policía asintió y se quedó esperando con gesto impaciente en el rellano.

—¿Me vas a dejar entrar?

Judit dudó. Había algo en sus ojos que no le gustaba, una oscuridad que en la anterior visita no estaba.

—¿No podemos hablar mañana? Ya me había metido en la cama.

En lugar de responder, el policía cogió impulso, pateó la puerta y rompió el soporte de la cadena. La puerta se abrió con tanta fuerza que, después de golpear a Judit en la frente, el policía catalán tuvo que pararla con la mano izquierda para que no se volviese a cerrar. Judit gritó asustada y, gimiendo de dolor, el policía entró en la casa.

—¿Qué haces? —preguntó Judit, reculando dolorida y asustada.

—Cállate —le ordenó él empuñando una pistola con la mano sana.

—Le he mandado el mensaje, he hecho todo lo que me pediste —dijo Judit.

El policía la miraba con las pupilas muy dilatadas. Parecía que se había estado drogando.

—Eres una asesina —dijo apuntándole con la pistola a la cabeza—. Igual o peor que los demás.

—Oye, estás borracho, baja el arma, podemos hablar las cosas como el otro día.

—¿Eso es lo que te decían tus víctimas?

—Mis víctimas eran unos monstruos.

—Y tú también lo eres.

Los ojos del policía daban miedo. También su sonrisa. Judit ya no podía retroceder más porque su espalda chocó con la pared del pasillo.

—Por favor —suplicó con la voz temblorosa y los ojos vidriosos. La actitud del policía era aterradora. Parecía una persona completamente diferente.

—Me dais asco. Sois todos iguales.

Judit iba a suplicar por su vida, pero el dedo índice izquierdo del policía apretó el gatillo y un disparo le atravesó la cabeza. Tras el estallido, el cuerpo de la joven se escurrió de la pared al suelo, dejando un enorme reguero de sangre en el gotelé. El cuerpo silente se quedó medio sentado y con la cabeza hacia abajo. Enrique le levantó la cara para comprobar si estaba muerta. Tenía los dos ojos abiertos, el derecho era todo globo ocular y lo blanco se estaba volviendo rojo, y el izquierdo tenía la pupila contraída apuntando hacia un lado. Enrique soltó la cabeza y se guardó la pistola en el cinturón. Observó el cadáver durante un par de segundos. La sangre salía a borbotones por la herida y los músculos de la cara sufrían leves espasmos. Cuando el charco rojo empezó a mojar las suelas de sus zapatillas deportivas, se marchó de la casa. Las luces del rellano y de las escaleras estaban encendidas. El eco de los vecinos zigzagueaba contra las paredes del edificio. Ignorándolos por completo, empezó a bajar las escaleras. Había ido a Madrid con la intención de despedirse de su hijo, o eso se había dicho a sí mismo, pero al final sus pasos lo habían llevado hasta allí.

El tren salía a las seis de la mañana. Faltaban cuatro horas. Le habría gustado decirle algo a su hijo, pero no tenía ni idea de qué. Incapaz de reunir el valor suficiente para ir hasta su casa, Enrique vagó en dirección a la estación de Atocha. Todavía tenía mucho tiempo por delante. Era una tibia noche de mayo en la que la luna, casi llena, estaba tapada por unas nubes azuladas. Enrique se había limpiado las heridas de manera chapucera. Un trozo de costilla rota se le clavaba en el pulmón o en el riñón y le hacía ver las estrellas cada vez que respiraba. Por si fuera poco, la herida del brazo no dejaba de supurar sangre y sentía que podía desmayarse en cualquier momento. La idea era meterse en el tren, descansar durante unas horas y, al llegar a Barcelona, ir directo a Porquerisses a poner todo en orden. Allí se curaría mejor, se desharía del cuerpo de Veiga e intentaría organizarse para aparentar que el presentador estaba detrás de los tres asesinatos. No sería imposible si conseguía encontrar las grabaciones para el programa en el que el presentador planeaba confesar todos sus crímenes. A la gente le gusta creer que un monstruo es peor de lo que es, y, cuando a la gente le gusta creer algo, es difícil convencerla de lo contrario.

Cruzó en rojo un semáforo y oyó a lo lejos una sirena de policía. Enseguida un coche con las luces azules pasó de largo a gran velocidad. Enrique siguió vagando por Madrid sin siquiera girarse. Ya le daba todo igual. Lo único que quería era volver a casa.

41

Estaba sentado junto a la ventana en una mesa de cuatro en el sentido contrario a la marcha del tren. Enrique olía a sudor y a humedad rancia. La tirita de la cabeza tenía los bordes endurecidos de sangre reseca. Igual que la sudadera y el cabestrillo con el que se sujetaba el brazo herido. Respiraba con dificultad y parecía roncar despierto. Frente a él iba un hombre extranjero viendo vídeos en el móvil. El tren estaba a la mitad de su capacidad. Enrique no conseguía dormir porque un bebé no paraba de llorar en el vagón. Ni siquiera sabía dónde estaba, pero sus llantos le entraban por las orejas y le taladraban el cerebro como un virus. Por si fuera poco, algún desaprensivo había subido al tren con comida rápida y ahora todo olía a grasa y a kétchup. Una cosa era comerla y otra muy diferente olerla a las siete de la mañana. Se había sentado en el tren media hora antes de su salida con la intención de dormir tres horas, pero ya había pasado Zaragoza sin conciliar el sueño.

Desde la madrugada no dejaba de pensar en lo mucho que se había torcido todo. El dolor de las heridas era insoportable, pero al mismo tiempo hacía más llevadero el sufrimiento por la ausencia de Macarena. Aún no sabía con claridad qué es lo que iba a hacer. Lo que sí sabía era que, si no acudía pronto a un hospital, moriría.

En la ventana ya había luz y eso no ayudaba nada. Tener dos balas dentro del cuerpo tampoco. En la pantalla del vagón, un mapa muy cutre iba mostrando cómo el tren se aproximaba a Barcelona. Cada vez que lo miraba se sentía más alejado de Julián, y por algún motivo eso le aliviaba, más por su hijo que por él. Más que un año sabático, Enrique empezaba a convencerse de que necesitaba una prejubilación. Si conseguía incriminar a Veiga por todos los asesinatos y que un equipo médico curase sus heridas, dejaría el trabajo y se dedicaría a reformar la casa de Porquerisses. Luego la vendería y con ese dinero, más lo que le quedase de pensión, podría tener una vida bastante digna. Salir a pasear por las mañanas, tomarse un café en una terraza leyendo el periódico. Quizá hacerse detective privado: cobrar por confirmarle a algún idiota que su mujer se acostaba con su socio, o descubrir quién fingía dolor de espalda para no trabajar mientras en realidad se dedicaba a jugar al pádel con los amigos. ¿Y volver a enamorarse? ¿Conocer a una nueva y maravillosa mujer que lo quisiera? Enrique agitó la cabeza para deshacerse de los intrusos y se convenció de que debería volver a hacer ejercicio. La actividad física es muy importante para despejar la mente y él necesitaba hacer un vaciado urgente de pensamientos.

A medida que se iba despejando, el policía se daba cuenta de que muchos pasajeros lo miraban con preocupación. Con miedo. Aquello era algo que se notaba fácilmente, sobre todo cuando habías llevado el uniforme. Miradas fugaces. Sonrisas nerviosas. Su presencia incomodaba a los demás y Enrique no sabía cómo debía tomarse eso.

A diferencia de lo vivido en el trayecto de ida, en el de vuelta los trabajadores de la compañía pasaban cada cierto tiempo por el vagón. Él creía que lo miraban a él. El policía trató de convencerse de que la falta de sueño le estaba volviendo paranoico porque tenía la sensación de que todos los pasajeros sabían lo que había hecho. Lejos de sentirse un policía, Enrique se sentía como un mercenario.

La conexión a internet era débil y lo único que podía hacer para entretenerse era cerrar los ojos y confiar en perder la consciencia. La herida de la calva, que más bien era un rasguño profundo, le provocaba un dolor de cabeza generalizado. Parecido a esas jaquecas que sienten algunas personas en los momentos previos a una fuerte tormenta. Un tren pasó en dirección opuesta y todo el vagón tembló durante un par de segundos. Enrique pensó que, si se hubieran chocado de frente, no habría sentido mucho más dolor del que ya sentía.

Muchos pasajeros se levantaron antes de que el tren se parase y eso a Enrique le irritó. Tratando de tranquilizarse, el policía se quedó sentado esperando a que el tren se detuviera por completo. Un imberbe trabajador de Ouigo se metió entre la gente del pasillo, pero, al ver a Enrique, se dio la vuelta y se marchó. Algo raro estaba pasando. Era como si todos supieran un chiste menos él y se estuvieran aguantando la risa.

El sucio y viejo andén de la estación de Sants ocupó la ventana del tren y el pasillo de gente se puso en movimiento. Con dificultad y dolor, Enrique se levantó de su asiento y se fundió con la masa de gente que buscaba salir.

A los dos minutos, sus zapatillas deportivas manchadas de sangre pisaban el cemento del andén y el ruido de las ruedas de las maletas lo envolvieron como un mantra. Enrique siguió a la estampida rumbo a las escaleras mecánicas y esperó pacientemente el turno para subirse a ellas. Una vez allí dejó que lo transportaran hacia arriba. No eran ni las nueve de la mañana, pero el trasiego de gente en la estación era impresionante. Entre parejas que se besaban y conductores de coches privados con carteles que esperaban a sus clientes, Enrique distinguió la figura de Isaac. Durante una milésima de segundo le pareció normal que estuviera allí, pero luego creyó que era producto de una alucinación.

Su mejor amigo, recién duchado, aunque con resaca, con los ojos rojos y vidriosos, se acercó a él aparentando normalidad sin conseguirlo.

—¿Qué haces aquí? —le preguntó Enrique con una risa nerviosa.

Isaac lo abrazó. Su pecho temblaba. Hasta que no notó las lágrimas frías y saladas en el cuello, Enrique no entendió que su mejor amigo estaba llorando.

—Enrique, estás detenido, ¿vale?

Los dos policías se separaron y se miraron con tristeza. Al darse cuenta de que Isaac le había quitado la pistola, Enrique le sonrió con admiración. Después asintió.

—Necesito que me lleves al hospital. Me han pegado dos tiros —dijo Enrique con los ojos inocentes del niño que un día fue.

Isaac se secó los mocos y las lágrimas con la manga de su jersey. Ver a su amigo así le destrozaba. En su cara se podía apreciar que había pasado toda la noche martirizándose por no haberse dado cuenta antes de lo que estaba haciendo Enrique. Seguramente, entre vasos vacíos de whisky, les habría confesado a los agentes más jóvenes que tenía que haber estado más atento y pendiente de su amigo, que le había fallado de una manera en la que Enrique jamás le habría fallado a él.

—No te preocupes, no te faltará de nada —le dijo Isaac con sinceridad.

Decenas de agentes aparecieron de repente y se acercaron a ellos con cautela. El habitual murmullo de la estación subió de volumen varios decibelios. Isaac le entregó la P30 a Samuel y Enrique pudo oler su desagradable aliento mentolado por última vez en su vida. Después Isaac cogió unas esposas y se puso delante de su mejor amigo con ellas. Con dificultad por el dolor en su costado derecho y en su brazo, Enrique juntó sus manos y dejó que Isaac se las esposara.

Ante la atenta mirada de decenas de curiosos y con la molesta megafonía que anunciaba una y otra vez salidas y llegadas de trenes, Enrique fue esposado por su mejor amigo y escoltado hasta el exterior de la estación por sus compañeros, Jaume, Elisenda y Quim entre ellos. Ni siquiera preguntó el motivo de su detención. A esas alturas ya daba igual. Cuando lo metieron en el asiento trasero de un coche patrulla, Enrique se sorprendió al sentir alivio. Como si, en el fondo, llevase mucho tiempo ansiando ese momento.

42

Enrique confesó los cuatro asesinatos y fue condenado a más de cien años de cárcel. Cumpliría la pena en la prisión de Brians 1, muy cerca de su amada cabaña de Porquerisses. Dada la repercusión mediática del caso y de su condición de policía, Enrique se encontraba en régimen de aislamiento, aunque disfrutaba de un trato especial respecto a sus compañeros de módulo. El expolicía tenía más horas de libertad para salir al patio, acceso prioritario a los libros de la biblioteca y tres vis a vis mensuales. De esto último no se había beneficiado. En once meses que llevaba en la cárcel no había recibido ni una sola visita. De su abogada hacía tiempo que no quería saber nada y todas las solicitudes de Julián y de Jacinta las había rechazado. Ni siquiera quería hablar con ellos por teléfono. ¿Qué les iba a decir?

Pasaba los días dándole vueltas a la cabeza, tratando de entenderse a sí mismo. La gente lo veía como un monstruo, un despiadado asesino en serie. Cuando confesó el asesinato de Borja Serra ante Requena y Juan Carlos, vio el miedo reflejado en sus ojos. Ser objeto de ese sentimiento le hizo sentirse despreciable. Entendía que lo encerrasen entre barrotes porque era un peligro para la sociedad. Había matado a cuatro personas con una sangre fría que helaba la sangre. Y no había sentido nada que no fuera placer al hacerlo. Sabía que si hubiera seguido en la calle habría vuelto a matar. Una vez que traspasas esa línea es difícil volver atrás. Habría encontrado una excusa, alguien se lo habría merecido y allí habría aparecido él, encantado de tener un motivo de peso para ejecutar. Después de toda una vida persiguiendo psicópatas, resultaba que él era uno. No sentía nada y dudaba incluso de si alguna vez lo había hecho. Toda su vida era una farsa, una mentira. Cincuenta y seis años fingiendo ser humano. Engañándose a sí mismo respecto a sus sentimientos hacia los demás, convenciéndose de que sentía amor por ellos cuando en realidad solo había indiferencia y disimulo. Toda una vida aparentando ser una persona normal. Un buen samaritano. Decía que lo que más le importaba de los casos eran las víctimas y sus familiares, que se había hecho policía para ayudarlas cuando en realidad era como Veiga: un sádico al que le gustaba estar cerca de la sangre.

Durante meses, Enrique fue la persona más famosa del país. Su caso tuvo repercusión internacional y las solicitudes de entrevistas y de proyectos literarios o audiovisuales se contaban por cientos. Él nunca quiso saber nada de todo aquello. Era un ruido que no le interesaba. Tras el asesinato de Joan Veiga, se reabrieron los casos de Llavorsí, de Urgell, de los vagabundos de 2006 y también el de los parkings. Se encontraron indicios más que suficientes para considerar que el presentador había sido un asesino múltiple que se servía de sus influencias y contactos policiales para acceder a información privilegiada y replicar crímenes de otros asesinos. La responsabilidad de Veiga en el asesinato de Macarena quedó demostrada. La opinión pública se dividió respecto a Enrique. Muchas personas, por lo general las de ideología conservadora, consideraban que no estaba bien lo que había hecho, pero que sus víctimas se lo habían ganado a pulso. Enrique había matado a cuatro asesinos en serie, no a cuatro hermanitas de la caridad. En el lado contrario, gente que era en su mayoría de ideología más progresista consideraba que Enrique era un monstruo a la altura de sus víctimas. Se podía entender el impulso de tomarse la justicia por su propia mano, pero llevarlo a cabo era una atrocidad. Especialmente, el asesinato de Judit fue el que le enfrentó a buena parte de la izquierda española. Ambos bandos se acusaban de ser hipócritas: unos denunciaban que se defendiera a Judit y se condenara a Enrique, y otros lo contrario. Luego también había gente que empleaba el sentido común, pero a esos no se les hacía ni caso.

La TV3 fue objeto de una enorme polémica por tener a un asesino en serie en nómina durante tanto tiempo. Sus directivos se defendieron alegando que nadie sospechaba nada. Y tenían razón, pero haber mostrado intención de querer emitir los programas de *Morts* que tenían ya grabados provocó una gran indignación. Era, como mínimo, ruin pretender hacer negocio con el dolor ajeno. Había quien se preguntaba, claro, si no era eso lo que habían estado haciendo desde el principio. Hasta el último momento se especuló sobre si se podría ver en la televisión pública el capítulo en el que aparecía Enrique. Los índices de audiencia habrían sido históricos. Finalmente, la presión en las redes surtió efecto y el episodio, junto con los demás de la cuarta temporada, se quedó en un cajón. A la gente le gustaba ver a asesinos siempre y cuando no fueran ellos los que presentasen el programa. Enrique no lo sabía, pero TV3 estaba llevando a cabo una jugada maestra que consistía en producir una serie documental de ocho capítulos titulada *Morts* en la que se hablaría de los cinco asesinos, con especial atención a Joan Veiga. En ese contexto, emitirían los extractos del episodio grabado con Enrique. Tener al asesino de Veiga hablando en el propio programa de Veiga era demasiado jugoso como para dejar que se pudriera en un disco duro de Sant Joan Despí.

Enrique vivía en prisión ajeno a todos esos debates. Solía apagar la televisión cuando hablaban de él. Casi como si de un año sabático se tratara, el expolicía se dedicaba a hacer puzles, leer libros y tratar de despejar la mente. Nunca hablaba con nadie. El contacto humano le hacía sentirse un monstruo. Le recordaba lo que había hecho. Que había matado a cuatro personas y no sentía nada.

Treinta y cinco años después de acabar la carrera de Psicología, Enrique se volvió a interesar por el tema y empezó a leer numerosos libros. De ahí pasó a la psiquiatría. Estaba tanto tiempo en soledad que se convirtió en su propio psiquiatra. Era habitual que estuviese horas hablando solo en su celda. A veces tenía que parar y encender la tele porque notaba que se quedaba afónico.

Hasta aquel día de Sant Jordi de 2025, el diagnóstico de Enrique sobre sí mismo apuntaba a la psicopatía. La única duda residía precisamente en el hecho de autodiagnosticarse, ya que muchos expertos opinaban que eso era imposible. Recordando lo que había sentido antes y después de los crímenes, Enrique entendía que no sentía empatía por sus víctimas y que había disfrutado arrebatándoles la vida. A Alfredo lo había matado por venganza. A Borja, por poder; aun sabiendo que no tenía nada que ver con la muerte de Macarena, tenerlo a su merced fue demasiado tentador como para dejarlo escapar. Al principio creía que a Veiga también lo había asesinado por venganza, pero con el tiempo entendió que, además de eso, lo había hecho por ego. Desde el momento en que se conocieron, el policía había sentido rabia por estar por debajo del célebre periodista y había luchado por situarse a su nivel. En realidad, lo mató porque podía. Entender por qué había matado a Judit le llevó más tiempo. Primero pensó que lo había hecho por adicción a la adrenalina previa a quitarle la vida a otra persona. También valoró que fuera por poder, por venganza hacia sí mismo, incluso un autocastigo, pero la conclusión fue que lo había hecho por envidia. Ella se había atrevido a llevar a cabo algo que él tenía dentro desde hacía mucho tiempo: impartir justicia, y en el fondo le daba rabia. Su fascinación con el caso desde el principio no era por admiración, sino por envidia. Y, si él no podía seguir haciéndolo, ella tampoco podría. Según su propio análisis, esos eran sus cuatro motivos para matar. Y ninguno lo redimía.

Si al empezar a hacer la lista en busca de posibles asesinos en serie hubiera sido tan introspectivo como lo era en la cárcel, Enrique se habría puesto a sí mismo en ella. Había maltratado a animales, había provocado incendios, tenía acceso a armas y padecía desórdenes mentales. El monstruo siempre había estado dentro de él. O eso creía, hasta que, tumbado en la cama, pensando en todos los días de Sant Jordi que había pasado con Macarena —también en el último que había pasado sin ella—, Enrique detectó que se sentía culpable. Ese era el motivo de haberse alejado de sus seres queridos. No quería hablar ni con su hijo ni con su hermana porque sentía culpa por lo que había hecho. Quizá su falta de emoción o empatía no se debía a la psicopatía, sino a la disociación. Por eso se había castigado a sí mismo de aquella manera, porque en el fondo se arrepentía de haber matado a esas cuatro personas. Era la culpabilidad la que no le dejaba vivir. La que le provocaba ese constante doble nudo en el estómago y en la garganta. Ese pinchazo en el pecho. El peso de sus cuatro macabros crímenes era demasiado para su maltrecha espalda. Tenía un monstruo dentro, pero él no era un monstruo. Él no había matado a Travi, ni había querido quemar al señor Joaquim, ni era un pederasta. Aunque hubiera hecho lo que hizo, entendió que él era el que siempre había sido. Y no aquello en lo que se había convertido.

Sentir culpa le arrancó lágrimas de alivio. Por primera vez en más de un año pudo recordar a Macarena sin avergonzarse. Volvió a revivir los buenos momentos con ella y también con Beatriz sin pensar que se los estaba inventando para complacerse. Enrique dejó que las lágrimas brotaran de sus ojos y se llevaran consigo miles de pensamientos intrusivos y viles. Cada gota salada sobre la sábana blanca con el logo azul de la cárcel parecía deshacer un nudo dentro de su cabeza. Poco a poco, sus emociones fueron desbloqueándose y, como un tsunami, lo arrasaron. El sufrimiento por la muerte de Macarena reapareció con más fuerza que nunca, pero esta vez era un sentimiento diferente, más puro, más real, más doloroso. Aquel día de los enamorados, Enrique lloró a su mujer como nunca la había llorado. Podría parecer absurdo, pero por primera vez fue consciente de lo que había pasado. De que Macarena se había ido para siempre.

La cascada de emociones duró días, tal vez incluso semanas. Enrique dejó los libros, los puzles y la tele, y se dedicó a meditar. A poner en orden el interior de su cabeza. Estuvo tan cerca de encontrar la paz que hasta disfrutaba de estar en la cárcel. Aunque estuviera en aislamiento, por momentos ya no se sentía solo. El proceso de descubrirse a sí mismo le motivaba y le hacía dormir con ganas de despertarse. Había vivido mucho. Varias vidas dentro de una sola. Y esta era la última. A sus cincuenta y seis años, y con una interminable condena por delante, era probable que nunca volviera a salir a la calle. Y, si lo hacía, sería ya un anciano que no entendería un mundo que cambiaba cada vez más deprisa.

Con los rayos de un agradable sol primaveral y una sonrisa en la cara, Enrique entendió y aceptó que el estado de paz mental que había alcanzado no duraría eternamente, que la culpa por lo que había hecho lo perseguiría y que ese sería su quinto motivo para matar.

43

Sentado en una incómoda silla de plástico, Enrique miraba el papel en blanco. Lo había arrancado de la libreta que usaba para anotar reflexiones, aunque la inmensa mayoría de las veces lo hacía en voz alta; verbalizar pensamientos le funcionaba mejor que escribirlos. El expolicía mordía el bolígrafo azul mientras pensaba qué decir. Antes de sentarse había recogido la celda. Últimamente la tenía muy ordenada, pero quiso dejarla impoluta. Durante los primeros días, aquello parecía una pocilga. Todo estaba tirado por doquier. A veces ni utilizaba la cadena del inodoro. Con el paso del tiempo, la celda y su mente se fueron ordenando.

Los últimos rayos del sol entraban por la ventana y acariciaban el papel. Nunca se lo había dicho a nadie, pero durante uno de sus años sabáticos había intentado escribir un libro y lo había acabado dejando porque fue incapaz. Escribir no era uno de sus puntos fuertes. Hacía apenas unas horas había completado su último puzle. Todos los libros estaban leídos. No dejaría nada a medias.

Comenzó a escribir con los gritos de unos presos jugando al fútbol a lo lejos como única compañía. Se había prometido a sí mismo que solo escribiría una carta, así que iba con cuidado de no cometer faltas de ortografía. La punta del bolígrafo casi no hacía ruido al deslizarse sobre el papel. Lo que sí se escuchaba era su mano moviéndose por encima de la nota y de la mesa. También el latido de su corazón en la muñeca con la que escribía. Aunque su pulso estaba acelerado y le sudaban las manos, Enrique sentía una extraña calma.

Cuando se quiso dar cuenta, ya había llenado casi la mitad de la cara. Tuvo la tentación de convertirla en una bola y tirarla por el inodoro, pero se contuvo. Resopló y su aliento le recordó a los macarrones con lomo de cerdo que acababa de cenar. También al zumo de manzana que había tomado de postre. Pensó en el día que conoció a Macarena y se sintió afortunado por haber compartido tantas cosas con ella. En los meses posteriores a la muerte de Beatriz jamás había imaginado poder vivir algo así.

Se limpió una lágrima con el antebrazo y al hacerlo se quedó mirando la cama que tenía detrás. Un calambre le recorrió el estómago y se transformó en un escalofrío. Volvió a sentir ganas de orinar, aquella tarde no paraba de ir al baño. Convenciéndose de que estaba haciendo lo correcto, apartó la mirada de la cama y volvió al papel. Durante unos segundos se dedicó a leer lo que había escrito. No era una obra maestra, pero ¿quién podría hacer algo así en esas circunstancias? Enrique cogió aire y le dio la vuelta a la hoja. Ante él volvía a haber un papel en blanco.

Jugó con el bolígrafo y con la tapa de manera nerviosa, y un pensamiento fugaz le humedeció los ojos. Fue tan fugaz que se le olvidó. Después, ajustó bien el bolígrafo entre el pulgar y el índice, y apoyó la punta en el lado superior izquierdo del papel. Sin moverlo recordó a su madre. Su sonrisa. Su olor, tan dulce como el mejor flan del mundo. Su manera de tararear al pasar la escoba. Sus besos de buenas noches. Su cariñosa forma de despertarlo por las mañanas para ir al colegio. La vez que le dijo lo orgullosa que estaba de él.

Enrique se secó las lágrimas otra vez, volvió a colocar el bolígrafo sobre el papel y empezó a escribir:

entregada a mi hijo Julián Moreno Alonso. Quiero decirte que me equivoqué y que no estoy nada orgulloso de lo que hice. Debí haber estado a tu lado como tú decías y ayudarnos mutuamente a sobrellevar este infierno, pero me equivoqué. A veces el lado oscuro gana a la luz que todos tenemos dentro. Te suplico que me recuerdes como el padre que fui hasta la muerte de mamá. Ella y yo morimos juntos el 4 de abril de 2024, piénsalo así. Te dejo en este extraño mundo con unos estudios, dos viviendas y una educación con la que espero que puedas construir una buena vida. Yo confío en ti. Tu madre y yo te hemos querido muchísimo. Yo nunca he dejado de hacerlo, simplemente no podía mirarte a la cara o hablarte después de hacer lo que hice. Todavía tienes una familia. Mi hermana, tu abuelo, tus tíos y tus primos, y también Isaac y sus hijos. Julián, utiliza esta tragedia para hacerte más fuerte, aprende de mis errores y valora esta vida porque, aunque extraña, es un maravilloso regalo. Te quiero mucho, hijo. Espero que puedas perdonarme y que seas feliz.

Agradecimientos

Me gustaría dar las gracias a Kike y a Xavi, por darme la oportunidad de escribir y divertirme con ellos a diario. A Tamara, por enseñarme tanto. A Michael, por sus consejos. A Helena, por su apoyo. Y, por supuesto, a Alberto Marcos, por confiar en esta novela.